소설 논개 1

소설 논개 · 1

초판 1쇄 발행 2017년 7월 31일
초판 2쇄 발행 2018년 12월 10일

지 은 이 김지연
펴 낸 이 노용제
출판기획 김우현
펴 낸 곳 정은출판 출판신고 2004년 10월 27일 제301-2011-008호
주소 (04558) 서울특별시 중구 창경궁로1길 29
전화 02-2272-8807 팩스 02-2277-1350
이메일 rossjw@hanmail.net 공급처 정은출판 (02)2272-9280

ISBN 978-89-5824-339-7 (04810)
ISBN 978-89-5824-338-0 (세트)

이 도서의 국립중앙도서관 출판예정도서목록(CIP)은 서지정보유통지원시스템 홈페이지(http://seoji.nl.go.kr)와 국가자료공동목록시스템(http://www.nl.go.kr/kolisnet)에서 이용하실 수 있습니다.(CIP제어번호:CIP2017018724)

소설 논개

김지연 장편소설

1

정은출판

차례

작가의 말

'소설 논개'를 펴내면서 새삼 '오만'과 '겸손'에 대해 생각을 해 본다. 이 작품의 출간을 전후하여 나름 예의와 겸손을 병행하며 살아왔다고 생각했던 지난 삶이 온전히 그러하지 못했음을 깨달았던 때문이다.

이 작품은 1997년 1월부터 1998년 12월까지 2년간 국제신문에 연재했던 장편소설이다. 당시 대기업에서 국제신문을 운영하던 때라 원고료도 고액으로 받아 작품이 독자를 흡입하듯 끌어가야 한다는 부담감에 긴장했다.

노력했던 만큼 독자들의 반응이 나쁘지 않았다.

따라서 편집국의 요구로 1년의 계약 기간이 2년으로 연장되었다.

탈고할 2년 말경이 가까워오자 국제신문사 출판국에서 바로 출간 준비를 해야 되지 않겠냐는 편집국 책임자의 권유가 있었다. 그런데, 필자는 한마디로 거절했다. 심층 바닥에 엉켜 있던 원천적 욕망이 혓바닥을 휘두르며 의리나 상식을 벗어나 솟구쳤던 것이다.

당시 작가들 사이에 신문사 출판국에서 소설을 출간하면 원인을 알 수 없지만 아무리 광고를 쳐도 책이 팔리지 않는다는 '징크스'가 있었다. 그래서 광고 잘 쳐 주는 출판사에서 대박을 한 번 터트리겠다는 욕심으로 단칼에 거절했던 것이, 또한 중견 출판사 P사장의 계약 요구도 웃으며 외면했던 것이, 작가 생활 50년 동안 가장 후회되는 실수로, 자초한 상처가 되었다.

그 후, 연재가 끝나고 책으로 출간하려면 언제나 그러하듯 독자를 의식하며 썼던 글을 수정과 퇴고를 거듭하여 정리하는 과정을 갖게 되는데, 그 과정이 수월하지 않았다. 우선 매회 잘라 놓은 신문의 연재 원고 네 권 분량을 워드 작업하여 다시 저자가 퇴고 작업으로 들어가야 하는데, 그럴 시간이 여의치 않았다.

당시는 육필 원고 중심이어서 워드 작업은 전문가에게 맡겼던 것이지만 차일피일 지연되고, 필자도 이어지는 타지 원고 청탁 우선 해결과 사는 일 처리에 급급하다 보니 그 작업에만 집중 전력할 시간이 생기지 않았다. 그런저런 이유로 연재 끝난 후 약 20년 만에야, 디지털 문화와 영상 매체로 사회가 급변하여 소설책이 팔리지 않고 책을 읽지 않는 최악의 시기에 연재 당시 그대로의 원고를, 드디어 3권으로 묶는다. 연재 끝난 직후 해당 신문사 출판국에서 출간하고 여유 있을 때 '리바이벌'하면 될 것을, '오만'과 욕심으로 20년 세월을 삼켜 먹고 소설 위기의 시기에 비로소 묶어 내는 것이다.

필자는 짧지 않은 세월을 살아오면서 이렇듯 뒷북치는 어리석은 행위를 곧잘 저지른다.

'논개'는 사적史的 기록이 없다.

이 작품을 집필하기 전에 이미 나와 있는 기존의 논개 관련 작품을 섭렵하고, 논개와 관계있는 지역인 진주晉州와 장수長水 등 현장을 찾아 종합 취재에 나섰다.

관계 작품으로는 월탄 박종화朴鍾和 선생의 장편 '임진왜란' 속의 논개편과 정비석鄭飛石 선생의 '명기열전' 속의 논개, 그리고 전병순田炳淳 선생의 논개 작품을 읽었다. 공통점은 논개가 촉석루에서 승전한 왜군들과 춤을 추다가 그중 한 왜장을 유혹하여 의암에서 함께 강물에 투신하였다는 부분뿐이었다. 기타 논개의 출신과 성장 과정, 은애한 이성의 대상이며 사건 등의 내용은 각각 동일하지 않았다.

다음은 역사적인 기록을 관계 기관에서 찾아보았다. 결론은, 논개에 관계되는 기록은 조선대의 유몽인이 《어우야담於于野談》 효열편에 '논개는 진주의 관기이다. 임진왜란 진주성 2차 싸움에서 성이 함락되고 백성들이 모두 죽자 논개는 왜장을 껴안고 강물에 익사했다.'는 내용뿐이고, 그때로부터 100년 후 나온 《호남절의록》에 논개가 장수 출신이라는 기록이 있음을 알 수 있었다.

또한 부산 경성대학교에서 펴낸 논개에 대한 집중적 연구서에서도 논개에 대한 사적史的인 기록이 없음을 전제했고, 작가 명은 불확실하지만 당시 '논개는 없다'라는 제목의 중편소설도 있었다.

이조실록 기록은 아니지만 '논개가 진주의 관기였다'고 기술한 유몽인은 진주성이 함락된 직후에 '무군사撫軍司'의 관원이 되어 세자 광해군光海君을 따라 삼남三南의 각지를 편력하며 진주성 대란 후 진주에서 떠도는 구전口傳을 듣고 《어우야담》에 기록한 것이었으니, 시대적으로 보아 허위 사실은 아닐 것이었다.

그때로부터 1백년 후에 나온, 논개가 '장수' 출신이고 최경회의 연인이었다는 《호남절의록》 기록은 전쟁이 끝나고도 1세기가 지난 후의 기술이니 어떤 근거에서 이루어진 것인지 그것까지는 취재하지 못했다. 다만 해당 지역의 문화 관계 인물을 만나 논개의 태생에서 최경회 의병장과의 관계 등 일치되지 아니한 부분을 집중 취재했더니, "허허…, 역사란 만들어지는 것이란 걸 선생은 모르시오?" 했던 말은 떠오른다.

어떻든 장수 지역에서는 논개를 최경회 의병장의 연인 혹은 후실이라 하여 관에서 '논개 부인님'이라 호칭하고, 진주 지역에서는 관의 기생이라 하여 그냥 '논개'라 호칭했다. 당시의 윤리나 도덕 제도로 보아 천한 기생이 왜장을 껴안고 순절했기에 나라에서 그 애국충정과 가상함에 논개의 사당을 지어 주고 기렸지 않았나 싶기는 하다. 어떻든 그 시대의 역사歷史적인 사실적 기록이 없으므로 지금까지 '기생'이다 '부인'이다 호칭이 상충되고 있다.

이 두 지역의 주장이 한때는 날카롭게 대치된 때도 있었다.

따라서 작품의 제호를《소설 논개》라 이름 붙인 데는 두 지역의 첨예함과 무관하다고는 볼 수 없다. 이미 작고하셨지만 소설가 정한숙鄭漢淑 선생이 어느 주간지에 논개를 연재할 때, 작품 속의 논개가 진주성 1차 싸움에서 장렬하게 싸우다 사망한 김시민 장군과 은애를 하는 것으로 엮었다가 사실이 아니라는 이유로 해당 신문 '불매' 운동과 '연재 중단'의 곤욕을 겪기도 했기 때문이다.

또, 1910년경 장지연張志淵이 조선시대 중인 이하 하층민들의 전기를 모아 편찬한 열전인《일사유사逸士遺事》에는 논개가 현감 황진의 연인으로 기록되어 있기도 하다.

진주성 함락 후 구전에 의해 유몽인이 썼고, 나라에서 사당을 지어 제사도 지냈고, 논개의 초상화도 모셔져 있긴 하지만, 어쨌든 임진왜란 당시의 실록에 기록이 없는, 4백여 년 전의 실전과 실화를 그 누가 눈에 본 듯 소상하게 입증할 수 있겠는가.

구전이나 설화에 의했다 해도 '논개'라는 여인이 왜장을 껴안고 남강물에 투신했음은 사실이고, 천민인 기생이 훌륭한 순국殉國을 했기에 널리 구전되었을 것이라 헤아려 의기義妓 '논개'를 나름 당시를 유추하며 소설화시키기로 했던 것이다. 그러나 임진왜란 부분은 당연히 실제 상황의 기록들을 참고로 했다.

천형의 형벌이듯 글 귀신 붙잡고 살아온 삶 50년. 마치 이때를 기다려 20년을 파묻어 두었다가 꺼낸 것처럼 흙도 제대로 털지 못하고 세상에 내놓는다. 완벽하지 못해 회한투성이인 인생처럼.

독자들의 일독을 바라 마지않는다.

2017년 5월

김지연

1
야생의 민들레

야생의 민들레

선조宣祖 18년 을유년乙酉年.

진주목晋州牧 변방의 도동道洞 마을 선학산仙鶴山 끝자락에 20여 호의 초가가 옹기종기 돌무덤처럼 모여 있다. 선녀와 학이 노닌다는 선학산이 후면으로 바람을 막고 전면은 널따란 들판이 하염없이 펼쳐져 농경작이 주업인 마을이다.

때는 춘삼월.

잿빛 초가집들을 덮을 듯 매화꽃과 살구꽃이 화사한 색깔로 흐드러지게 피어 있고 꽃무리 사이로 벌과 나비가 윙윙거렸다. 선학산 중턱의 야생 벚꽃과 쌀밥꽃도 만개하여 산도 마을도 온통 환했다. 산에서 잘라 엮어 둘러친 싸릿대 울타리도 봄물을 머금어 파릇파릇 움이 솟아 있고, 양지쪽 뜰과 장독대 부근에는 땡깔풀과 작약이 푸르고 붉은 색깔로 소담스럽게 자라고 있었다. 옹달샘 옆의 앵두꽃은 이미 만개하여 꽃잎이 눈처럼 흩날리고 있고 헛간 옆의 개복숭아는 이제 꽃망울을 터뜨리려 발름거렸다. 노랗게 부서져 내리는 햇살은 따습고 부드러웠다.

고샅 막바지의 막딸네 집 흙담장 아래에 열 살 남짓으로 뵈는 여자아이 셋이 거적때기 위에 나란히 쭈그리고 앉아 이 잡기를 하고 있었다. 소꿉놀이를 하다 지겨웠던지 돌과 사금파리로 예쁘게 지은 집들을 허물어 놓고 하품을 해 대며 서로의 머리를 뒤적여 서캐며 이를 잡아

내어 손톱으로 터뜨려 죽이곤 한다.

"참말로 요상한 기라. 우째서 옷에 이는 하얗고 머리에 이는 쌔까맣제? 쌔까만 머리에 하얀 이가 있으모 잡기가 시울 낀데. 와! 이거는 산 돼지 같대이! 니 피를 마이 빨아 묵어서 배때지가 똥골똥골하다!"

얼굴과 목에 땟자국이 지도를 그리고 있는 막딸이가 섭냄이의 머리에서 살진 이를 잡아내며 떠들었다.

"우리가 그런 거를 우찌 아노. 그란데 쎄서캐는 똑같이 하얀 기라! 쎄는 머리나 옷에 딱 붙어 있은께 천처이 훑어 내도 되는데, 이는 볼볼 기어 도망쳐싸서 잡기가 힘든 기라. 아이고, 한 마리 떨갔다! 그래도, 논개 니 머리는 쎄도 이도 별로 읎는 기라."

섭냄이가 자기 머리는 뒤에 앉은 막딸이에게 맡긴 채 앞에 앉은 논개의 머리 속을 뒤적이며 말했다.

논개라 불린 아이가 갑자기 몸을 거적때기 위로 누이면서 섭냄이의 무릎을 끌어 자기의 머리 밑에 받친다. 그리고 섭냄이를 쳐다보며 말한다.

"이 사냥을 할라모 좀 제대로 해라. 와 떨궀노? 잔솔나무 사이로 산돼지 도망치듯이 이가 달아났다 캤나? 샅샅이 뒤집어 잡아내서 두 손톱으로 콕콕 쥑이라. 그래야 씨언체. 쎄도 훑어 낼라고만 말고, 손톱으로 똑 소리 나게 좀 쥑이라. 니가 머리를 뒤적인께 온 대가리가 다 근지럽다야!"

"니, 또 잠잘라고 그라제? 니는 이만 잡아 주모 자 삐리더라. 잠자지 말고 이야기 좀 해 도라. 니가 자모 내도 잠이 온다 말이다."

섭냄이는 자기의 무릎과 허벅지 위에 얹힌 논개의 머리를 가닥가닥 손가락으로 뒤적이며 말했다.

"무신 이야기 해 주꼬?"

"귀신 이야기."

"대낮에 귀신 얘기는 하나도 안 무서버서 파이다. 귀신 얘기는 으스름달밤이나 비 오는 밤에 해야 몸털이 솟고 머리끝이 쭈삣쭈삣 재미가 있는 기라."

"그라모 니는 모리는 기 엄신께 막딸이가 말하던 거 대답해 봐라."

"머라 캤는데?"

"머리에 이는 와 쌔까맣고, 옷에 이는 와 하얗노?"

"니도 엔가이 심심한갑다. 별거를 다 물어쌌게. 그것도 생물인께 살라고 안 그라겄나. 머리 색깔이 까만께 지 몸띠도 까매야 사람 눈에 잘 안 보일 끼고, 옷이 희니께 지 몸띠도 하얘야 안 잡혀 죽제. 그래서 그럴 끼다."

그러자 막딸이가 깔깔 웃었다.

"그라모 순검이는 노랑머린께 노랑 이가 있겄네?"

"하모, 순검이 머리 이는 누리끼리할 끼다."

논개가 자신 있게 대답하자 두 아이는 "노랑 이", "노랑 이" 하며 소리 내어 깔깔깔 웃어 댔다.

"새파란 풀밭에는 새파란 풀배미가 있고, 나무 타는 배미는 나무 색깔이고, 메뚜기도 나락 색깔이고, 나무에 붙은 매미도 나무 색깔로 거무틱틱 안 하더나. 그기 다 오래 살고 시퍼서 색깔로 요술 부리는 기라."

"그라모 쎄는 와 새까만 머리에서도 옷에서도 하얗노?"

막딸이가 반박하듯이 말했다.

"쎄는 암껏도 모르는 새낀께 그렇제."

"쎄가 이 새끼라 말이가?"

"움직이지 못하니께 이 알일 끼다. 옷에 보모 살찐 이 밑에 하얀 쎄가 모여 있는 거 보모 알제."

"논개 니는 우째 그리 만물박사고. 나는 쎄가 이 알이라는 거는 오늘

첨 알았다. 에난지는참말인지는 모리지만.”

“나도 누가 갈쳐 준 기 아이고 이치가 그런 거 같아선데, 내 생각이 맞는지 틀린지 나도 잘 모린다. 섭냄아, 말 고만 시키고 얼렁 콕콕 좀 쥑여라. 씨언하게.”

논개는 눈꺼풀이 슬몃슬몃 내리덮이는 것을 막지 못한다. 서캐와 이를 두 엄지손톱을 맞대어 콕콕 죽이는 섭냄이의 솜씨가 야무지고 시원하다는 말은 해 주고 싶은데, 자꾸만 눈이 감기고 기운이 없어져서 그만 입을 닫고 만다. 아침녘에 시래기죽 한 그릇을 먹은 것 외에는 입에 들어간 것이 없어 그런 모양이라며 혼자 생각을 굴린다.

“그란데 이는 와 생기꼬? 몸이 달믄 많다 카던데.”

막딸이가 중얼거리고 있었다. 그러자 섭냄이가 말을 받았다.

“몸이 달다 카는 기 살이 안 짜겁고 달다 카는 기가? 우리 엉가언니는 이가 버글버글하는 기라. 밤만 되모 엉가 이가 나한테 꾸물꾸물 다 기어 오는 기라.”

잠 속에 빠져들던 논개가 베고 있던 섭냄이 허벅지를 머리로 콱 찍으며 소리를 질렀다.

“시끄럽다. 잠 좀 자자. 우짠다꼬 오늘 내내 더러븐 이 타령이고? 니년들이 살을 빨아 묵어 봤나, 할타 묵어 봤나? 살이 단가 짠가 알거로. 이는 사람 몸띠가 더러버서 생기는 기라. 몸띠가 뜨시고 쑥쑥하모 생기는 기라. 머리도 안 빨고 멱도 안 감고 옷도 안 씻거 입으모 이가 절로 생기는 기라. 염천 똥구덕에 기덜구더기이 생기듯이 말이다. 지 몸띠들 더럽다는 말은 안 하고, 몸이 달아서 그란다꼬 양반매이로 말해쌌네. 알겄나?”

막딸이와 섭냄이가 입을 닫았다. 논개의 얼굴이 찌푸려지고 목소리가 커지면 그 애들은 언제나 다소곳해졌다. 논개가 벌떡 일어나 앉았다. 흐트러진 머리를 깡마른 다섯 손가락으로 긁어모아 때에 전 붉은 댕기로 대충 땋아서 묶는다.

"씨끄럽고 배가 고파서 잠을 몬 자겄다. 막딸아, 너거 집에 묵을 거 좀 없나?"

"고매고구마 삶은 거 몇 개 있을 끼다. 하나 갖다주까?"

"니 동상 서당서 오믄 줄 꺼 아이가?"

"고매가 썩은 기 많아서 우리 덕구는 씁다고 잘 안 묵는다. 쪼매만 기다리라. 갖고 올 낀께."

막딸이가 섭냄이 머리에서 손을 떼고 일어섰다.

"더러븐 머리 만지고 손톱에 이 쥑인 피가 벌건데, 손 좀 씻고 갖고 오이라."

"천금 같은 사람 피 빨아 묵은 건데 우떨라꼬. 알겄다. 걸레에 손 딲을께."

막딸이가 삶은 고구마 두 개를 묵은 김치 한 사발과 함께 들고 나왔다. 씨종자로 둔 고구마가 지난겨울에 얼어서 반쯤 썩은 것을 삶은 것이었다. 막딸이는 두 개 중 큰 것을 논개에게 건네주고, 나머지 한 개를 섭냄이와 나누었다. 고구마가 얼었던 것이어선지 물컹물컹 단물이 질퍽하고 쓴 부분도 많았지만, 그러나 군침이 돌다 못해 목줄이 당기는 논개는 덥석 베어 문다. 그러고는 묵은 김치 한 가닥을 뜯어내어 입 안으로 욱여넣는다. 입 속은 고구마와 김치로 범벅이 되어 쓰고 달고 시고 쿰쿰한 냄새로 가득 찼다. 그러나 미처 음미할 짬도 없이 그것들은 그냥 목 안으로 술렁술렁 넘어갔다.

"천처이 묵으라. 맥히겄다."

섭냄이가 논개를 쳐다보며 걱정을 했다. 작은 고구마를 그나마 둘이서 나누어 먹는 막딸이와 섭냄이를 보면서 논개는 미안한 맘도 없지 않았으나 내색은 하지 않는다.

"점심, 안 묵었던가배?"

섭냄이가 이어 물었다.

"오늘은, 배가 살살 아파서 안 묵었다."

논개는 그렇게 말하면서 고개를 돌려 버린다. 이 동네로 이사 오던 일곱 살 때부터 점심을 먹어 본 적이 별로 없었기 때문이다. 오매가 품삯일을 하는 집으로 찾아가면 부엌 바닥에서 보리밥 한 덩어리 정도는 얻어먹을 수 있었다. 그러나 밥 한 덩이 얻어먹으면 정짓간의 산더미 같은 설거지를 다 해 주어야 하고 그 집 아기도 온종일 업어 주어야 했다. 일해 주러 온 사람의 딸이라 해도 공밥은 주지 않았다. 일을 해 주면서도 그 집 찾아가기는 왠지 눈치가 보여 잘 가지 않았다. 오매와 자기가 함께 종노릇을 하는 것 같아서 자존심이 상했던 것이다.

"논개야, 물 킨다. 김치 고만 묵어라."

섭냄이가 말렸다. 논개는 김치 반 포기를 그냥 맨입으로 다 먹어 버렸다. 막딸이가 옹달샘 물을 박 바가지에 넘치도록 떠 와서 논개 앞에 내밀었다. 논개는 물 한 바가지도 거의 다 마셔 버린다.

"하이고, 내 배가 터질 것 같다! 야, 우리 나물 캐러 가자."

논개가 양 손바닥으로 자기 배를 두드리며 소리를 높인다.

"김치 물배 찬 거 꺼주로 가자꼬?"

섭냄이가 논개를 쳐다보고 웃었다.

"마이 놀았은께, 인자 반찬꺼리 만들어야제."

막딸이는 동생 덕구가 서당에서 돌아오면 점심을 차려 주어야 하고 집도 비어서 들에 나갈 수 없다고 했다. 섭냄이만 치마를 털고 일어났다. 나이는 논개보다 한 살 위였어도 키는 논개의 어깨에 닿는 섭냄이는 그림자처럼 논개를 따라다녔다. 집에는 업어 주어야 할 동생도 있고 집안일도 거들어야 했지만 낮이면 논개의 곁을 떠나지 않아 자기 오매에게 매를 맞기도 했다.

"하이고, 꽃눈이 오네!"

고샅을 빠져나가는 동안 섭냄이는 두세 번이나 자지러지는 탄성을 내질렀다. 골목 토담집 안의 살구나무 꽃 이파리들이 둘이 걷는 머리 위로 눈송이처럼 팔랑팔랑 떨어져 내렸기 때문이다.

긴 고샅을 빠져나와 동추마당에 이르렀을 때였다. 섭냄이가 논개의 팔을 잡았다.

"조것들이, 또 순검이를 놀리고 있대이."

논개는 섭냄이의 손짓 따라 고개를 돌리다가 스르르 멈추어 선다.

"이노무 새끼들이 또 까부네. 참말로 뜨끈한 맛 좀 비 조야겄다."

물 항아리를 머리에 이고 울상을 한 채 종종걸음을 치는 순검이 주변으로 어린 덕구와 열서너 살씩이나 먹은 서당 학동들이 빙빙 돌면서 "노랑머리, 노랑머리" 하고 놀려 대고 있었다.

논개는 마당가 집 싸리나무 울타리에서 굵은 가지 하나를 빼 들어 뒤로 감추고 그 애들 가까이로 다가간다. 그러나 학동들은 소리 없이 다가오는 논개를 먼저 발견하고 "논개다." 소리치며 후다닥 사방으로 튀어 버렸다. 덕구는 동추마당 뒤켠의 선학산 자락으로, 또 한 명은 아래쪽의 논두렁길로 내닫고, 또 한 명은 순검이가 막 돌아 나온 동네 우물길로 달아나 버렸다.

"니가 무섭기는 무섭은갑다. 다 도망쳐 삐릿다."

"인정사정 안 주고 뚜드리 패 뿌리는데, 지 놈들이 도망 안 치고 우짜겄노."

"논개 니가 장수맨키로 워낙 힘이 쎄다 아이가! 김 진사 집 되련님도 억만이도 논개 니보다 나이를 더 묵었는데도 조지 빠지라 달아나는 거는 니 힘이 보통이 아니라서 그러는 기라!"

섭냄이가 연신 조잘대며 벙글거렸다.

그때 순검이가 콧등 위에 물방울을 달고 항아리를 머리에 인 채 그녀들 가까이로 걸어왔다.

"고맙대이."

유난히 노란 머리에 새하얀 살갗과 눈동자마저 노리께한 순검이가 보조개 지는 웃음을 머금고 울먹이며 말했다.

논개가 순검이를 바라보며 혀를 끌끌 찼다.

"고맙고 우짜고 간에 니도 좀 글타. 아 자슥들이 놀리모 울멍울멍 겁 먹지 말고 욕을 싸질러 버리든가, 대가리에다 항아리 물을 부어 삐리라. 겁을 묵고 피하기만 한께 시뻐서 더 그라는 기라. 얼렁 너 집에 가라. 우리는 나물 캐러 갈 끼다."

"붕디미로 갈 끼가, 마뜰로 갈 끼가? 나도 물 여다 놓고 갈 텐께."

"모리겄다. 들판에 나가서 나물도 캐고 논고동도 잡고 배뚱구리배추뿌리도 캐고 내 맘 가는 대로 할 끼다. 올라모 장개실 쪽으로 오이라. 그라고, 섭냄이 니도 나물 캘라모 소쿠리하고 칼 갖고 와야제."

"아이다. 나는 고마 같이 갈 끼다. 손으로 나물을 뜯어도 되고 나무 꼬챙이 줏어서 캐도 되고."

"니 맘대로 해라."

논개는 섭냄이 속을 알고 있었다. 소쿠리와 칼을 가져오기 위해 자기 집에 들어가면 식구들에게 붙잡혀서 다시 나오지 못한다는 것을. 논개는 섭냄이가 항상 몸종처럼 졸졸 따라다니는 것이 싫지는 않으면서도 섭냄이 엄마의 화난 얼굴과 그 형들을 떠올리면 찜찜한 구석이 없지도 않았다. 바로 대엿새 전에만 해도 셋방인 논개 집 쪽마루에서 놀고 있는 섭냄이를 그녀 엄마가 머리채를 휘어잡아 끌고 가면서, 논개를 노려보고는 "굴러 온 돌이 박힌 돌 뺀다 카드마는 오데서 영악한 기 굴러 와서 내 자슥 혼을 빼 놓노. 다시는 우리 섭냄이 불러내지 마라." 했었다. 섭냄이 두 언니들도 섭냄이가 논개와 노는 것을 못마땅해하며 함께 있는 것을 보면 동생을 기어이 끌어가곤 했다.

그러나 논개는 언제나 떳떳했다. 단 한 번도 섭냄이를 불러내거나 집으로 오라고 강요한 적이 없었기 때문이다. 오히려 그녀 식구들의 성화 때문에 짬만 생기면 뽀르르 달려오는 섭냄이에게 짜증을 낸 경우는 여러 번 있었다.

"아츰부터 집을 나왔은께, 섭냄이 니는 고마 너거 집에 들어가는 기 좋겄다."

"아이다. 나도 나물 캘 끼다."

논개는 할 수 없다는 듯 돌아서 집으로 갔다. 목수 집 창고 귀퉁이에 붙은 셋방 하나와 쪽마루, 가마니때기로 바람을 막은 간이 부엌 하나가 전부인 논개의 집이었다. 일곱 살 때 이 동네로 쫓기듯 이사 와서 어렵사리 몇 집을 옮겨 다니다 이 집에 세 들어 산 지도 어느새 일 년이 넘었다. 논개는 정짓간에서 녹이 슨 식칼과 가장자리를 엮은 댓살이 빠져 헐렁거리는 소쿠리 하나를 찾아 들었다.

*

들판에는 이름을 알 수 없는 새들의 울음소리가 낭자했다. 섭냄이는 고운 울음소리의 새가 종달새라고 하다가 고개를 흔들며 노고지리라고 했다. 논개가 종달새나 노고지리나 같은 새라고 말하자 섭냄이는 아닐 것이라며 고개를 갸우뚱했다. 그러나 더 우기지는 않았다. 논개 말이 무조건 옳다고 믿기 때문이다. 나이는 자기보다 한 살 아래인 열한 살인데도 자기보다 키도 크고 힘도 세고 말도 잘하고 아는 것도 많고, 어른들이 수군거리듯이 '애늙은이' 같은 논개가, 자기보다 두 살 네 살 더 많은 친형들보다 더 믿음직스럽고 좋았기 때문이다.

들바람이 얼굴을 간지럽히며 지나갔다. 새 울음 사이로 황소 울음소리도 간간이 섞였다. 넓디넓은 들판의 군데군데에 밭갈이하는 황소들과 소를 모는 촌부들의 모습이 보이고, 가맛길에는 지게에 거름을 져 내는 상머슴들이 띄엄띄엄 줄을 이었다. 들판은 온통 소나기 쏟아지듯 부서져 내리는 노란 햇살과 아른대는 아지랑이로 살아 넘실대는 것 같았다.

논개는 이 들판이 좋았다. 돌무덤같이 엎드린 초가들을 병풍으로 둘러치듯 마을 뒤편에 버티고 있는 선학산도 좋지만, 동리 앞으로 탁 트인 도동 들판이 너무나 마음에 들었다. 들판 끝자락에는 남강南江의 하류가 푸르게 흐르고 그 강변의 모래는 유난히 반짝였다. 분명치는 않았으나 논개는, 네댓 살 유년 적에 살았던 곳이 산이 많은 골짜기 동리라 기억하고 있었고, 이곳으로 옮겨 오기 직전까지 살았던 동네는 돌이 많은 천변의 장터 부근으로 유별나게 정이 가지 않았던 것에 비하면, 세 번째 옮겨 온 이곳은 기막히게 마음에 안겨 드는 곳이었다.

"섭냄아, 사방 땅을 좀 봐라. 아지랑이 땜에 그런지 땅이 살아서 울끈불끈 숨을 쉬는 것 같아야! 나는 들판에 나오모 속이 탁 터지는 거 같다! 내가 사내라모 말을 타고 이 들판을 힝힝 달리고 싶은 기라!"

논개가 상기된 낯빛을 하고 식칼과 소쿠리를 양손으로 치켜든 채 날개처럼 활짝 펴 보이며 소리를 높인다.

섭냄이가 그런 논개를 반쯤 입을 벌리고 쳐다본다.

"니는 참말로 유별난 기라. 땅이 살고 죽고가 오딨노. 온제나 그 자리에 꼼짝 안 하고 있는 기 땅인데."

"아닌 기라. 땅은 봄에는 살아서 종자를 싹 틔워 주고 풀을 살게 해 주고 겨울에는 잠자는 기라."

"모리겼다. 나는 땅이 잠자는지 살았는지 노는지는. 그란데 니는 온제 봐도 꼭 머시마 같아야. 우째 여자가 말 탈 생각을 다 하노? 말 타고 쌈터에 쌈하러 갈래?"

"몬할 것도 없제."

"히히, 참말로 고만 웃기라. 여자가 말 타고 활 쏘믄서 쌈하는 거, 생각만 해도 무섭고 우습다야. 야, 논개야 같이 가자. 와 그리 뛰노."

논개가 펄쩍펄쩍 뛰면서 밭두렁과 빈 밭을 가로지르며 앞서 내닫고 있었다.

"와, 며칠 새에 쑥이 마이 컸다!"

지난가을 농사지어 내고 미처 봄갈이하지 않은 빈 밭과 둔덕에는 쑥이며 나싱개냉이, 밤나물, 돌나물, 덮개나물, 달롱개달래, 쑥부쟁이, 빼뿌쟁이질경이가 질펀하게 자라 있었다.

"아래께그저께 봄비 한번 쏟아지더니 나물들이 살판이 난 거 같다."

논개는 쑥이며 각종 나물류를 소쿠리에 부지런히 캐 담았다. 쭈그리고 앉은 등짝으로 햇살이 쬐어 따스하고 땅에서는 풋풋한 흙냄새가 코로 스며들었다. 섭냄이가 손으로 뿌리째 뽑고 뜯은 나물들을 논개의 소쿠리에 담으려 했다.

"니가 캔 거는 니가 가져가라. 그래야 너 오매나 엉가언니들한테 할 말이 있을 거 아이가."

"소쿠리가 없는데 오데다 담노? 고만 니 줄께."

"니 치마로 보자기 하라모."

섭냄이는 빈 밭 깨끗한 곳에다 나물을 모았다. 장소를 옮길 적에 치마에 담기 위해서였다.

"와! 돌미나리다."

논개가 탄성을 내질렀다. 무논과 접한 밭두렁에 불그스레한 돌미나리가 질펀하게 솟아 있었던 것이다. 마치 금싸라기 땅을 발견한 듯 뿌듯한 기분이었다. 논개는 벙긋거리며 서둘러 그것들을 바구니에 캐 담았다. 야생의 돌미나리는 여느 나물보다 향기가 짙고 맛이 좋아 논개가 가장 좋아하는 봄나물이었다. 논개는 입 안에 고여 드는 침을 꿀꺽 삼킨다. 달래도 캐고 냉이와 쑥도 캐고 빈 밭마다 시퍼렇게 너풀너풀 퍼져 있는 흔한 덮개나물도 손가락으로 걷었다. 양이 많고 독이 없는 그 나물은 배고플 때 배를 채워 주는 곡식 같은 것으로 논개에게 소중한 것이었다. 빈 밭 두세 군데서 나물바구니는 금방 차 버렸다.

"배고픈 춘궁긴데도 밭갈이 땜에 사람들이 나물 캘 짬이 없는 기라. 덕분에 할 일 읎는 우리가 통통한 새 나물 다 캐 묵는다."

섭냄이는 마냥 기분이 좋은 듯 밭 군데군데에 모아 둔 나물을 한곳으로 끌어모으며 종알거렸다.

"비가 온 뒤라 나물이 더 많은 기라. 배가 또 실실 고파지는데, 배뚱구리나 캐 묵자!"

논개가 한 바구니 가득 찬 나물 소쿠리를 밭 가장자리로 들어다 놓곤, 지난해 김장 배추 도려낸 밭을 찾아 깸짝을 뛰며 말한다. 한 다리를 들고 한 다리로만 콩콩 뛰는 깸짝걸음은 논개가 기분이 흡족할 때만 하는 버릇이었다.

"김치 몇 가닥에 쌂은 고매 하나랑 물 한 사발을 묵었으니 진끼가 엄써서 금방 배고픈 기라. 나도 배고푸다야."

섭냄이도 논개의 뒤를 따라 깸짝을 뛰며 말했다.

그녀들이 살판난 듯 돌아치는 빈 밭들은 대개 전해에 김장 무 배추 수확을 끝낸 곳이었다. 수확을 하고도 다음 해 다시 파종할 때까지 묵혀져 있는 빈 밭에는 이삭들이 간혹 땅속에 남겨져 있어 밭갈이 때나 춘궁기에 나물 캐는 사람들에 의해 발견되어 즐거움을 주기도 했다.

논개와 섭냄이는 우선 배추 도려낸 빈 밭으로 갔다. 검붉거나 진갈색의 흙밭 두덩에는 배추 도려낸 부분이 하얀 절편처럼 혹은 팽이의 동그란 윗부분처럼 군데군데 드러나 있었다. 기다란 식칼을 원형의 그 뿌리 옆으로 깊숙이 꽂아서 힘껏 솟구쳐 올리면 탐스럽고 하얀 배추 뿌리가 툭 불거졌다. 살진 것은 실제 팽이 같은 모습이기도 했다. 밖으로 드러났던 뿌리의 윗부분만 말랐거나 퍼석거릴 뿐 아랫부분은 살이 여물고 멀끔했다. 제 태생 곳인 땅속에 겨우내 잘 저장되어 있었던 셈이다. 둘은 우선 큰 것 몇 개를 골라내서 흙을 털고 칼로 대충 깎아 으적으적 씹어 먹었다. 달큼하고 맵싸한 배추 뿌리의 독특한 맛이 목줄을 쉼 없이 끌어당겨 둘은 앉은자리에서 대여섯 개나 먹어 댔다. 그러고도 스무 개 정도는 나물바구니 속에 넣었다.

빈 밭에는 밭두렁이나 골에 앙증스런 새순이 노랗게 솟아 있기도 했다. 이삭으로 땅속에 남겨진 씨앗들이 움을 틔워 자기가 그곳에 남아 있음을 밖으로 알리는 듯했다. 콩 수확을 끝낸 빈 밭에는 콩나물도 솟아 있었다. 콩 수확 때 익어 터진 콩알이 겨우내 흙 속에 묻혀 있다가 적당한 온도와 수분으로 움을 틔워 흙 밖으로 뾰조록이 솟구친 것이다. 그것들은 바로 밭에서 나는 콩나물로 그 맛이 물로 키운 것에 비할 바가 못 될 만큼 고소했다.

논개는 뽀얀 배추 뿌리를 흙 속에서 캐낼 때마다 마치 금덩어리를 캐내는 것처럼 소중하게 생각되고 기분이 좋았다. 커다란 횡재를 하는 것 같았다. 밭에서 콩나물을 뽑을 때도 그랬고 무논에서 고둥을 잡아낼 때도 그랬다. 가을에 누렇게 잘 익은 벼에 붙은 메뚜기나 여치를 잡을 때도 그런 마음이었다. 고둥이든 메뚜기든 넘치게 많이 잡았을 때는 밭임자나 논임자에게 미안스런 마음이 들기도 했다. 자기 집에서 땀 흘려 농사를 지은 것도 아니고 자기네 땅도 아니면서 남의 땅에 그들이 흘려 놓은 것을 그냥 가져다 먹는다는 사실이, 왠지 많이 부끄럽고 미안스러웠던 것이다.

논개는 대여섯 살 때부터 이삭을 주우러 다녔다. 벼 이삭도 줍고 따가운 햇볕 아래에서 보리 이삭도 주웠다. 오매도 함께 주우러 다녔다. 그래서 이삭줍기에는 여느 집 아이들보다 이력이 나 있었다. 이삭 주운 것이 모이면 말려서 절구에 찧어 죽을 해 먹었다. 오매가 일해 주고 받아 오는 곡식 몇 바가지는 두 사람의 식량으로 언제나 모자랐다. 그러다 지병을 앓는 오매가 며칠씩 아파 드러눕기라도 하면 솥에는 끓일 것이 없었다.

점심을 굶는 일은 유년 때나 열한 살이 된 지금이나 마찬가지였지만 그래도 활달한 논개는 산이나 들에서 혹은 천변에서 무엇이든 캐거나 뒤적여 허기를 채우곤 했다. 겨울에는 산에서 땔나무를 하면서 두더지같이 온몸뚱이와 사지를 괭이자루처럼 움직여 칡뿌리를 캐고 천변의 돌을 뒤집어 가재를 잡았다. 봄이면 이날처럼 먹을 것이 지천이었다. 산에는 찔레순과 솔순, 송기며 산나물이 질펀하고, 들에는 쑥을 비롯한 온갖 봄나물과 배추 뿌리, 그리고 얼음 풀린 무논과 저수지에서 잡은 물방개와 우렁이, 도랑 진흙 속의 미꾸라지 등, 산과 들판을 돌아치면 절대로 배를 곯지는 않았다. 모심고 보리타작하는 집의 아기 보기, 설거지와 심부름하기, 우물물 길어다 주기 등으로 보리밥 한 사발을 얻어먹을 수도 있었지만, 논개는 그러는 자신이 종년 같고 걸뱅이 같다는 생각 때문에 하지 않았다. 산판, 들판, 개울, 강가를 혼자 자유롭게 돌아치며 맘껏 놀면서 자연 속의 주인 없는 것을 구해 먹는 것이 속도 편하고 즐거웠던 것이다.

배추 뿌리를 실컷 먹고 난 후 그녀들은 또다시 빈 밭을 헤맸다.

"와! 크다. 아기 대갈통만 하다!"

논개가 배추를 베어 낸 빈 밭을 다시 헤집다가 그야말로 통통하고 절굿대 같은 커다란 배추 뿌리 한 개를 캐내고 입을 쩌억 벌린다.

"이야, 에나진짜 크으다. 우짠다고 저리 큰 기, 아즉도 묻혀 있었노! 논개 니 홍자횡재 만났다!"

"우째, 이리 큰 물건이 흙 속에 묻혔을까이. 이리 크고 좋은 기 이삭으로 나오모 주인한테 미안한 기라."

"또 부처님 가운데 토막 같은 소리 한다. 이거는 이삭인 기라. 주인이 다 거둬 가고 떨거진 긴데 와 미안타 말이고?"

"그래도 가마이 놔두모 주인 밭에 거름도 되고 밭갈 때 뒤집어지모 주인이 죽어도 갈 낀데….”

“또 늘그이 같은 소리 한다. 암말 말고 툭툭 짜개서 삶아 무라. 몇 때꺼리 요기는 되겠다야.”

“오늘은 재수가 좋다! 야, 섭냄아. 해가 붕디미 똥구멍에 걸렸다. 인자 고마 집에 가자. 해가 좀 더 길었으모 논고동이랑 물빵개도 잡아 가모 좋겠는데 안 되겠다.”

“하모, 날이 오데 오늘뿐이가. 오늘은 나물 반찬에 배뚱구리 삶아 묵고 내일은 고동 잡아서 괴기 묵자.”

논개는 배추 뿌리와 각종 나물들이 꾹꾹 눌러 담겨진 바구니를 머리에 이고, 섭냄이는 나물 무더기를 무명 검정 치마에 쓸어 담는다.

“논개야, 나는 해가 지는 이때가 참 좋더라! 보래이, 온 들판이 빠알갛다! 해가 서산 너머로 꼴깍꼴깍 넘어간대이.”

“니 혼자 좋아해라. 나는 나물 소쿠리에 머리가 깔려서 앞도 잘 안 보인다.”

“내가 이고 갈 낀께 내 머리에 얹어 도라.”

“나물 소쿠리가 얼매나 무거운데 힘도 작은 니가 이고 안고 갈 수 있는 줄 아나. 내 걱정 말고 니 꺼나 흘리지 말고 잘 갖고 가라.”

논개와 섭냄이는 황혼이 지는 들판을 빠른 걸음으로 걷기 시작했다. 해가 넘어가면 들판은 순식간에 어둠이 드리워질 것이고 온종일 밖에서 싸돌아다닌 섭냄이가 집에서 쫓겨날 지도 모른다는 걱정 때문에 논개의 마음은 바빴다. 빈 밭과 논두렁 밭두렁 가맛길 할 것 없이 잰걸음으로 가로질렀다.

“논개야, 좀 천처이 가자. 그리 무거분 거를 이고 니는 참 잘도 걷는다. 우리 옥개 엉가 말이다. 올봄에 시집갈지도 모린다.”

섭냄이가 종종걸음으로 숨차하면서 말했다.

“못생기고 심통덩어리 너 엉가가 시집을 간다꼬? 하기사 짚신도 짝이 있은께네."

논개가 퉁명스럽게 말을 받자 섭냄이는 더이상 말을 잇지 못했다. 논개가 다시 말을 이었다.

"누구한테 시집가는데?"

"장개실 사람인데, 전답이 많다 카더라!"

"섭냄이 니는 좋겄다! 너 큰엉가 시집가고, 둘째 엉가 시집가고 나믄 니 차렌께."

"나는 시집 안 갈 끼다."

"처니귀신으로 늙어 죽을 끼가?"

"나는 시집 안 가고 논개 니하고 살 끼다!"

"너거 식구들이 나하고 살거로 가마이 놔준다 카더나."

"딸 서이 시집보내모 기둥뿌리 뽑힌다 카던데, 내가 엄스모 살림 축 안 나겄제. 그란데, 논개 니캉 살다가 니가 시집가 뿌리모 나는 우짜제?"

"씰데없는 소리 마라. 나는, 에나 시집 안 간다."

"니 말마따나 처니귀신 될 끼가?"

"처니귀신 몽당귀신 다 돼도 좋은께, 시집은 안 갈 끼다."

논개의 목소리에 힘이 주어져 있었다.

"그라모 기생 될 끼가? 맹明나라 궁녀 될 끼가?"

"글케나. 딱 머시 될 끼다 작정한 거는 아이지만, 시집 같은 거는 절대로 안 간다."

"니는 좀 유세시럽고 벨종 같아서 남들 다 가는 시집 같은 거 안 갈 끼라는 그런 맘도 든다마는, 그래도 처니 시집 안 갈 끼라는 말은 다 쌩짜배이 거짓말이라 카더라. 옛날에는 처니 나이가 늙은 스무 살이 되도록 시집을 안 가모, 대깍대깍 맹나라 진헌니진헌녀 됐다 카더라."

"니 옥개 엉가는 그래서 열여섯 살에 시집가나. 니 엉가는 가맛길 바닥에 내놔도 맹나라 사신이 안 줏어 갈 끼다."

"그래도 우리 엉가는 논개 니한테 못되게 굴고 돼지코지만 쏙살도 희고, 수도 잘 놓고, 바느질도 잘하고, 음식도 잘 만든다."

"맹나라 사신은 그런 거 안 보고 얼굴만 본다 카더라."

논개는 그렇게 말하면서도 명나라 사신이 무엇을 하는 사람인지 실제 그렇게 잡혀간 사람이 있는지는 알지 못했다. 이곳으로 이사 오기 전 천변 난전 부근의 주막집에서 살 때 등짐장수인 보부상 아재들이 하는 소리를 듣거나 동네 할머니들이 주고받는 말을 건성으로 들었을 뿐이었다. 그러나 어른들에게 이것저것 물어보면 어른들은 한마디로 "가시나는 그런 거 몰라도 된다." 하며 면박을 주었고, 논개는 왜 여자는 그런 것을 알아선 안 되는지 그것도 궁금했지만 더 물어보지는 못했다.

"논개 니는, 와 시집 안 갈 끼라 카노?"

동네 입구에 거의 다다랐을 때 섭냄이가 불쑥 물었다.

"여자가 오데 사람이더나. 시집가모 신랑, 씨부모, 씨동생, 씨누, 층층이 시집 살고, 손에 물 마를 새도 허리 펼 새도 없이 뼈 빠지게 일만 하믄서 아도 낳아 키우고, 그라믄서도 신랑이 죽으모 또 따라 죽어야 열부라 카믄서 칭찬하고…. 나는 그렇기 안 살고 싶은 기라."

"그라모 니는, 우찌 살 낀데?"

"와 자꾸 말을 시키노? 시집은 안 가도 우찌 살 끼라 딱 작정한 거는 없다 안 카더나. 씰데없는 말 고만하고, 지금 너거 집에 들어가서 너거 옴마 엉가들한테 머리끄댕이 안 뜯길 생각이나 해라."

"나물 캐 간께네 욕만 한 바가지 얻어묵을 끼다. 와아! 우리 집 굴뚝에 연기가 나고 있다! 나는 들이나 산에서 놀다가 집에 들어갈 때 저런 거 보믄 맘이 편하고 참 좋다! 니도 그렇제? 참, 논개야, 오늘 밤에 순검이 집에 가서 수 놓으까?"

"못 나간다. 요새는 옴마가 밤마다 잘 아파싸서 물수건도 이마에 얹어 디리야 하고…."

"참말로 논개 니 어무이는 와 그리 잘 아푸노? 메칠 전에는 강 진사댁 고방에서 식기를 딲다가 씨러졌다 카데. 맨날 얼굴이 하얗고 제릅대이* 맨키로 말라서 보는 사람들이 안쓰럽다 카더라."

"우리 옴마, 큰 병이 있는 기 아이고, 그냥 일에 골벵이 들어서 그런 기라…. 너거 집 골목이다. 잘 가라이."

"그라모 논개야, 내일 보자."

논개는 대답을 하지 않고 그냥 걸었다. 뭔가 가슴이 답답하고 서러움 같은 것이 목구멍에 치밀어 올랐기 때문이다. 자기 집 굴뚝에 저녁 연기 오르는 것을 좋아하던 섭냄이가 부러웠다. 집에 가면 양친과 형들과 동생이 있고, 아궁이에는 식구들 밥 짓는 불이 지펴지고, 온돌방은 아래윗목 할 것 없이 따끈따끈하고, 김이 오르는 밥을 양껏 먹을 수 있는 섭냄이의 처지가 부러웠다. 해가 넘어간 후 어둠은 사방을 급작스레 뒤덮었고 논개의 기분은 스산하기 이를 데가 없었다. 나물바구니는 천 근 무게만큼 머리를 짓누르는 것 같았다.

*

논개는 울타리도 담도 없는 목수 집 창고 귀퉁이의 셋방 쪽마루에 나물 소쿠리를 팽개치듯 내려놓고는, 오매가 돌아올 때가 아닌 줄을 알면서도 그냥 방문을 열어 본다. 물론 방 안은 텅 비어 있었고 짙게 내린 어둠으로 굴속 같았다. 오매는 일을 끝내고 빨리 돌아와야 초경初更이고, 늦으면 이경二更이 넘어서 올 때도 많았다. 오매가 일을 나가는 집은 주

* 껍질을 벗긴 삼대

로 강 진사 댁이었다. 강주섭 노인의 조부 강일후가 진사進士를 지냈을 뿐, 지금은 도동 고을 천석꾼 토호로 살고 있지만 마을에서는 그 집을 진사 댁이라 불렀다. 진사 댁에는 부리는 노비들도 있었지만 나이들이 많고 언제나 일손이 부족하여 가난한 상민常民의 여자들이 거의 매일 날일을 다니며 세끼 밥 얻어먹고 품삯으로 곡식 됫박을 받아 오곤 했다.

고을 사람들은 논개의 오매를 점촌댁 혹은 함양댁이라고 불렀다. 오매가 과거에 살았던 지역을 호칭해서인지 아니면 다른 까닭이 있어선지 논개는 알지 못했지만 사람들이 그렇게 부르는 것은 알고 있었다. 창백한 얼굴에 가녀린 몸매로 휘청대는 오매를 개천가의 기다란 버드나무 같다고 사람들은 말했다. 그래서 센 바람만 불어도 넘어질 사람이라고 했다. 논개는 오매가 밤마다 심한 기침을 하고 더러는 요강에 혈담血痰을 뱉어 내는 것을 알고 있었으므로 동네 사람들의 말이 틀리지 않다고 생각했다.

일곱 살까지 살던 천변 난전의 주막집 골방에서 논개와 기거하며 주막집 일을 도와주던 오매를, 주인 여자는 논개와 함께 쫓아내다시피 했다. 논개가 울며불며 갈 곳도 없는데 어디로 가라느냐며 주막집 여자의 치마를 붙잡았더니 "병쟁이 니 오매 땜에 장돌뱅이와 술꾼들이 주막에 오지 않기 때문"이라고 했었다. 논개는 오매의 병이 무엇인지는 잘 몰랐으나 천변 사람들은 학질이 세어진 것이라고도 하고 노채*라고도 했다. 그 병은 몹쓸 것이어서 고기반찬에 쌀밥으로 잘 먹고 아무 일도 안 하고 편하게 지내야 낫는 것이기 때문에 부자병에 신선병이라 부른다고도 했다. 몸이 쇠약한 사람이 못 먹고 일에 골병이 들면 그런 병이 생긴다고 했다. 잘 먹고 편히 쉬어야 한다지만 논개의 오매는 전혀 그럴 팔자가 못 되었다. 딸자식과의 끼니를 때우기 위해 온종일 구정물 속에

* 현재의 결핵과 유사

손을 넣어 그릇을 씻고 술밥을 찌고 술상을 차리고 그것을 손님 앞으로 날라야 했다. 천변 사람들도 오갈 데 없는 그들 모녀가 불쌍하다고 동정은 하면서도 방을 내주거나 일을 시키려 들지는 않았다.

논개가 일곱 살이던 여름, 그들 모녀는 천변 난전의 주막에서 끝내 내쫓겨서 이곳 진주목 변방의 고을로 옮겨 오고 말았던 것이다. 그리고 이곳에서는 오매가 병이 든 것을 동네 사람들이 알지 못하도록 모녀는 무진 애를 썼다. 그러나 오매는 일 도중에 간간이 밭은기침을 하는 모양이었고, 며칠 전에는 쓰러지기까지 했다니 소문은 어차피 날 수밖에 없게 되어 있었다. 기침을 하거나 쓰러지지 않았더라도 오매의 푸른 기가 도는 창백한 얼굴과 피골이 상접한 휘청거리는 몸매가 도리 없이 병든 여자임을 알게 했을 것이지만, 논개는 사람들이 모르기를 바랐다. 논개는 가슴 바닥에 엎드려 있는 불안감이 눈덩이처럼 커지는 것을 느끼고 있었다. 이 고을에서는 정말로 떠나고 싶지 않았기 때문이다. 무엇보다 이곳 사람들의 인심이 따뜻했고 선학산과 너른 들판이 기막히게 좋았던 것이다. 이 고을은 논개가 네댓 해 동안 흠뻑 정이 든 곳이었다. 널따란 들판에 나서면 가슴이 탁 트였고, 먹을 것이 많았고, 무엇인지도 모를 의욕이 불끈불끈 솟아올랐다. 오로지 오매만 병이 더 깊어지지 말고 이곳에서 오래 살았으면 하는 간절한 마음이었다.

섭냄이나 막딸이, 순검이처럼 아버지나 형제가 없어도 괜찮다는 생각이었다. 아버지에 대한 특별한 기억이 없었으므로 유별한 그리움도 없었다. 다만 그녀가 다섯 살 때 아버지가 사망했으므로, 그때 당신도 논개도 함께 아버지를 따라 죽었어야 했다는, 오매의 푸념만 귀가 아프게 들었을 뿐이었다. 논개는 오매의 그런 넋두리를 들을 때마다 비탄에 잠겨 드는 그녀의 모습을 가만히 바라보면서 어이없어했다. 남편 없고 재산도 없어 찌들어지게 고생하는 오매의 고단함은 알지만 그러나 뭣 땜에 산 사람이 아버지를 따라 죽어야 하느냐고 되받곤 했다. 그러면 오매는 "이기 사는 기가, 지옥이제…." 했었고, 논개는 "세상에 태어났으모 살아야제 와 등신맨키로 그냥 따라 죽어? 나는 싫다." 하고 악을 쓰듯 소리쳤다. 그럴 때마다 오매는 논개를 향해 "본데없이 들망아지맨키로 천방지축 지멋대로 크는 저 가시나를, 우찌할꼬? 어이구 불쌍한 것…." 하면서 훌쩍거렸다.

"우쨌거나, 나는 이 세상에 오매만 있으모 된께 내가 걱정되거덩 오매는 얼룽 병이나 나아라."

논개는 혼자 중얼거리면서 관솔 조각을 찾아 불을 당겨 정짓간 부뚜막의 옹기그릇 안에 세운다. 방 안 구석의 항아리에는 찧어 놓은 보리쌀이 두세 끼는 해 먹을 수 있을 정도로 들어 있었다. 곡기라곤 아침녘에 보리쌀 한 줌 넣어 끓인 시래기죽 한 사발을 먹은 것밖에 없었지만, 행여 오매가 주먹밥 한 덩어리를 얻어 올지도 모른다는 기대로 캐 온 나물이나 데쳐 먹을 생각을 한다. 나물을 삶아 먹자면 우선 솥 바닥 터진 곳을 밀가루 반죽으로 막아 메워야 했다. 무쇠솥을 하도 오래 사용해서 닳아빠진 솥 바닥 한쪽에 콩알만 한 구멍이 뚫려 있었고 그것을 밀가루 반죽으로 막지 않으면 아무것도 솥에 넣어 끓일 수가 없기 때문이었다. 땜질을 한 반죽이 불에 타서 죽이나 밥에 누린내 같은 불내가 났지만 그러나 솥의 물이 아궁이로 흘러내리지는 않았다.

논개는 솥 바닥 구멍을 메운 후 물을 붓고 불을 지폈다. 그리고 나물 바구니를 관솔불 밑으로 끌어당겨 쑥만 대충 골라냈다. 이어 바구니를 안집 우물가로 들고 가서 두레박으로 물을 길어 올려 나물을 두서너 번 헹구어 냈다. 그리고 솥의 끓는 물에 배추 뿌리와 함께 나물을 쏟아 넣어 데쳐 낸다. 삶아진 나물을 다시 찬물에 건져 내어 작은 손바닥으로 꼭꼭 눌러 짜선 간장과 된장을 조금 넣어 바락바락 주물러 무친다. 나물의 향을 죽이지 않기 위해 된장을 아주 조금 넣었다. 배추 뿌리도 적당히 삶겨 먹기가 좋았다. 삶는 것으로 매운맛이 적어지고 단맛이 많아져 여간 맛있는 것이 아니었다. 논개는 아궁이 앞에 퍼질러 앉은 채 양념이 묻은 그 손으로 나물을 한 움큼씩 입 안으로 넣어 우적우적 씹었다. 밤나물, 나싱개, 덮개나물, 달래, 돌미나리가 한데 어우러져 기막힌 향기로 목줄을 끌어당겼다. 다른 한 손으로 삶은 배추 뿌리를 들고 번갈아 입 안으로 쓸어 넣어 볼이 미어터지도록 먹어 댄다. 목이 막혀 물도 한 바가지 떠 마셨다. 아궁이 앞에 나물 무친 투가리를 가운데로 놓고 두 다리를 벌려 앉은 채 나물이나마 실컷 먹을 수 있어 그녀는 행복했다. 먹을 때는 이 세상 아무것도 부럽지가 않았다. 무거운 쇳덩어리처럼 언제나 가슴 바닥에 박혀 있는 오매의 지병도 먹는 순간에는 잊었다. 나물을 얼마나 먹었는지 배가 불러 왔다. 고기를 씹은 후처럼 이와 잇몸도 뻐근했다.

"고만 묵자. 낼 아츰에 안 나오는 풀똥 땜에 또 힘들 낀데…."

나물로만 배를 채우거나 송기나 솔잎가루로 만든 범벅을 먹거나 하면 쾌변을 하지 못하는 단점이 있었다. 새까만 변이 동글동글 딴딴하게 뭉쳐져 항문을 잘 빠져나오지 않기 때문이었다.

그때였다.

"부석아궁이 앞에서 머 하노?"

어느새 오매가 돌아와 정짓간을 들여다보며 말했다.

"옴마 왔나! 일찍 왔네."

논개가 자배기를 들고 일어나며 반가움에 소리를 높인다.

"저녁 묵었나?"

"나물 삶아 묵었다."

"또 들에 나갔더나? 수를 놓든지, 점백이 할매한테 가서 길쌈하는 거나 배우라 쿤께."

"옴마, 나는 그런 거 답답해서 몬 하겠더라. 고까짓 거는 배울 끼라 작정하모 금방 배운께네 그런 거는 걱정 말고 옴마 몸이나 걱정해라.

강 진사 집에서 식기 딲다가 씨러졌다매?"

오매는 더 말없이 방 안으로 들어가 들고 온 한 됫박 정도의 곡식 자루를 항아리에 쏟아부었다. 품삯으로 받은 겉보리였다. 논개가 관솔불을 들고 방 안으로 뒤따라 들어가자 오매는 허리춤에 끼운 무명 수건을 풀고 쌀 누룽지 두세 조각을 집어 논개에게 건네주었다.

"와, 쌀 누룽지네!"

"꼭꼭 씹어 무라. 오늘은 입들이 많아서 얻어 올 밥이 없었는데, 작은 며누님이 니 주라고 마님 모리게 살짝 몇 개 주더라."

"흰쌀 누룽지가 을매나 귀한 긴데! 나는 배부른께 옴마 묵어라!"

"나는 따신 물이나 한 사발 묵었으믄 좋겄다."

"솥에 따신 물 있다. 떠 올께!"

논개가 잽싸게 밖으로 나가 더운물 한 그릇을 떠 가지고 방에 들어서자, 오매는 눈을 감고 늘어지듯 자리에 누워 있었다. 관솔불 아래에 드러난 오매의 얼굴이 왠지 섬뜩하게 느껴졌다. 불빛이 붉어 얼굴이 절편같이 하얗게는 보이지 않았지만 유난히 눈 부근이 움푹 들어가고 콧날이 위로 솟구친 데다 뺨엔 가죽만 붙어 있는 모습이 마치 영장송장을 보는 것 같았던 것이다.

"옴마, 뜨신 물 떠 왔다."

오매는 밭은기침을 하면서도 혼절하듯이 잠 속에 빠져들고 있었다. 논개는 오매를 더 깨우지 못하고 물사발을 머리맡에 놓은 채 때에 전 무명 솜이불을 끌어 덮어 준다. 그리고 밖으로 나와 쪽마루 밑의 요강을 꺼내 오매의 발밑에 놓아 주고 관솔불을 흔들어 끈다.

논개는 쪽마루에 두 무릎을 세워 쪼그리고 앉았다. 불현듯, 이렇게 손 놓고 병든 오매를 바라보고만 있을 일이 아니라는 생각이 들었다. 천변 사람들이 오매의 병은 잘 먹고 잘 쉬어야 하는 부자병이라 하면서, 누군가 오매 병에는 누런 황구黃狗가 약이 된다고 하던 말이 연이어 떠올랐다. 황구 두세 마리만 잡아먹으면 오매 병이 씻은 듯이 낫는다고 했다.

"누런 똥개를 오데 가서 구한다 말이고. 다 쥔이 있는 갠데…."

논개의 머릿속으로 동네의 개들이 휘익 스쳐 갔다. 순검이네의 검둥이, 막딸이네의 황구, 장골 백치 집의 흰둥이 두 마리 등 가까운 동무 집의 개들부터 강 진사 댁의 송아지만 한 큰 개들도 떠올랐지만 구할 방법이 막막했다.

"막딸이 집의 황구가 새끼 낳았을 때 한 마리 얻어 두는 긴데. 막딸이가 지 맘대로 줄 수 있는 거는 아니지마는…."

논개는 그날 밤 내내 똥개 생각만 하다가 잠이 들었다. 한밤중에 오매의 기침 소리가 요란하고 발밑의 요강을 끌어당기는 소리, 가래를 뱉는 소리, 이어지는 신음 소리를 들으면서 눈을 떴다 감았다 몸을 뒤척이며 거듭 개 생각을 했다.

새벽 일찍 눈을 뜬 논개는 오매보다 먼저 정짓간으로 나가 엊저녁에 불려 둔 보리쌀에다 쌀 누룽지를 함께 섞어 죽을 끓였다. 오매가 아침밥을 먹고 강 진사 댁에 가도록 하기 위해서였다. 오매는 매일 아침 논개가 일어나기 전에 딸이 온종일 먹을 두 끼 정도의 나물죽이나 보리밥을 끓여 놓곤 빈속인 채 그냥 강 진사 댁으로 가 버리기 때문이었다.

"옴마! 내가 죽 끼렸다. 이 나물하고 좀 무라."

이날따라 더 힘들어하며 자리에서 가까스로 몸을 일으킨 오매가 퀭한 눈을 벌려 떴다.

"잠보탱이 니가 새복같이 일어나서 우짠 일이고? 니나 묵어라. 나는 진사 댁에 가믄 머이든 묵을 낀데. 곡식을 애끼야제."

"옴마, 인자 아츰 굶지 마라. 옴마 벵은 잘 묵고 일 안 하모 낫는다 카던데 굶기꺼정 하모 우짤끼고? 나는 남으 집 가서 종맨키로 일하는 거 싫지마는, 옴마가 아푼께네 집에서 쉬고, 나를 옴마 대신 일하라 카모 하겄다."

오매가 놀라는 표정이 되었다. 힘없고 측은한 눈빛으로 논개를 가만히 바라보았다.

"우리 논개 다 컸네! 옴마 병 걱정을 다 해 주고. 그란데 논개야, 옴마가 아즉은 일할 만한께네, 옴마 아푸다는 말 행여 남한테는 하지 마라. 그라고, 니는 아즉 에리서 일을 해 줘도 니 입에 제우 풀칠밖에 몬한다. 옴마가 살아 있는 동안은 그런 말 말거라. 뼈도 안 여문 니를 고된 일로 골병들게는 안 허고 싶은께."

"옴마, 그란께 밥 굶지 말고, 너무 쎄 빠지게 일하지 말고, 옴마 병 좀 낫게 하자, 응?"

"그려, 그려. 어여 묵자. 한 숟가락이라도 더 묵고 니가 좀 더 클 때꺼정은 내가 살아야제. 에미가 살았어도 제대로 못 멕여서 뼛가죽만 남은, 뼛정이 같은 니를 보믄 내가 몬 죽어. 죽을 수가 없는 기라."

오매가 고개를 흔들며 방바닥에 놓인 자배기 속의 죽과 된장으로 무친 나물을 사발에다 따로 덜어 내어 먹기 시작했다.

"옴마, 맛있제? 배뚱구리도 잘 씲아졌은께 죽하고 묵어 봐라."

"오야, 나물도 간이 맞고 죽도 잘 물렀다. 나는 이거만 묵을란다. 그륵 땡기 놓고 어서 다 묵어라."

그날도 오매는 여느 날과 마찬가지로 강 진사 댁으로 갔다. 가기 전에 요강을 집 뒤란 대밭으로 들고 가서 흙을 헤집어 내용물을 쏟아붓고 나서다. 오매는 요강에 혈담을 뱉었거나 한 달에 한 번씩 몸月經을 치러 요강이 피로 범벅이 되면 그것을 부정 탄다 하여 뒷간에는 쏟지 않았다.

*

이날도 논개의 관심은 개에게만 있었다. 햇살이 하늘 꼭대기에 솟구친 정오쯤이었다. 동추마당 귀퉁이에서 점백이 할매네의 다섯 살짜리 손자가 노란 똥을 쌌다. 그러자 어디서부터인지 누렁이 두 마리가 달려왔다. 점백이 할매는 다가온 개들을 소리를 쳐서 쫓았다.

"저리 가라. 니놈들 묵을 꺼 아이다. 우리 껌둥이 먹을 끼다. 껌둥아, 워리, 워리, 껌둥아, 이리 와서 똥 무라."

점백이 할매는 얼굴을 돌려 검둥이를 소리쳐 부르면서 동시에 마당 가장자리의 풀잎을 뜯어 손자의 항문을 닦아 준다. 누렁이들은 달아나지 않고 김이 오르는 노란 똥에만 눈을 박고 계속 할매 근처에서 머뭇거렸다.

"껌둥아, 껌둥아. 이놈이 오데로 싸돌아다니노. 논개야, 우리 집에 가서 껌둥이 좀 데불고 오이라."

구경하고 서 있는 논개를 향해 점백이 할매가 심부름을 시켰다.

"할매, 껌둥이는 지만 보모 도망간다 아입니꺼. 고마 오늘은 누렁이들 주이소예."

"니가 을매나 싸납게 굴었으모 우리 껌둥이가 니만 보모 도망을 치노? 껌둥이가 몬 묵으모 거름하거러 집으로 가져가야제."

점백이 할매는 말은 그렇게 하면서도 똥을 집으로 가져갈 방법이 없는지, 주위에서 계속 눈치를 살피며 빙빙 돌고 있는 누렁이들에게 "처묵어라." 하고는 자리를 피해 주었다. 누렁이 두 마리가 쏜살같이 달려들어 순식간에 손자의 노란 똥을 먹어 치워 버렸다. 두 마리 중 덩치가 크고 날쌘 막딸이네 누렁이가 거의 다 먹다시피 했다. 다른 한 마리는 빈 땅바닥을 핥거나 연신 혓바닥을 내두르며 제대로 먹지 못한 아쉬움을 표현했다.

사실 들길이나 동네 마당이나 고샅길에는 어쩌다가 아이들이 배설하는 것 말고는 인분을 찾아보기가 힘들었다. 거름이 귀하다 보니 어른들은 아무리 볼일이 급해도 자기 집 통싯간까지는 참고 가서 배설했기 때문이다. 그러기에 배곯은 개들은, 특히 아이들 똥은 맛이 유별난지 환장을 하듯 밝혔다.

"똥도 똥 나름인 기라. 내 똥골똥골한 풀똥은 아마 소태만큼 쑤불 끼라, 히히. 거름도 안 될 끼라, 히히."

논개는 속으로 키들거리면서 동추마당을 벗어났다. 섭냄이가 촐랑거리며 논개를 찾아 나올 때가 되었는데 나타나지 않았다. 어저께 해 저물도록 놀다 들어가서 오늘은 단단히 붙잡힌 것이라 생각했다. 논개는 장골 쪽으로 걸음을 옮기기 시작한다. 선학산 골짜기의 외딴 집에 사는 처녀 백치와 그 집 흰둥이들이 갑자기 떠올랐기 때문이다.

처녀 백치의 집을 사람들은 백정이 집이라고 불렀다. 삼십 대 후반의 도부라는 홀아비가 백정 노릇을 하며 바보 딸을 키우고 있었다. 그 딸이 젖먹이일 때 어미가 등짐장수와 배가 맞아 도망쳐 버렸고, 도부 백정이는 고기 국물과 미음과 개 젖으로 딸을 키우면서 이를 갈았었다. 그러나 외딸이 귀머거리에 벙어리인 데다가 정신까지 박약한 백치임을 알고는 밤마다 술에 취해 아기를 안고 꺼이꺼이 울어 대서, 사람들은 그들 부녀를 동네에서 내쫓아야 한다고 수군들 댔다. 그러나 소나 돼지를 잡는 백정으로 동네의 괄시를 통째로 받는 천민이지만, 그도 사람인데 여자 도망가고 자식은 병신으로 한이 많아 그런 것이니 그냥 살게 내버려 두자는 쪽으로 의견이 모아졌고, 이후로 그들 부녀는 스무 해가 가깝도록 외진 골짜기 그 오두막에 살고 있었다. 그 집에는 언제나 개들이 함께 살고 있었다. 어떤 때는 누렁이도 키우고 검둥이도 키우다가 이즈음에는 흰둥이 두 마리가 열아홉 살이나 먹은 백치 딸과 온종일 함께 놀았다. 딸이 나이를 먹은 후부터 도부 백정이는 선학산 고개를 넘어 진주목으로 들어가 백정질을 했다. 동네에 경조사가 있어 짐승을 잡을 일이 생기면 도맡아 하면서도 평소에는 거의 진주에서 일을 했다. 몇 해 전만 해도 새벽에 집을 나가 해질녘에는 돌아오곤 했는데 딸이 커서 제 밥을 챙겨 먹으면서부터 그는 이틀 만에, 늦으면 닷새 만에 집으로 돌아오곤 했다. 백치 딸은 스스로 머리를 빗을 줄도 옷을 입을 줄도 밥을 지어 먹을 줄도 몰랐다. 그러나 애비가 솥에다 고기 뼈를 넣은 보리죽을 한 솥 가득 끓여 놓고 가면 딸은 그것을 퍼먹으며 혼자 놀았다.

논개는 가끔 골짜기 막바지의 그 외딴 오두막집을 찾아가곤 했다. 그 집의 분위기가 이상하게 마음을 끌어당겼기 때문이다. 방 한 칸에 정짓간 하나뿐인 작은 초가집의 마당에는 언제나 잡초가 무성했다. 집 뒤로는 사철 푸른 대나무와 밤색 돈짝나무들이 윤기를 뿜으며 반들거리고, 집 옆으로는 늙은 소태나무 밑에 옹달샘 하나가 바가지를 동동 띄우고 있었다. 백치 딸은 따뜻한 날이면 방문 아래의 흙바닥에 퍼질러 앉아 방 벽 황토 흙을 손톱으로 긁어 먹으면서 히죽히죽 웃곤 했다. 머리는 감거나 빗지 않아서 봉두난발을 하고, 얼굴과 목과 손등은 검은 때 범벅이 되어 딱지가 앉아 있었다. 눈동자는 늘 풀려 있고, 얼굴이 땟자국에 절어 검어서인지 두툼한 입술이 유난히 붉어 보였다. 새까만 머릿니가 목덜미께를 기어 내리기도 했다. 난전에도 없는 상거지의 행색이었다. 그러나 꽉 찬 나이 탓인지 누더기 같은 옷 위로는 그래도 젖가슴이 불룩하고 몸月經이라도 하는 날은 퍼질러 앉은 흙바닥이 검붉게 물들어 있곤 했다.

지난해 여름이었다.

백치 집에 들렀던 논개는 기함을 할 정도로 놀란 적이 있었다. 논개는 백치 처녀의 하체가 온통 피투성이인 데다가 일어나 어기적거리며 걷는 종아리로 피가 지렁이처럼 흘러내리는 걸 보고서 동네로 허겁지겁 뛰어 내려가 백치가 죽을 모양이라고 떠벌렸다. 그러나 점백이 할매와 막딸이 오매가 와서 보고는, "쯔쯔, 지 밑구멍 하나 못 막는 저런 빙신. 기냥 죽제. 저런 것도 생밍이라고 살아서 지 애비 골만 파묵고,

쯔쯔." 하며 그냥 돌아서 가 버렸다. 막딸이 오매도 백치가 병든 것이 아니라 몸하는 것이라고 말하면서 땅바닥에 침을 탁 뱉었다. 그러곤 논개더러 "부정 탈라꼬 이런 집에 들락거리나?" 하면서 눈을 흘겼다.

그때 논개는, 어른들이 백치 처녀에게 서답*을 차게 해 준다든가 피 묻은 옷을 벗게 해 준다든가 어떻게든 조치를 취해 주지 않고, 그냥 침을 뱉거나 빨리 죽지 않는다고 저주를 하며 돌아가는 걸 보면서 안타까움을 금할 수가 없었다. 백치 처녀가 한량없이 불쌍했던 것이다. 하지만 피투성이 백치 처녀에게 다가가는 데는 두려움도 없지 않아 논개도 마당가에서 구경만 하다가 돌아섰었다. 이후로도 논개는 곧잘 그 집을 찾았지만 가을, 겨울로 접어들면서 방문 밖에서 노는 백치의 모습은 볼 수가 없었고 마당에는 흰둥이들만 놀고 있었다. 올봄 들어서는 들판 산판을 휘돌아치느라 그 집을 거의 찾지 못했었다.

백치 집으로 오르는 길은 외졌다. 강 진사 댁 기와집을 중심으로 오밀조밀 모여 있는 초가집 동네에서 벗어나 선학산 골짜기 쪽으로 한참이나 올라가야 그 오두막이 있었다.

"백정이는 짐승을 때리잡는 사람인께, 개를 우찌 잡는지, 흰둥이들도 잡을 개인지, 백정이 아재 있으면 한번 물어보고…."

논개는 이날따라 자기가 백치 집을 찾는 나름대로의 이유를 입 속으로 뇌까려 보며 타박타박 골짜기 쪽으로 걸어 올랐다.

"어쿠마!"

논개는 반사적으로 오른쪽 다리를 번쩍 들며 깜짝을 뛰었다. 오른쪽 발밑으로 늘무리 한 마리가 휘익 배를 깔고 미끄러져 지나갔기 때문이다. 논개는 돌을 집어 들고 풀숲으로 사라진 늘무리의 흔적을 찾다가 그냥 돌을 버린다.

---

* 서답 : 무명으로 접어서 만든 월경대

"오냐, 날이 뜨신께 인자 땅굴에서 밖으로 나왔다 이거제. 가마이 있거라. 내일쯤에 음산 못池가로 가서 니놈들 때리잡아 줄 낀께. 맞다! 니놈들 잡아 푹 삶아서 우리 오매 조야겄다!"

논개는 손뼉을 탁 쳤다.

초전 고을로 가는 길목에 야트막한 음산陰山이 있고 그 산의 오솔길에 뱀이 유난히 많이 기어 나왔다. 사람들은 그 산 밑의 못에 물을 먹기 위해 뱀들이 기어 나온다고도 하고 햇살이 따스해서 몸을 덥히러 나온다고도 했다. 이유야 어떻든 겨울잠 속에서 깨어나 길바닥으로 기어 나오는 뱀들은 잽싸지 못하고 비실거렸고, 아이들은 돌을 집어 그 뱀을 겨냥하여 죽이곤 했다. 논개도 재작년과 작년에 연이어 이맘때에 그곳에서 뱀을 여러 마리 때려죽인 적이 있었다. 꼴망태에 죽인 뱀을 담아 가서 푹 삶아 먹는 사람도 있었지만, 뱀을 먹으면 부정을 타고 다른 약들의 약발이 서지 않는다 하여 먹지 않는 사람도 많았다.

"남이사 머라 쌌든 말든 배미도 고기니께 우리 옴마한테는 약이 될 끼란 말씸이야!"

논개가 뱀 생각으로 골몰하여 걷는 동안 어느새 백치 집이 눈앞에 다가왔다. 버려진 폐가처럼 적막한 골짜기 막다른 곳에 오두막집이 엎드려 있었다. 흙담도 울타리도 없는 토담집이었지만 들어가는 입구 쪽의 둔덕에 살구나무가 흐드러지게 꽃잎을 달고 있고, 옹달샘가의 앵두나무에도 흰 꽃이 만개했다. 집 뒤란의 대나무 숲도 이날따라 윤기가 자르르 흘러 보이고, 썩은 이엉의 초가지붕 위로도 연초록 풀이 솟아 있는가 하면, 마당에도 잡초의 새싹들이 푸릇푸릇 돋아 있었다.

"에구."

마당으로 눈을 돌리던 논개는 턱을 안으로 당기며 짧은 신음을 뱉었다. 흰둥이 한 마리와 순검이네 검둥이가 엉덩이를 붙이고 흘레를 하고 있었기 때문이다. 논개는 왠지 부끄럽고 남사스러워서 일단 고개를 돌렸다가 다시 개들을 쏘아보면서 사방을 두리번거려 막대기 하나를 집어 들었다. 두 놈 엉덩이를 떼어 놓아야 할 것 같아서다. 그러나 개들 상交尾할 때 때리면 앙물보복한다던 점백이 할매의 말이 떠올라서 막대기를 치켜들고도 가까이 가지를 못한다. 개들이 막대기를 쳐든 논개를 흘끔흘끔 훔쳐보며 엉덩이를 붙인 채 비실비실 옆걸음질을 쳤다. 논개는 피식 입귀를 버그러뜨리면서 막대기를 던져 버렸다.

그런데, 백치 처녀가 보이지 않았다. 방문 앞 댓돌 옆에도 마당에도 옹달샘 가에도 방에도 처녀는 없었다.

"똥 싸러 갔나, 산에 꽁알 줏으로 갔나?"

논개가 중얼거리며 뒷간이 있는 쪽과 산 쪽으로 눈을 돌려 보았다. 도부 백정이도 보이지 않았다. 일터인 진주에서 며칠째 묵고 있는지도 몰랐다. 도부 백정이가 있으면 논개는 무작정하고 "우리 오매 살리거러 개 한 마리만 잡아 주이소." 하고 간곡히 부탁해 볼 생각을 했었지만, 실제 논개는 도부 백정의 얼굴도 잘 알지 못하는 형편이었다.

논개는 옹달샘으로 가서 물 한 바가지를 떠 마셨다. 그리고 돌아서다가 벽 밑 양지쪽에 퍼질러 앉아 있는 백치 처녀를 발견했다. 그녀는 누더긴지 저고린지 구별할 수 없는 걸레 같은 윗옷을 벗어 무릎 위에 펼쳐 놓고 이를 잡고 있었다.

논개가 두 눈을 화등잔만 하게 벌려 떴다. 백치 처녀가 이를 잡아먹고 있다는 사실보다 그녀의 몸이 너무나 달라져 있었기 때문이다. 백치 처녀의 복부가 불룩 솟구쳐 있었던 것이다. 그뿐만 아니라, 그녀는 이를 잡느라고 윗옷을 벗고 있었기 때문에 새까만 젖꼭지를 곤두세운 두 개의 커다란 사발젖이 햇살에 그대로 드러나 있었다. 논개는 벌린 입과 눈을 시종 닫지 못하고 백치 처녀 가까이로 다가갔다. 논개가 그녀 앞으로 바싹 다가서자 이 잡던 저고리에 그늘이 지면서, 백치 처녀가 비로소 고개를 들었다. 백치가 마주 서 있는 논개를 쳐다보며 히죽이 웃었다.

"니, 아 뱄나?"

논개가 손으로 처녀의 배를 가리키며 소리를 질렀다. 벙어리에다 귀머거리인 백치 처녀가 무슨 말인지 알아들을 수는 없겠지만 논개가 배를 가리키자 그녀는 시커먼 손으로 자기 배를 쓸어 보며 또 히죽 웃었다. 논개는 심장이 할랑할랑 뛰어서 어떤 말도 더 할 수가 없었다. 보통 일이 아니라는 생각 때문이었다. 아무리 백치라도 처녀가 아기를 뱄으니 동네에서 내쫓길 것이고, 그러면 백치와 아기는 어찌될 것인가 싶었다. 논개는 작년 여름 백치 처녀의 하체가 피투성이로 몸月經을 했을 때처럼 동네로 뛰어 내려가 어른들에게 알려야 할 것인지 판단이 서지 않았다. 콩콩 뛰는 심장으로는 누구에게든 이 예사롭지 않은 사실을 알려야 할 것 같았으나, 백치 처녀에게 결코 이롭지 않을 것 같아 머뭇거렸다.

"우째야 되노?"

그녀의 잉태를 숨겨 주어야 할 것 같은 방향으로 마음이 기울어졌다. 논개는 백치에게 저고리를 입고 방으로 들어가 사람들 눈에 띄지 말라는 손짓을 했다. 그러나 그녀는 연신 히죽거리기만 했다. 여전히 옷에서 이를 잡아내어 입 안으로 쓸어 넣으면서. 논개는 두 팔과 고갯짓으로 이를 먹어서는 안 된다는 시늉을 했지만 그녀는 쉼 없이 웃기만 했다.

"하긴 사람 피 빨아 묵고 사는 이니께, 묵어도 죽지는 않겄제. 나도 모리겄다마."

논개는 투덜거리며 백치 앞을 물러섰다. 마당에는 개들이 여전히 엉덩이를 붙인 채 논개의 얼굴을 또다시 훔쳐보며 옆으로 비칠거렸다.

"야, 이 개놈덜아. 인자 고만 궁디 떼라."

논개는 개들을 향해 눈을 부라리며 째지는 소리를 질렀다. 그리고 백치 집을 벗어났다. 자기가 무엇 때문에 그 집을 찾아갔는지 이유 같은 것은 잊어버리고 있었다. 알았더라도 도부 백정이가 집에 없으니 소용없는 일이었다.

*

논개가 백치 집을 완전히 벗어나 골짜기 외길로 내려가고 있을 때 섭냄이와 순검이가 아래쪽에서 재재거리며 올라오고 있었다.

"논개야!"

섭냄이가 활짝 웃음을 터트리고 쳐다보며 반색을 했다.

"오데 가노?"

"니 찾아온다 아이가."

"내가 여게 온 줄 우찌 알고?"

"우짠지, 니가 백치 집에 갔을 꺼 같아서."

"니가 귀신이네! 어지께 니 옴마한테 머리끄댕이 안 뜯깄나?"

"나물을 캐 갔더만 때리지는 않고, 욕만 쎄 빠지게 얻어묵었다. 백치, 머 하더노? 또 흙 파묵고 앉았더나? 이꺼정 온 김에 백치 한번 보고 갔으모 좋겄다."

"고마 가자."

논개가 두 팔을 벌려 섭냄이와 순검이를 아랫길로 떼밀었다.

"와 그라노? 도부 백정이가 있더나?"

섭냄이가 아랫길로 밀어내는 논개를 쳐다보며 물었다. 도부 백정이가 집에 있는 날은 마음 놓고 백치를 구경하거나 놀릴 수도 없기 때문이었다.

"그래 맞다. 백정이 있더라. 뭣에 썽이 났는지 얼굴이 뻘개 갖고 집 안팎을 돌아치고 있더라."

"와 썽이 났을꼬? 우리 껌둥이 거기 없더나?"

순검이가 물었다. 논개는 금방 웃음이 터지려 했다. 백치 집 마당에서 흰둥이와 상交尾하고 있던 순검이네 검둥이가 떠올랐기 때문이다.

"몰라. 없던데. 껌둥이는 와 찾노?"

"요새 백치 집 흰둥이가 발정이 나서 피를 질질 흘리고 다니는 기라. 껌둥이가 흰둥이 냄새를 맡고 졸졸 따라다니거덩. 나는 백정이 집 흰둥이가 싫은 기라."

순검이의 말을 섭냄이가 콧방귀를 뀌며 받았다.

"힝, 개가 쥔이 싫다 한다꼬 상 안 하나. 그런 거를 알모 개라 안 쿠제. 전에 우리 집 삽살이 본께네 지 놈하고 턱도 안 되는 커다란 똥개하고도 상을 할라꼬 지랄 발광을 하더라. 아무리 폴짝폴짝 뛰어올라도 지 놈 꼬치가 똥개 똥구멍까지 닿지도 않는 거를 말이다."

논개와 순검이가 섭냄이의 말에 배를 잡고 깔깔 웃어 댔다. 골짜기 길을 다 내려서도록 웃음을 그치지 못했다.

"그란데, 껌둥이하고 백구하고 상하모 우떤 새끼가 나올꼬?"

순검이가 걱정스러운 낯빛으로 말했다.

"와, 백치 집 흰둥이하고 너거 껌둥이하고 상할까 봐서 그라나? 하기사 볼써 붙었는지도 모린다. 껌둥이 새끼도 나오고, 흰둥이 새끼도 나오겄제. 또 알록달록 점백이가 빠질지도."

섭냄이가 아는 척을 했다.

"그냥 껌둥이가 나오모 좋겄는데…."

순검이가 또 중얼거렸다.

논개는 유난히 노란 머리며 노란 눈동자 그리고 하얀 살갗의 순검이가 껌둥이 새끼의 색깔에 관심이 많음을 느끼면서, "너거 개가 암캐모 나중에 새끼 한 마리 얻었으모 좋겄는데…." 했다.

"와, 개 키우고 싶나?"

섭냄이가 논개를 쳐다보며 물었다.

"우리 옴마 몸이 약해서…. 개 묵으모 좋다 캐서…."

"하이고, 개새끼 온제 키워서 잡아묵노. 약 할라모 큰 개를 묵어야제!"

"글케 말이다. 큰 개가 오딨노? 동네 개라고는 다 주인 있는 개들뿐인데."

"들개 잡으모 안 되나?"

섭냄이가 말했다.

"들개가 오딨노?"

"선학산에 눈깔 빨간 들개가 돌아댕긴다는 말 못 들었는가배? 쪽방골 쪽으로 가모 들개하고 들괭이들고양이들이 돌아다닌다 카더라."

논개의 눈빛이 반짝 빛나기 시작했다.

"그 말, 에나가?"

"맞다. 나도 우리 옴마한테서 그 말 들었다! 온젠가 장개실에서 미친개가 생겼는데 그 동네 개들을 몽땅 직이거나 내쫓아서 씨를 말렸다 카더라. 선학산 들개가 그때 내쫓긴 개일지도 모린다 카더라."

"그라모 그 들개는 미친병이 들렸을지도 모르고, 많이 싸나블 낀데 우찌 잡는다 말이고?"

순검이와 섭냄이가 주거니 받거니 했다. 논개는 아무런 대꾸질도 하지 않았다. 그러나 머릿속으로는 그 들개를 잡을 생각을 굴리고 있었다.

"논개야, 지금 우리 오데로 가노? 오늘은 논고동 잡으러 가자."

"음산에 배미 잡으러 가자."

다음 날쯤 뱀을 잡으러 갈까 생각하던 것을, 논개는 이날로 가기로 순간적으로 작정해 버린다. 섭냄이로부터 들은 선학산 들개 때문이었다. 내일부터는 바로 선학산 속으로 슬슬 들어가 볼 생각을 했던 것이다.

"니, 배미 잡으로 가자 캤나?"

섭냄이와 순검이가 동시에 동그란 눈을 벌려 뜨고 걸음을 멈춘 채 논개를 쳐다보았다.

"하모, 지금쯤 음산에서 배미가 실실 기 나올 때 아이가. 살찐 거 한 마리 잡고 싶은 기라."

"하이고, 징그럽고 더럽다야."

순검이가 울상을 지으며 어깨와 목을 움츠리고 진저리를 쳤다.

"배미가 징그러버도 더럽지는 않제. 그란데, 요새 배미가 살찐 기 오딨노? 땅굴에서 겨울 내내 묵는 것도 없이 잠만 자다가 배고파서 기어 나오는 긴데. 살찐 배미사 여름 내내 쥐하고 깨고리 마이 잡아묵은 늦가실 독사나 구렁이제."

섭냄이가 아는 체를 했다. 그러나 선뜻 뱀 잡으러 가겠다고 말하지는 않았다.

"논개야, 나는 배미 많은 그 음산이 우째 좀 그렇더라. 생이집상엿집도 있고, 처니귀신 나와서 빨래한다는 못도 있고…. 배미 잡는 거는 무섭지 않은데, 좀 그런 기라."

"둘이 다 가기 싫다 말이가? 그라모 너거들끼리 놀아라. 내 혼자 갈끼다."

"그런 기 오딨노? 그라모 순검이하고 나는 못에서 물방개하고 고동잡을 낀께 니는 배미 잡아라."

섭냄이가 빙글빙글 웃으면서 논개의 얼굴을 쳐다보았다.

"맘대로 해라."

셋은 동구 밖을 벗어나 초전草田으로 가는 길목 켠의 음산 쪽으로들 몰려갔다.

음산은 서북향으로 위치해 있어서 햇볕이 잘 들지 않았지만 한낮이 기울면 산의 측면으로 해가 들었다. 산허리를 가로지르며 긴 오솔길이나 있고, 길 아래로 찌그러진 상엿집 두 채가 띄엄띄엄 엎드려 있었다. 그 아래로 못이 있었다. 초봄이면 그 산의 오솔길에 뱀이 잘 기어 나와 양지쪽에 똬리를 틀고 있거나 길게 배를 깐 채 햇볕을 받곤 했는데, 사람들은 그 뱀들이 겨우내 땅굴 속에서 습진 몸뚱이들을 햇살에 말린다고도 하고, 산 아래 못에 물을 먹으러 내려가는 중이라고도 했다.

"논개야, 배미 나오기는 아즉 쪼깨 춥다 아이가?"

섭냄이는 키 큰 논개의 어깨 위에 팔을 두르려고 발꿈치를 들면서 말했다.

"배미가 나왔더라. 아까 백치 집 앞에서 늘무리 한 마리를 본 기라!"

"거게는 음산보다 좀 따시다 아이가?"

"그래도 기어 나왔을 끼다."

논개는 자기 어깨 위에 매달리듯 하며 기어이 어깨동무를 하는 섭냄이의 팔을 풀어내면서 말한다.

"와 그라노?"

논개로부터 밀려난 섭냄이가 섭섭한 낯빛으로 논개를 쳐다본다.

"키도 쪼깬한 기 자꾸 키 큰 나한테 어깨동무할라 쿠모 나도 귀찮고, 니도 힘들다 아이가. 순검이랑 해라."

섭냄이가 야속하다는 눈빛을 감추지 않고 논개를 흘겨보면서 입술을 내밀고 쏘아붙였다.

"그라모 키 큰 니가 내한테 어깨동무 좀 해 주모 안 되나?"

논개가 그런 섭냄이를 돌아보며 쿡 웃는다.

"섭냄이 니도 참 벨난 기라. 와 그리 사람한테 삐대기를 좋아하노? 걸핏하모 어깨동무할라 카고, 팔 낄라 카고, 허리에 팔 두를라 카고, 손 잡을라 카고…. 와 그라노?"

"니는 우찌 그거를 모리노? 니가 좋은께 그라제."

"내가 머시 좋노? 나는 니가 내 머리 이 잡아 줄 때나 니 손이 좋제,

다른 때는 걸리적거리서 안 좋더라. 순검이 니는 안 글터나?"

"나는 안 그렇더라. 논개 니가 좀 벨난 기라."

"그라모, 삐대기 좋아하는 너거 둘이나 어깨동무해라."

논개가 앞장서 팔을 휘두르며 씽씽 걷기 시작했다.

"남의 맘도 몰라주고…. 꼭 선머시마맨키로 흔들고 가네."

섭냄이는 여전히 뾰로통한 채 종알거리면서도 순검이하고는 어깨동무를 하지 않았다. 뛸 듯이 앞서 걷는 논개 뒤만 잰걸음으로 쫓았다.

"논개야, 좀 천처이 가자. 살찐 배미 잡아 갖고 머 할 낀데?"

"내가 삶아 묵을라고 그란다."

"머라꼬?"

섭냄이의 반사적인 반응과 함께 순검이가 갑자기 퀙퀙 토악질을 했다. 그러다 이내 땅바닥에다 노란 물을 토해 냈다.

"와 그라노, 순검아?"

섭냄이가 걱정스런 얼굴로 순검이의 등을 토닥토닥 두드려 주면서 울먹인다.

순검이는 가까스로 속이 가라앉는지 딸꾹질을 두세 번 하면서 일어나 자기는 그만 집으로 돌아가겠다고 했다.

논개가 깔깔 웃어 댔다.

"내가 배미 삶아 묵을 끼라 카이께네 저란다 아이가. 니, 생각 잘했다! 나 따라오지 말고 고만 너거 집에 가라. 배미 묵는다는 말에 토악질을 하는데 배미 쥑이는 거 보믄, 똥물꺼정 다 넘어올 끼다."

순검이가 고개를 끄덕이면서 돌아섰다. 섭냄이가 가지 말라고 붙잡아도 순검이는 도리질을 하면서 가 버렸다.

"쯔쯔쯔. 비웃살이 조래 갖고 우찌 사노."

섭냄이는 오던 길을 되돌아가는 순검이의 뒷모습을 바라보면서 어른처럼 혀를 끌끌 찼다. 그러나 섭냄이는 음산陰山의 오솔길에 접어들자 논개 옆으로 바싹 붙어 서며 조용해졌다. 풀섶 어느 쪽에서 뱀이 배를 깔고 나타날지 긴장이 되는 모양이었다. 인적이 없는 음산의 오솔길은 언제나 적막했고, 길 아래 상엿집의 입구 쪽 널빤지가 썩어 울긋불긋한 꽃상여가 드러나 보였다. 섭냄이는 논개의 옆구리를 슬그머니 잡으며 붙어 섰다. 상여를 타고 묘지로 간 수많은 귀신들이 상엿집을 제집으로 여겨 수시로 찾아온다는 이야기를 어른들로부터 들었는데 바로 그 귀신집이 눈앞에 있기 때문이었다. 상엿집 안에서 낄낄 웃어대는 소리가 들리는 것도 같고, 오솔길 끝 쪽에서 머리를 산발한 민며느리 귀신이 홀연히 마주 걸어오고 있는 것도 같았다. 아래쪽 못가에서는 처녀 귀신이 빨래를 하고 앉아 "섭냄아, 섭냄아…." 이름을 부르는 것도 같았다.

논개가 갑자기 우뚝 멈추어 섰다. 섭냄이는 연유도 모른 채 논개의 몸짓만으로 "옴마야." 하고 비명을 지르며 논개의 팔을 힘주어 잡는다. 논개가 섭냄이의 손을 천천히 풀어내고 살금살금 몇 발짝 앞으로 걸어 나갔다. 그리고 허리를 굽혀 돌멩이 하나를 주워 쳐들었다. 앞길을 막듯이 좁은 오솔길을 막대기처럼 가로막고 엎드린 늘무리 한 마리를, 상엿집을 조금 지난 길에서 발견했던 것이다.

"구렁이도 못 되고 비쩍 마른 놈이다만, 보리 흉년에 이기 오데고…."

논개의 첫 번째 돌팔매는 정확하게 뱀의 몸통 중간 부분을 맞혔다. 뱀이 심하게 꿈틀거렸다. 논개는 이어서 두 개, 세 개의 돌멩이를 힘있는 대로 던져 뱀 몸통의 서너 곳에 상처를 낸다. 피가 흘렀다. 뱀이 허연 배를 뒤집으며 완전히 뻗어 버린 것은, 논개의 돌멩이가 다섯 개 정도 더 뱀의 몸통을 명중했을 때였다. 섭냄이는 오만상을 찡그리며 바라보고 서 있었다. 그러다 찌푸린 표정 그대로 논개를 쳐다보았다.

"니 돌멩이는 삣나간 기 엄따. 우째 때리는 것마다 딱딱 맞아떨어지노!"

"내가 돌질 귀신이라는 거 몰랐더나? 그라고 배미가 땅속에서 기어 나온 지가 얼마 안 돼서 어리버리하고, 또 섭냄이 니 말마따나 음산 배미가 나오기는 아즉 쪼깨 빠린갑다. 산길 중간꺼정 오도록 저 놈 한 마리밖에 못 봤은께. 섭냄이 니는 못에 가서 고동 잡을 끼라 카더만, 와 안 내려가노?"

"순검이도 없고, 혼자서는 싫은 기라."

"니는 그래도 용타. 배미 쥑이는 거 보고도 토액질은 안 한께."

"작년에도 니 따라 댕기믄서 배미 쥑이는 거 마니 봐서 글체. 그래도 쏙은 좀 안 좋다."

논개가 산기슭으로 조금 들어가더니 칡넝쿨 한 가닥을 끊어 왔다. 그리고 피를 흘리며 죽어 널브러진 뱀 가까이로 다가가서 발로 뱀 몸통 위의 돌을 밀어내고 칡넝쿨로 늘무리의 대가리를 우선 죄어 묶는다. 막대기에다 뱀을 걸어서 집에까지 가져갈 수도 있었지만 동네방네 큰 구경시키고 소문만 날 것 같아 뱀을 똬리 틀어서 칡넝쿨로 돌돌 휘감아 모양새를 작게 만들었다.

"논개야, 니가 이 배미를 에나 고아 묵을 끼가?"

칡넝쿨에 뱀을 둘둘 휘감아 죄어서인지 돌에 찍힌 뱀의 몸통 여러 곳에서 피가 비치는 걸 보면서 섭냄이가 오만상을 찌푸린 채 물어본다.

"우리 옴마 고아 줄라고 그란다. 개를 묵어야 한다는디, 니 말대로 선학산 들개를 잡을 때 잡더라도 이거라도 먼저 쌂아 줄라고 그러는 기라. 니만 알고 있거라. 동네에 말 나모 니 주둥이서 나간 줄 알고 내가 가마이 안 있을 낀께."

논개가 섭냄이를 지그시 노려보면서 말했다.

"와 남들이 알믄 안 되노? 너거 옴마 아푼 거 사람들이 마이 알고 있고, 아파서 약으로 배미 삶아 묵는다는데 머가 어때서?"

"일을 삐 빠지게 하니께 몸이 좀 약한 기제. 큰 병은 없는데 사람들이 몹쓸 병자 취급하니께 싫다 말다. 우쨌거나 니는 주둥이 닫아라! 우리 옴마 약 할라고 배미 잡았다는 말, 아가리 까발리모 배미 대가리를 니 아가리에다 쑤셔 넣어 버릴 낀께네."

논개가 바른손에 움켜진 뱀 묶음을 섭냄이 앞으로 내두르며 눈을 부라린다.

"옴마야."

섭냄이가 펄쩍 뛰면서 길바닥에 그만 주저앉아 버렸다. 논개가 깔깔 웃음을 터뜨리면서 뱀을 들지 않은 왼쪽 손을 내밀어 섭냄이를 잡아 일으킨다.

"니는, 참말로 대척 못할 가시난 기라. 말을 해도 우찌 그리 섬뜩스럽거로 한단 말이고?"

섭냄이는 원망이 가득 담긴 시선으로 논개를 쳐다보면서 논개가 내민 손을 잡고 길바닥에서 일어났다. 논개는 섭냄이에게 오늘은 그만 놀고 헤어지자고 한다. 해는 하늘 배꼽에 걸려 중천에 떠 있었지만 뱀을 한 마리 잡았으니 그냥 집으로 들어가고 싶었던 것이다. 오매가 저녁에 돌아오면 먹을 수 있게 뱀탕을 만들어 놓아야 하지만 그보다도 기분이 별로 신명이 나지 않기 때문이었다. 백치의 배가 금방 터질 듯 불러 있었던 사실이며 검둥이와 흰둥이가 상交尾하고 있던 모습들이 왠지 머리에 걸려 찜찜하고, 오매가 병들었다는 것을 동네 사람들이 많이 알고 있다는 좀 전 섭냄이의 말 또한 마음에 걸렸던 것이다.

"나도 니 따라 너거 집에 갈 끼다."

섭냄이가 치맛자락의 흙을 털어 내면서 말했다.

"니 맘대로 해라."

논개는 개의치 않았다. 실제 섭냄이가 노란 대낮에 자기 집으로 촐랑촐랑 들어가지 않을 것임을 알고는 있었다. 그렇지만 나중에라도 섭냄이 식구들에게 배미 잡으러 가는데 그녀를 데리고 가지 않았다는 말을 하고 싶었던 것이다. 집으로 돌아가는 길에 다행히 사람들 눈에 많이 뜨이지는 않았다. 대여섯 살배기 어린아이들 몇이 논개가 칡넝쿨에 휘감겨 피 흘리는 뱀을 들고 가는 것을 보고 소리를 내지르며 달아났을 뿐이다.

집으로 돌아온 논개는 빈 독 위에 얹힌 홈이 깊숙이 파진 항아리 모양새의 옹기솥을 내려놓았다. 밑바닥에 구멍이 난 무쇠솥에 뱀을 장시간 곯일 수는 없었기 때문이다.

"논개야, 장작개비도 없고, 불살 없는 이 꺼부지 나무 갖고 온제꺼지 불 때고 앉아 있을 끼고? 불씸이 센 장작불이 있어야 배미를 흐물흐물 골 낀데…."

섭냄이가 정짓간의 구석에 쌓인 마른 나뭇잎과 볏짚 땔감을 보면서 울상을 지었다.

"글케 말이다. 엊저녁까지도 까시나무 둥거리가 좀 있었는데 나물 삶고 죽 끓이고 하믄서 다 태워 버맀제."

"정짓간에 있는 저 꺼부지 다 갖다 때도, 배미 푹 안 물러질 꺼 같다."

"아이다. 저 나무라도 갖고 얼렁 쌂아야 한다. 쥑인 배미는 그냥 놔두모 썩을 끼다."

논개는 칡넝쿨에 휘감긴 뱀 묶음에 바가지 물을 들이부어 대충 씻어내고는 항아리처럼 생긴 옹기솥에 그것을 묶음 그대로 넣고 뚜껑을 덮었다. 그리고 집 뒤란으로 돌아가 큰 돌 네댓 개를 주워 와서 쪽마루 아래쪽의 손바닥만 한 마당에 임시 아궁이를 만들었다. 마치 소꿉놀이를 하듯 섭냄이는 신바람이 나서 큰 돌을 여러 개 주워 오고 대숲에서 마른 댓가지를 끌어오기도 했다. 둘이서 만든 돌 아궁이 위에 옹기솥을 걸고 불을 지폈다. 마른 나뭇잎과 볏짚 부스러기가 생각만큼 잘 타지 않았다. 생땅에다 불을 지펴 그런 모양이라며 섭냄이가 부엌 아궁이의 재를 삽에다 담아 와서 새로 만든 아궁이 바닥에 깔기도 했지만 불은 여전히 힘살 없이 피식피식 타다가 꺼지곤 했다. 그나마 바람이 살랑살랑 불어 연기가 앞으로 쏟아져 나오기도 하고, 돌 틈새로 불길과 연기가 동시에 빠져나가기도 하는 등 솥 바닥에 불길이 제대로 올라 닿지 않았다. 논개는 일단 불을 끄고 흙을 물에 반죽해서 불길과 연기가 새는 돌 틈 사이에 바르고 반대 방향으로 바람을 막고 앉아서 불을 지펴 본다. 앞으로 되쏟아져 나오던 불길과 연기가 방향을 바꾸어 앉음으로써 제대로 뒤로 빠지기는 했지만, 불길이 여전히 솥 바닥에는 닿지 않고 기듯이 엎드린 자세로만 흘러나갔다.

"장작개비로 불을 솥 밑 가운데로 모아 지피야 하는 긴데. 논개야, 도치 어딨노? 이 마린 대나무라도 쪼개서 때 볼라 쿤께 뿌러지지가 않는다."

논개가 쪽마루 밑에서 도끼를 꺼내 주고 섭냄이는 마른 대나무를 토막 내어 그것으로 불을 솥 밑으로 모아 본다. 불은 잘 붙었다. 그러나 말라서 썩은 대나무도 많지 않아 오래 지필 수는 없었다. 논개는 다시 불심 없는 나뭇잎과 검부러기를 지필 수밖에 없었지만, 섭냄이는 시종 고개를 흔들면서 딱해했다. 그래도 옹기솥의 물이 끓기 시작하는지 솥 뚜껑 가장자리로 김이 오르기 시작하고, 그렇게 생각해서인지 구수한 냄새도 나는 것 같았다.

"끓는다! 한번 보자!"

논개는 젖은 행주로 옹기솥 뚜껑을 열어 보았다. 뱀이 칡넝쿨에 감긴 채로 들썩들썩 끓고 있었다. 뱀은 대가리를 위로 쳐든 채 아가리를 쩍 벌리고 있었고 푸른 칡넝쿨은 너풀너풀 거무튀튀한 색깔로 삶아지고 있었다.

"히히. 죽어서 솥에 들어간 놈이, 뜨거버서 대가리를 쳐들고 아가리를 벌린 꼴을 하고 있네! 그란데, 불을 올매나 때야 이 물건이 흐물흐

믈 살이 녹아서 국물이 뽀이얗게 우러날까이?"

"모르기는 해도 나무 한 짐을 때야 살이 물러질 끼다. 그란데, 이런 비실비실 죽은 꺼부지 나무로 온제 배미 살이 녹는다 말이고?"

섭냄이가 어른처럼 혀를 끌끌 차면서 말했다.

순간, 논개가 섭냄이를 돌아보면서 소리쳤다.

"맞다. 배미 껍데기를 벳기모 되겄다! 찔기디찔긴 배미 껍데기는 아무리 불 때도 녹지 않을 끼다. 껍데기를 벳기고 더 삶자!"

"하이고 징그러버라. 누가 배미 껍데기를 벳기노. 배미 고옴은 껍데기를 벳기고 쌂는다 카더나?"

"그거는 모르제. 고옴하는 거를 본 적도 없고 한 번도 안 해 봤은께. 카지마는 배미 껍데기 찔긴 거는 안다. 전에 살던 데서 배미 구운 거를 묵어 봤는데 껍질이 너무 찔겨서 마른 칡줄기 같은 거라. 씹지도 몬하겄더라고. 그라자, 배미 껍데기를 벳기자."

"쌂다 말고 배미 껍데기를 누가 벳기노 말이다?"

"내가 벳기지."

"나는 몰라. 나는 손 안 댈 끼다."

"오야, 대지 마라. 내 혼자 다 할 낀께."

논개는 아궁이의 불을 끄고, 뱀 묶음을 넙데데한 큰 독 뚜껑에다 건져 낸다. 김이 무럭무럭 올랐다. 섭냄이는 두세 걸음 물러서서 얼굴을 찡그린 채로 그러나 눈은 뱀에서 떼지 못한다. 논개는 식칼로 뱀 몸통에 감긴 칡줄을 잘라 냈다. 그런데 칡줄을 끊어 내도 뱀의 몸통은 생각처럼 길게 펴지지 않았다. 논개는 입을 쩍 벌리고 있는 뱀의 대가리를 오른손으로 움켜잡고 위로 치키며 일어섰다. 몸통이 조금 풀리긴 했어도 일직선으로 곧게 펴지지는 않았다.

"섭냄이 니 키만 하다!"

논개가 뱀을 섭냄이 쪽으로 한 번 휘둘렀다. 섭냄이가 자지러지는 비명을 내지르며 뒷걸음질을 쳤다.

"죽은 배미 보고도 겁내는 니는, 간띠가 콩알만 한가 보다. 간이 생기다 말았는갑다! 가마 있자. 이거를, 오데로 우찌해서 껍데기를 벳기야 하노? 그래, 이라모 될 끼다!"

논개는 뱀을 다시 독 뚜껑 위에다 놓고 식칼로 뱀의 모가지 둘레를 빙 돌려서 칼집을 냈다. 그리고 칼집을 낸 목 부분의 껍질을 손톱으로 뜯어내면서 멀찍이 서 있는 섭냄이를 돌아보며 소리친다.

"섭냄아. 니, 이 대가리만 힘을 꼭 주고 좀 붙잡고 있거라. 그라모 내가 여기서부터 배미 껍데기를 잡고 짝 벳겨 내릴 텐께."

"싫다, 싫다."

"죽은 배미다. 아물치도 않은 기라. 이거 봐라. 나는 이 배미 대가리하고 입을 맞출 수도 있는 기라!"

논개가 손에 쥔 뱀의 대가리를 입 쪽으로 들어올리는 시늉을 했다. 섭냄이가 두 손으로 얼굴을 가려 버렸다. 그러다가 기어이 끄윽 하며 목줄띠를 솟구쳐 구역질을 했다.

"니가 몬 하겄다 카모 우짜노. 내 혼자서 해 봐야제."

논개는 쪽마루로 올라가 무거운 다듬잇돌 밑에다 뱀 대가리를 넣었다. 그리고 칼집 낸 목 부분의 껍질을 벗겨 내리려 했다. 그러나 논개가 힘을 주자 뱀 대가리만 돌 밑에서 쑥 빠져나오고 말았다. 논개는 잠시 망연한 낯빛으로 서 있더니 쪽마루 밑에서 망치와 못을 찾아냈다. 그리고 방문 문설주에다 뱀의 대가리를 대고 못을 쳐 버렸다. 뱀이 문설주에 대가리가 박혀 늘어져 흔들거렸다. 논개가 히죽 웃더니 목둘레의 껍질을 두 손으로 힘을 주어 아래로 잡아당기기 시작했다. 드디어 껍질이 통째로 벗겨지기 시작했다. 대가리는 꼼짝없이 쇠못에 박힌 채 논개가 힘쓰는 데 따라 뱀은 허연 몸체를 드러냈고, 진저리를 치는 섭냄이의 자지러진 소리도 높아졌다. 그런데 뱀이 어느 정도 삶겨져서인지 껍질에 허연 살점이 덕지덕지 묻어났다.

"어구, 논개 니는 무서분 벨종인 기라. 독종 같은 가시난 기라."

섭냄이는, 기어이 뱀의 껍질을 벗겨 내고 마는 논개를 바라보면서 고개를 내젓는다.

"와, 다 뻿깄다!"

논개는 탄성과 함께 나무 도마 위에다 껍질 벗겨 낸 허연 뱀 몸통을 길게 얹어 놓고 칼로 토막을 치기 시작했다. 살점이 붙은 채로 완전히 뒤집어진 껍질도 힘껏 쳐서 토막을 냈다. 그리고 그것들을 전부 옹기 솥에 쓸어 넣고, 또다시 불을 지피기 시작했다.

"인자, 잘 우러날 끼다! 섭냄아, 정지에 가서 꺼부지 나무들 좀 더 갖고 나오이라. 불살은 적어도 인자는 고옴이 빨리 될 끼다!"

섭냄이의 반응이 없어 논개는 뒤를 돌아보았다. 섭냄이가 없어졌다. 제집으로 가 버린 모양이라 생각한다. 논개는 갑자기 주변이 허전한 것을 느낀다. 섭냄이와 함께 있을 때는 외롭지 않고 편안하다가, 촐랑거리고 가 버리고 나면 주변이 적막강산 같은 기분을 곧잘 느끼곤 했는데 이 순간은 더했다.

"내가 배미 껍데기 벳기는 기 되게 징그러벘던 모양이제. 문디 가시나, 그래도 가모 간다 쿠고 가제."

그러나 뱀솥이 다시 끓기 시작했을 때 섭냄이가 돌아왔다. 그녀는 작은 팔 안에 바싹 마른 장작개비를 열 개도 넘게 안고 서 있었다. 논개의 눈이 화등잔만 해졌다.

"니, 이 장작이 오데서 났노?"

섭냄이가 장작을 아궁이 앞에 부려 놓고는 자기가 금방 지나온 살팍사립문 쪽의 골목을 돌아보았다.

"니, 이 장작 오데서 도둑질했구나."

"우리 집에서 갖고 왔다. 옴마도 엉가들도 밭갈이하는 데 나가고 움떠라. 얼릉 이 장작으로 때라. 내가 좀 더 갖고 올 텐께."

섭냄이가 다시 돌아섰다. 논개가 섭냄이의 팔을 낚아챘다.

"와 이라노? 우리 집 도둑 집 만들 끼가? 그래, 이거는 니가 나한테 말도 없이 이꺼정 안고 왔은께 우짤 수 없어서 때겄다마는, 또 갖고 오모 내가 썽낼 끼다."

섭냄이가 논개의 얼굴을 쳐다보며 붙잡힌 팔을 뽑아내려 했다.

"우리 집 꺼 내가 갖고 오는데 와 도둑질이란 말이고? 딱 한 번만 더 갖고 올 끼다."

"안 된다. 어른들 허락 안 받고 집에 아무도 없을 때 살짝 가져오는 거는, 너거 집 꺼라 해도 도둑질인 기라. 니 자꾸 고집 피우모 갖고 온 이 장작도 도로 갖다 놓으라 할 끼다! 그라고, 니 옴마한테 일러 줄 끼다."

섭냄이가 기가 막힌다는 얼굴을 했다. 누구 땜에 장작을 갖고 왔는데 이렇게 말할 수 있나 하는 낯빛이었다.

"이 팔 놔라. 안 갖고 오모 될 꺼 아이가."

논개가 움켜잡았던 섭냄이의 팔을 풀어 준다.

"니는, 참말로 벨난 종잔께네…."

섭냄이가 투덜거렸다.

장작불은 힘 있게 잘 탔다. 시뻘건 불길이 옹기솥 가운데로 몰려 활활 타오르면서 솥 안의 뱀탕이 부글부글 끓어올랐다.

"불살이 너무 좋다! 고옴하는 거는 천처이 오래오래 끓이야 자알 우러날 낀데."

논개는 훨훨 타고 있는 장작 두세 개를 빼내 불기운을 죽이면서 좀 더 길게 불을 지폈다. 서쪽 하늘에 붉은 기운이 돌기 시작했다. 어느덧 해가 기울려는 것이다. 햇살이 퍼질 즈음에 백치 집을 다녀오고, 음산에 가서 뱀을 잡고, 아궁이를 만들어 잡은 뱀을 끓이다 또 껍질을 벗기고, 그리고 곰국이 거의 다 되었을 때는 해가 설핏설핏 넘어가려 했던 것이다.

"뽀이얗게 자알 우러났다! 인자 불 고만 때고, 나중에 너 옴마 오시모 데워서 디리모 되겄다."

섭냄이가 옹기솥 뚜껑을 열어 보곤 탄성을 지르듯 말했다.

"참말로! 배미 한 마리 쌂는 데 하루가 다 갔다!"

논개가 두 팔을 위로 올려 만세 부르듯 한다.

"그란데 논개 너 옴마, 뱀탕 잘 잡숫나?"

섭냄이가 갑자기 생각난 듯 논개를 돌아보며 물었다.

"글케 말이다. 다 끓이 놓고 나니께 나도 인자 그기 걱정이다! 옴마가 이런 거 묵는 거 본 적이 없거덩. 글치만 아픈 사람이 이것저것 개리겄나. 약이라 생각하고 마시라 해야겄제. 그라고 섭냄이 니도 인자 너거 집에 가라. 맨날 백판 놀기만 해서 진짜로 니 쫒기나겄다."

"괜찮다. 쫒기나모 논개 니하고 살 끼다!"

"또 말 겉지도 않은 소리 씨부리샀는다."

"와 니는 자꾸 안 된다고만 하노? 지금맨키로 같이 놀고, 같이 살모 되제."

섭냄이가 야속스런 눈길로 논개를 쳐다보았다.

"귀신 씨나락 까묵는 소리 말고, 얼렁 너거 집에 가란 말이다."

논개는, '니는 내하고 있으모 배가 고프단 말이다.' 하는 속엣말은 삼킨 채 섭냄이의 등을 떼밀어 버린다. 이날도 뱀을 잡고 껍질을 벗기고 삶는다고 한나절을 같이 보내면서도 섭냄이에게 점심을 줄 수 없어 속이 상했던 것이다.

"나는, 니하고 있으모 배가 하나도 안 고푼 기라. 에나 요상하제."

논개의 언짢은 속을 읽기라도 한 듯 섭냄이가 종알거렸다.

그러나 논개는 가기 싫어하는 섭냄이를 기어이 쫒아내다시피 보내 버린다.

*

이날 오매는 해가 마악 떨어지고 미처 어둠이 내리기도 전에 집으로 돌아왔다. 전에 없던 이른 귀가였다. 목에 두른 명주 수건으로 코와 입을 막아도 들이치는 바람으로 기침을 많이 했던 것 같았다. 오매는 곧장 방 안으로 들어가 누워 버렸다. 입에서 떼어 낸 명주 수건에 핏덩이가 묻어 있고 얼굴은 백지장 같았다. 논개는 가슴이 덜컥 내려앉았다. 심장이 쿵쿵 뛰었다. 논개는 오매의 얼굴을 내려다본다.

"옴마, 많이 아푸나? 낼부터 강 진사 댁에 일 나가지 마라. 내가 우찌 해 볼 텐께. 설마 산 입에 거미줄 치겄나. 이러다가 옴마 큰일나겄다."

논개가 울먹였다.

"괜찮다…."

오매가 옆으로 돌아누우면서 꺽센 음성으로 말했다. 목소리에 힘이 한 자락도 묻어 있지 않아 왠지 느낌이 좋지 않았다.

"옴마, 기침하고 피 토하다가… 쫓기 왔제?"

"아, 아이다…."

"그라모, 와 이리 일찍 왔노? 곡식도 안 받고 말이다."

"내가 아파서, 그냥 와 버린 기다. 쿨럭쿨럭."

논개는 입을 닫고 만다. 오매에게 말을 시키지 않기 위해서다. 논개는 밖으로 나와 옹기솥에 고아 놓았던 뱀탕을 막사발에 가득 떠서 들여간다.

"옴마, 약 좀 묵어 봐라!"

오매가 돌아누운 채 꺼지는 소리로 말했다.

"무신 말이고? 약이라 캤나?"

"응. 늘무리 한 마리 고옴했다. 약 된다 카더라."

오매가 힘들게 고개를 돌렸다.

"배미라꼬? 니가, 늘무리를 우찌 잡았더노?"

오매는 의외로 놀라지 않으면서 논개가 그것을 잡은 사실을 오히려 기꺼워하는 것 같은 표정으로 물어 왔다.

논개는 조마스럽던 마음을 풀면서 밝게 반응한다.

"봄 배미는 비실비실하다 아이가. 돌팔매로 잡은 기다. 얼렁 일어나서 이거 좀 마시 봐라."

오매가 끙끙대며 일어나 앉았다. 이마에 끈적끈적 식은땀이 배어 있고 입가로 핏자국이 묻어 있었다. 논개가 조심스럽게 뱀탕 그릇을 앞으로 내밀었다.

"내가 너만 할 때도, 허약해서 배미를 고옴해 묵었다. 그때는 배미인 줄도 모리고 묵었다만, 그기 인이 백히서 묵고 싶을 때도 있었던 기라. 국물이 자알 우러났구나!"

오매는 커다란 막사발에 넘치도록 담은 뽀얀 뱀탕을 얼굴 한번 찡그리지 않고 천천히 다 비워 냈다. 논개는 기뻤다. 온종일 정성 들여 끓인 것을 구역질이라도 하면서 안 먹는다고 하면 어쩔까 적잖이 마음 졸였던 것이 일순간에 봄눈처럼 녹아내렸다. 오매는 입가심을 하듯 굵은 소금 한 알갱이를 입 속에 넣고는 "고옴이 고소하다." 했다.

"우리 논개가, 인자는 다 컸다! 배미 잡아서 에미 약꺼정 만들 줄 알고."

오매가 새삼 논개를 바라보았다.

"옴마가 잘 묵어 주니께 좋다! 옴마, 이거 다 묵으모 내가 또 해 줄 텐께 낼부터는 일 나가지 말고, 병 먼저 고치자! 쥔 없는 들괭이하고 들개도 잡아서 고옴해 줄 텐께."

오매가 손등으로 이마의 식은땀을 훔쳐 내고 자리에 다시 드러누우면서 입가로 잔잔한 미소를 머금는다.

"오야, 그라자…."

논개는 오매의 그러자는 말에서 오매가 진사 댁에 더 갈 수 없는 사정이 생겼음을 어쩔 수 없이 확인한다. 병 때문에 쫓겨나는 것이나 다름없는 대접을 진사 댁에서 받았음을 느낀다. 논개는 불안해졌다. 어떻든 이 동네에서만은 절대로 내쫓김을 당해서는 안 된다는 생각이었다.

다음 날 아침에도 논개는 뱀탕을 데워서 오매에게 다시 한 사발을 올렸다. 오매는 여전히 달게 잘 마시곤 굵은 소금 한 알을 입 안에 넣었다. 오매는 무엇이든 먹고 병을 낫게 해야 되겠다는 결심이 단단히 서 있는 것 같았다. 오매 못지않게 논개의 마음가짐도 다부졌다. 오매 대신 무슨 일을 해서든 곡식도 받아 오고, 살진 구렁이며 들고양이며 들개도 잡아서 기어이 오매의 병을 낫게 하겠다는 생각이었다.

방 안의 항아리에는 그간 오매가 날일로 모아 놓은 보릿말이 들어 있고, 금싸라기 같은 쌀도 한 됫박 정도는 있었으므로 얼마간은 남의 집 일보다 오매의 약을 만드는 일에 전념해도 되겠다는 생각이었다. 그러나 당장 아궁이에 지필 땔감이 없었다. 날씨는 갈수록 따뜻해질 것이므로 방을 덥히는 날이 줄어들겠지만 당장은 아픈 오매를 위해 하루 한두 번은 군불을 지펴야 하는데 땔감이 없었다.

논개는 아침밥으로 끓인 나물죽을 오매의 머리맡에 간장과 함께 놓아두고는, 갈퀴와 새끼줄과 가마니 조각과 낫을 챙겨 옆구리에 꼈다. 선학산으로 땔나무를 하러 가기 위해서였다. 산에 들어간 김에 들개나 산고양이도 잡을 수 있으면 좋겠다는 생각도 해 본다.

그러나 정작 선학산에 들어선 논개는 뭐라고 표현할 수 없는 환희로움에 입을 벌린 채 사방을 휘둘러보며 빙빙 몸체를 돌리기도 하고 손뼉을 치기도 하고 깸짝을 뛰기도 하며 감탄을 연발한다. 산벚꽃나무를 비롯하여 진달래며 산수유며 각종 이름 모를 꽃들이 울긋불긋 지천인 데다 나무마다 연초록 잎새들이 파릇파릇 잎을 틔우는 모습들이 기

막히게 좋았기 때문이다. 산벚꽃나무 주변으로 벌이 윙윙거리고, 나비들이 춤을 추고, 산새들이 우지짖고, 산다람쥐들이 잽싸게 나무를 타거나 산등성이로 기어오르는 등 산속은 봄맞이로 온통 부산했다. 보름 전쯤에 땔감을 긁으러 왔을 때만 해도 시커먼 나무마다에 점 같은 움이 트고 가지마다 물이 오른 힘찬 기운은 느낄 수 있었어도 이렇듯 벌, 나비와 푸른 잎새와 선홍색 꽃잎들로 잔치를 벌이지는 않았었다. 흡사, 눈에 보이지 않는 숲의 요정들과 다람쥐와 산새들과 벌, 나비를 동반하여 숲의 나무들이 성대한 무당 굿거리를 벌이고 있는 것 같았다. 보드라운 찔레순도 큰 손으로 한 뼘만큼이나 자란 데다 통통하게 살져 있어 입 안에 침이 돌게 했다. 논개는 자신이 왜 선학산 속에 들어왔는지를 잊고 연신 감탄과 환호성을 내지르며 돌아쳤다. 이 산의 전설처럼 천상의 선녀와 학이 어디엔가 내려와 춤을 추고 있을지도 모른다는 생각도 들었다. 찔레 가시에 손등이 지렁이처럼 긁히면서도 논개는 눈앞의 찔레 무더기에 솟아 있는 그 보드라운 순들을 놓칠 수가 없어 한 묶음이나 꺾어 내어 껍질을 벗겨 먹기도 하고, 오매에게 주기 위해 옷고름에 묶기도 하다가, 화들짝 놀라는 얼굴이 된다.

"나무도 하고 들개도 잡겄다고 산에 오른 가시나가, 먼 지랄을 하고 있제?"

논개는 새끼줄과 함께 내팽개쳐 두었던 갈퀴를 찾아 들고, 바스러진 잡나무 잎사귀들을 긁어모으기 시작했다. 작년 가을에 떨어진 낙엽들이었다. 불살이 워낙 약한 땔감이어선지 동네에서 가까운 산 아래쪽에 수북이 쌓였는데도 긁어 간 사람이 없었다. 논개는 갈퀴로 긁어모은 마른 잎 무더기를 곳곳에 만들어 놓고 산 중턱으로 오르기 시작했다. 산의 아래쪽보다는 중턱부터 위쪽으로 소나무가 많이 자생하고 있었고, 마른 잎을 긁을 바에는 솔깔비가 잡나무 낙엽보다 불살이 더 세었기 때문이다. 논개는 수풀을 헤쳐 오르면서 사방을 두리번거린다. 혹여 산고양이나 들개가 있을지도 모른다는 생각에서였다. 그러나 중턱으로 오를수록 산속은 조용하고 호젓할 뿐이었다. 밭 갈고 씨 뿌리는 농번기에 꽃 찾아 산에 올 한가한 농부도 없겠지만, 산나물을 뜯기도 이른 때여서인지 산속에는 산짐승은커녕 사람의 흔적조차 없었다. 하지만 논개는 조금씩 긴장이 됨을 어찌하지 못한다. 위로 오를수록 호젓해지는 산속의 느낌이 어디에서 들개라도 불쑥 나타날 것만 같았기 때문이다. 그러나 두려움을 느끼지는 않았다. 돌팔매질에 자신이 만만했기 때문이다. 논개는 양어깨를 쫙 펴고 가슴을 앞으로 내밀며 심호흡을 두세 번 한다.

중턱에 거의 다 올랐을 때쯤 논개는 숨을 들이마시면서 그 자리에 굳어 버렸다. 온몸으로 오스스 소름이 돋고 머리끝이 하늘로 치솟는 것 같았다. 심장이 곤두박질을 치듯 급하게 뛰기 시작했다. 논개가 붙박인 듯 멈추어 선 바로 그 아래쪽으로부터 버석거리는 기척과 짐승울음 같은 괴이한 소리가 났기 때문이다. 논개는 천천히 허리를 굽혀 갈퀴를 바닥에 놓고 돌을 양손에 집어 들었다. 산고양이라도 좋고 들개라도 좋았다. 드디어 오매의 몸보신거리를 한 마리 잡는가 싶어 흥분과 함께 기운이 돋았다. 논개는 살금살금 수풀을 헤치며 귀를 한껏 벌린 채 소리가 나는 아래쪽으로 발걸음을 옮겼다. 그 소리는 멀지 않은 곳에서 연속적으로 났다. 논개는 고개를 빼고 소리 나는 방향을 좇아 몸을 틀었다. 그러다 갑자기 상체를 뒤로 젓히며 우뚝 멈추어 섰다.

"옴매, 저, 저…."

논개는 말을 삼키면서 상체를 웅크리고 두 눈을 부릅떴다. 눈 아래, 갈대와 찔레가 울타리처럼 둘러쳐져 아늑해 보이는 낙엽 더미 위에, 들개나 산고양이가 아닌 사람들이 얼크러져 씩씩거리고 있었던 것이다. 두 사람 같았다. 흉물스럽게도 한 사람이 붉고 거무튀튀한 궁둥이를 햇볕 아래 들썩거리며 다른 사람을 짓누르고 있는 것도 같고, 아래에 깔린 사람이 울면서 비명을 지르는 것 같기도 했다. 발밑 아래쪽의 위치이긴 해도 갈대들이 엇갈려 시야를 가려서 형체들이 선명하게 드러나지는 않았다. 논개는 두 사람이 싸우는 것으로, 아래에 깔린 사람이 죽임을 당하는 것이 아닌가 생각했다. 고개를 뒤로 잦히며 숨이 껄떡껄떡 넘어갈 듯 신음인지 비명인지 울음인지 분간 못할 소리를 내는 사람이 여자라는 것도 알았다. 논개는 지금 자기가 어떻게 처신을 해야 할지 머리가 휭휭 휘둘릴 정도로 당황했다. 인적 없는 봄날 산속에서 두 사람이 궁둥이 까진 줄도 모르고 대판 싸움을 벌이고 있는데, 더욱이 여자가 짓이겨져 숨이 넘어가고 있는데, 이렇듯 숨어서 구경만 해야 될 것인지 판단이 서지 않았던 것이다. 논개는 양 손아귀에 움켜쥔 돌에 땀이 배는 끈적한 감을 느꼈다. 심장은 진작부터 쿵쿵 떡 치듯 뛰면서 논개의 귓속으로도 울려들고 있었다. 돌팔매로 여자를 깔고 있는 사내의 대가리를 칠 것인지, 그러나 눈 아래로 그나마 갈대숲 사이로 내려다보는 자세에서 팔매질이 백발백중 사내를 맞힐지는 자신이 없었다. 돌팔매를 빗맞혀서 사내에게 붙잡히기라도 하면 자기가 죽을지도 모른다는 생각에 논개는 잠시 멈칫거렸다. 그런데, 눈 아래 사람들의 움직임이 이상하다는 생각이 들었다. 괴상한 소리도 그치고 더 이상 움직이지도 않았던 것이다. 엉덩이를 드러낸 남자도 엎어진 채 움직이지 않았고, 깔려 있는 여자도 움직이지 않는 것 같았다.

논개는 두 사람 모두 죽었는지도 모른다는 생각을 했다. 엄청난 일이 바로 눈앞에서 벌어졌다는 낭패감과 함께, 그녀는 아래로 서둘러 내려가 볼 생각으로 허둥거렸다. 그러나 이내 논개는 다시 숨을 죽였다. 궁둥이가 들썩거리면서 사내가 몸체를 일으켰고 여자도 상반신을 일으켰기 때문이다. 여자의 얼굴이 갈대에 가려져 선명치 않았지만 풀어 헤친 저고리 사이로 희멀건 젖가슴이 통째로 드러나 있었다. 사내가 팔을 뻗어 여자의 젖을 만졌다. 여자는 키들거리며 가만히 있었다.

전혀 지금까지 싸운 사람들 같지가 않았다. 사내가 이번에는 여자의 가슴에 얼굴을 갖다 댔다. 여자가 깔깔거리며 사내의 얼굴을 두 팔로 떼밀어 내는 것 같은 자세를 취했다. 그러나 사내는 여자의 가슴에서 얼굴을 떼어 내지 않았다. 그들은 얼마간 그런 자세로 실랑이질을 하는 듯싶더니, 여자가 다시 바닥에 쓰러지고 사내의 궁둥이가 디딜방아 앞대가리처럼 요동을 쳤다. 그러자 여자가 또다시 울음도 비명도 신음도 아닌 기성을 내지르기 시작했고 사내도 연신 펄쩍거렸다. 한낮의 하얀 햇살이 요동치는 사내의 궁둥이에서 맴돌고 있었다.

논개는 여자가 키들대던 웃음소리에서 그들이 싸우는 것이 아님을 느꼈지만, 그들의 행위가 무엇인지 구체적으로 알지는 못했다. 그러나 짚이는 것은 있었다. 검둥이와 흰둥이가 엉덩이를 붙이고 새끼 배는 짓거리 하듯이 사람들도 그렇고 그렇게 상交接하는 것이리라 짐작만 했다.

"부끄럽고 남사시러버라. 사람이 우떻기 짐승들맨키로…. 산속에서, 하늘과 해와 나무가 내리다보는데…."

논개는 얼굴을 새빨갛게 붉히고 혀끝으로 이죽거리면서도 왠지 묘한 기분이 드는 것은 어쩌지 못한다. 오매가 한 달에 한 번씩 몸을 할 적마다 샅에 서답 차는 모습을 훔쳐보면서 이상한 기분이 되었듯 참으로 야릇한 마음이었다.

사내의 궁둥이가 유난히 솟구치고 여자의 소리가 찢어진다고 느껴질 즈음, 또다시 사내는 죽은 듯이 움직이지 않았다. 그러나 그것도 순간이었다. 사내가 여자의 몸 위에서 옆으로 뒹굴듯 비켜나고 여자도 일어나 앉았던 것이다. 여자가 드러난 가슴을 여미고 훌렁 벗겨진 아래를 치마로 가리며 매무새를 고치기 시작했다. 이어 여자가 얼굴을 들고 머리를 매만지기 시작했다. 순간, 논개는 숨을 들이켜며 땅바닥에 주저앉아 버렸다. 여자가 바로 섭냄이의 큰형인 옥개였던 것이다.

두 눈을 부릅뜨고 다시 주시해 보아도 작은 눈에 들창코에 큰 입을 가진 옥개가 분명했다. 섭냄이 집 세 딸 중에 가장 얼굴이 못생겼다는 큰딸 옥개가 대낮 산속에서 사내와 상交接하고 있었다는 것이 믿기지 않아서 논개는 넋이 나간 얼굴을 하고 있었다.

"장개실 전답 많은 총각에게 올봄에 시집갈 끼라고 섭냄이가 그랬는데. 그라모 저 남자가…."

논개는 제정신이 아닐 정도로 머리가 휭휭 휘둘리고 심장이 쿵쿵 절구질을 하는 통에, 눈 아래 그 사람들이 앞서거니 뒤서거니 산을 내려가는 모습을 바라보면서도 손끝 하나 움직이지 못하고 그냥 퍼질러 앉아 있었다. 그들이 시야에서 사라진 후에도 논개는 앉은자리에서 움직일 수가 없었다. 아무리 생각해도 기이한 소리를 내지르며 상을 하던 여자가 열여섯 살의 옥개 같지가 않았던 것이다. 그러나 틀림없는 옥개였다. 논개는 누구에게 갑자기 얻어맞은 것처럼 몸뚱이와 머리가 계속 얼얼하여 앉은자리에서 움직이지 못했다.

심통이 많고 퉁명스러워도 속살이 희고 젖도 크고 바느질도 잘하고 음식 솜씨도 좋은 옥개 엉가라고 말하던 섭냄이의 말이 귓전에 맴돌았다. 그러나 있을 수 없는 요악한 행투라며 논개는 고개를 흔들었다. 그 사내가 장개실 전답 많은 집 그 총각인지 아닌지는 확실치 않았다. 사내가 논개 쪽으로 등을 보이고 있어서 얼굴을 볼 수도 없었지만, 그러나 얼굴을 본들 장개실 그 총각을 본 적이 없는 논개로서는 알지도 못했을 것이었다. 논개는 그래도 옥개랑 상한 그 사내가 혼담이 오간 그 총각일 것이라 당연히 믿었다. 만약에 그 총각이 아니라면 이건 청천하늘에 날벼락이 떨어질 일이라고 생각했다.

"어저께 섭냄이가 저거 집에 밭갈이한다 카던데, 한창 바쁜 때에 우찌자고 옥개 엉가는…. 내사 안 본 걸로 해 뿌리모 고마이라 카지만, 상을 하모 아를 밴다 카던데…. 옥개 엉가 아 배모 우짜노. 불쌍한 백치도 아 뱄던데. 이러다가 동네가 망할 끼다."

논개는 혼잣소리로 중얼거리면서 손을 들어 자기 이마에 솟아 있는 땀을 닦아 낸다. 시간이 흐름에 따라 차츰 심장 박동도 가라앉고 마음의 평정도 찾았지만 논개는 그 자리에 그냥 그대로 앉아 있었다. 장차 동네에 무슨 큰일이 일어날 것만 같고 구경거리도 많아질 거 같아서 은근히 기대되는 바도 없지 않았지만, 그러나 가엾은 백치가 쫓겨나고 옥개 엉가가 처녀로 애기 배서 동네 망신당하는 일은 없어야 한다고, 혼자 어른처럼 고개를 끄덕거리기도 했다.

"오매야, 그란데 내가 지금 머 하고 앉았제? 이리 정신 빼고 앉았다가 들개도 산괭이도 몬 잡고 나무도 몬 할 꺼 아이가. 하이고마, 오줌통이 터지네."

논개는 벌떡 일어나서 치마를 걷어 올려 바지를 내리고 볼일을 본다. 시원했다. 그들이 싸우는 것이 아니라 상交接한다는 생각을 하면서부터 이상한 기분이 들었었는데, 그때부터 마렵던 오줌을 그들이 떠난 후에야 싸고 있는 것이다.

"하이고, 씨언도 해라!"

논개는 바지춤을 올리며 씽긋 웃는다. 오줌통에 가득 찼던 것이 밖으로 쏠려 나갔으니 시원도 했지만, 산 중턱에서 바지를 내리고 앉았으니 치부는 바람으로 아래가 참말로 서늘했던 것이다.

"히히, 참말로 오늘은 요상스런 날이다! 사람이 상하는 거를 다 보고. 그란데 그기 상하는 긴지 잘 모리겄지만, 궁디 까고 남자 여자가 붙어 있으모 그러는 기라꼬 주막집 아지매가 그랬은께 에나겄제."

논개는 키들거리면서 이전에 살던 천변 주막집 주인 여자와, 물레방앗간에서 씨름하던 언년이와 최 부자 집 종놈을 떠올렸다.

논개가 여섯 살 땐가 그랬다. 주막집에서 오매와 함께 일하던 언년이가 대낮에도 걸핏하면 없어지곤 했다. 그때마다 주막집 여자는 논개더러 언년이를 찾아오라고 사립 밖으로 내쫓곤 했는데, 그럴 때면 논개는 어김없이 주막에서 멀지 않은 곳의 비어 있는 물레방앗간으로 타박타박 걸어가곤 했었다. 방앗간 곳간의 짚 더미에서 언년이와 최 부자 집 종놈이 씨름하고 있는 것을 몇 번 보았기 때문이었다. 언년이는 논개에게 "나중에 꼬도밥*하고 술찌게미 마이 줄 텐께 아지매한테는 말하지 말거래이." 했고, 배가 고팠던 논개는 그러마고 고개를 끄덕였었다. 그러나 언년이는 논개가 두 번씩이나 말하지 않았는데도 지에밥도 술지게미도 주지 않았다. 논개는 화가 나서, 그 다음번에는 주막집 여자가 묻는 대로 물레방앗간에 언년이 엉가가 있었다고 말해 버렸다.

"언년이가, 방앗간에서 뭐 하더노?"

"씨름."

"씨름이라 캤나? 누구하고 씨름하더노?"

"종놈."

"시상에, 이것들이 대낮부터 들러붙었던가배? 논개가 상하는 것을 봤는개비네!"

"상하는 기, 먼데예?"

논개가 고개를 갸웃이 기울이곤 주막집 여자에게 물었다.

"하이고, 대가리에 쇠똥도 안 벗겨진 가시나가 눈 똑바로 뜨고 별거를 다 묻네? 상하는 기 머인가 하모 남자 여자가 궁디 까고 배 맞추는 기라. 언년이랑 종놈이랑 궁디 까고 씨름하제? 히히."

그때 오매가 주방에서 나와 주막집 여자에게 어린애한테 안 할 소리 한다고 화를 냈었고, 주인 여자는 "와, 논개는 시집 안 보내고 끼고 살끼가? 일찌감치 결차 주는 것도 나쁜 거는 아인 기라." 했었다.

볼일을 마치고 일어서는데 갑자기 까투리 한 마리가 바로 눈앞에서

---

* 지에밥 : 술 만들기 위해 찹쌀로 찐 밥

푸드덕 날아올랐다. 논개는 반사적으로 돌을 집었다가 그냥 놓는다.

"햐! 꽁고기 고마 날라간다. 괭이나 들개 없으모 꽁이라도 잡을 낀데. 그란데, 내가 지금 머 하노? 와 자꾸 헛생각질을 하제? 사람이 상하는 거 봤으모 우쨌다 말이고. 얼렁 나무나 해야지."

논개는 새삼 떠오르는 주막집 언저리의 옛 생각들을 거두고, 또한 바로 눈앞에서 날아가 버린 까투리에 대한 아쉬움을 거두고 땔감을 찾아 헤맨다.

소나무들이 밀집되어 있는 곳에 이르렀다. 의외로 마른 솔잎이 많았다. 동네 장정들은 앞 벌판 끝자락의 남산南山으로 땔나무를 하러 다녔다. 소나무를 베어 장작과 솔가지를 만들고 솔방울을 따고 다른 잡나무 둥치들을 잘라 겨울 내내 지필 땔감을 마련하려면 산이 높고 골이 깊은 큰 산으로 가야 했기 때문이었다. 높고 깊은 산이 못 되는 선학산에는 논개 같은 어린아이들이나 부녀자들이 간혹 땔나무를 해 가는 정도인데, 그나마 한창 바쁜 밭갈이철이어선지 소나무 밑에는 올봄 들어 나무를 해 간 흔적이 없었다. 논개는 삽시간에 진갈색 솔잎을 긁어모았고, 가장자리로 솔가지를 덧대고 칡 줄기로 휘감아 머리에 이고 갈 만큼의 나뭇짐을 만들었다. 우선 한 뭉치를 집에다 여다 놓고 다시 와서 아래쪽에 모아 놓은 잡나무 낙엽들과 솔잎을 좀 더 긁어 가리라 마음을 다진다.

"인자부터는 내가 짬짬이 나무를 해 놓아야 올 겨울도 넘길 테니 더 부지런히 해야겄다. 뭣이든 인자부터는 오매 있겠거니 하지 말고, 내가 다 해야제."

지난겨울에는 오매와 큰 산에도 가서 솔가지도 꺾어 오고 솔잎도 긁어 왔었지만, 그러나 나날이 눈에 띄게 피골이 상접한 오매가 나무하기는 이제 무리인 것 같았기 때문이다. 논개는 나뭇짐을 굴려 바위 위에 올려놓고 그 아래로 가서 나무를 머리에 얹었다. 욕심을 부려서인지 나뭇짐 덩치가 여간 무겁지 않았다. 목이 자라목처럼 몸속으로 기어들 것 같았다. 그러나 엉버티고 휘청거리며 산 중턱을 내려가기 시작했다. 중턱에서 나뭇짐을 아래로 굴려 버릴 수도 있었으나, 혹여 터지기라도 할까 봐 끝까지 머리에 인 채로 길도 없는 잡풀 속을 뒤뚱대며 걸어 내려갔다.

*

논개가 선학산을 다 내려와 동네로 들어섰을 때다. 지게를 진 어른들이 옆으로 지나가다가 혀를 내둘렀다.

"하이구, 저 아 좀 보래! 힘이 장사네! 열 살인가 열한 살인가 묵었다 카더만 여편네 나뭇짐을 해 이고 오네! 얼굴이 나뭇짐에 파묻히서 뵈지를 안쿠만."

"저거 옴마가 폣벵이라 카더마는 저 어린거이 쌩고생을 하네."

논개는 그 어른들이 누구인지 머리를 짓누르는 나뭇짐 때문에 인사를 할 수도 쳐다볼 수도 없었다. 실제 그녀는 한 걸음 한 걸음 떼기가 여간 힘든 것이 아니었다. 행여 마음을 놓으면 길바닥에 쓰러질 것 같은 몸을 악으로 버티며 걷고 있었던 것이다. 간신히 집에 닿아 정짓간 구석에 나무를 부려 놓고, 논개는 기어이 부엌 바닥에 털썩 주저앉아 버리고 만다. 목을 펼 수가 없었다. 옆으로 돌릴 수도 앞으로 숙일 수도 없었다. 논개는 두 손으로 자신의 머리를 잡고 위로 빼듯 솟구어 보기도 하고 옆으로 돌려도 본다. 그러다가 킥킥 웃었다.

"논개가?"

방 안에서 오매가 기척을 들은 듯 가녀린 음성으로 물어 왔다. 부엌 바닥에 퍼질러 앉았어도 신경을 방 쪽으로 쏟고 있었기에 그나마 부르는 소리를 들을 수 있을 정도로 오매의 음성은 작고 가늘었다.

논개가 벌떡 일어나 치마를 털고 방 안으로 들어간다. 그리고 아침에 오매의 머리맡에 두고 간 죽 그릇을 우선 살펴본다. 다행히 그릇은 깨끗이 비워져 있었다. 논개는 활짝 웃는 얼굴이 되어 오매를 내려다본다.

"옴마, 선학산에 가서 나무 좀 해 왔다!"

"나무를? 벌써 다 땠더나?"

"어지께 약 대린다꼬 좀 많이 땠거덩. 산에 간께 깔비가 많더라! 옴마 약 뎁히 주고 죽 끓이 놓고 한 번 더 갔다 올라 칸다."

"약 뎁히서, 니도 묵으라. 기운을 채리야, 낭구를 하제."

"나는 배미를 고우면서 냄새를 억시기 맡아서 그란지 비우가 상하는 기라. 그라고 약을 둘이 먹으모 약발이 안 선다 카더라. 내가 묵고 싶으모, 음산에 배미가 지천인데 또 잡아서 끼리 묵제. 참, 옴마. 이거 찔레순이다. 묵어 봐라. 산에 지천으로 피었더라!"

논개는 옷고름에 동여맸던 찔레순을 풀어내어 껍질을 벗겨서 오매에게 건넨다.

"니나 묵으라."

"나는 배터지게 묵었다. 약 뎁히 오께."

논개는 다시 방 밖으로 나간다. 그녀는 왠지 눈물이 쏙 빠질 것 같아서 고개를 쳐들고 두 눈을 끔벅거렸다. 컴컴하고 차디찬 방 안에 뼛가죽만 남은 얼굴로 움푹 팬 큰 눈만 굴리며 마치 해골처럼 누워 있는 오매가 그지없이 불쌍하고 또한 두렵고 무섭기도 했기 때문이다. 논개는 손바닥으로 눈언저리를 두어 번 누르곤 정짓간으로 내려가 밀가루 반죽을 만들어 구멍 난 솥 바닥을 땜질한다. 그리고 쌀과 보리쌀 각각 한 줌씩을 솥에 넣고 물을 세 바가지나 붓고 불을 지폈다. 죽이 끓기 시작하면 배추 뿌리와 질경이를 넣고 한숨 더 끓이면서 뱀탕을 뚝배기에 담아 그릇째로 솥에 넣어 뎁힐 생각이었다. 죽을 끓이면서 약도 뎁히

기 위해서다. 금방 산에서 긁어 온 마른 솔잎은 불살도 세고 잘 탔다.

솥의 죽이 바글바글 끓을 즈음이었다. 뜻밖에 강 진사 댁의 늙은 여자 종이 찾아왔다. 나이가 오십으로 강 진사 댁 여종 중에 가장 늙은이였다. 아들도 며느리도 손자도 3대가 그 집 종살이를 하는, 강 진사 댁의 집지킴이 노비가 뜻밖에 찾아온 것이다. 논개가 불을 때다 말고 벌떡 일어나서 고개를 꾸벅 숙인다.

"너거 옴마, 많이 아푸나?"

"야아."

여자가 손에 들고 왔던 검정 보퉁이를 논개에게 내밀었다.

"어지께 너 오매 품값이다. 아파서 몬 받고 기냥 가 삐리서 내가 갖고 온 기다. 보리를 좀 넉넉히 담았다."

논개는 꽤나 두툼한 보퉁이를 두 손으로 받아 들면서 "고맙습니더." 한다.

"솥에 밥하나?"

"죽 끼립니더."

그 노비가 논개의 아래위를 찬찬히 살펴보면서 물었다.

"방에 좀 들어가입시더."

"오냐, 왔인께 너거 어무이는 좀 보고 가야제."

노비가 방 안으로 들어가고, 논개는 아궁이 밖으로 비어져 나오는 불길을 얼른 안으로 밀어 넣고는 불기를 죽인다. 그리고 뚝배기에다 옹기솥의 뱀탕을 퍼 담아 죽이 끓는 솥 안에 넣고 덥힌다.

"저 할매가 와 왔일꼬? 강 진사 댁 사람들이 오매 아프다고 쫓아 보낸 기 안돼서 품삯 챙기 주러 온 긴가?"

논개는 부지깽이로 불을 다독이면서 중얼거린다. 강 진사 댁의 여자 종들 중에서 대장이나 다름없는 노비가 보리 서너 됫박을 갖다주기 위해서만 자기 집에 들른 것 같지는 않았으나, 어쨌거나 찾아 주는 사람

없는 집에 와 준 것은 고맙게 여겨졌다. 무엇이든 먹을 것을 대접하고 싶었으나 아무것도 없어 나물죽이라도 한 그릇 떠 올려야 되겠다는 생각을 한다. 논개는 솥뚜껑을 열고 따끈하게 덥혀진 뱀탕 뚝배기를 꺼내 사기그릇에 옮겨 부었다. 뚝배기가 너무 뜨거워 오매가 마시기 힘들 것이라는 생각에서다. 개다리소반에 뱀탕과 나물죽을 한 그릇 떠서 숟가락과 간장을 얹어 방 안으로 들여갔다. 노비가 누워 있는 오매를 보며 무슨 이야기를 하다가 말을 그치고 옆으로 비켜 앉았다.

"옴마는 이 약 마시고, 아지매는 죽 좀 잡사 보시소. 아무것도 대접할끼 없어서…."

미안해하면서 부끄러워하는 논개를 노비는 웃음 머금은 얼굴로 바라보며 고개를 끄덕거렸다.

"우짜모 이 어린것이 철 다 든 처녀맨키로 조신하네. 오매 약도 대릴줄 알고. 이기 무신 약이제?"

노비가 소반 위에 얹힌 뱀탕 그릇을 턱짓으로 가리키며 물었다. 논개는 오매의 상체를 안아 일으키면서, "의원한테 지은 약이 아이고 사탕이라예." 한다.

"그라모, 배, 배미탕이라 말이가? 배미가 오데서 났는데?"

"지가 잡아서 껍질 벳기고 토막 쳐서 고운 기라예."

"니 손으로 배미를 잡아서 오매 약으로 고았다, 이 말이가?"

"야아."

노비는 놀라고 안쓰러워하는 낯빛이 되면서 끝내는 혀를 끌끌 찼다. 논개는 오매에게 약사발을 들리고는, 소반을 노비 앞으로 당겨 놓았다.

"맛은 없지만 좀 잡사 보이소. 그라고 지는 산에 한 번 더 갔다 와야 해서…. 노시다 가시소."

논개가 일어섰다.

"힘들다. 오늘은, 고만 가라."

오매가 만류를 했다.

"갠찮다. 내가 나무를 긁어서 모아 둔 기 있는 기라. 퍼뜩 가서 이고 올 텐께 약 다 마시고 누워 있어라. 갔다 와서 죽 뎁히 줄께."

논개는 노비에게 고개를 숙여 보이곤 밖으로 나갔다. 그리고 서둘러 낫과 새끼줄을 챙겨 산으로 향했다. 잠깐이겠지만 오매 옆에 노비가 있어 주니 아무도 없는 것보다 마음이 든든했다. 밖으로 나가는 논개의 뒷모습을 바라보며 노비는 거듭 논개에 대한 칭찬을 아끼지 않았다.

"시상에, 야무지고 효녀로세! 저 어린 나이에 배미를 잡아서 부모 약 고옴까지 만들고, 나무해서 불 때고. 쯔쯔, 몬 묵어서 몸이 비쩍 마리기는 해도 콧날이 오뚝하고 눈길이 영특하고 허우대가 늘씬하니, 좀 더 살이 오르고 나이를 묵으모 기찬 미인이 될 꺼 같네. 논개 어무이, 내 말대로 하시요이. 그라모 논개 어무이 병도 낫고 논개 팔자도 늘어지고…."

탕 그릇을 입으로 가져가던 오매가 눈에다 힘을 모으며 노비를 바라보았다.

"그런 말 자꾸 마시게. 종 팔자가 늘어져 봤자 오데 양반이 된다던가? 양반은 몰락하모 양인이나 종의 신세가 될 수는 있지만, 종이 양반 되었다는 말은 못 들어 봤구만. 한번 종이 되모 씨내림이 되는 거를 누구보다 잘 알믄서 어찌 자꾸 권하는 기요. 논개가 종년이 되모 팔자 늘어질 일이 무어가 있단 말이요?"

오매는 말하기도 힘이 드는 듯 숨을 몰아쉬며 원망이 담긴 눈빛으로 노비를 바라보았다. 종은 씨내림을 하지 않느냐는 오매의 말이 걸렸던 것인지 노비가 잠시 굳은 표정이 되다가 그러나 금방 낯빛을 달리했다.

"팔자 펴진다는 거는, 논개가 주인어른의 몸종이 되믄, 작은 측실이 될 수도…."

"그만두시게. 나는 논개를 종년으로 팔 생각도 없고, 어린것이 증조부 같은 노인의 첩실이 되는 것도 원치 않네."

오매의 파리한 얼굴에 홍조가 스치면서 노기로 굳어졌다. 시종 밝은 얼굴이던 노비도 싸늘한 표정이 되면서 고개를 옆으로 살짝 비껴 입가로 냉소를 달았다. 그러다 오매를 똑바로 주시했다.

"그라모, 당장에 우찌할 것이요? 논개 어무이 폣병 들어서 같이 일하는 거 진사 댁 사람들이 다 싫다 카이, 인자 일도 끝난 것인데 멀 묵고 살 끼요? 안 할 소리 같지만 논개 어무이 저 세상 가 삐리모 혼자 남은 논개는 우찌할 거냐 말이요. 내 말대로, 논개를 진사 댁으로 보내 주시오. 그러면 논개 어무이 의원한테 뵈서 약도 지어 묵고, 논개도 배불리 잘 묵을 끼고, 종이 씨내림이라 카지만 오데 천년만년 이런 세상이겠소? 내가 이리 말해 주는 것도 논개 어무이를 생각해서요. 가마이 보니께 세상 천지간에 의지가지없는 논개 어무이 같고, 사람이 고지식하여 달리 융통성도 없는 것 같고, 논개가 하도 야무지고 영특해서 내 양딸이라도 삼고 싶은 마음이어서, 그래도 이리 찾아와서 권하는 것인께, 한번 자알 생각해 보시소."

노비가 자리에서 일어났다.

"안 되네. 굶어 죽어도 안 되네. 내 자식을, 종년으로 팔 수는 없네. 그런 말 할 거라면 다시는 오시지 말게!"

어디에서 그런 큰 소리가 나오는지 방 안이 쩌렁 울릴 정도로 그녀가 목청을 높였다. 그리고 오매는 자리에 쓰러져 버렸다. 노비가 일어선 채, 그런 그녀를 내려다보며 고개를 흔들었다.

"아픈 몸에 힘쓰지 마시오. 그라고, 자꾸 종년 종년 하는데, 종년 너무 괄시 마시오. 사람은 원래 다 똑같은 기요. 세상 잘몬 만나 겉뱅이 같은 것들에게꺼정 천대받고 살지만, 종놈 종년이 세상 뒤집는 날이 올지 누가 아요. 논개 어무이도 노적에만 이름이 안 붙었다 뿐이지 하는 일은 우리 종년들하고 머가 다르요?"

노비의 눈길은 경멸감으로 이글거렸다. 입으로는 침방울이 튀었다.

"주막집 부엌어멈에 부잣집 식모 노릇까지 온갖 궂은일로 꾸중물에 손 마를 날 없는 사람이, 종년 무시하게 되었느냐 말이요. 그래도 나는 논개 어무이 행동거지가 반듯하고 노비적奴婢籍에 이름이 없기 땜에, 나보다 스무 살 가까이나 나이가 아래여도 이렇기 대접해 주고 있는 것이요. 다시 한 번 더 생각해 보시오. 아픈 몸뚱이에 거기다 굶어 죽는 거보다, 더 안된 말이지마는 논개 어무이 죽고 나믄 의지가지없는 자슥 신세 우짤 것인지, 더 생각해 보고 막말하란 말이요."

노비가 방문을 부서져라 처닫고 방을 나가 버렸다. 양반 몰락한 가문의 과부인지 원래가 중인中人 출신인지 자신에 관한 말은 일절 벙긋도 않으면서, 함께 일하는 강 진사 댁 노복들에게 하나같이 '하게'를 쓰는 오매를, 평소에 노비는 가소롭게 생각했었다. 천민인 노비가 아님은 분명한 것 같았지만 그래도 나이로는 노비인 자기의 딸년뻘이고, 더욱이 강 진사 댁 고참 행랑어멈인 자기가 지휘하는 궂은일을 하면서도, 종을 무시하는 논개 오매의 언동을 그녀는 같잖게 보아 왔던 것이다.

"흥, 양반 도포 자락 바람이라도 쐈는지 반말지꺼리하는 태는 몸에 뱄더라마는, 척하는지도 모리제. 그렇지 않으면 딸자식 이름이 양갓집 규수들처럼 고상하지 몬하고, 상민들이 아무렇게나 지어서 부르는 '논개'냐 말이다…."

노비는 논개 집을 벗어나면서 쉼 없이 빈정거렸다. 양반 가닥이 아닌 중인이나 상민들도 비복婢僕들에게는 '하게'를 하는 세상이었지만, 노비는 평소에도 논개 오매가 못마땅했었다. 나이가 서른한 살로 자기보다 스무 살 가까이나 아래이고, 더욱이 주막어멈을 하다가 진사 댁 천역賤役을 다니는 주제에 아니꼽게도 너무 행세를 한다 싶어서였다.

그러나 진사 손孫인 칠순의 주인어른이, 제 오매를 만나러 가끔 진사 댁에 들락거리던 논개를 본 후로 넌지시 몸종 삼을 귀띔을 해 왔던 터라, 어떻든 일을 성사시키고 싶어 이렇게 직접 찾아왔던 것이다. 하지만 어미의 완강한 거절로 쉽게 성취될 것 같지 않은 예감이었다.

"배를 곯게 되믄 생각이 달라지겄제. 꼬락서니 보니께 명줄도 코앞에 당인 것 같은데, 제 년 죽고 나믄 우짤 것인가? 아무리 딸자슥 종년시키고 싶지 않아도 논개는 우리가 데려올 수밖에…."

노비는 걸음을 빨리하면서 입귀로 회심의 미소를 지었다.

강 진사 댁 노비가 방문을 거칠게 닫고 나간 후, 오매는 기침을 하기 시작했다. 노비와 마주 앉았을 때부터 목구멍에서 핏덩어리가 울컥 입안으로 솟구치면서 기침이 터지려는 것을, 핏덩이를 꿀꺽 되삼키고는 지그시 참아 냈던 것인데, 기어이 폭발하듯 터지고 말았다. 기침에 힘이 주어질 때마다 목 안에서 뜨거운 핏덩어리가 계속 솟구쳐 올랐다. 그녀는 발아래 요강을 끌어당겨 그것을 뱉어 낸다.

"종년이라니, 안 된다. 일에 골병이 든 이내 몸인데, 천금만금 같은 자식을 종으로 만들어서 평생 천역을 살라고? 안 된다."

그녀는 끊임없이 밭은기침을 하는 사이사이로 노비의 강권에 치를 떨었다. 논개를 절대로 종을 만들 수 없다는 다짐을 속으로 거듭했다. 기침은 조금도 수그러들지가 않았다. 오매는 요강을 붙들고 기침을 멈추어 보려고 이를 물며 안간힘을 썼지만 핏덩이는 물컹물컹 목을 넘어왔다. 그녀는 순간 두려움을 느낀다. 기어이 숨이 끊어질 것 같은 위기감이 전신을 휩싸왔던 것이다. 물그릇을 더듬어 입에 댔다. 그러나 한 모금도 넘기지 못하고 되넘어오는 핏덩이에 물이 밖으로 내뿜어졌다. 씻어 손질한 뽀얀 광목 빨래에 입 속의 물을 뿜어내듯 핏물이 핏덩이와 함께 방바닥으로 푸우 뿜어져 나왔다.

"으윽."

오매는 요강에 숫제 얼굴을 박다시피 하고 혈담을 쏟아 냈다. 기침을 할 때만 솟구치는 것이 아니라, 숨을 쉴 적마다 막무가내로 피가 위로 넘쳐흐르는 것 같았다. 내장의 모든 것이 줄 이어 목구멍으로 솟구쳐 입 밖으로 빠져나오는 것도 같았다. 입 안의 피비린 냄새가 기침과 구역질을 더욱 자극하여 그녀의 고통은 극에 달했다. 얼굴을 요강에 묻은 채 엎드러진 그녀의 상체는 그치지 않는 토혈과 구역질로 뱀처럼 꿈틀거렸다.

"아, 안 된다. 노, 논개야아…."

그녀의 의식은 점차 흐려져 갔다. 머릿속이 하얘졌다. 정신을 놓지 않으려는 필사적인 안간힘에도 거대한 산더미처럼 덮쳐 오는 어떤 힘 앞에는 소용이 없었다. 오매는 급기야 엎딘 자세에서 옆으로 무너지고 말았다. 입귀에 느물스런 핏덩이를 문 채 방바닥에 쓰러져 버린 것이다.

*

오전 녘에 긁어모아 둔 잡나무 낙엽들을 다져 뭉치를 만들던 논개는 전신으로 찌르르 흐르는 어떤 서늘한 느낌에 굳어져 서 버린다. 알 수 없는 찬 기운이 전신을 훑었던 것이다. 뺨의 솜털이며 머리끝, 팔뚝, 다리에 소름이 쫙 끼치면서 온몸이 순간적으로 얼어붙는 것 같았다.

"불각시리, 벨 희안도리납작한 일도 다 있네! 몸띠가 얼음물 뒤집어쓴 것맨키로, 갑자기 와 이라제? 내가 몸살 할 낀갑다. 깔비는 낼 와서 더 긁고 오늘은 해 놓은 거나 뭉쳐서 고만 가야겄다. 얼렁 가서 오매 죽 뎁히 조야제."

논개는 가마니 조각으로 잡나무 낙엽 뭉치와 마른 솔잎을 뭉뚱그려서 머리에 이고 산을 내려가기 시작했다. 왠지 마음이 조급해졌다. 누군가 뒤에서 등을 떠미는 것 같기도 하고 앞에서 잡아당기는 것도 같았다. 비탈을 걸어 내리는 두 다리가 후들후들 휘청거리기도 했다.

"귀신이 곡할 요사네! 집에 무신 일이 생깄나? 내 맘이, 와 이리 황당하고 무섭고 바쁘제? 강 진사 댁 노비 아지매는 갔을까? 그래도 올매나 고맙노! 옴마가 못 받아 온 곡식을 집에꺼정, 그것도 더 많게 갖다주었으니 말이다. 나물죽이나마 좀 들고 갔는지 모리겄다."

잡나무가 섞인 나뭇짐 뭉치는 마른 솔잎만 다져 묶은 것만큼 무겁지는 않았다. 논개는 뛸 듯이 동네로 접어들어 집으로 걸음을 재촉했다. 쪽마루 아래에는 노비 아지매의 짚신이 없었다. 돌아간 모양이라 생각했다.

"옴마아, 내 왔다아."

논개는 나뭇짐을 정짓간 바닥에 처박아 놓으면서 소리부터 질렀다. 그리고 끓여 놓고 간 나물죽이 들어 있는 솥을 만져 보았다. 무쇠솥이 서늘하게 식어 있었다. 논개는 아궁이에 불을 지피기 시작했다. 죽을 데워서 오매에게 주기 위해서였다. 뱀탕이 소화될 즈음에 죽을 먹어야 약이 효과가 있을 것 같아서 일부러 끓여만 놓고 오매에게 주지는 않았던 것이다. 그런데 방 안에서 기척이 없어 의아스러웠다. 가녀린 소리라도 오매의 기척이 있어야 하는데 계속 조용했던 것이다.

"잠들었나…?"

논개는 아궁이 깊숙이 불을 밀어 넣어 놓고, 축담 돌판에 발을 디딘 채 쪽마루에 배를 깔고 방문을 열어 본다. 그러다 숨을 컥 들이마시면서 벌떡 일어나 방 안으로 들어간다.

"옴마아. 옴마아…."

가슴이 철렁 내려앉으면서 심장이 곤두박질을 쳤다. 다리가 후들거렸다. 팔도 손도 떨렸다. 논개는 벌벌 떨리는 손으로 핏덩이를 입에 문 채 옆으로 쓰러져 있는 오매를 바로 눕히고, 오매의 가슴에 귀를 대 본다. 숨을 쉬고 있었다.

“옴마, 옴마, 누, 눈 좀 떠 봐라. 옴마, 옴마아!”

논개는 감긴 오매의 눈을 억지로 벌리면서 와들와들 떨리는 목소리로 소리를 지른다. 그리고 요강에 가득 차 있는 핏덩이를 보면서 두려워 어쩌지 못한다. 요강을 오매의 발밑으로 조심스럽게 옮겨 놓고, 오매의 입가와 방바닥에 뿜어진 피를 대충 닦아 놓고, 논개는 방문을 열고 뛰어나갔다. 우선 안집으로 달려갔다. 오매와 자기를 언제나 못마땅해하는 주인아주머니가 무섭고 싫었지만, 그런 걸 가릴 계제가 아니었다. 그러나 안집에는 여섯 살짜리 아들 창기만 바지춤 속에 손을 넣고 멍한 얼굴로 마루에 앉아 있다가, 뛰어드는 논개를 보고 후다닥 일어날 뿐이었다.

“누야, 와 그라노?”

“너거 옴마 아부지 안 기시나?”

“밭에 갔다.”

논개는 그냥 돌아서 단숨에 점백이 할매 집으로 달려갔다. 마침 할매가 호미로 마당 옆의 텃밭을 고르고 있었다.

“할매, 우리 옴마가 죽을라 캅니더. 쌔이빨리 집에 좀 가입시더.”

논개는 숨을 몰아쉬면서 다짜고짜 점백이 할매의 팔을 잡아끌었다.

“너거 오매가, 우짠다꼬?”

할매는 느닷없이 무슨 소리냐는 듯 귀 쪽으로 손을 펼치며 소리를 쳤다. 그러나 몸은 이미 논개의 손에 떠밀려 집 밖으로 나온 후였다.

“우리 옴마가, 주, 죽을라 캐예.”

점백이 할매와 논개가 허둥지둥 방 안으로 들어갔을 때 오매는 여전히 눈을 감은 채 시체처럼 누워 있었다. 점백이 할매가 오매를 보는 순간, 멈칫 뒷걸음질을 쳤다.

“가 삐린 거 같은디….”

"아이라예, 안 죽었어예. 할매예, 우찌 좀 해 보이소. 우리 옴마 좀 살려 주이소예."

"바늘 좀 꺼내 봐라."

할매가 방바닥에 털썩 주저앉아 흙이 묻은 손을 옷에다 쓱쓱 닦으면서 오매의 팔목을 잡고 맥을 짚었다. 할매의 얼굴이 굳어졌다. 예상대로 오매는 이미 숨이 끊어져 있었던 것이다.

"여기 바늘 있어예. 어서 해 보이소."

논개가 후들후들 떨리는 손으로 굵은 바늘을 할매 앞으로 내밀었다. 할매가 잠시 망설였다. 그러나 낯빛이 떡빛으로 질린 채 온몸을 떨며 눈물이 그렁그렁해 있는 논개의 얼굴을 보면서, 오매의 손을 들어올려 잡고 손끝을 바늘로 찔러 피를 냈다. 열 손가락 모두를 찔렀다. 검붉은 핏방울이 손끝에서 뾰조록이 솟다가 빈대처럼 퍼졌다.

"옴마, 옴마, 눈 좀 떠 봐라. 죽으모 안 된다. 죽지 마라. 옴마아."

열 손가락의 피를 뺐어도 꿈적 않는 오매의 가슴께를 흔들어 보던 논개가 할매를 홱 돌아보았다.

"할매, 옴마가 피를 많이 쏟았는데…."

논개는 그 말을 끝으로 후다닥 밖으로 뛰어나갔다. 그리고 정짓간에서 커다란 식칼을 집어 와 자기의 왼손 무명지를 쪽마루 끝에 놓고 힘껏 내리쳤다.

"악!"

순식간의 행동이었다. 논개는 까무러칠 것 같은 충격을 받았지만, 오매가 죽는다는 극도의 불안감에 정신이 나갈 정도로 흥분 상태여서 아픈 줄도 몰랐다. 무명지 첫 마디의 중간쯤이 뼈까지 잘렸으나 무딘 칼탓인지 살가죽은 붙어 덜렁거렸다. 피가 철철 솟구쳤다. 논개는 방 안으로 들어가 오매의 닫힌 입을 오른손으로 벌리고 무명지의 피를 입속에 쏟았다.

"하이고마, 이기 무, 무신 짓이고? 논개야, 야가 시상에…. 니 오맨 죽었어. 진작 죽어 삐린 기라! 하이고, 이거를 우짜노, 우짜노?"

점백이 할매가 경악하며 털썩 주저앉았다. 그러나 할매는 곧, 이를 악물고 얼굴빛이 새파랗게 질린 채 오매의 입 속에 피를 떨구고 있는 논개의 왼손을 붙잡아 올렸다. 할매는 논개의 덜렁거리는 무명지 윗부분을 제자리에 다시 세워 붙이고는 당신의 목에 둘린 흰 무명 수건을 찢어 손가락을 둘둘 감곤 힘주어 쥐었다. 그러는 사이 논개는 얼굴이 백납처럼 굳어져서는 방 벽에 머리를 박고 기진해 버렸다.

"시상에, 우짜노. 줄초상 치겄네. 이기 무신 일이고? 밖에 아무도 읎나? 창기 오매-, 창기 오매야-."

할매는 안집의 주인 여자를 소리쳐 부르면서도 수건으로 둘둘 말아 쥔 논개의 손을 놓지 않았다. 무명 수건이 금방 피투성이로 변했다. 논개는 여전히 기진한 채 벽에 머리를 기대고 두 다리를 뻗은 채 쓰러져 있었다.

안집의 여섯 살배기 창기가 쪽마루에 나타났다.

"우리 옴마하고, 아부지 밭에 갔십니더."

그런데 때마침 섭냄이가 빈 대소쿠리를 들고 촐랑거리며 마당으로 들어섰다.

"섭냄아, 니 잘 왔다. 얼렁 동네 어른들 좀 뫼시 오니라. 창기는 밭에 가서 너거 옴마 아부지 좀 오라 카고. 논개 옴마가 죽었다 캐라."

섭냄이가 입을 딱 벌렸다. 붙박인 듯 서서 점백이 할매를 쳐다보기만 한다.

"얼렁 뛰어가라 말이다."

"야, 할매. 그란데, 노, 논개는 와 그랍니꺼?"

"지 옴마 피 멕인다꼬 손가락을 짜르고 기절했다. 논개는 금방 깨날 틴께 걱정 말고 얼렁 갔다 오니라."

"야."

섭냄이가 소쿠리와 호미를 선 자리에서 놓쳐 버리곤 조금씩 비틀거리며 나간다. 빨리 뛰어가고 싶은데 너무나 놀란 탓에 두 다리가 마음대로 움직여지지 않았다. 어린 창기도 겁먹은 얼굴로 섭냄이를 뒤따라 뛰어나갔다.

점백이 할매는 마음을 차분히 가라앉히고 한동안 힘주어 붙잡고 있던 논개의 손가락을 당신의 무릎 위에 조심스럽게 놓으면서 피에 전 수건을 풀기 시작했다. 어느 정도 지혈이 된 것 같았기 때문이다. 손가락은 원래의 모양대로 엉거주춤 맞춰진 채 붙어 있었고, 아직도 피는 비어져 나오고 있었다. 할매는 무명 수건을 가늘게 몇 가닥으로 더 찢었다. 그리고 논개의 손가락이 어긋나지 않게 다시 한 번 고정시키고는 찢어낸 수건 가닥으로 힘주어 감았다. 손가락이 다시 붙기를 바랄 뿐이었다.

"영악하고 야무진 가시난 줄은 알지마는 참말로 독한 여식이네. 논개야. 정신 채리라, 논개야."

논개의 손가락을 싸매고 난 할매가 손바닥으로 살살 논개의 얼굴을 때리며 흔들었다. 논개가 눈을 떴다.

"할매, 우리 옴마는…?"

"인자, 정신이 드나? 너거 옴마, 저승 귀신이 데리갔다."

논개는 눈을 질끈 감아 버린다. 닭똥 같은 눈물이 지그시 감은 눈귀로 비집고 나왔다. 아랫입술을 피나게 깨물면서도 울음소리는 내지 않는다. 논개는 오열을 참아 내며 몸을 움직여 일어나려다가 비명을 내지른다.

"손가락을 붙여 놨인께 움직이지 말고 가마이 있거라. 우짤라꼬 손까락을 끊노 말이다."

논개는 왼손을 쳐들고 엉덩이로 방바닥을 끌며 오매 앞으로 다가가 가슴에 귀를 다시 대 본다. 숨소리는 들리지 않았다. 아무리 귀를 기울여도 심장 뛰는 소리는 없었다.

"할매, 우짜모 좋습니꺼?"

"우짜기는, 사람은 다 죽는 기다. 너 오매는 좀 일찍 간 것뿐이다. 그란데, 그단에 그렇기 마이 아팠더나? 하기사, 눈만 감으모 송장맨키로 휘청대던 사람이기는 했제. 어이구, 아까바라! 저승 귀신은 환갑 넘은 나 겉은 늙은이나 델꼬 가제, 우째자고 저리도 젊은 여편네를 데불고 간단 말이고."

할매가 일어나서 시렁 위에 얹힌 삼베 이불을 내려 오매의 얼굴과 몸을 덮었다.

"옴마를…, 우리 옴마는… 오데다 묻어야 합니꺼?"

논개가 잠긴 소리로 중얼거렸다.

그때 섭냄이와 훈장 어른이 마당으로 들어섰다. 섭냄이가 훌쩍훌쩍 흐느끼면서 사람들이 다 밭에 나가 버려서 훈장 어른을 뫼셔 왔다고 했다. 훈장 어른이 방에 들어오고 섭냄이도 따라 들어왔다. 섭냄이가 연신 눈물을 줄줄 흘리면서, "논개야, 괜찮나?" 하고 물었다. 논개는 울지 않으려고 코를 찡긋하면서 고개를 끄덕거렸다.

훈장 어른과 점백이 할매가 논개더러 일가친척이 어디에 사는지 아느냐고 물었다. 삼촌이나 고모, 이모, 할머니, 할아버지가 없느냐고 물었다. 논개는 모른다고 했다. 다섯 살 때 아버지가 죽었다는 것을 오매로부터 들어 알고 있을 뿐, 철들어서는 한 번도 그런 친척들을 만나 본 적이 없다고 했다. 아버지가 죽은 후, 어딘지는 정확히 지명을 모르지만 천변 난전의 주막집으로 이사 와서 2년간을 살 때도, 그리고 이곳으로 이사 와서 네댓 해가 되는 지금까지도 오매가 친척이 있다는 말은 하지 않았다고 했다.

"너 오매를, 점촌댁이라고도 부르고, 함양댁이라고도 불렀으니께, 점촌이나 함양에 가믄 친척이 있을지도 모리겄네만, 거기가 어디라고 시신을 눕히 놓고 가겠노. 저, 훈장 어른이요. 동네 사람덜이 치워 조야 안 되겠습니꺼?"

"그래야 하겄지요."

그때, 안집의 창기가 밭에 나갔던 부모를 앞세우고 들어왔다. 창기 오매의 서슬이 시퍼랬다.

"하이고, 내하고 무신 원쑤가 졌길래, 하필이모 와 우리 집에서 죽노. 지난가실부터 방 비워 달라 캤더마는 겨울만 보내고 나가겄다 카디이, 이리 영장 될라꼬 그랬던가배."

그녀는 방 안을 힐끗 들여다보면서 오만상을 찌푸리더니 넋두리를 그치지 않았다.

"아이고, 내사 몰라. 일가친척도 씨알맹이도 없는가 보던데, 저 영장을 누가 치울 끼고."

창기 오매가 또 한 번 쉿소리를 냈다. 논개가 간절한 눈빛으로 창기 오매를 쳐다보며 두 손을 모은다.

"아지매, 걱정 마이소. 지가 오매를 업고 가서 묻을께예. 저승길 가는 불쌍한 우리 옴마 그냥 가거러 좀 가만 놔두이소! 아지매, 지가 이리 빌께예."

논개가 창기 오매 앞에 털썩 꿇어앉아 눈물을 철철 흘리며 수건 가닥을 감은 아픈 손과 오른손을 마주하고 비벼 댄다. 섭냄이도 옆에서 큰 소리로 울어 대기 시작했다.

점백이 할매가 창기 오매를 나무랐다.

"아무리 썽이 나도 그렇제, 그래도 한집에 살던 사람이 죽었는데 안된 마음도 읎는가? 누가 창기 오매더러 영장 치우라 칼까 봐서 그리 겁을 내나? 논개가 불쌍치도 않나? 어린기 지 오매 살릴 끼라고 손가락을 칼로 쳐서 퉁퉁 부은 저 손을 모두고 빌고 있는데, 우째 아 세근 생각 만큼도 몬하노. 마지막 저승길 가는 사람 편하게 가거러 좀 가마이 있으라마."

점백이 할매의 말에 훈장 어른과 창기 아버지가 놀란 눈으로 논개의 손을 보았다. 창기 오매도 논개 손을 힐끗 바라보고는 주먹으로 자기 가슴을 탁탁 치면서 논개를 노려보았다.

"하이고, 진주 돗골에 효녀 났네? 손가락 짤라서 피를 멕였는데, 고만 죽어 뻬리서 우짜꼬? 백야시 같은 가시나가 백야시 같은 짓을 했구만. 나는 모리겄소. 할매가 영장을 치워 주고, 그러코럼 생각하는 저년도 데리고 가소. 우리는 이 방 새로 벽칠하고 안쪽으로 방문을 내서 목수 기술 배우는 우리 친정 조카 지내거러 할 끼요."

창기 오매는 그 말을 끝으로 휙 몸을 돌려 안채로 들어가 버렸다.

점백이 할매가 고개를 휘휘 내둘렀다.

"세상에, 어른이라 캄서 저 말하는 거 좀 보래. 참말로 더럽고 야박스런 인씸이네. 그래, 논개 내가 데려갈 텐께 극정들 말어, 쯔쯔."

점백이 할매는 창기 오매가 들어간 안채 쪽을 향해 혀를 끌끌 찼다. 목수인 창기 아버지는 가타부타 아무런 말도 하지 않았다. 그러나 편한 얼굴은 아니었다. 훈장 어른이 죽은 오매를 어디에다 묻을 것인지 걱정하자 창기 아버지가 뒷뻔덕 야산 밖에 더 있겠냐고 퉁명스럽게 대답했다.

"친척이 있을지도 모리는데…."

점백이 할매가 중얼거렸다.

"할매가 친척 찾아서 명당자리 잡아 묻어 줄라요? 의지가지없는 영장, 오데라도 떠메고 가서 묻어 주는 것만도 감지덕지해야 될 판에."

창기 아버지가 점백이 할매를 보고 쥐어박듯이 말했다.

할매가 그런 창기 아버지를 찌푸린 얼굴로 쳐다보았다.

그때 논개가 조심스럽게 어른들의 이야기 속으로 끼어들었다.

"저어, 선학산에 묻으모 우떨까예?"

할매가 논개에게로 고개를 돌렸다.

"선학산이라 캤나?"

"야아."

그러자 창기 아버지가 논개를 노려보았다.

"누가 선학산까지 너 오매를 지고 갈 끼고? 뒷뻰덕은 가차분께 내가 지고 가서 묻어 줄라 캤던 긴데."

"뒷뻰덕은 바람도 쎄고, 산사태도 잘 나고, 음지고, 배미도 많고…."

"쟈가 꼴같잔커러 명당자리 찾네? 배미가 영장 파묵는다 카더나, 죽은 영장이 춥다 카더나? 싫으모 나중에 너거 일가들이 와서 이장해 가모 될 꺼 아이가."

"일가가 읎습니더. 한 번도 일가라는 사람을 본 적이 없어서예."

"나는 선학산꺼정은 영장 안 지고 갈 끼다. 그래도 사람이 불쌍해서 방도 내조서 살게 했더마는, 은혜 갚는 기 영장 치워 달라는 건가배?"

창기 아버지가 거칠게 몸을 돌리고 방을 나가 쪽마루에 털썩 주저앉으면서 한숨을 섞어 말했다.

"할매, 지가 옴마를 업고 가믄 안 될까예?"

논개가 점백이 할매를 쳐다보며 물었다.

"니가 기운 쎄다는 거는 안다마는, 말도 안 되는 소리다. 송장이 살아 있는 사람맨키로 나긋나긋 니 맘대로 되는 줄 아나. 가마이 있거라. 인자 곧 동네 사람들 밭에서 돌아오모 이논해 보자. 인자부터는 부석에 불 때지 말거라. 방이 추워야 한다. 그라고, 논개 니 정신 똑바로 채리야 된다. 옴마 죽었다고 울기만 하고 정신 놓으모, 자슥이 니 하나뿐인데 안 된다. 알겄나?"

점백이 할매는 시종 열한 살짜리 아이 같지 않은 논개의 의젓한 모습을 보며 속으로 고개를 끄덕이면서도 한마디 주의를 준다.

"야아."

그날 밤, 동네 사람들은 논개의 셋방에 아무도 들러 주지 않았다. 밭갈이에 온종일 시달려 피곤해서인지 촌장조차도 얼굴을 보이지 않았고, 섭냄이 오매만 불쑥 들러선 섭냄이의 손목을 강제로 끌고 가 버렸을 뿐이다. 훈장 어른도 더는 이렇다 할 말도 없이 어슬렁어슬렁 돌아가 버렸고, 창기 아버지도 "인심 살 일을 했어야 사람들이 묻어라도 주제." 하고 투덜거리면서 안집으로 들어가 버렸다.

"창자가 곯는데 머를 갖고 인심 쓰고 살끄? 참말로 사람 인심 야박타. 우째 이럴 수가 있노. 논개야, 정신 똑바로 채리고, 니 오매 잘 지키고 있거라. 내가 좀 나갔다 올 끼니께."

점백이 할매가 고개를 내두르면서 펄럭거리는 등잔불이 꺼질세라 방문을 조심스럽게 열고 밖으로 나갔다. 할매가 방을 나가 버리자 방안은 갑자기 적막강산처럼 호젓해졌다. 논개는 오매의 시신 앞으로 다가가 얼굴에 덮인 삼베 홑이불을 벗겨 낸다. 오매의 얼굴은 살가죽만 붙어 있어 광대뼈가 유난히 솟아 보이고 감은 눈은 퀭하게 움푹 들어가 있었지만, 표정은 차라리 평온해 보였다.

"옴마, 극정 마라. 내가 꽁꽁 파묻어 줄 텐께."

논개는 오른손을 들어 오매의 얼굴을 한번 만져 본다. 손끝에 닿는 오매 살갗의 느낌이 살아 있을 때와 별반 다르지 않은 것 같았다.

"옴마아, 극정 마라. 내가 꽁꽁 파묻어 줄 텐께. 그라고 나 혼자도 잘 살 수 있은께 걱정 말고 좋은 데 가라, 옴마아."

논개는 오매의 얼굴을 만져 보며 끊임없이 중얼거린다. 혼자서 어떻게 살아갈 것인지 오매에게 걱정을 시키지 않겠다는 간절한 마음으로 말한다. 실제 못 살아갈 것도 없다는 뱃심도 있었다. 다만 눈앞의 과제는, 오매를 선녀와 학이 노닐었다는 선학산에 업고 가서 매장하는 일이었다. 동네 사람들이나 안집 창기 부모가 도와주지 않는다 해도 논개는 그들이 원망스러울 것 같지가 않았다. 천변 주막집 사람들처럼 자기 모녀를 동네에서 쫓아내지 않은 것만으로도 고맙게 생각하고 있었기 때문이다. 섭냄이가 다시 왔다. 자기 오매에게 강제로 손목이 붙잡혀 집으로 끌려갔는데, 도망쳐 나온 것 같았다.

"할매도, 가 삐랐나?"

"또 오실 끼다."

"니 혼자서, 안 무섭나?"

"무서블 끼 뭐꼬? 갠찮다."

"낼 말고 모레, 새이상여 메야제?"

"누가 멜 끼고? 새이는 있는 사람들이 하는 장리장례고, 날이 밝으모 내가 옴마를 업고 선학산으로 가서 묻어 줄 끼다."

섭냄이의 두 눈이 놀란 토끼처럼 동그래졌다.

"니가, 죽은 옴마를 업어 간단 말이가? 말도 안 되는 소리다. 니가 선학산꺼정 송장을 우찌 업고 간단 말이고? 사람이 죽으모 뻣뻣하다 카던데."

"뻣뻣하모, 옴마 몸을 삼베 이불에 싸서 내 머리에 이고 가제."

"음마야, 야아가…."

섭냄이는 어처구니가 없는 듯 질린 낯빛을 하고 말을 잇지 못했다.

논개가 신음과 함께 한숨을 내쉰다.

"우짜겄노. 아무도 우리 옴마 져다 주지 않을 낀데. 내 한 손이 이 모양인께 땅을 파는 기 문젠 기라. 니하고 순검이하고 땅 좀 파 주모 좋을 낀데, 너거 둘이 힘을 합쳐 봤자 내 하나 힘도 안 된께 그기 극정이다."

"우쨌거나 죽은 오매를 이고 지고 갈 끼라는 니 말은 말이 안 되는 기다. 무신 수가 있을 끼다. 어른들이 절대로 가마이 안 있을 끼다. 그라고 논개야, 너 어무이 얼굴 좀 덮어라. 나는 무섭다."

논개가 오매의 얼굴을 삼베 자락으로 덮었다. 점백이 할매가 다시 논개 셋방으로 온 것은 삼경三更이 다 되어서였다. 섭냄이가 죽은 사람 살아온 듯 반가워하면서 할매의 치맛자락을 붙들었다.

"우짜라고 했습니꺼?"

"우리 송달이 아배가 새복에 와서 지고 가기로 했다. 인심이 곡식 바가지에서 난다 카지마는, 이렇기 야박한 인심은 세상에 엄슬 끼다. 그래도 백정이는 온다 캤다."

할매가 고개를 저으면서도 약간은 안도감이 깃든 얼굴로 말했다.

"참말로 잘됐네예! 백정이가, 집에 와 있었던가배예?"

섭냄이가 두 손을 맞붙이고 손뼉이라도 칠 것 같은 모양새로 할매를 쳐다보며 말한다.

"그려, 백정 종놈이라고 사람들이 천대해도, 그래도 인심은 젤 좋은 사람인 기라!"

논개가 할매 앞에 고개를 숙이며 목이 잠겨 인사한다.

"고맙습니더, 할매. 은혜, 안 잊어 뿌릴 낍니더."

"고맙기는 머가? 동네 할매가 할 일을 한 거뿐인데. 어히구, 불쌍한 것, 니가 무슨 죄가 있노, 쯔쯔. 그란데, 니 낮에부터 아무것도 안 묵었제? 돌아댕기느라고 내가 그거를 몬 챙깄네."

"안 묵고 싶어예…."

"그라모 안 된다. 손까락이 빨리 붙을라 카모 묵기 싫어도 묵어야 한다."

"갠찮십니더."

"안 갠찮은 기라. 가마이 있거라. 내가 정지에 나가 볼게."

섭냄이가 논개의 말을 가로채며 벌떡 일어나 방문을 열고 나갔다.

"솥에 죽이 있는데, 할매도 저녁 안 잡샀지예?"

섭냄이가 밖에서 소리쳤다.

"나는 집에 가서 묵었다. 논개나 좀 갖다조라."

논개는 일어나 정짓간으로 나갔다. 그리고 흙바닥에 주저앉은 채 섭냄이가 퍼 주는 식은 죽을 먹기 시작했다. 그제야 닭똥 같은 눈물이 죽 그릇에 후드득 떨어졌다. 할매와 섭냄이와 할매의 아들 송달이 아버지와 백정이 아재가 고마워서였다. 논개 자기가 살아 있는 한 은혜를 갚으리라 속으로 다짐한다.

*

희부연 새벽녘에 송달이 아버지가 지게를 지고 백정이가 괭이와 삽을 메고 논개 집으로 왔다. 밤을 지샌 할매와 섭냄이가 반색을 하면서 그들을 맞이했다. 오매의 시신은 할매에 의해 깨끗한 옷으로 갈아입혀져서 삼베 홑이불로 이미 염殮을 해 놓았기 때문에 그들의 일은 많지 않았다. 송달이 아버지는 관 대신 가마니 조각에다 시체를 한 번 더 말듯이 싸서 지게에 얹었다.

"선학산 암반태기* 옆에 묻을 곳이 많십니더."

백정이 말하면서 앞장서고 송달이 아버지가 시체를 얹은 지게를 지고 뒤따랐다. 섭냄이가 연신 훌쩍거리며 뒤따르고 논개는 정짓간 대살강 위에서 오매의 밥사발 한 개와 놋순갈 하나를 움켜쥔 채 지게 뒤를 따랐다.

"쯧쯧쯧, 이렇기 떠들어싸도 창기 아배 오매는 코빼기도 안 비치네. 참말로 몹쓸 인심이다."

일행을 재촉하며 논개의 셋방을 벗어나던 할매가 안집 쪽을 돌아보고 이죽거렸다.

* 여자의 음부 모양새의 골짜기

오매의 시체는, 동네를 가로질러 골짜기 백정이네 집 앞을 거쳐 선학산 암반태기 쪽으로 갔다. 이른 새벽이어서 길에서 동네 사람들을 정면으로 만난 것은 아니었지만 우물에 물 길으러 가던 아낙 두어 사람이 영장 지게를 보고 고샅으로 숨어 버렸다.

백정이의 말은 틀리지 않았다. 선학산 동남쪽 방향의 암반태기 옆으로 아늑하고 완만한 구릉이 있었다. 그곳은 양옆의 돌출한 둔덕으로* 인하여 바람도 세지 않을 것 같고, 수목들이 많지 않아 햇살도 잘 들 것 같은 곳이었다.

송달이 아버지와 백정이는 지게에서 시체를 내려놓고 괭이와 삽으로 땅을 파기 시작했다. 힘이 좋은 두 장골壯骨의 팔놀림으로 금방 깊은 구덩이가 파졌고, 삼베와 가마니에 둘둘 말린 오매의 시체는 두 남자에게 들려서 구덩이로 넣어졌다.

"옴마아, 옴마아아."

논개가 털썩 흙바닥에 주저앉아 구덩이 속을 들여다보면서 짐승 소리 같은 울음을 터뜨렸다. 섭냄이도 소리 내어 울었다. 점백이 할매도 치맛귀로 눈물을 찍어 내고, 두 장정은 시체 위에 흙을 덮으려다 말고 잠시 동작을 멈추었다.

"논개야! 옴마 극락으로 잘 가게 해 조야제. 자, 울음 뚝 그치거라. 그래, 이 밥사발하고 숟가락 너 오매 저승에 가서 밥 받어 묵으라고 갖고 온 모양이구나. 자, 구덩이에 넣었다. 일어나거라."

울부짖는 논개를 끌어내며 달래자, 이어 흙무더기가 빠르게 구덩이 속을 메웠다. 두 남자의 손놀림이 여간 빠르지 않았다.

"할매, 우리 옴마 숨이 막힐 끼라예. 널이 있었으모, 흙이 맞바로 옴마 얼굴을 덮지는 않을 낀데. 할매, 할매애."

---

* 그 기다란 둔덕을 사람들은 가랑이를 벌린 여자의 양쪽 허벅지 같다고 했다.

논개가 할매의 가슴에 얼굴을 파묻고 몸부림을 치며 통곡했다.

"너 오매는 불써 숨이 넘어갔기 땜에, 그런 거 저런 거 모린다. 사람은 죽으모 다 흙이 되는 기라. 널이 없는 것이 흙이 되는 데는 더 좋은 기라. 뚝 울음 그치거라. 이라모 니 오매 맘 놓고 극락 몬 간다."

논개의 울음은 조금씩 잦아지고, 어느새 작은 봉분이 만들어졌다. 원형圓形의 모양새 좋은 봉분이라기보다 곡물 저장 구덩이 위의 흙더미 같은 작은 무덤이 만들어졌다. 오른쪽 중봉 부근에서 산새 울음소리가 자지러졌다. 때맞춰 작은 봉분 위로 아침 햇살이 수줍은 듯 부서져 내렸다. 아름다운 산새 울음과 동녘 산봉우리 위로 불쑥 솟아오른 태양과 첫 햇살이 마치 무슨 암시라도 하듯 봉분 위로 동시에 쏟아지자 논개는 잠시 하늘을 쳐다본다. 우연일 수도 있는 현상이었지만 논개는 그것이 상서로운 일이라 생각되었다.

"논개야, 다 됐다. 인자, 절하거라."

할매가 말했다. 논개가 무덤 앞에서 절을 했다. 한 번, 두 번, 세 번, 네 번을 했다. 할매가 두 손을 모으고 "논개 오매, 이승 생각 말고 극락 좋은 곳에 잘 가라." 하고 소리쳐 기원했다.

"불써 해가 하늘 똥구멍에 솟았다. 얼렁 내리가서 밥 묵고 밭에 나가야제."

송달이 아버지가 지게를 챙기면서 말했다. 백정이도 사방을 둘러보고는, "여가 맹당자린 기라!" 하며 벙글거렸다.

논개가 송달이 아버지 앞에 무릎을 꿇어 반절을 하며 살펴주신 은혜 잊지 않겠다고 하고, 이어 백정이에게도 절을 하려 했다.

그러나 백정이가 엎드리는 논개를 붙잡으면서 "백정놈한테 절하모 안 되는 기라." 했다.

논개가 백정의 손을 맞잡으며 말했다.

"그런 말씸 마이소. 사람은 다 똑같은 기라예. 고맙습니더, 아재…."

논개는 한사코 말리는 백정이를 기어이 뿌리치고는 송달이 아버지에게와 마찬가지로 공손하게 반절을 한다. 점백이 할매와 송달이 아버지가 놀란 얼굴을 했다. 천한 백정을 보고 사람은 다 똑같다고 말하는 논개의 당돌한 소리 때문이었다. 그러나 모자 중 누구도 논개의 말을 면전에서 탓하지는 않았다.

백정은 민망스러운 듯 그러나 기분 나쁘지 않은 얼굴을 하고는 "나중에 내가 봉분도 더 높이고 떼도 입히 줄 텐께…." 했다.

"아입니더. 떼는 지가 입힐 끼라예. 그라고 지가 나중에 커서 할매랑 아재들한테 술하고 밥하고 꼭 대접할 낍니더. 오늘은 참말로 죄송합니더."

점백이 할매가 논개의 어깨를 두드리며 큰 소리로 말했다.

"아늘거이맨키로 인사도 깍듯하구나! 논개가 이리도 야물고 철든 아인 거를 내가 이번에사 똑똑히 알았다. 갠찮다. 그래 니 말대로 커서 잘살모 오늘 이 아재들 잊지 말거라. 인자 내리가자."

할매가 논개의 어깨를 잡았다.

"야, 절대로 안 잊을 낍니더."

논개는 발걸음이 얼른 떨어지지 않았으나 거기서 더 머뭇거리면 어른들한테 걱정만 끼친다는 것을 알고 있었다. 어저께 아침까지 살아 있던 오매를 차가운 땅속 깊숙이에 꽁꽁 묻어 놓고, 혼자 산속에 버려두고 돌아가 버린다는 것이 차마 못할 짓 같았으나, 일단은 가야 한다는 생각이었다. 또 눈물이 후드득 쏟아졌다. 한 번 돌아보았다. 할매가 그런 논개의 마음을 꿰뚫어 보기라도 한 양 "갠찮다. 깊숙이 잘 묻어 놨잉께 짐승이 파내지도 않고 바람이 불어도 춥지도 않을 끼고 비가 와도 젖지 않을 끼다. 얼렁 내리가자." 하며 등을 밀었다. 논개는 눈물 반 콧물 반으로 줄줄이 타고 내리는 눈물을 바른 손등으로 쓱 문지르고는 휘청휘청 산을 내려왔다.

동네에 이르러 송달이 아버지와 백정이는 각자 집으로 돌아가고, 할매와 섭냄이는 다시 논개의 셋방까지 따라와 방문을 활짝 열고 방 청소를 깨끗이 해 주었다.

"고리짝에 니 오매 옷이 올매나 있는지 모리겄다마는 다 태워 삐리라. 깔던 요판도 태워 삐리라. 병든 오매가 덮고 입던 옷이라 불살라 버려야 하지만, 또 니가 오매 옷 볼 적마다 생각할까 봐서 그란다. 그라고 메칠간은 왼손에 물 넣으면 안 된다. 아픈 거이 마이 가셨다는 거 보모 손까락은 인자 붙은 기다. 단지에 곡식도 좀 들어 있고 한께 을매간 혼자 지내라. 나도 송달이 아배 오매하고 니 문제를 이논 좀 해 볼텐께."

논개는 할매가 자기의 거취 문제를 걱정하고 있는 것이라 생각했다. 엄마 없는 세상을 혼자 살아가는 것을 구체적으로 생각해 본 적은 없었지만 그러나 할매에게 계속 짐을 지워 주어서는 안 된다는 생각이 들었다.

"걱정 마이소예. 지 혼자 살아갈 수 있습니더."

"니가 으낙 야무진께 묵을 꺼만 있으모 살아는 가겄지마는, 오데, 묵는 거뿐이더나."

할매는 한숨을 내리쉬면서 섭냄이를 보고 논개가 사흘간쯤 먹을 죽을 좀 끓여 주라고 이르고는 저녁에 다시 오겠다며 자기 집으로 돌아갔다.

"점백이 할매는 돌아가시모 진짜로 극락 가실 끼다! 동네 구진일은 다 쪼차댕기문서 간섭을 하시니께. 백정이 집 백치 딸한테도 불쌍타고 개떡도 갖다주고 서답도 만들어 주고 그랬다 카더라."

섭냄이가 종알거렸다.

"나라에서 상 내리야 될 할맨 기라! 할매 안 계싰으모 우리 옴마 누가 묻어 주었을꼬 싶은 게 등짝에 찬바람이 쌩한 기라."

논개가 새삼 안도의 한숨을 내쉬며 말했다.

섭냄이가 반짝 웃었다.

"할매가 와 그라는지 아나? 궁디에 짝 퍼진 점 땜에 그란다 쿠더라. 남을 마이 도와조야 점독이 풀리서 오래 산다 카는 기라. 안 그라모 점독이 몸띠에 퍼져서 일찍 죽는다 카더라꼬."

"벨소리가 다 많다. 점이 병이 아닌데 독은 무신 독이고? 할매 맘씨가 좋아서 그렇제."

"논개야, 니 할매 궁디에 있는 점 봤나?"

"몬 봤다."

"나는 작년 여름에 또랑에서 목감다가 할매 궁디를 봤는데, 새파란 점이 궁디 두 쪽에 호박 이파리맨키로 쫙 깔렸더라꼬, 히히히."

"엔가이 재미도 있겄다. 그란께 '점백이 할매' 아니가."

그때였다. 안집의 창기 아버지가 큼큼 기침과 함께 셋방 앞에서 논개를 찾았다. 논개가 얼른 일어나 방문을 열고 쪽마루로 나간다.

"너 오매, 잘 묻었나? 내가 일찍 밭에 나갔다 왔더이마는…."

"예, 선학산에 묻었습니더. 송달이 아부지하고 백정이 아재하고 묻어 주셨십니더."

"그랬더나. 그라모오…."

창기 아버지가 조금은 미안해하는 얼굴이 되면서 무슨 말인가를 더 이으려고 했다.

그러자 바로 그때 창기 오매가 안채에서 바쁘게 돌아 나오며 창기 아버지의 말을 잘랐다.

"그래, 점백이 할매가 니 온제 데리간다 카더노? 우리는, 이 방 어서 곤치서 써야 한께네."

논개는 당황했다. 아니 낙담했다. 오매를 산에 묻고 온 바로 당일에 이 방을 비워 주어야 할 것이라고는 미처 예상치 못했기 때문이다.

"저, 아재, 아지매. 메칠만 더 있게 해 주모 안 될까예? 할매가 지를 데꼬 갈는지도 잘 모리겠고, 메칠만 더 있게 해 주모 지가 방도를 구, 구해 볼께예."

논개는 얼굴이 새하얘져서 창기 오매를 간절한 눈빛으로 바라보며 말한다.

"점백이 할매가 니 데리간다꼬 안 하더나? 오늘이라도 니가 할매 집으로 가모 될 꺼 아이가? 우리는 낼부터 이 방 수리할 끼다."

그때, 섭냄이가 울음을 터트리며 논개 앞을 막아서듯 하고 소리를 질렀다.

"아지매, 우째 이러십니꺼? 논개 어무이 어제 죽고 오늘 묻어 놓고 왔심더. 아즉 죽은 사람 옷도 몬 태우고, 논개 손도 저리 아파서 꼼짝을 몬하는데, 오데로 나가라 캅니꺼? 아지매, 아재요, 그라시지 마이소. 엉엉."

"이 가시나는 머꼬? 니는 너거 집에 가서 밥이나 처무라. 아까 니 오매가 니 머리끄댕이 끌고 간다꼬 찾아왔더라. 그래, 그라모 되겄네. 논개가 그리 좋으모 섭냄이 너거 집에 데꼬 가서 살모 되겄네."

창기 아버지가 섭냄이에게 삿대질을 하는 창기 오매의 팔을 잡아 내리고는, 새하얗게 질려 떨고 있는 논개를 보고 말했다.

"니를 당장 나가라는 거는 아이고, 점백이 할매가 니를 온제 데리간다고 했는지 그거를 물어보는 기다. 하기사, 할매도 금방이야 우째 니를 데리가겄노. 송달이 아배 오매 말도 들어 봐야 될 꺼이까네. 니, 일가친척을 찾으모 좋을 낀데. 우쨌든가, 메칠은 더 있어도 된다."

창기 아버지의 말이 떨어짐과 동시에 창기 오매가 남편을 흘겨보며 짜증을 냈다.

"참말로 내가 이녁 땜에 몬 살겄소. 그라모 할매가 안 데리고 가모 기냥 온제까지 놔둘 끼요? 인정사정 볼 꺼 없다고 그렇게도 말했는데 자꾸 와 이라는 기요? 나는 메칠을 더 있게 안 하겠소! 할매 집이 아이모 섭냄이가 데리가든가, 아니모 강 진사 댁에 말해서 델꼬 가든가 하모 될 께 아니요?"

"시끄럽다!"

창기 아버지가 소리를 버럭 질렀다.

논개는 쿵쿵 뛰는 심장께를 오른손으로 누르고 눈물이 그렁그렁한 채 그들을 번갈아 쳐다보았다. 뭔지 모를 불안과 두려움으로 몸뚱이가 사시나무 떨리듯 흔들렸다.

"아, 아재, 아지매. 그, 그라모. 오, 오늘 하루만 더 있게 해 주시소. 내, 내일은 나가겄십더."

논개의 몸도 음성도 심하게 떨렸다.

"논개야, 니 오데로 갈라꼬? 갈 데도 읎는데, 오디로 갈라꼬?"

섭냄이가 와락 소리를 질렀다.

"그렇게 해라. 낼은 방을 말끔하게 비워 내라. 이불이고 궤짝이고 옷가지고 다 들내고, 정짓간의 솥이고, 그릇이고, 나무도 다 들내라. 폣벵 묻은 살림살이 징그럽고 무섭고 더럽다."

창기 오매는 독기 서린 낯빛을 하고 거침없이 말을 뱉고는 창기 아버지의 팔을 붙잡았다.

"집으로 들어가입시더. 동정은 금물이라꼬 내가 몇 번이나 말 안 했습니꺼? 야박한 거 같애도 끊을 때 야멸차게 끊어 삐리야 나중에 후회 안 합니더. 갈 데 엄스모, 강 진사 댁에 가겄지예. 그 집 영감마님이 논개를 몸종으로 탐낸다는 말, 들었습니더."

창기 오매가 창기 아버지의 등을 안채 쪽으로 떠밀다시피 하면서 말했다.

"영감마님이 논개를 몸종으로 탐낸다 캤나? 종놈 종자가 아닌데, 종이 되모 안 되제."

"논개가 당신 딸이요? 종이 되든가 말든가 우리하고 무신 상관이요. 지 년이 복이 있어서 누가 수양딸 삼아 가모 가매 타는 기고, 아니모 종년이나 기생 되는 거밖에 더 있겄소. 일가친척은 씨알맹이도 읎는 거 같고."

"목소리 좀 낮차라. 쟈들 듣겄다."

"들으모 우떻소?"

물론 논개는 안채로 들어가며 큰 소리로 뱉어 대는 창기 오매의 말을 다 들었다.

그런데, 때맞추어 섭냄이 오매가 셋방 앞으로 들이닥쳤다. 그리고 다짜고짜 섭냄이의 머리채를 휘어잡았다.

"이 문디가시나야, 여가 너거 집이가? 엊저녁에 나가서 여서 자빠져 자고도 집에 안 들어오모 우찌자는 거고, 이년아."

"아야야, 옴마 아푸다. 머리 좀 놔라. 오, 옴마, 논개 말이다. 우리 집에서 살모 안 되나? 아, 아야, 아야야."

섭냄이가 머리채를 잡혀 질질 끌려가면서도 오매에게 논개의 거취를 부탁하고 있었다. 그러나 말끝으로 찢어지는 비명만 내질렀을 뿐이다.

"이 가시나가 미칬나? 곡식이 썩드나? 내가 딸년들이 없어서 오데서 굴러온 종잔지도 모리는 폣벵쟁이 딸년 가시나를 데꼬 살까? 니년이 요런 소리 씨부릴 거 같아서 내가 새복에도 왔던 기다."

"아야야. 오, 옴마, 옴마, 아푸다아."

제 오매에게 머리채를 잡혀 질질 끌려 나가며 비명을 질러 대는 섭냄이의 소리도 삽짝 밖으로 차차 사라져 갔다. 갑자기 사방이 적막해졌다. 절간처럼 조용해졌다.

논개는 다리며 몸뚱이며 전신이 계속 후들후들 떨리면서 주저앉고 싶었다. 어지럽기도 했다. 논개는 댓돌 위의 기둥을 붙잡고 간신히 쪽마루 위에 걸터앉는다. 머릿속이 그저 막막할 뿐이었다. 그러나 시간이 흐를수록 쿵쿵 뛰던 심장도 차츰 잦아들고 어지러움도 가셨다. 논개는 정신을 똑바로 차려야 한다고 자신에게 다짐을 둔다. 넓고 넓은 이 세상에 자기를 생각해 줄 사람은, 자기밖에 없다는 것을 스스로에게 거듭 인식시킨다. 어느 정도 마음이 가라앉자 창기 오매가 떠벌리던 '강 진사 댁 몸종' 운운하던 말이 제일 먼저 논개의 머릿속에 떠올랐다. 논개는 거칠게 머리를 흔들었다.

"내가 와, 종이 된다 말이고? 싫다, 싫다! 코뚜레 낀 소맨키로 평생을 상전 위해서 일만 해 주고 사는 종년이, 내가 와, 와, 된다 말이고? 싫다!"

논개는 바로 전날 아침녘에 셋방에 들렀던 강 진사 댁 노비를 떠올리며 고개를 세차게 흔든다. 이어 뭔가 석연찮은 기분이 드는 것을 어쩌지 못한다. 강 진사 댁의 그 늙은 여종이 왔다 간 후 오매의 병이 더 위중해졌던 것 같고, 창기 오매가 말하던 '강 진사 댁 몸종' 운운하던 말과 노비의 방문이 연관이 있을 것처럼 느껴졌던 것이다.

"그 아지매가 옴마한테 나를 몸종으로 달라고 왔던 기라. 그런 기라! 그래서 옴마의 가슴 피가 다 터진 기라. 노랭이 강 진사 집에서, 몬 받아 간 곡식 갖다주로 일부러 집에꺼정 갖고 올 턱이 없는 기라."

논개는 눈을 한곳에 박고 혼자 중얼거렸다. 물론 오매의 병이 오래되었고, 최근에는 더 악화된 것을 느낄 수 있었고, 무엇보다 강 진사 댁에서 일을 하다 여러 번 쓰러져서 그저께는 기어이 중간에 집으로 돌아오고, 어저께는 끝내 일어나지 못하여 일을 나가지 못했던 것이지만, 그러나 너무나 갑자기 숨이 끊어져 버린 데는 그럴 만한 이유가 있는 것 같았다.

"나를 종년으로 내놓으라 칸께네 기가 콱 질렸을 끼라. 내가 야생말 같은께, 넘 종살이는 죽어도 몬할 썽질인 거를 안께네. 내 썽질뿐이 아니고, 넘우 집 일에 골병든 옴마가 자슥까지 일에 골병들게 하고 싶지 않은 기 소원이었은께. 씨내림이 되는 종법을 사람법이 아니라믄서 옴마가 을매나 미워했는데…. 강 진사 댁 그 아지매가 틀림엄씨 무신 소린가를 옴마한테 한 기라."

그러나 논개는 그런 문제에만 매달려 있을 수 없었다. 당장 내일 창기 오매에게 방을 비워 주겠다고 말해 버렸기 때문이다. 당금 발등에 떨어진 불덩이부터 꺼야 한다는 불안감이 뒤통수를 쳐 왔던 것이다.

"산으로 갈밖에…. 산 아니모 오데로 가겄노?"

창기 오매에게 하룻밤만 더 지내게 해 달라고 빌었던 것은 당장 쫓아내려 하는 서슬이 무섭기도 했지만, 문득 선학산 오매 무덤 가까운 어느 곳으로 가면 되겠다는 생각을 했기 때문이었다. 소나무가 많은 중봉 쪽에 천연으로 생긴 바위틈 사이로 작은 굴이 있는 것을 논개는 알고 있었다. 산굴에서 살기에는 아침저녁으로 아직은 차가운 날씨였지만 달리 방도가 떠오르지 않았다.

"손가락이 다 나으믄 나뭇가지를 엮어서 굴문을 만들고…. 죽으라는 법은 없인께…."

논개는 혼자 고개를 끄덕이며 중얼거렸다. 막막하고 황당하던 심정이 조금은 가라앉는 것 같았다. 그러자 갑자기 시장기도 왔다. 먹어야 산다는 생각이 머릿속에 꽉 들어차면서 논개는 후들거리는 몸을 일으켜 정짓간 솥 바닥에 남은 식은 죽을 바가지로 사발에 긁어 담았다. 왼손을 조심하면서 한 손으로 하는 일이 여간 불편하고 힘들지 않음을 새삼 느낀다. 몸을 움직일 때마다 잘렸던 손가락의 통증은 말할 것도 없고 왼팔의 겨드랑이며 가슴까지 당기어 아프고 힘이 들었다.

"쪼깬한 손까락 하나 다쳤을 뿐인데 온몸이 다 뻰질리고 땡기네. 이래 갖고 우짜꼬? 옴마 이불도 옷도 태워 주고, 산으로 옹기솥이랑 사발이랑 순가락도 옮기 갈 낀데, 이렇기 아파싸서 우짜노…?"

논개는 한숨과 함께 식은 죽을 입 속으로 퍼 넣으면서 끊임없이 혼잣말을 했다.

"섭냄이 순검이가 좀 거들어 주모 될 낀데, 순검이는 코빼기도 안 보이고, 섭냄이는 지 옴마한테 머리끄댕이 잡혀 갔으니 을매나 뚜디리 맞을 낀지? 섭냄이 옴마는 와 그리 나를 미워하는지? 하기사 섭냄이가 눈만 떠모 내한테로 쫓아오니께, 썽도 날 끼라."

점백이 할매가 논개에게 다시 들른 것은 저물녘이었다. 할매의 얼굴이 그리 밝아 보이지 않았다.

"논개야, 메칠만 더 기다리거래이. 송달이 오매가 내 맘 겉지가 않구나."

점백이 할매가 창기 오매에게 논개를 자기 집으로 데려갈 것이라고 했었지만, 실제 그 일이 쉽지 않을 것임은 논개도 알고 있었다. 그 집은 할매의 맏손자인 송달이를 비롯하여 올망졸망한 아이들이 다섯 명이나 되었고, 논밭 두서너 마지기로 입에 풀칠을 근근이 하는 살림인데다, 송달이 오매는 할매의 동네 간섭을 언제나 못마땅해하여 고부간 사이가 좋지 않았던 것이다.

"갠찮습니더, 할매요. 지 극정은 마시소. 보리 숭년에 묵는 입이 하나라도 덜어야 할 판인데, 지가 우찌 또 끼겠습니꺼?"

점백이 할매가 뭐라고 다시 반응을 보이려 했을 때, 방문 밖에서 인기척이 있었다. 뜻밖에도 강 진사 댁의 노비였다.

"논개야, 글씨 이 일을 우짜모 좋노? 어지 아츰꺼지 멀쩡하던 니 오매가 우째 이렇기 죽어 삐렀다 말이고. 아이고 점백이 할매도 와 기시구만요."

노비가 슬픈 표정을 만들며 방 안으로 들어서다가 할매를 보고 조금은 경계하는 눈빛을 보였다. 논개는 말없이 자리에서 일어서기만 했다. 노비에게 뭔가 한마디 하고 싶었지만 그냥 입을 닫고 만다. 할매도 노비에게 자리를 내주듯 옆으로 좀 비켜 앉았다.

"글케 말이지. 아픈 사람이기는 해도 이렇기 급작시리 가 삐릴 줄은 몰랐제."

할매가 노비의 말을 받았다.

"하기사, 우리 진사님 댁 마당에서 탁 씨러졌을 때부텀 낯에 죽음꽃이 확 피었긴 했었제. 그때 우리는 논개 오매가 오래 못 가고 죽을 꺼를 느낐던 기라예."

노비가 연신 고개를 주억거리며 말했다.

"일하믄서 너댓 번이나 씨러지고도 이 악물고 또 일어나서 버티 내고 하더마는, 기어이 떠나는구만요. 진사 댁 뒤란에 숨어서 기침을 하고 피를 토하면 흙으로 덮고 했더랬어예. 자기 떠날 거를 알고, 그래도 내가 젤 미더웠던지 '우리 논개 부탁한다'는 말을 여러 번 해쌌더니 결국엔 저승으로 갔구만요. 청춘 나이 아까버라이."

노비가 거듭 슬픈 얼굴을 지으면서 옷고름 끝을 잡고 눈귀를 찍어냈다. 할매가 노비의 말에 정색하는 얼굴이 되면서 그녀를 바라보았다. 노비는 할매의 궁금증이 무엇인 줄 안다는 듯 할매를 바라보다 논개를 살펴보다 하면서 말을 이었다.

"그라문요. 불쌍한 우리 논개 부탁한다 소리를 열 번도 더 했구만요. 그러니 논개 어무이 죽었다는 소리 듣고 안 와 볼 수가 있습니꺼? 지가, 논개 불쌍해서 델꼬 갈라꼬 왔지예. 다행히도 우리 영감마님께서 논개를 이뻐하시 갖고, 불쌍한 아이를 얼렁 데리오라 안 했습니꺼."

그때 논개가 고개를 발끈 들어 노비를 똑바로 쳐다보고 말한다.

"나는 강 진사 댁에 안 갈 낍니더. 내 극정 마이소."

논개의 음성은 또렷하고 힘이 주어져 있었다.

"야아가 머라 카노? 너 오매가 나한테 니를 부탁한 기라. 부모 유언을 받들어야제. 죽었다꼬 부모 말 안 들으모 천하 불효막심한 자슥인 기라."

노비가 표정을 바꾸며 눈을 부라렸다. 소리도 높였다.

그러나 논개는 끄떡도 하지 않았다.

"우리 옴마가 지를 종년으로 만들어 도라꼬 아지매한테 부탁했으모, 믿을 수 있는 징거를 내보이소. 우리 옴마는 생전에 씨내림 되는 종을 젤 싫어했던 기라예."

"야아가 눈 똑바로 불거트리고 지 오매 유언을 무시할라 카네. 징거는 무신 징거? 우리 진사 댁 사람들이 여럿이 그 말을 들었는디. 그 사람들한테 니가 물어봐라."

"그거사 입 맞차서 짜모 되는 거 아입니꺼? 대장 아지매 말 안 들을 종들 있습니꺼? 지야말로 절대로 종년이 되지 말라는 우리 옴마의 유언을 평소에 들었습니더. 여게 할매도 들었습니더. 누가 머라 캐도 나는 절대로 종년이 안 될 낍니더. 옴마 유언도 그랬지만 내가 싫습니더."

논개가 흥분하여 체머리를 흔들며 소리를 질렀다.

"아이고야, 야아 썽질이 못됐네. 할매요, 참말로 논개 오매가 유언을 하는 거를 들었습니꺼? 머라 캤는지 말 좀 해 보시소."

노비가 점백이 할매를 쏘아보듯 하면서 물었다. 마치 추궁하듯 따지려 드는 것 같았다. 그런데, 할매가 얼른 대답을 하지 않았다. 논개는 할매가 무조건 자기편을 들어 줄 것이라 생각해서 '할매도 들었다'고 했는데, 시원하게 동조를 해 주지 않는 것이었다.

"나는, 종년은 절대로 안 될 낍니더!"

논개는 자리에서 벌떡 일어나 악을 쓰듯 고함을 내지르고는, 방문을 발길로 힘껏 걷어차고 쪽마루로 나와 버렸다. 노비도 할매도 자기를 억지로 종년으로 만들어 버리려고 하는 것 같아 분노와 두려움이 극에 달했기 때문이다.

"시상에, 저눔아 썽질 좀 보소이!"

노비가 입을 딱 벌렸다.

그때 할매가 낮은 소리로 말을 꺼냈다.

"논개 오매가, 지가 일에 골병이 들어서 그란지 논개를 종 만들라고는 안 했어. 종년은 되지 말라고 그랬제. 내가 들은 기라."

쪽마루에 버텨 섰던 논개는 할매의 말을 들으면서 머루 알갱이 같은 눈물을 후드득 쏟아 냈다. 할매가 고맙고 고마웠기 때문이다. 논개는 얼굴이 온통 눈물 콧물로 범벅이 되어 노비를 향해 돌아섰다.

"아지매, 죽은 사람 말 몬 한다고 그라지 마이소. 우리 옴마 생각을 자슥인 내만큼 더 아는 사람이 오딨습니꺼? 어지께 아지매가 우리 집에 와서 우리 옴마한테 와 지를 진사님 몸종으로 달라 캤습니꺼? 우리 옴마가 병이 짙어 죽을 때 되어서 죽었다 카더라도, 아지매 그 말이 우리 옴마를 더 빨리 죽게 한 거를 압니꺼 모립니꺼? 죽어서 말 몬 한다꼬, 우리 옴마가 지를 진사 댁 몸종으로 데리가라 캤다고 어거지를 쓰모 안 됩니더. 우리 옴마가 귀신이 돼서도 그러는 아지매를 가마이 안 둘 낍니더. 가이소! 다시는 여게 오지 마이소!"

논개는 쪽마루에 앙버티고 선 채 노비를 당장 방에서 나가라고 울부짖는다.

"시상에, 시상에, 참말로 암팡지고 독한 가시나네. 저 말하는 가닥가닥 좀 보소, 모질고 포독스런 소리 골라 가믄서 하네. 지 오매, 귀신 되어서도 가마이 안 있을 끼라고? 하이고, 오갈 데 없는 것 생각해서 데리갈라 캤더마는, 정승도 지 싫다 쿠모 고만인께."

"지를, 종년 만드는 기 생각해 주는 깁니꺼? 우리 옴마 따라 죽어 삐리믄 죽었지 종년은 안 될 낀께, 넘 극정 말고 어서 가이소."

"하이고, 오냐. 니가 양반집 수양딸쯤 될 꺼로 맘을 묵는 모양이다마는, 오데 세상이 니 뜻대로 되는가 봐라. 오늘은 간다마는 악쓰지 말고 잘 생각해 봐라. 영감마님 몸종으로 들어갔다가 첩실로라도 들앉게 되모, 니 인생은 모란꽃같이 피는 기라."
"어서 나가소-."
노비가 빙긋빙긋 입귀로 웃음을 흘리면서 방을 나가 짚신을 신고 돌아갔다. 할매가 논개를 바라보며 고개를 휘휘 내두른다. 산전수전 다 겪은 늙은 노비를 기어이 집에서 쫓아내다시피 하는 논개가 예사 아이 같지가 않았던 것이다. 그러나 논개를 자기 집으로 데려갈 수 없는 점백이 할매는 논개의 앞일이 걱정이 되지 않을 수 없었다. 일 잘하는 머슴 하나 들여놓는 셈 치고 집에 데려오면 어떻겠느냐고 아들 내외에게 말했다가 며느리에게 불벼락 같은 소리를 들었던 것이다. 며느리는 논개가 그렇게 좋으면 할매가 집을 나가서 논개하고 살라고 했다.
"죽어서 말 몬 한다꼬, 어른이 우짜모 그리도 쌩짜배기로 죽은 옴마한테 덮어씌운단 말입니꺼?"
논개는 삽짝 밖으로 빠져나가는 노비의 뒷모습을 바라보며 오른쪽 손등으로 눈물을 훔치고는 방 안으로 들어섰다. 논개는 속의 분노가 그쳐지지 않아 거친 숨을 계속 뿜어냈다. 노비가 오매에게 충격적인 말을 했을 것이라는 자기의 짐작이 틀리지 않았음을, 노비의 태도로 확인했기 때문이다.
"어제, 노비가 너거 집에 왔다 갔나?"
"야아."
할매는 더 아무 말도 하지 않았다. 이미 지나간 일을 캐물어서 논개의 신경을 건드릴 필요가 없겠다는 생각 때문이었다.
"할매, 지 극정 마시소. 지는 올매든지 혼자 살아갈 수 있습니더. 그라고, 오매 이불은 안 태울랍니더. 이불이 한 채뿐이라서 지가 겨울에 덮을라꼬예."
"그라던가. 그래도 안 좋은 병을 앓던 사람이 덮던 이불인께, 햇빛에 메칠 널어서 잘 말리야 할 끼다."

할매가 한숨을 길게 내쉬었다.

"노비 말마따나, 있는 집에서 니를 수양딸로 삼아 가모 올매나 좋겄나마는…."

"지는 진짜로 혼자 살아갈 끼라예. 지는 썽질이 못되서 그란지 시집가서 조부모 씨부모 씨누이 씨동생 층층시집 살믄서 아 놓고 키우고, 길쌈하고 농사짓고, 지아비 하늘같이 떠받들고, 평생 큰숨 한 번 몬 쉬고, 손 마를 날 엄씨 종년맨키로 사는 거 싫어예. 백정하고 종년하고 가난뱅이 집 여자는 시집을 가도 사람대접 못 받는다 아입니꺼? 지는, 시집 안 가고 지 혼자 살 끼라예."

"야아가, 갈수록 태산이네. 여자 본분이 시집가서 어른들 모시고 자식 낳고 키우고 일하는 긴데, 그거를 안 하겄다 카모, 그라모 기생 될 끼가?"

시집 안 가겠다는 논개의 말에 점백이 할매가 놀란 얼굴로 그렇게 말했다.

"기생이 머 하는 건지는 잘 모리지만, 평생 구박받으면서 일만 하고 사는 기 아니라모 기생도 될 수 있어예."

"야가 보래이, 참말로 큰일 내겄네. 기생은 종년이나 백정이나 다 똑같은 천한 짓거리 하는 천민인 기라, 이것아. 수양딸로 들어갈 자리 있으모 그거 이상 더 좋은 기 엄따. 내가 한번 알아볼 텐께, 니는 손가락이나 얼렁 낫도록 조심하고, 옴마 없다고 울지 말고 독한 맘 묵고 살아야 헌다."

"알겄십니더. 요판하고 옴마 옷하고 지금 마당에서 태울까예?"

"본래는 봉분 만들어 놓고, 묏가에서 태워야 하는 기지만, 집에서 태워 삐리도 된다. 해가 저물었는데 낼 날 밝으모 태우제."

"지금 태워 삐릴랍니더. 저녁이 낮보다 더 좋을 꺼 같애예."

논개는 날이 밝으면 선학산에 들어갈 준비를 해야 되고, 또 죽은 사람 소지품 태우는 게 환한 대낮에는 모양새가 좋지 않을 것 같아 곧바로 몸을 움직인다. 오매가 토해 낸 핏자국이 여기저기 묻은 묵은 솜의 무거운 요판과, 오매가 입던 옷가지 짚신 등을, 뱀탕을 끓인 마당의 옹기솥을 들어내고 그곳에다 모아서 불을 지폈다. 오매의 베개도, 삶아 빨아 놓은 경도를 받던 무명 서답도 함께 태웠다. 마침 살랑살랑 저녁 바람이 불어 그것들은 잘 탔다.

"오매가, 저승에서, 생전에 쓰던 이런 것들을 또 쓸까예?"

논개가 막대기로 타는 물건들을 들어올리면서 할매에게 물어본다.

"나는 모리지. 저승은 안 가 봤인께. 살아 있는 사람덜이 맘 편할라꼬, 아마도 그럴 끼라 믿고 태우는 걸 끼다. 참말로 자알 탄다!"

"옴마 옷궤짝도 요강도 태워 삐릴까예?"

"궤짝은 니가 쓰도 될 낀데, 와?"

"궤짝에 넣을 옷도 읎는데 갖고 다니기 짐만 될 꺼 같거든예."

"니 옴마도 갖고 가기 힘들 끼다. 요강이나 깨트려서 불 속에 넣고 궤짝은 놧도라."

"그랄께예. 그라모 궤짝하고 정지에 있는 큰 물독하고는 할매가 가지시소. 구멍 난 쇠솥은 고물로 파시소."

"오데, 길 떠날 사람맨키로 와 그래쌌노?"

"낼 선학산으로 갈라꼬예."

"그기 무신 소리고? 옴마 봉분에 간다 말이가?"

"뫼에도 가고, 중봉에 바위굴이 있거든예. 거기서 살랍니더."

할매가 입을 딱 벌리며 말이 막혀 버린 듯 가만히 있었다.

"그, 거가 오데, 사람 살 데가?"

할매가 간신히 벌린 입을 닫으면서 말했다.

"그라모 우짜겄습니꺼? 갈 데는 없고 안집 아지매는 나가라 카고. 인자 여름이 온께네 갠찮아예."

"말도 안 되는 소리 말거라. 큰 짐승은 엄써도 선학산에 여시가 있다는 말 들었다. 창기 오매가, 낼 나가라 카더나?"

"오늘 나가라 카는 거를, 낼까지 부탁한 깁니더. 갠찮아예. 창기 아부지 오매가 이 방에서 그래도 일 년이나 넘게 살게 해 준 기라예."

"아이구 무서버라. 우짜모 사람 인심이 이랄 수 있다 말이고. 천하에 오갈 데 없는 아를…. 이거를 우짜모 좋노? 섭냄이 집에는 우떨꼬?"

"섭냄이, 아까 지 옴마한테 머리끄댕이 잡혀서 끌려갔습니더. 지하고 맨날 붙어 논께네 섭냄이 옴마가 지를 많이 미버해예. 할매, 지는 갠찮습니더. 낼 굴로 갈 낍니더."

"그래도 산에는 안 된다. 산에 갈 끼모 우리 송달이 오매가 머라 카던 말던 우리 집으로 가자."

"아입니더, 절대로 안 갈 낍니더. 지 땜에 식구끼리 맘 상하는 거, 지는 싫어예. 우떤 집에도 안 갈 낍니더. 지 혼자 살 낍니더."

"니 고집이 쎈 거는 알지마는 그래도 산에는 몬 산다. 어른도 아니고 아가 큰일 난다."

"할매가 머라 카셔도 지는 갑니더. 옴마가 하늘에서 지를 돌봐 줄 낍니더."

오매의 피 묻은 요판도 옷가지도 짚신도 훨훨 잘도 탔다. 반쪽 난 사기요강은 불 속에 처박힌 채 엎드려 있었다. 타지 않는 물건인 줄 알면서도 불 속에 던진 것은 생전에 오매가 그토록 끼고 살던 물건이었기 때문이다. 불이 서서히 사그라들면서 논개의 마음도 차차 가라앉아 갔다. 산굴로 들어가야 한다는 사실이 어쩔 수 없는 자신의 운명으로 받아들여지면서 오히려 기대가 되었다.

"할매예, 오가리솥에 뱀탕이 그대로 있어예. 옴마가 두 그릇도 몬 묵었어예. 버리기가 아까분데, 할매가 잡술랍니꺼? 지는 배미를 잡아서 끓이기는 했는데, 니끼해서 묵지는 몬하겠어예."

논개가 옹기솥 뚜껑을 열어 그 속에 가득 남아 있는 뱀탕을 할매에게 보여 주며 말한다.

"뽀이얀 기 잘도 우러났구나! 느끼해도 몸에는 좋은데 니가 묵지 그라나. 정 몬 묵겠으모, 송달이 아배나 갖다주까?"

"그라이소. 그라고 지가 말씸디린 대로 방 안에 있는 궤짝하고 정짓간에 큰 물독하고 지가 해 놓은 땔나무하고는 할매가 다 가져가시소. 저 무쇠솥은 구멍이 나서 밀가리 반죽으로 임시 땜질하지 않으면 못 쓰는 기라서 기냥 버릴라 카는데 할매가 땜질해서 쓰실라면 쓰시고 아니모 고물로 엿이라도 바꾸시소. 지는 저 옹기솥에 밥해 묵을랍니더."

"니, 참말로, 산에 갈 낀가배?"

"야, 지는 맘 작정하모 합니더."

"니가 끝꺼지 고집하모 우짜겄노. 하루만 지내보고 살 데가 아니다 싶으모 우리 집으로 오니라. 궤짝하고 큰 짐들은 모두 우리 집에 갖다 놀 텐께 니가 쓸 때는 온제든지 가져가라. 그라고 쪼깨만 더 고생해라. 내가 니를 데불고 갈 사람을 알아볼 텐께."

"할매, 힘들거로 안 알아봐도 됩니더. 지는 혼자 살 자신 있습니더예."

할매는 끝까지 제 주장을 놓지 않는 논개를 건너다보며 딱한 마음에 혀를 끌끌 차면서도 더 말을 잇지 못한다. 수양딸 자리를 알아본다고는 했지만 사실 그것도 쉬운 일이 아니었던 것이다. 할매는 다음 날 아침에 오겠다면서, 옹기솥의 뱀탕을 작은 항아리에 옮겨 자기 집으로 가져갔다.

*

논개는 밤을 새다시피 하며 한 손과 두 발을 이용하여 이불과 보리가 들어 있는 곡식 항아리와 옹기솥, 그릇, 숟가락 등을 챙겼다. 칼과 낫과 갈퀴도 챙겼다. 세간이 아무것도 없는 것 같았는데 돌아보니 구석구석에 사는 데 필요한 것들이 널려 있었다. 기본적으로 필요한 것만 골라내도 세 보퉁이는 되었다. 나머지는 할매가 알아서 처리할 것이라 믿었다.

사오경四五更쯤 되었음 직한 시각이었다. 밖은 온통 캄캄했다. 논개는 이불 보퉁이를 쪽마루 끝에 밀어 놓고는, 쪼그리고 앉아서 머리를 들이밀어 이불을 머리에 이고 일어섰다. 그러고는 빠른 걸음으로 선학산을 향해 걸었다. 짐 보퉁이가 세 개니 자그마치 세 번, 네 번 정도는 날라야 할 것 같아서 일찌감치 나섰던 것이다. 동녘으로는 캄캄한 가운데 희부옇게 미명이 트는 듯한 느낌인데, 동네는 아직 깨어나지 않고 있었다. 동추마당가의 만복이네 누렁이가 기척을 듣고 요란스럽게 짖기 시작했다. 집 안에서 논개가 지나는 울타리 가장자리를 따라 쫓아오며 어기차게 짖기 시작했다. 누렁이 짖는 소리가 신호라도 되는 듯 동네의 개들이 따라 짖고 닭들도 홰를 치기 시작했다. 이 집 저 집에서 질세라 짖어 대고 울어 댔다.

논개는 걸음을 빨리했다. 가능하면 동네 사람들이 일어나기 전에 짐을 다 옮기고 싶었기 때문이다. 사람들이 보는 것이 수치스럽고 싫었다. 자존심이 상했다. 사람 사는 곳에 살지 못하고 짐승들이 사는 산속으로 쫓겨나는 것이 기가 막히도록 창피했던 것이다. 숨이 컥컥 턱에 닿았다. 빨리 걸어서인지 산 초입에 겨우 닿았는데도 전신으로 비지땀이 솟았다. 오매의 봉분이 있는 곳으로 갔다. 굴이 있는 중봉 쪽은 오매의 무덤에서도 더 올라가야 했기에, 우선 무덤 앞에까지만 짐을 갖다 놓고 다시 동네로 내려가기 위해서였다. 새벽달도 없는 어슴푸레한 속에 오매의 작은 봉분이 드러났다. 반가웠다. 그렇게 생각해선지 봉분 위로 기운 없이 웃는 오매의 하얀 얼굴이 떠올라 있는 것 같았다.

"옴마아! 내 왔다! 밤에 안 춥더나?"

멀쩡하던 눈에 금방 눈물이 굴러 나왔다.

"옴마 옆에 살라꼬 온 기다! 극정 마라. 나는 을매든지 잘 살아갈 수 있으니께! 옴마, 이불짐 좀 봐래이. 내 금방 가서 곡식 단지 이고 올 텐께."

논개는 큰 소리로 빠르게 말을 뱉으며 이불 보퉁이를 무덤 앞에 부려 놓고 재빨리 돌아섰다. 적막한 산속에 논개의 울음 머금은 큰 소리만 골골에 스며들었다. 내림길은 짐을 이고 오를 때보다 훨씬 쉬웠다. 그녀는 여우가 산다는 호젓한 산속이 무서운지 어쩐지도 모르고 어둠 속으로 허둥지둥 내리닫기만 했다. 그리고 금방 동네를 가로질러 셋방 앞에 닿았다. 이어 숨 돌릴 틈도 없이 곡식 항아리를 좀 전의 이불 짐처럼 쪽마루 끝에 끌어다 놓고 쪼그리고 앉아 또다시 머리를 들이밀었다.

그때였다.

"논개야."

논개는 곡식 항아리 밑으로 들이밀던 머리를 빼내며 놀라서 일어난다.

"내다. 섭냄이다. 니, 거서 머 하노?"

"참말로 간 떨어질 뻔했네. 니, 이 새복에 우짤라꼬 또 왔노? 니 옴마한테 기어이 맞아 죽을라꼬 그라나?"

논개는 반가우면서도 걱정이 되어 퉁명스럽게 말한다.

"식구들이 정신 엄시 쿨쿨 자길래 도둑괭이맨키로 빠져나온 기다! 니 혼자 있은께네 무섭제? 잠은 좀 잤나?"

"무섭기는 머가 무섭노? 한숨도 몬 잤다."

"와? 이틀 밤을 잠 안 자고 내리 새모 우짜노?"
"짐 쌌다 아이가."
"무신 짐?"
"보믄 모리겄나. 나 지금 이사 간다."
"누구 집으로?"
"산으로."
"이사 간다 안 캤나?"
"그래 이사 가는 기다. 말 자꾸 시키지 마라. 말할 힘도 없다. 우쨌거나 잘 왔다. 이 곡식 단지가 보기보다 마이 무겁다. 저 소쿠리에다 보리 좀 덜어 내서 니도 내캉 이고 가자."
"세상에, 이 무거분 거를 니가 혼자 다 이고 갈라 캤더나? 모가지 뿌러지겄다."
섭냄이가 바구니에다 항아리 속의 곡식을 반 넘게 퍼냈다. 그리고 한결 가벼워진 항아리를 두 손으로 들어 논개의 머리 위에 얹어 준다.
"손도 그리 아픔써로…. 이고 가겄나? 고마 놔또라. 날 새모 순검이 불러와서 내캉 여다 줄께."
"잔소리 말고 소쿠리 것이나 이고 내 따라 오이라."
논개가 앞장서 삽짝 밖으로 나갔다. 섭냄이도 바구니의 곡식을 이고 재재거리며 따라나선다.
"에나, 산으로 가나?"
"내가 온제 거짓말하는 거 봤나?"
논개는 섭냄이를 향해, 복이 나가니까 주둥이 그만 놀리고 따라만 오라고 한다. 드디어 산에 들어 어저께 만든 논개 오매의 봉분 앞에 당아서는, 먼저 갖다 놓은 이불 보퉁이를 보고 섭냄이가 입을 짝 벌린다.
"섭냄아, 니 바구니 여게 내리놓고, 내 것도 좀 내리 도라. 한 손으로는 안 되겄다. 니도 무겁제? 내 모가지도 자라맨키로 쑥 들어가 삐린 거 같다. 인자, 옹기솥하고 사발, 숟가락, 칼, 낫, 깔꾸리만 가져오믄 된다."

"논개야…. 여서, 살 끼가? 뫼가에서 우짤라꼬?"

섭냄이는 벌린 입을 시종 닫지 못한다.

"나중에 중봉 바위굴로 갈 끼다. 사람들 안 볼 때 짐 먼저 갖다 놓을라고. 우선은 옴마 옆에 놔두는 기다."

섭냄이는 다시 산을 내려가는 논개의 뒤를 허둥지둥 따라 내려가면서 조금씩 신명난 얼굴이 되어 간다.

"논개야! 그라모, 바위굴에서 니캉 내캉 살자! 재밌을 끼다!"

논개가 멈추어 서면서 섭냄이를 돌아본다. 희끄무레한 어둠 속이라 섭냄이의 표정은 선명치 않았지만, 들뜬 목소리에서 그녀의 마음이 어떤 상태라는 것은 쉽게 알 수 있었다.

"니는, 반주깨비소꿉장난 사는 기분이 드는가배? 재미있어 하네. 글치만 꿈 깨라. 산짐승맨키로 산굴에서 을매나 춥고 무섭고 또 을매나 불편하겄노? 고생문이 환히 열린 기라."

논개는 섭냄이를 면박 주듯 그렇게 말하면서도 자기 마음 깊은 곳에 그러고 싶은 생각이 없는 것은 아니었다. 그러나 그런 일면의 마음보다 두려움과 불안감이 더 많은 것이 사실이었다.

"그라고, 너 옴마가 니를 내캉 살거러 참도 가마이 놔두겄다. 내꺼정 힘들게 하지 말고, 내랑 산에 살 끼라는 생각은 꿈에도 하지 마라."

논개는 음성에 힘을 주어 못을 박듯 섭냄이에게 말하고는, 돌아서 산을 뛰어내리기 시작한다.

"같이 몬 살아도, 내가 맨날 산에 올께."

"맨날 오모, 그것이 같이 사는 거랑 똑같제 뭐꼬? 우짜다 한 번씩만 오이라. 참 그리고 너 옥개 엉가, 혼삿날 잡았나?"

“응, 잡았다. 초파일 지나서 초아흐렛날 한다 쿠더라! 보름쯤 남았다.”

“너 아재형부 될 그 총각이, 요새 너거 집에 왔었나?”

“안 왔다. 혼사도 안 올렸는데, 각시 집에 머하러 오겠노.”

“각시깜이 보고 싶어서 올 수도 있제.”

“그거는 모리제. 어른들만 선을 보고 우리 엉가하고 신랑 될 사람하고는 얼굴도 보지 않았으니께. 각시 될 사람이 우떤 여잔지 보고 싶기도 할 끼라. 그자?”

논개는 대꾸를 하지 않았다. 그저께 바로 이 산에서 옥개 엉가가 어떤 남자하고 상하는 거를 보았다는 말을 차마 섭냄이에게 할 수 없어 벙어리처럼 말을 삼킨 것이다.

“그란데, 그거는 와 묻노?”

섭냄이가 의아한 듯 되물었다.

“아이다. 불각시리 생각이 나서….”

그들은 다시 동네를 가로질러 셋방으로 가서 옹기솥을 비롯한 나머지 물건들을 산으로 또 옮겼다. 그러고 또다시 동네로 내려왔을 때는, 동녘의 먼 산 위로 불그스름한 빛깔과 함께 동이 트기 시작했다.

“하이고 다리야. 인자사 날이 샌다. 논개 니는 세 번이나 갔다 왔는데 다리 안 아푸나?”

섭냄이가 쪽마루에 두 다리를 쭉 뻗고 앉으면서 논개를 돌아보았다.

“우째 다리가 안 아푸겄노. 그래도 니가 욕봤다! 그란데, 너 옴마 또 니 잡으로 올까 걱정이다. 너 옴마 잠에서 깨나기 전에 고만 너거 집으로 가 봐라.”

섭냄이가 고개를 끄덕이면서 순순히 일어났다.

“그래야 될 낀갑다. 옴마가 일어났더라도 통시에 똥 누고 왔다 카모 되겠제. 아침 묵고 옴마가 밭에 나가고 나모 또 올께.”

논개는 대답을 하지 않았다. 뒷가에 놔둔 짐을 중봉의 바위굴로 옮겨야 될 것을 생각하면 섭냄이가 꼭 있어 주어야 할 것 같았지만, 그네 오매의 서슬 푸른 행동을 생각하면 섭냄이를 또 오라고 할 수가 없었던 것이다.

그러나 섭냄이는 제집으로 돌아간 지 한 시진이 지났을까 했을 때, 검정 무명 수건에 주먹밥 한 덩어리를 싸 가지고 헐레벌떡 다시 달려왔다. 식구들은 전부 들에 나갔고 자기는 정지 설거지를 해야 하는데 논개가 배고플 것 같아서 남은 밥을 먼저 뭉쳐 왔다고 했다.

"니도 참 오도방정이다! 내가 곡식이 엄써서 밥을 못 묵나, 와 그래 쌌노?"

말은 그렇게 했어도 참으로 오랜만에 보는 밥 덩어리여서인지 대번에 입 안에 침이 고이는 것을 막을 수가 없었다. 논개는 주먹밥을 별것 아닌 양 심상한 눈빛으로 내려다보면서 소리 죽여 입 안의 침을 삼킨다. 주먹밥이라야 보리쌀과 잘 무른 콩과 수수가 태반이고 쌀알은 듬성듬성 박혀 있었지만, 나물죽이나 물밥에 익숙한 논개로서는 별미인 양 홍감스럽게 다가드는 것이었다. 세 차례나 산을 왕복해서인지 오매를 꽁꽁 묻은 어저께와 달리 몹시 시장기도 있었다. 논개는 단숨에 게눈 감추듯 주먹밥을 먹어 치우고 말았다.

섭냄이는 정지 치우고 오겠다며 또다시 자기 집으로 돌아갔다. 날만 밝으면 들를 것 같았던 점백이 할매가 해가 둥실 떠올랐어도 오지 않았다. 논개는 조바심을 치면서 연신 안집 쪽으로 신경을 곤두세웠다. 창기 오매와 아버지에게 그동안 방을 내주어 잘 살았다고 인사를 하고 집을 나가야 할 것인지, 아니면 그냥 슬그머니 없어져 주어야 할 것인지 판단이 서지 않았기 때문이다. 사람 사는 이치로야 인사를 해야 될 것 같았지만, 왠지 그들 앞에서 쫓겨나가는 자기의 뒷모습을 보이고 싶지 않았고, 그들에게도 소리 없이 떠나 주는 것이 차라리 편할지도 모른다는 생각이 들었던 것이다.

논개는 그냥 떠나기로 작심을 한다. 마지막으로 바늘 쌈지며 골무, 헝겊 조각 등이 담긴 반짇고리를 챙겨 들고, 일 년여 살았던 정든 방과 정짓간과 쪽마루를 둘러보면서 집을 나섰다. 사람들 눈에 뜨이지 않으려 애쓰면서 서둘러 점백이 할매 집으로 향했다. 궤짝과 물독, 나뭇짐 등 남아 있는 큰 짐들을 할매가 빨리 좀 가져가서 방과 정짓간을 주인에게 비워 주도록 부탁하기 위해서다. 할매 집으로 들어가는 막바지 고샅에서 마악 사립문을 나서는 할매와 마주쳤다.

"논개가?"

"할매 집으로 가는 길이라예. 지가 갖고 갈 짐은 새복에 산으로 다 옮겼어예. 남아 있는 거는 할매가 가져가실 꺼뿐이라예. 송달이 아부지가 오늘 중으로 좀 가져가 주시고, 방을 얼렁 비워 줬으믄 싶어서예."

논개는 할매를 보자마자 단번에 할 말을 다 해 버릴 것처럼 빠르게 주워섬겼다.

"논개야, 니 참말로 산으로 갈 끼가?"

"그라믄예! 짐 다 갖다 놨습니더. 창기 아부지 오매한테 그동안 그 방에서 잘 살았다고, 고맙다고, 지 대신 말씸 좀 해 주시소예."

"창기 오매 아부지한테 아무 말 안 하고 나왔더나?"

"안 했어예. 창기 아부지 모리게 기냥 나오는 기 아지매 아재도 편하시고, 지 꼬라지도 덜 더러불 꺼 같아서예. 할매, 그라모 지는 할매만 믿고 갑니더예."

논개는 선 채로 허리를 숙여 할매에게 인사를 올린다. 눈시울이 뜨거워지려 했지만 할매를 생각해서 눈을 질끈 감고 이를 악문다. 새로이 펼쳐질 산속 생활을 눈물로 시작하고 싶지는 않았다. 혼자 헤쳐 나가야 할 앞날을 위해 논개는 마음을 독하게 다진다.

2
산에는 산새가 울고

산에는 산새가 울고

점백이 할매에게 인사를 올린 논개는 바로 선학산으로 내달렸다. 숨이 차도록 달렸다. 동네 사람들을 만나지 않으려고 샛길로 둔덕길로 동네 후면의 고샅길만 찾아 뛰었다. 뛰지 않고는 울음이 터질 것 같고 심장도 터질 것만 같아 두려웠기 때문이다. 그러다 선학산의 초입에 들어서자 거짓말처럼 마음이 편안해졌다. 그지없이 자유롭기까지 했다.

"집에 들어선 거맨키로, 참말로 희안한 기분이 드네. 맘이 너무 편안한 기라."

새 울음소리가 비로소 귀에 들렸다. 화사한 야생의 산벚꽃 주변으로 벌 나비가 날아드는 것도 비로소 보였다. 햇살이 금싸라기 은싸라기로 부서져 내리는 오전 녘 숲의 모습이 제대로 눈에 들어오는 것이었다. 논개는 소나무가 많은 중봉 쪽으로 서두르지 않고 올라갔다. 언젠가 나무하러 왔을 때 발견했던 바위굴을 찾기 위해서였다.

논개는 그곳을 금방 찾아냈다. 굴이라고 했지만 기실은 커다란 바위와 바위가 몸을 붙이고 선 틈서리의 공간일 뿐이었다. 두세 사람이 누울 수 있는 좁은 공간이었지만, 그래도 논개에게는 비와 바람을 막을 수 있는 소중한 곳이었다. 논개는 탄성과 함께 바위 밑으로 들어가 드러누워 보았다. 아늑했다. 그러나 등짝 아래의 맨흙바닥 촉감이 서늘해서 금방 일어나 앉았다. 바닥에 깔 두꺼운 가마니나 멍석이 있으면 좋겠다고 생각했다. 하지만 그런 번듯한 물건은 당초부터 없었기에 논개는 나뭇잎을 깔리라 생각한다. 주변으로 소나무가 지천이었고, 솔갈비를 긁어모으는 일은 조금도 어렵지 않을 것이었다.

논개는 다시 오매의 무덤가로 내려갔다. 바위굴과의 거리는 생각보다 멀지 않았고 내리막이라 금방 닿았다.

"옴마, 내가 살 방이 아늑하다! 옴마랑 산에 함께 살게 돼서 참말로 잘된 기라! 이 짐 보따리 하나씩 다 갖다 놓을라 카모 왼종일 걸릴 끼다."

논개의 혼잣말은 틀리지 않았다. 뫼가에 있는 짐들을 한 손으로 들기도 하고 머리에 이기도 하면서 옮기는 일로, 햇살이 노란 하루가 다 소모되다시피 했다. 이어 갈퀴로 굴 주변의 마른 솔잎을 긁어모아 굴 바닥에 몇 겹으로 깔아 푹신하게 만들었다.

"외짝 손으로 할라 카이 참말로 모든 기 답답하네. 그래도 해 안에 다 했잉께 올매나 다행이고! 하이고오, 허리 다리 머리 어깨 팔이야. 안 아푼 데가 없네. 에라, 모리겄다. 좀 쉬자."

논개는 마른 솔잎 더미 위로 벌렁 드러누워 버린다. 사지를 활짝 폈다. 푹신했다. 콧속으로 솔잎 냄새가 물씬물씬 풍겨 왔다. 햇살이 산 아래쪽 서녘으로 조금 남아 있었는데, 논개는 눕자마자 천 길 벼랑 아래로 떨어져 내리는 듯한 아뜩함에 잦아들면서 잠 속으로 빠져들었다. 얼마나 잤는지 알 수 없었다. 몹시 추웠다. 눈을 떴다. 캄캄했다.

"옴마, 밤이네!"

논개는 벌떡 일어나 앉았다. 햇살이 온종일 내리쬐던 낮과는 달리 산속의 밤공기는 너무나 달랐다. 논개는 어둠 속을 더듬어 이불 보퉁이를 풀었다. 산 아래쪽에서 음산한 짐승 울음이 들려오고 굴 바닥에서 찌찌거리는 벌레 울음소리도 났다.

그런데 긴가민가 논개 자기를 부르는 소리 같은 것이 있었다. 짐승 울음보다 훨씬 큰 그 소리 때문에 잠이 깼는지도 몰랐다. 전신으로 소름이 쫙 돋았다. 순간적으로 별의별 생각이 머리를 스쳤던 것이다.

"노온개야아."

부르는 소리가 또 났다. 가녀린 여식아이의 울먹이는 목소리, 섭냄이였다.

"저 가시나가 이 밤에 우짤라꼬 왔노."

논개는 반가움으로 용수철같이 튀어 일어나서 굴 밖으로 나갔다. 그리고 목청껏 소리를 내질러 응답한다.

"섭냄아."

"논개야! 오딨노? 너 옴마 뫼똥무덤 옆에 있다. 여게 와서 나 좀 데불고 가라. 무서버서 오데가 오딘지 꼼짝도 몬하겄다."

논개는 허둥지둥 짚신을 발에 꿰곤 산 아래로 내달리기 시작했다. 섭냄이가 오매의 묏가에서 울먹이며 기다리고 서 있었다.

"가시나야. 이 깊은 밤에 머하로 왔노?"

"아즉 이경밖에 안 됐다. 니 혼자 산속에서 자모 무서블 꺼 같아서 온 기다. 갠찮나?"

"니 걱정이나 해라. 내 무서블까 시퍼서 찾아온 가시나가 무서버서 울고 섰나?"

섭냄이가 웃었다. 그들은 다시 중턱으로 걸어 올라가 굴로 들어섰다. 논개는 송진에다 불을 켜서 굴 안을 밝힌다.

"옴마야, 생각보다 갠찮네! 솔깔비를 깔아 논께 푹신하다야! 그래도 가마이는 한 장 있어야 되겄다. 낼 내가 가마이 갖고 올께."

"내 손가락이 나으모 나뭇가지를 주워 엮어서 굴문도 하나 만들 끼다. 노루나 여시 같은 짐승이 몬 들어오거러. 그라고 밤이 된께 좀 추분 기라. 여름이 되모 갠찮겄지마는…."

"겨울에는 추버서 우짤 끼고?"

"방법이 있을 끼다. 저 구석에 나무쪼가리로 불을 피우모 될 끼다."

"굴 안에다가?"

"물론이제. 지금 불을 지피 봐도 되는데, 땔감 해 논 기 움따 아이가. 우리 이불 쓰고 앉았자."

"나는 안 추분데…."

"인자 막 올라와서 그런 기다. 움직이지 않고 가만히 있으모 추버진다."

논개는 이불을 펼쳐서 섭냄이와 함께 뒤집어썼다. 섭냄이는 재미가 있는 듯 킬킬거렸다. 둘은 커다란 이불로 몸뚱이를 감고 얼굴만 내놓고는 웅크려 앉은 채 종알댔다.

"안 무섭더나?"

"머가 무섭노? 해거름 때부터 고마 깜빡 잠이 들었던 기라. 니 부르는 소리하고 추버서 잠에서 깬 기라."

"너 옴마 묏가하고 여게가 먼 것 같은데, 고함을 지르니께 말이 다 들리는 기 신기하더라!"

"모두가 잠자는 밤인께네 소리가 클 끼다. 그라고 여게가 높아서 그렇지 옴마 무덤하고 별로 먼 기 아이다."

"참, 아까 낮에 점백이 할매하고 창기 오매하고 쌈했다!"

"와?"

"창기 오매가, 너 방에 있던 궤짝하고 큰 물독을, 점백이 할매가 몬 가져가게 한 기라."

"와, 내가 할매 가져가시라 했는데."

"창기 오매가, 너거 모녀가 그단에 공짜로 살았은께, 그런 거는 주고 가야 한다는 기라."

"기냥 공짜로 산 거 아이다. 그 집에 들어갈 때 옴마가 은비녀하고 놋그릇 두 벌을 줬던 기라. 그리고 옴마가 여러 달을 그 집 밭일도 해줬다 말이다. 그뿐이가, 창고로 쓰던 못 쓰는 방을 우리가 도배하고 방문도 만들어 달고 부석도 만들어서 사람 살 수 있게 해서 들어가 살았는데 참말로. 그 아지매, 와 그라노? 그라모 할매가 아무것도 몬 가져가싰단 말이가?"

"가져가기는커녕 창기 오매가 그 집에 할매를 들어오지도 몬하게 하는 기라. 그란께 할매가 창기 오매한테 삿대질을 하믄서 동네방네 다 듣거로 욕을 해 댄 기라. 오갈 데 엄는 논개를 옴마 죽은 지 하루 만에 쫓아내 삐린, 독사보다 더 독한 년이라꼬. 죽은 논개 오매가 귀신이 되어서도 니년 가마이 안 둘 끼라고, 욕을 욕을 하더라꼬. 올매나 쏙이 씨언하던지…. 사람들도 다 창기 오매를 욕했다!"

"할매한테 죄시러버서 우짜노. 내가, 커서 꼭 은혜를 갚을 끼다."

논개는 창기 오매한테 가서 그 물건들을 할매에게 주어야 한다고 말해도 소용이 없다는 것을 알고 있었다. 오매에게서 은비녀도 놋그릇도 받은 적이 없고, 밭일을 해 준 적도 없다고 딱 잡아뗄 것이 뻔했기 때문이다.

그날 밤, 논개와 섭냄이는 외짝 이불 한 채를 둘이 함께 머리끝까지 뒤집어쓰고서도 추위에 견딜 수가 없어 둘이 한 몸뚱이처럼 끌어안고 체온으로 서로를 데우면서 잤다. 아침에 일어난 섭냄이가 덜덜 떨었다. 입술도 새파랬다.

"논개야, 여게서는 추버서 몬 살겄다. 동네 내리가서 넘우 집 헛간에라도 자야제. 여게는 한데하고 똑같은 기라."

"얼어 죽었으모 죽었지, 넘우 집 헛간에서는 안 잔다. 밤에 불 피우모 된다. 히히, 우리가 올매나 붙어 안고 잤던지 숨이 다 막힐 뻔했다. 니 몸뚱이 이하고 내 이가 서로 왔다 갔다 했겄다. 내 몸이 더 근지럽다."

논개가 겨드랑과 등짝과 머리를 쓱쓱 긁으면서 말했다.

"그런데 논개야! 우리 둘이 꼬옥 붙어 안고 잔께네 참 좋더라, 그자?"
"이만 왔다 갔다 하고 숨만 막히제, 머가 좋더노?"
"몰라, 나는 좋더라!"
"니 옴마 산에꺼정 올라오겄다. 고마 얼렁 내리가라."
"논개 니가 산에 온 줄을 우리 옴마는 모린다. 내가 순검이 집에서 잔다고 했다. 이따가 내가 가마니 갖고 오께."

섭냄이는 깨짝을 뛰듯이 산을 내려갔다.

논개는 이불을 꺼내어 햇살이 내리기 시작하는 바위 위에 활짝 펼쳤다. 말리기 위해서다. 그리고 옹기솥에 보리 으깨어 놓은 것과 쌀 한 줌을 넣어서 물이 있는 계곡 쪽으로 내려갔다. 돌이 많은 골짜기에 봄 가뭄이 심해서인지 물은 많지 않았다. 논개는 바위 위에다 작은 돌로 아궁이를 만들어 솥을 얹고 주변에 널려 있는 마른 나뭇가지를 주워 죽을 끓인다. 죽이 끓는 동안 논개는 물속의 돌을 뒤집는다. 가재나 물고기가 있을까 해서다. 가재가 있었다. 밑동이 길고 뾰족한 민물 소라 고둥도 바위 밑 군데군데에 까맣게 붙어 있었다. 논개는 보석이라도 발견한 것 같은 벅찬 기분이 되어 그것들을 잡아낸다. 그리고 끓는 죽 속에 가재와 고둥을 집어넣는다.

"잡탕 죽물이다! 그래도 좋은 기라. 고소하고 몸에 좋고!"

죽에서는 정말 구수한 냄새가 진동을 했다. 거무튀튀한 빛깔의 가재가 죽 속에서 빨갛게 익어 먹음직스러웠다. 소라, 고둥은 삶아지면서 푸른 물을 뿜어내어 죽이 푸르죽죽했다. 옹기솥의 죽이 다 끓고 나자 논개는 아궁이의 불에 물을 뿌려서 완전히 불씨를 죽인다. 그리고 죽 한 그릇을 떠서 숟가락과 함께 오매의 봉분으로 가져간다. 무덤 앞에 죽 그릇을 놓고 절을 한다. 귀신이 된 오매가 죽을 먹는지 어쩐지는 알 수 없었지만 그냥 그렇게 해야 될 것 같아서였다.

"옴마, 산에 와서 첫 죽 끼린 기다. 묵어 봐라."

논개는 봉분을 오른손으로 토닥토닥 다독이면서 손이 나으면 떼를 덮어 주겠다고 중얼거린다. 논개는 새삼 오매가 묻힌 자리와 사방으로 병풍처럼 둘러선 산자락을 바라보면서 오매가 참 좋은 곳에 누웠다고 생각한다. 바람이 센 곳도 아니고 습진 곳도 아니고 산사태에 봉분이 유실될 곳도 아닌 듯한 양지바른 아늑한 자리에 오매를 깊숙이 묻히게 해 준 백정이 아재와 송달이 아버지가 진정으로 고맙다는 생각이 새삼 가슴을 따뜻하게 적시며 다가왔다.

"지가, 잊지 않을 낍니더."

오매의 급작스런 죽음과 하루 만의 매장과 창기 오매의 폭언과 노비의 출현 그리고 내쫓김과 선학산으로의 이주에 이르기까지, 번갯불에 콩 구워 먹듯 연달아 일어난 변화들이 제대로 실감이 되지 않았던 것인데, 이날은 전신을 난타하듯 현실로 부딪쳐 오는 것을 논개는 비로소 절감한다. 뭐가 뭔지 미처 생각을 가늠하지도 못한 채 숨 쉴 짬 없이 돌아쳐서 당장이라도 쓰러질 것 같은 몸뚱이였지만, 마음에 여유가 생겨선지 사흘 사이에 일어난 거짓말 같은 사건들이 엄연한 현실로 인식이 되고 새삼 뼈에 저리도록 느껴졌던 것이다.

"순식간에 내가, 기구한 팔자가 되어 삐린 기라."

햇살이 봉분 위로 노랗게 쏟아져 내렸다. 논개는 무덤 앞에 놓았던 죽 그릇을 들어 왼팔로 끌어안고 숟가락으로 죽을 떠서 봉분 가에 흩뿌렸다. 그리고 남은 죽은 무덤가에 선 채 깨끗이 먹어 치우고는 골짜기 계곡으로 다시 내려갔다. 이어 간단히 그릇을 헹구고 나서 죽이 담긴 옹기솥을 오른손으로 옆구리에 끼고 바위굴로 올라갔다. 솥 가득 죽을 끓였으므로 사나흘은 끼니를 만들지 않아도 그것으로 지낼 수 있을 것이었다. 뭔가 새로운 의욕이 속에서 끓어올랐다. 모닥불도 굴문도 없는 한데나 다름없는 곳에서 첫 밤을 지냈지만, 자신감은 몇 배나 더 커졌다. 터질 듯한 자유로움도 가슴을 벅차게 했다.

*

논개의 산속 생활이 어언 열흘째로 접어들었다.

바위굴 바닥에는 섭냄이가 끌고 온 가마니를 깔았고 출입구에는 뜯어진 거적때기를 바람막이 삼아 가렸다. 밤에는 굴의 입구 쪽 흙바닥 위에 잎이 무성한 잔솔가지 몇 개를 겹쳐 쌓는 것으로 바람을 막을 수가 있었다. 무엇보다 다행스런 것은 논개의 왼손 무명지가 차츰 회복되고 있다는 점이었다. 논개는 나날이 밝은 모습으로 산속의 혼자 생활에 익숙해져 가고 있었다.

산속 생활 보름째가 되는 날은 유난히 햇살이 포근하고 따뜻했다. 한낮의 햇살은 따뜻하다 못해 더울 지경이었다. 논개는 골짜기 계곡의 반석 위에 앉아 참빗으로 머리의 이를 훑어 내고 있었다. 회색 반석에 시커먼 돼지 같은 머릿니가 투둑투둑 떨어졌다. 논개는 떨어지는 이를 손톱으로 잽싸게 죽여 가며 욕질을 해 댄다.

"뱃때지가 콱 터져서 죽어 봐라, 이놈아. 올매나 내 머리 피를 빨아 묵었으모 요렇게 살이 통통하게 쪘다 말이고, 이놈아."

논개의 손톱이 피투성이가 되었다. 시커먼 멧돼지 같은 머릿니를 스무 마리도 더 죽였다. 참빗의 살이 몇 개가 빠졌어도 워낙 꼼꼼히 빗어 내려서인지 하얀 서캐까지 묻어 나왔다. 아무것도 나오지 않을 때까지 머리 밑을 깡그리 훑어 내듯 했다. 그러고는 골짜기 물에 머리를 감았다. 죽었던 정신이 소스라쳐 깨어날 만큼 물은 차가웠다. 흡사 얼음물을 머리에 뒤집어쓴 것 같았다. 그러나 머릿속이 그토록 선명하고 맑을 수가 없었다. 논개는 한 손으로 대충 씻은 머리를 땋을 수도 없어 풀어 헤친 채로 저고리도 벗어 이를 잡는다. 살갗 위로 스멀스멀 기어 다니기도 하며 끝없이 가렵던 정도로 보아서는 저고리 속이 온통 이밭이 되어 있을 것 같았으나 생각했던 것만큼 많지는 않았다. 그러나 바늘땀이 이어지는 울퉁불퉁한 선을 따라 서캐를 슬어 놓고 엉버티고 있는 살진 놈, 실밥 아래로 깊숙이 숨어 있는 놈 등 하얀 이를 열대여섯 마리나 잡아내어 손톱으로 눌러 죽인다.

"작살할 백돼지 같은 놈덜. 양반이나 부잣집 잘 묵는 마님들 피나 빨아 묵지. 하필이모 몬 묵고 악만 남은 내 피를 빨아 묵나, 요것들아."

중봉 쪽에서 이름 모를 산새가 지지배배 자지러지게 울었다. 새 울음소리를 계속 듣다 보니 처음과는 달리 심상하게 들렸다. 그러나 묘하게 아침과 낮에 우는 새들의 소리와 밤에 우는 새들의 울음소리가 다름을 알게 되었고 뭔가 새들에게도 살아가는 이치가 있는 것 같다는 생각이 들었다.

"우쨌거나, 새소리는 다 좋은데 한밤에 우는 올빼미 울음소리는 싫더라. 오오, 오오, 오오…. 귀신 소리가 아마도 그럴 끼라. 아이다, 귀신 소리는 말끝이 없다 카더라. 섭냄이는 섭내애…, 섭내애… 하고. 글치만 누가 귀신 소리 들어 봤나. 어른들이 그렇다 한께 그런 긴가 하는 기제. 하이고, 인자 다 잡았다. 몰살을 시켰다!"

논개는 저고리를 입기 전에 행여 남아 있는 이가 있으면 떨어져 나가라고 저고리를 탈탈 털어 낸다. 그뿐만 아니라 반석에 패대기를 치듯, 저고리를 네댓 번이나 바위에 후려치곤 다시 꿰어 입는다. 치마나 속바지는 이날 아침에 갈아입어서 이를 잡지 않아도 되었다.

논개는 머리를 풀어 흩트린 채 골짜기를 벗어났다. 가재와 고둥은 어저께 한 바가지 잡아서 삶아 놓았으니 골짜기에서 더 잡지 않아도 며칠간은 먹을 수 있었다. 논개는 뫳가로 올라가 오매의 봉분을 둘러보곤 바위굴로 향했다. 산발한 머리가 바람에 흩날렸다. 섭냄이가 이날 오면 머리를 땋아 달라고 할 참이었다. 이틀 동안이나 산에 오지 않았기 때문에 이날은 섭냄이가 꼭 찾아올 것 같았던 것이다.

중봉에 거의 이르렀을 때였다. 논개는 숨을 컥 들이마시며 멈추어

섰다. 머리에 흰 무명 수건을 질끈 동여맨 두 장정이 산에서 마주 내려오고 있었기 때문이다. 두 사람도 놀란 얼굴들로 논개처럼 멈추어 섰다. 논개는 쿵쿵 뛰는 심장을 진정시키려 애를 쓰면서 그들을 마주 바라보았다. 가까이 쳐다본 두 사람은 허우대가 큰 청년들이었다.

"너는 누구냐? 어째 어린 여식아이가 산속을 헤매고 다니는 것이냐?"

두 청년 중 얼굴이 검고 눈매가 위로 치켜져 날카롭게 보이는 사람이 목소리에 힘을 주면서 물어 왔다.

논개가 그들에게 시선을 박은 채 되물었다.

"아재들은, 누군데예?"

"어, 이 여식 좀 보게! 당돌하게 되묻네? 네가 누구냐고, 내가 먼저 물어보지 않았느냐?"

그 남자가 다시 말했다. 매서운 인상에 비해 말씨가 이 고장 사람이 아닌 것 같다 생각하면서, 논개는 속엣소리를 접어 두고 대답한다.

"지는, 논개라고 합니더."

"어디에 사는 누구 집 여식이냐?"

"아재들은 순라꾼들입니꺼? 호구 조사하러 다니는 분들입니꺼? 지가 누구라는 거 말씸디맀으모, 아재들도 뉘신지 말씸해야 되는 기 아입니꺼?"

논개는 급박하게 뛰던 심장 소리가 차츰 제자리를 찾는 것을 느끼면서 볼멘소리로 말한다.

청년들은 서로 얼굴을 마주 보면서 점점 의외라는 듯 눈을 벌려 떴다.

"몇 살이냐?"

이번에는 또 다른 청년이 물었다.

"대답 몬 합니더."

"방자하구나. 어른들이 물으면 대답을 해야지."

"몬 합니더. 먼저 뉘신지 말씸들 하시소."

논개는 시종 가슴을 펴고 버텨 서서 그들을 쳐다보았다.

그러자 매서운 인상의 남자가 재미있다는 표정이 되면서 자세를 풀 듯하며 말한다.

"그래, 나는 성은 강이요, 동 자, 찬 자 이름을 가진 사람이고, 이분은 민씨 성에 구 자, 식 자 함자를 가진 분이시다. 됐느냐? 그럼 다시 물어 보자. 어디에 사는 누구 집 여식이며 몇 살이더냐?"

"지는 열한 살이고, 부모는 안 계십니더."

"그으래? 집은 어딘데?"

"산에 삽니더. 그란데 아재들은 머 하는 분들입니꺼? 이병의병입니꺼?"

청년들이 다시 흠칫 놀라는 표정들이 되어 논개를 유심히 살펴보듯 한다.

"네가, 의병을 아느냐?"

"잘은 모립니더. 나라를 지킬라고 몸 딲는 사람들이라고 들었습니더."

"그래? 제대로 잘 아는구나. 그런데, 산에 산다니 네 집이 이 산속에 있단 말이냐?"

논개가 배시시 웃는다.

"이 산이, 제 집인 기라예! 잘 가이소."

논개는 빠른 걸음으로 그들 옆을 스쳐서 위로 올라간다.

"게 섰거라. 논개라고 했더냐? 이 산이 산일 뿐이지 어떻게 너의 집이란 말이냐?"

그 날카로운 인상의 청년이 소리를 높였다. 논개가 기가 막힌다는 얼굴로 돌아본다.

"아재는 참말로 칡넝쿨맨키로 찔기고 말이 많십니더. 꼬치꼬치 캐고 물어서 약에 쓸라꼬 그랍니꺼? 고마, 산이 집이라 카모 산에 사는 사람인갑다 생각하모 될 꺼 아입니꺼. 아재들은 지가 이병이냐고 물었는데, 아즉 대답도 안 했다 말입니더. 고마 얼렁 내리가시소."

논개가 다시 돌아서 산굴 쪽으로 올라가며 소리쳤다. 그러나 장정들은 서로 얼굴을 마주 보고 눈짓을 나누곤 논개의 뒤를 따라 올랐다. 논개는 산굴 앞에 닿아서 거적때기 문을 젖히고 들어가려다가 우뚝 멈추어 선다. 두 남자가 산 아래로 내려간 것이 아니라 바로 그녀 뒤에서 "네 집이, 여기냐?" 하고 물었기 때문이다.

논개는 목덜미께서부터 얼굴이 불이 난 듯 화끈거려 숨을 몰아쉰다. 부끄럼인지 수치감인지 모멸감인지 모를 감정이 목구멍으로 솟구쳐 오르면서 금방 울음이 터질 것 같았다. 논개는 홱 돌아서면서 그들을 노려보았다. 알 수 없는 흥분이고 분노였다. 핏기가 뻗친 눈동자에 금방 물기가 내비치고 오뚝한 콧날이 실룩거리면서 가슴이 저고리 위로 벌름거렸다. 그러자 민구식이라고 하던 청년이 당황스런 낯빛이 되어 어설픈 웃음을 머금었다.

"아, 괜찮아. 대답하지 않아도 돼. 우리는 어린 여식인 네가 산에서 혼자 돌아다니면 위험할 거 같아서, 그냥 따라와 본 거야. 물, 물 있으면 한 그릇 주겠니?"

"물은 골짝에 내려가서 찾아야제, 높은 데서 찾으모 우짜요."

논개가 손가락을 산 아래쪽으로 뻗치며 소리를 질렀다.

"그렇지, 물은 낮은 데서 찾아야지. 강 형, 우리 내려가십시다."

그 청년이 얼굴이 날카롭게 생긴 강동찬이란 남자를 돌아보며 말했다.

"그, 그러지요, 뭐…."

그 청년도 논개의 격앙된 표정을 살펴보면서 엉거주춤 돌아섰다.

"지가 아무리 어리다 캐도 대장부들이 가시나 뒤를 쫓아댕기는 짓은 부끄러븐 기라요."

논개는 산을 내려가는 두 청년의 뒷덜미에다 대고 악을 쓰며 소리를 내질렀다.

두 장정은 돌아보지도 않고 못 들은 척 그냥 골짜기로 향해 걸어 내려갔다. 논개는 그래도 화가 풀리지 않아 씩씩거렸다. 걸뱅이같이 거적때기 쳐진 바위굴에 사는 자기 꼴이 섭냄이 말고 다른 사람에게 보여진 것이 너무나 수치스럽고 화가 끓어올라서 팔딱팔딱 뛰고 싶은 심정이었다. 영문도 모르는 산새들이 약이라도 올리듯 지지배배 울어 젖히며 논개의 머리 위로 날아갔다. 논개는 돌 한 개를 주워 새들이 날아간 방향으로 힘껏 팔매질을 하며 그냥 땅바닥에 털썩 주저앉아 버린다.

골짜기로 내려가던 강동찬은 조금은 어처구니없다는 표정이 되어 민구식을 돌아보았다.

"민 형. 우리가 지금, 여남은 살 아이한테 쫓겨 가고 있는 것이 아니요?"

"그런 것 같소. 그런데, 이러는 것이 순리인 것 같으니 어쩌겠소. 그 아이, 범상한 여식이 아닌 것 같습니다. 서슬 푸른 몸짓과 이치에 들어맞는 찰진 말과 눈빛이, 어디 보통 아이 같습디까. 성깔과 자존심이 대단한 아이 같아요."

"머리는 산발하고 못 먹어서 삐쩍 마르고 살갗은 그을려서 검붉었지만, 안광에 빛이 있고 콧날은 오뚝하고 여간 기가 세어 보이지 않습디다. 그런데, 어찌해서 아이 혼자 산에 사는 것인지…. 어째 안쓰럽기도 하고 마음이 켕기는군요."

날카로운 인상의 강동찬이 얼굴답지 않게 마음을 아파하며 뒤를 슬쩍 돌아보기도 한다. 논개는 보이지 않았다. 그들은 골짜기에 닿아 맑고 찬 물을 한 움큼씩 손으로 떠 마셨다. 실제 물을 마시고 싶었던 것은 아니었으나, 물을 보자 두 사람은 반사적으로 갈증이 솟구쳐 실컷 물을 마신다. 그러다 그들은 서로 마주 보고 웃었다. 한동안 껄껄 헛웃음을 지었다.

"어서 갑시다. 모두가 기다리고 있을 텐데…."

그들은 걸음을 서둘러 동네 쪽이 아닌 산의 북쪽으로 방향을 잡았다.

섭냄이가 할딱거리며 논개의 산굴을 찾아 올라가다가 숲의 북쪽 등성이로 휘돌아 나가는 두 장정의 뒷모습을 보았다. 두루마기에 갓을 쓴 차림이 아니고 동저고리* 차림에 머리에 흰 수건을 동여맨 것으로 보아 양반네들은 아닌 듯싶으면서도, 길도 없는 잡나무 사이로 성큼성큼 사라지는 꼿꼿한 뒷모습들이 여느 농사꾼이나 천민들 같아 보이지도 않아 고개를 갸웃거린다.

"선학산엔가 비봉산엔가 잘은 모리지만, 이병의병들 몸 딲는 데가 있다 쿠더마는…. 우리 동네 남자들은 아인 것 같은데…."

섭냄이는 힘차게 걷는 훤칠한 그들의 뒷모습이 멀리서도 좀 유별하게 보여 고개를 연신 갸웃대면서 바위굴 앞에까지 도달했다.

"논개야아."

"니 올 줄 알았다!"

논개가 거적때기를 젖히고 굴에서 나왔다.

"머리 깜았나? 귀신맨키로 산발하고 있거러."

"근 한 달 만에 이하고 쎄하고 탁탁 훑어 내고, 찬물에 기냥 머리 깜았다. 얼렁 내 머리 좀 땋아 도. 인자 손까락도 다 낫아 간께 이 담에는 내 혼자도 땋을 수 있을 끼다."

* 남자가 입는 저고리

논개는 섭냄이 앞에 머리를 들이대고 앉았다. 섭냄이가 논개의 머리를 땋기 시작했다. 새끼손가락으로 앞가르마를 타고 양 귀밑머리를 땋은 후에 뒷머리를 쫑쫑 땋아서 흰 무명 댕기를 맨다.

"온제꺼정 흰 댕기 할 끼고?"

"삼 년꺼정."

"너무 길다! 삼 년꺼정 탈상 안 하고 상주 할 끼가?"

"에나 효자들은 뫼 옆에 초막을 짓고 뫼에 날마다 문안디리고 산다 카던데…. 겨우 흰 댕기만 하는 긴데 삼 년이 머가 길단 말이고."

"니도, 지금 묏똥 옆에 움막 짓고 죽은 부모 보살피는 거하고 같은 기라. 옴마랑 산에 같이 사니께 말이다. 오데 그뿌이가. 니는 참말로 효녀 기라. 옴마 살릴라꼬 손까락도 칼로 쳐서 피도 멕였은께 말이다!"

"니, 머 잘못 묵었나? 와 이리 말이 많노. 옴마가 내 피를 묵고 살아났으모 효녀 소리 들어도 안 부끄럽지마는, 옴마가 죽어 삐맀는데 불효자슥이제 머가 효녀라 말이고. 그런 말, 두 번 하지 마라."

"알겄다. 참, 논개야! 내가 여게 오다가 두 남자를 봤다. 동네로 안 내리가고 북쪽으로 가더라."

"아, 그 이병들?"

"니도 봤나, 그 사람들이 이병들 맞나?"

"몰라. 딱 그렇다고 말은 안 했는데, 그런 거 같더라. 말씨가 점잖은 기 경상도 사람들은 아니더라."

"참, 논개야! 백정이 집 백치 말이다. 어제 얼라 낳았다!"

논개가 고개를 돌려 섭냄이를 바라본다.

"참말이가?"

"하모. 온제 아를 뱄던지 떡판 같은 아들을 낳은 기라. 점백이 할매가 그 아를 받아 주느라고 니 보러 산에도 몬 와 본다 캄서, 니가 밥도 잘 해 묵고 굴이 춥지나 않은지 물어쌌더라."

"인정이 많은 할매가 일복이 많아서 또 고생하시네. 아 아부지가 누구라 카더노?"

"모르는 기라. 그거 땜에 동네가 발칵 뒤집어진 기라. 누가 백치한테 아를 배게 했는지 몰매를 때리서 죽여야 한다꼬 어른들이 펄펄 뛰는 기라! 그래도 백정이는 핏덩이 손자가 너무 좋은지 읍내에 괴기 잡으로도 안 가고, 삼시 세끼 괴기 항그석많이 넣은 미역국 끼리서 백치하고 할매한테 주고, 집에서 싱글벙글 아기만 본다 쿠더라."

"지금은 그렇다 쳐도 백치가 아를 몬 키울 낀데 우짤 낀고?"

"그것도 모리는 기다. 갓난아가 아직 젖도 몬 빠는데, 백치가 자꾸 아기 입에다 젖을 디리댄다 쿠더라."

섭냄이는 논개 머리를 다 땋아 주고는 새삼 논개를 들여다본다.

"머리를 깜고 얼굴에 때를 뻿끼서 그란지 오늘은 유난시리 니가 예뿌다야!"

"문디 가시나 지랄한다! 참, 너 옥개 엉가 시집갈 날 메칠 안 남았겠네?"

"하모, 네 밤만 자모 된다! 떡쌀 할 것도 담가 놨고 돼지도 한 마리 잡을 끼다!"

섭냄이는 한껏 자랑스러운 얼굴이 되어 방글거렸다.

"그날은 논개 니도 꼭 내리와서 깅구경해라. 괴기도 떡도 실컨 묵고."

"모리겄다. 우짠지 동네 사람들 보는 기 싫다. 참말로! 내가 잊어 뿌릴 뻔했네. 이 까재하고 고동 살 빼 묵어라. 골짜기 돌 밑에서 잡아서 니 줄라꼬 삶아 논 기다."

논개가 사발에다 가재 삶은 것을 담아 내놓자 섭냄이가 탄성을 내지르며 달려들어 까먹기 시작한다.

*

그런데, 바로 그날 한낮이 조금 기웃했을 때, 논개와 섭냄이는 숨이 껄떡 넘어갈 놀라운 장면을 목격하고 말았다. 논개는 두 번째 목격하는 것이어서 섭냄이처럼 얼굴이 노오래서 흙바닥에 주저앉지는 않았다. 오매가 죽던 날 오전에 논개가 중봉의 소나무 밭에 나무하러 올라가다 목격했던 그 장면을, 이날 다시 보게 된 것이다. 바로 억새가 많은 그 움푹진 곳에서 네 밤만 자면 혼례를 올리는 옥개가 또다시 사내와 얼크러져 있었던 것이다.

논개가 집으로 돌아가는 섭냄이를 바래다주기 위해 함께 비탈을 내려가는 중이었는데, 섭냄이가 먼저 그들을 발견하고 논개의 소매를 잡아끌었던 것이다. 그러나 여자가 다른 사람 아닌 옥개인 것을 알자 섭냄이는 그냥 땅바닥에 주저앉아 버렸고, 논개는 그런 섭냄이의 어깨를 잡아 주면서 어떤 소리도 내지 못하게 손바닥으로 그녀의 입을 막았다. 논개와 섭냄이가 숨어 앉은 곳은, 바로 눈 아래로 움푹진 곳이 한눈에 보이는 갈대숲 속이었다. 그들의 말소리는 말할 것도 없고 숨소리까지 다 들리는 지척이어서 논개와 섭냄이는 숨을 죽였다.

옥개는 지난번보다 더 대담하게 사내에게 엉겨 붙고 있었다. 사내가 옥개의 저고리 안으로 손을 찔러 넣자 옥개가 저고리 고름을 활짝 풀어 뽀얀 젖을 드러냈고, 사내가 그 가슴에 머리를 박았다. 옥개가 키들거렸다. 사내가 옥개의 가슴에 얼굴을 파묻은 채 치마 밑으로 손을 집어넣자 옥개는 소금 맞은 지렁이처럼 꿈틀거리며 가랑이를 벌렸고, 사내가 제 엉덩이를 홀렁 까서는 옥개의 배 위에 엎어져서 엉덩이로 방아를 찧기 시작했다. 옥개가 사내의 등짝을 끌어안고 낑낑거렸다. 두 다리로 사내의 엉덩짝을 감다가 위로 쳐들기도 하고 야릇한 짐승 울음소리를 내면서 캑캑거리기도 했다.

"미, 미쳤어. 미친 기라."

얼굴이 새빨개진 섭냄이가 두 손으로 제 눈을 가리고 쩔쩔맸다.

"산속의 짐승들인 기라. 저게, 상하는 기다. 니, 아나?"

논개가 섭냄이 귀에다 속삭였다.

섭냄이가 고개를 끄덕였다. 논개가 눈을 벌려 떴다.

"니가, 우찌 아노?"

"우리 옴마 아부지가, 밤마다 하는 기라."

"너 옴마하고, 아부…?"

논개의 말은 목 안으로 잠겨 들고 말았다. 낑낑 끅끅대던 옥개가 갑자기 단말마의 숨넘어가는 비명을 내질렀기 때문이다.

땅바닥에 퍼질러 앉아서 손으로 두 눈을 가리듯 그러나 손가락 사이로 눈알을 벌려 뜨고 있던 섭냄이가 벌떡 일어나려 했다.

"와, 와, 저리 소리를 지르노? 우리 엉가를, 직일라고 하는갑다."

논개가 옥개의 기이한 비명에 벌떡 일어서는 섭냄이를 끌어 앉히곤 손바닥으로 섭냄이의 입을 막았다.

"쥑이는 기, 아인 기라. 전에도 그랬다 말다."

"첨이… 아이라 말이가?"

논개가 고개를 끄덕인다.

옥개의 비명이 끄윽끅 끄르륵 잦아들면서 사지를 뻗고 늘어져 버렸다. 사내의 등짝을 감고 있던 두 팔과 하늘로 쳐들었던 허여멀건 두 다리를 모두 내리고 큰대자로 퍼져 버린 것이다. 엉덩이로 디딜방아를 찧던 사내도 죽은 듯이 엎어진 채 늘어져 버렸다. 사내의 벌그죽죽한 엉덩이에 한낮의 기우는 햇살이 어리고 있었다. 상봉上峯이 있는 북쪽 산자락에서 뻐꾸기가 울었다. 사내가 옥개의 가랑이 사이에서 몸뚱이를 일으키고 옥개도 키득거리며 일어나 앉아 치마를 추스르고 젖가슴을 여미고 머리를 다독였다. 사내가 옥개의 머리에 붙은 지푸라기를 떼어 주며 지절거렸다.

"옥개 니는, 색골인 기라!"

"색골이 먼데예?"

"상하는 거 너무 밝히는 여자란 말이다. 니는 인자 열여섯 살인데 아 몇이 낳고 밝히는 여자보다 더한 기라."

"좋은데 우짭니꺼?"

논개와 섭냄이는 자기들 쪽으로 고개를 쳐드는 사내의 얼굴을 보면서 입을 딱 벌린다. 사내가 장골 사는 잘생긴 홀아비 개똥이 아버지였기 때문이다. 지난번에도 그랬지만 조금 전까지도 사내의 등짝과 옆모습만 보았으므로 누군지를 알지 못했는데, 5년 전에 아들 낳다가 죽은 개똥이 오매 생각에 재혼도 안 한다는 그 착한 아재가 이럴 수는 없다는 생각으로, 논개와 섭냄이는 벌린 입을 다물지 못한다.

"아 몇이 낳은 여자하고도 해 봤습니꺼?"

옥개가 묻고 있었다.

"내가 한창 나이의 홀애빈데 안 해 봤다 쿠모 거짓말이제. 여자들은 다 화냥끼가 있는 기라. 열부나 요조숙녀나 사대부 집 마님이나 종년이나 여염집 여편네나 다 똑같은 기라. 겉으로는 천하 열녀인 체 얌전한 체 고개를 숙이고 쌀쌀하게 굴면서도, 아무도 안 보는 곳에서는 작부나 똑같은 기라. 잘난 남자만 보모 사족을 몬 쓰고 쪼깨 건드리기만 해도 드러눕는다 말이다."

"열녀는 안 그럴 낍니더. 안 그란께네 열녀비도 세워 주고 기리는 거 아이겠습니꺼. 아재는, 지 말고 우리 동네 여자들이랑도 상했습니꺼? 했다모 몇이나 됩니꺼? 누구하고 했습니꺼? 지만 좋아한 거 아입니꺼?"

옥개가 점점 소리를 높이고 있었다.

개똥이 아버지가 빙긋 웃었다.

"니를 젤 좋아했제! 그치만 우짜노. 낼모레믄 니는 시집가 뿌릴 끼고. 나도 인자, 이 동네에서 정부 하나 만들어야 안 되겄나."

"만들지 마이소. 내캉 만나모 안 됩니꺼. 밤에 아재가 장개실로 오든가 내가 친정으로 와서 이렇기 만나모 안 됩니꺼."

"무신 소리 하노. 서방질해서 쫓기날라꼬 그라나? 니 오매 아배 얼굴에 똥칠할라꼬 그러나?"

"쫓기나모 아재랑 살지예."

"내가 니 아부지랑 같은 서른여섯 살이라는 거 모리나? 그거는 말도 안 되는 소린 기라. 아무 말 말고 잘 살거라. 그라고 니, 첫날밤에 내하고맨키로 소리 지르모 안 된다. 처니 아니라는 거이 금방 탄로 난다. 니는 우째 그리도 소리를 지르는지…. 여게는 아무도 없는 산속이라서 갠찮다 카지만, 신랑하고 상할 때는 아무리 좋아도 쎄를 깨물거라. 하기사, 숫총각인 니 신랑이 뭣을 알아서 니를 소리 지를 만큼 좋거러 하겄나마는…."

"아재, 그라모 우리는 온제 또 만납니꺼?"

"오늘이, 마지막이 돼야 안 되겄나?"

"싫습니더. 내일도 모래도 또 만나예. 낼 삼경에 음산 생이집상엿집 뒤로 나갈께예."

"동네 사람들한테 들키모 우짤라꼬 그라노?"

"한밤중에 누가 생이집으로 갑니꺼? 그라모 내일 보입시더예. 지가 먼저 갈께예."

"나는 쪽방골 쪽으로 내리갈란다."

"내일 삼경에 생이집입니더."

"알았은께."

개똥이 아버지가 옥개의 빰에 입을 맞추자, 옥개는 치마를 움켜쥐면서 산 아래로 내리뛰기 시작했다. 개똥이 아버지는 옥개가 내려가는 뒷모습을 낄낄 웃으면서 바라보고는, 느닷없이 바지춤을 내려 남근을 꺼내 오줌을 쫙 갈기기 시작했다. 논개와 섭냄이는 나무 막대기 같은 시커멓고 벌건 남자 그것을 보고는 악 소리를 지를 뻔했다. 개똥이 아버지는 가만히 한 방향으로만 오줌을 쏟는 것이 아니라, 물건을 잡고 밭에다 고루고루 물을 주듯 왼쪽에서 오른쪽으로 왔다 갔다 했다. 그러다가 오줌 줄기가 약해지면서 드디어 뚝 그치자 그것을 흔들어 털고는 바지춤 안으로 집어넣었다. 그러고는 밭매기 타령을 흥얼거리면서 산 아래로 흔들흔들 내려갔다.

논개와 섭냄이는 참았던 숨을 크게 몰아쉬면서 그 움푹진 곳이 한눈에 내려다보이는 갈대숲에서 몸을 털고 일어났다.

"나도, 오줌이 누고 싶다."

섭냄이가 계속 새빨간 얼굴인 채 선 자리에서 치마를 걷어 올리고 오줌을 쌌다.

"나도."

논개도 쭈그리고 앉아 배설을 했다. 시원했다. 산바람이 샅으로 다 몰려드는 것처럼 그곳이 서늘했다.

섭냄이가 논개를 바로 쳐다보지 못했다. 제 형인 옥개가 동네의 홀아비와 화냥질을 하는 현장을 논개가 보았다고 생각하니까 입이 떨어지지 않는 모양이었다.

"내가, 말 안 할 텐께, 극정 말거라. 전에도 여게서 너거 옥개 엉가 상하는 거 봤는데, 내가 니한테 오데 말하더나? 내 입은 버부리 바군바위께네, 니도 니 부모한테 말하지 말고 모린 척해라. 시집가 삐리모 고만 아이가?"

눈앞의 충격으로 기가 빠져 말도 잘 못하는 섭냄이를 논개가 위로한다.

섭냄이는 논개의 말이 실제 위안이 되는 모양으로 얼굴에 핏기가 서서히 돌아오면서 평상의 낯빛이 되었다.

"논개야, 니만 믿는다! 죽을 때꺼정 우리 옥개 엉가 화냥질한 말은 하지 마래이."

"안 할 낀께 내가 상하는 거 봤다는 소리도 너거 엉가한테 죽어도 하지 마라. 너 옴마나 엉가가 여게 찾아와서 소문내지 마라 우째라 쌌는 건 딱 싫은께네."

"알겄다. 내가 봤다는 소리도 안 할 끼다. 그래도 인자부터는 화냥질 더 몬 할 끼다. 낼 생이집서 만나는 거 몬 하게 할 끼다. 가기만 하모 내가 뒤따라가서 오줌 바가지를 뿌릴 끼다."

섭냄이는 생각할수록 기가 막힌 듯 고개를 내처 흔들고 입술을 다져 물기도 했다.

"하늘이 시퍼렇게 내리다보고 있는데, 산속이라 캐도 우리맨키로 오데서 사람이 볼 수도 있는데, 아무리 내 엉가지만 사람도 아인 기라. 아즉도 심장이 컹컹컹 몽둥이질을 하네. 대낮에 상하는 거, 나는 첨 본 기라."

섭냄이는 손바닥을 자기 가슴에 댔다 뗐다 계속 안절부절이었다.

"낮에 첨 봤으모 밤에는 봤더나? 참, 너거 옴마 아부지가 하는 거 봤다 캤제?"

"소리만 들은 기라. 인자는 나도 커서 옥개, 순개 엉가하고 작은방에서 자지마는, 올매 전꺼정만 해도 옴마 아부지랑 한 이불 속에 잤다. 이불이 들썩들썩 한쪽에서 바람이 들어오고 씩씩거리는 소리가 나고 하믄, 우리는 옴마 아부지가 상하는 거를 알고 숨을 죽이는 기라. 그치만 귀는 나발맨키로 벌리고 그 소리 다 들은 기라. 벨소리가 다 들렸던 기라. 우떤 때는 눈을 떠서 옴마 아부지 쪽으로 돌아보모, 컴컴한 데서 이불이 뫼똥맨키로 위로 솟구치서 꿈틀꿈틀 들썩들썩했던 기라. 우짜다가 이불 속에서 발을 잘못 뻗어 갖고 옴마 벗은 궁디가 발까락에 닿은 적도 있는 기라. 올매나 놀랬던지 지금도 생각하모 오싹해지는 기라!"

"니만 놀랜 기 아이라 너거 옴마는 더 놀랬겄다."

논개의 말에 섭냄이가 방긋 웃었다. 그녀는 제 부모의 잠자리 이야기를 하면서 차츰 평상의 얼굴을 되찾고 오히려 흥미로워하는 표정이 되어 갔다.

"히히. 하모, 놀래고말고. 발이 옴마 궁디에 대이모 옴마하고 아부지가 갑재기 소리도 안 내고 자는 거맨키로 가마이 있는다. 그라모 나는 일부러 한잠에 빠진 거맨키로 코를 골아 대는 기라. 그라모 옴마 아부지는 안심하고 또 한다. 씩씩거리는 소리를 더 크게 내 감써롱."

"와, 그런 거를 할꼬?"

논개가 중얼거린다.

"자슥 만드는 것이고 사람 사는 일 중에 젤 재밌는 기라 쿠더라."

"누가?"

"옥개 엉가가."

"너거 옥개 엉가는 에나 모리는 기 없네. 우째 처니가 그런 거를 그리 잘 알꼬?"

"와 그런지 나도 잘 모린다. 우리 옥개 엉가는 참말로 좀 벨난 기라. 순개 엉가하고 내한테 벨난 짓도 다 했다."

"무슨 짓인데?"

"배 맞추는 거."

섭냄이가 또 킥킥 웃었다.

까투리 한 마리가 푸드덕 그들의 머리 위를 날아갔다.

"꽁이다!"

섭냄이가 골짜기 쪽으로 날아가는 까투리를 쳐다보고 소리를 질렀다.

"꽁 잡아서 쐶아 묵었으모 좋겄다."

"배 맞추는 말 하다가 와 딴소리하노? 누가 누구랑 배를 맞챘다 말이고?"

"히히히. 옥개 엉가가, 나하고 순개 엉가한테 치매 벗고 꼬장주고쟁이 벗고 다리를 벌리라 카는 기라. 그라모 옥개 엉가가 홀랑 벗고 지 배를 우리한테 갖다 대고 비빈다 말이다."

"바지 치매 홀랑 벗고 맨살끼리 비빈다 말이가?"

"하모."

"와 그라는데?"

"기분이 좋은께네. 그게를 대고 비비모 아부지 옴마 상하는 거 듣는 거보다 더 기분이 좋은 기라! 올봄에는 우짠지 옥개 엉가가 벗으라 소리를 안 해서 이상타 했더마는, 화냥질하니라고 그란 거를 인자사 알겄네."

논개는 조잘거리는 섭냄이를 가만히 바라본다. 자기보다 키도 작고 얼굴도 못생기고 힘도 세지 못한 섭냄이가 자기도 모르는 별것을 많이 알고 있다는 것이 부럽기도 하고 고깝기도 했기 때문이다. 부모 형제를 비롯하여 논개에게 없는 너무 많은 것을 섭냄이가 갖고 있기는 했어도 별나게 부러워해 본 적은 없었는데, 어쩐지 이날은 섭냄이가 자기보다 형 같다는 생각이 들면서 썩 기분이 좋지 않았던 것이다.

"논개야! 니캉 내캉 배 맞추기 한번 해 보자!"

섭냄이가 싱글생글 웃으면서 논개를 쳐다보았다.

논개가 펄쩍 뛰었다.

"이 가시나가 미쳤는가배? 싫다!"

"기분이 얄궂은 기라!"

"하이고, 징그러바라. 더러바라. 싫다! 하고 싶으모 너 순개 엉가하고나 해라."

"참, 우리 순개 엉가, 지난달부터 몸월경한다!"

"몇 살인데 벌써 하노?"

"열네 살 아이가."

"그라모 너거 순개 엉가도 인자 어른 된 기네!"

"하모. 몸을 한께 그란지 젖도 커진 기라!"

"너거 옥개 엉가 젖도 뽀이얗고 커더라!"

"우리 옴마 젖이 크거덩! 딸들은 옴마 젖통을 닮는다 카더라. 참, 나도 몽오리가 생깄다! 볼래?"

섭냄이가 옷고름을 풀고 가슴을 펼쳐 보였다.

"이것 봐라. 쬐꼬만 새알맨키로 볼록 솟았다. 건디리모 아픈 기라."

신기했다. 작년 여름 멱감을 때만 해도 밋밋하던 섭냄이 가슴에 뾰조록이 새움이 돋듯이 젖꼭지 부근이 새알만큼 솟아 있는 것이 아닌가.

"햐!"

논개가 탄성을 지르면서 바른 손끝으로 섭냄이의 그곳을 꾹 누른다.

"아프단 말이다!"

섭냄이가 키득거리면서 가슴을 뒤로 뺐다.

"그란데, 젖을 자꾸 만지모 빨랑빨랑 큰다 캐서 밤에 살살 손끝으로 만지거덩. 그라모 움푹 들어간 지지꼭지가 톡 볼가지믄서 기분이 얄궂다! 울고 싶기도 하고, 기분이 좋은 기라!"

"새 뒤집어 날아가는 소리 또 한다. 울고 싶다 카믄서 기분이 좋다 카나? 그기 말이 되나?"

"내가 얄궂은 내 쪽을 말로 다 몬해서 그라는데, 기분이 안 나뿌다는 말이다. 논개 니는 우떻노? 젖알이 생깄나?"

"살까죽하고 뺵다구뿐인데 젖알이 어딨노? 참말로 니, 너거 집에 안 가고, 오늘 내내 주디만 까고 앉았을 끼가? 너거 집에 가다가 말고, 이리 퍼질고 앉은 거 아이가?"

"맞다! 내 혼자 뛰갈 낀께네 니는 더 내리오지 마라. 낼 또 올께."

"혼사 땜에 너거 집 바쁠 낀데 오지 마라. 그라모 잘 가래이. 나는 더 안 내리갈 끼다."

"그으래."

섭냄이가 빨간 댕기를 맨 머리꼬리를 팔락이며 산비탈을 뛰어 내려갔다.

논개는 천천히 돌아서 바위굴로 올라갔다. 머릿속이 많이 복잡했다. 백치가 아기를 낳았다는 소식이 반갑고 신기했다. 백치의 아기지만 그 아기는 바보가 아니었으면 싶었다. 점백이 할매가 백치의 산후 조리를 봐주고 있다는 것도 너무나 당연한 사실로 받아들여지고 고맙다는 생각이 들었다. 동네에 점백이 할매 같은 사람이 없으면 엄마 없는 불쌍한 백치나, 부모는커녕 일가친척도 없는 논개 자기 같은 사람은 의지할 데가 없을 것이라고 생각했다.

"낼은 백치네 집에 아기 보러 가야겄다. 할매도 보고…."

논개는 중얼거리면서 햇살을 마주하고 앉아 옷고름을 풀고 자기 가슴을 내려다보았다.

"오매."

뭔가 달라 보였다. 눈을 부라리고 주시했다. 수수알 크기만도 안 되는 작은 젖꼭지가 빈대처럼 붙어 있을 것으로 생각했었는데, 섭냄이처럼 표가 나지는 않았으나 꼭지 주변이 뭔가 예전 같지가 않다는 생각이었다. 솟았다고 생각하면 조금 솟은 것도 같고, 아니라고 생각하면 아닌 것도 같았지만, 그러나 아닌 것은 아니라며 혼자 고개를 갸웃한다.

"인자, 젖알이 생길라꼬 용을 쓰는갑다. 삑다구하고 살까죽뿐인데, 그래도 명색이 여자라꼬 여자 짓거리가 나올 낀가 부다. 그란데, 섭냄이 가시나는 온제 그리 생깄제?"

논개는 옷고름을 매면서 씩 웃음을 머금는다. 눈물이 나오려고 하면서 기분이 좋다고 말하는 섭냄이의 마음이 무엇이라고 꼭 집어낼 수는 없지만 알 것도 같았던 것이다. 옥개와 개똥이 아버지가 하얀 대낮에 상하는 걸 보면서 마음이 묘하던 거, 그런 알궂은 맘하고 비슷할 것이라고 생각했다. 논개는 허파에 바람이 새는 것처럼 자꾸만 웃음이 실실 터져 입을 다물 수가 없었다. 옥개, 순개, 섭냄이 세 자매가 아랫도리 홀랑 벗고 거기를 맞추고 비비고 논다는 모습들이 머릿속에 떠올랐기 때문이다.

"히, 히히. 하하, 하하하."

논개는 뱃살을 잡고 웃어 댔다. 한번 웃음보가 터지자 걷잡을 수 없을 정도로 자꾸만 웃음이 터져 나왔다.

"하하하. 벼룩과 빈대, 이들이 올매나 놀랬겄노! 성님 집 아우 집 이 몸띠 저 몸띠 이사 다니느라고 정신 엄씼겠다! 히히히. 세 가시나들이 밑은 홀라당 벗고, 저고리만 입고, 쫑쫑 땋은 긴 머리 흔들거리믄서 배 맞추고 비비고…. 하하."

논개의 웃음소리가 컸던 것인지 좀 전에 그들의 머리 위로 날아갔던 까투리가 이번에는 다시 산등성이 쪽으로 날아갔다. 세 번째인가 네 번째인 것 같았다. 논개는 웃음을 거두면서 까투리가 날아간 쪽을 노려본다. 무슨 일이 까투리 주변에 일어나고 있는 것 같은 느낌을 받았기 때문이다. 논개는 돌 하나를 주워 들고 까투리가 날아간 산등성이로 살금살금 걸어 올라간다. 돌팔매로 까투리를 잡고 싶었던 것이다. 중봉의 막바지께에서 그 까투리가 푸드덕 다시 날아올랐다.

"참말로 벨일이네. 와 멀리 안 날아가고, 이 부근에서만 뱅뱅 돌제? 한곳에 가마이 좀 있든가 하믄 내가 잡을 낀데…."

논개는 까투리를 잡으려고 움켜쥐었던 돌을 바닥에다 떨구어 버리고 암꿩이 날아간 골짜기 쪽을 내려다본다. 그러다가 몸을 잽싸게 놀려 까투리가 날아오른 그 장소로 내려간다.

"그러모 그렇지! 무슨 일이 있었던 기라. 장끼구나!"

논개의 입술이 저절로 벌어졌다. 까투리가 머물다 날아오른 그 자리에는 검정과 자주색의 털 빛깔이 유난히 곱고 긴, 윤기가 흐르는 아주 잘생긴 장끼 한 마리가 놀랍게도 화살을 맞고 죽어 있었던 것이다.

"세상에…. 까투리가, 이 죽은 장끼 땜에 왔다 갔다 했구나! 지 신랑인지도 모르제. 올매나 슬프겄노…."

논개는 장끼의 목에서 화살을 뽑아냈다. 화살은 대나무로 아무렇게나 깎은 것이 아니고 정교하게 잘 만들어진 것이었다.

"그라모, 이 산에 지금 사냥꾼이 와 있다는 말 아이가?"

논개는 화살과 죽은 장끼를 오른손에 집어 들고 사방을 둘러보았다. 온몸이 긴장되면서 무섬증이 생겼다. 장끼의 몸뚱이가 싸느랗게 굳어 있고 화살이 박혔던 부위로 흘러나왔던 피가 말라 있는 것으로 보아 금방 죽은 것은 아님을 알 수 있었지만, 어쨌거나 산속에 활을 멘 사냥꾼이 있다는 것은 마음이 편치 않았던 것이다. 논개는 다시 한 번 사방을 둘러보았다. 여전히 인기척은 없었다.

논개는 화살과 장끼를 들고 바위굴로 돌아왔다.

"그래, 오늘 쥑인 기 아닐지도 몰라. 피도 말라 있고, 마이 해껍은가벼운 거 보믄. 오늘 죽은 기 아이라모, 그라모 사냥꾼이 지금 산에 있을 턱이 없제."

논개는 일단 안도의 숨을 뿜어낸다. 한편으로는, 장끼가 이날 죽은 것이 아니라면 까투리가 유별나게 이날 중봉 부근에서 비상했을 것인가 싶기도 했지만, 논개는 편하게 생각하기로 마음을 다진다. 논개는 장끼를 앞에 놓고 어떻게 처리할 것인가를 생각한다. 털을 뽑아내고 푹 삶아 몸보신을 할 것인지, 옛날 주막집 뒤주 위에 얹혀 있던 장끼마냥 말려서 박제를 할 것인지 궁리했다. 구수한 꿩탕 생각에 입 안에 침이 고였지만 털 빛깔이 너무나 고와서 말리고 싶다는 생각이 더 강했다. 그러나 통째로 햇빛에 내놓기만 하면 말려지는 것인지, 내장을 꺼내 버려야 하는 것인지 알 수가 없었다. 하지만 아무래도 내장을 말끔히 꺼내 버려야 냄새가 나지 않고 빨리 마를 것 같았다.

논개는 식칼로 장끼의 앞배를 가르고 내장들을 쏟아 냈다. 몸체에 붙어 있는 것은 오른손을 넣어 뜯어내고 마지막에는 배 속에 물을 부어 헹구어 냈다. 칼로 가른 앞배는 바늘로 꿰매어 주면 될 것이었다. 논개는 깨끗이 손질한 장끼를 바위굴 앞 산수유나무 가지에 걸었다. 그리고 그날 저물녘까지 은근히 마음을 졸였다. 꿩을 쏘아 맞힌 사냥꾼이 어디선가 불쑥 나타날 것만 같았기 때문이다. 그러나 서산 봉우리로 해가 꼴깍 넘어가고 어둠이 내릴 때까지 산에는 인기척이 없었고, 까투리도 더는 날아오지 않았다.

*

다음 날 논개는 하얀 조팝꽃을 한 묶음 꺾어 들고, 산에 들어간 이후 처음으로 백치 집을 찾아 내려갔다. 백치가 낳았다는 아기가 너무도 보고 싶고 점백이 할매도 만나고 싶었기 때문이다. 동네로 처음 내려가는 것이긴 해도, 백치 집은 그래도 동리에서 가장 멀리 떨어지고 선학산에서는 가장 가까운 곳에 있었으므로, 금방 백치 집 앞에 닿았다.

사립짝에 숯과 고추가 달린 새끼줄이 걸려 있었다. 논개는 잠시 머뭇거린다. 삼칠일까지 부정 타는 걸 막기 위해 쳐 놓은 금줄인데, 논개 자기가 들어가도 괜찮은 것인지, 아기는 보고 싶고 금줄은 마음에 켕겨서다. 그런데 백정이가 마침 방 안에서 소반을 들고 쪽마루로 나오고 있었다.

"아재요."

논개가 반가워서 소리쳐 부른다.

백정이가 고개를 들어 사립 밖을 보다가 누런 이를 활짝 드러내고 웃었다.

"논개 애기씨 아이가!"

"손자 보시서 좋지예!"

"그라모! 와 거기 섰노? 얼렁 들오이라!"

"지가 들어가모 부정 타는 거 아입니꺼?"

"갠찮다. 그런 거 없다. 남이 그래싼께 나도 한번 그래 본 기다. 얼렁 들오이라. 점백이 할매도 여기 기신다. 할매요, 논개가 왔십니더!"

백정이가 방 쪽을 돌아보며 소리쳤다. 방문이 열리고 할매가 얼굴을 내밀었다.

"할매! 벨일 엄섰십니꺼?"

논개가 방문 앞으로 달려가 할매 앞에 머리를 꾸벅 숙인다.

할매가 쪽마루로 나와서 논개의 손을 덥석 잡았다.

"논개구나. 얼굴이 생각했던 거보다는 갠찮다마는…. 내가, 니한테 가 본다 카는 거이, 그리 안 됐다. 섭냄이한테 니가 기냥지냥 지낸다는 말은 들었다. 보자, 니 손가락."

"인자 다 나았어예! 할매가 번개맨키로 손가락을 붙여 줘서 붙은 기라예! 몇 밤만 더 자고 수건 풀 끼라예!"

"쯔쯔, 그라. 쬐끄만 기 우째 그런 세근철이 들었던지. 밤에는 굴이 많이 춥제?"

"날이 갈수록 괜찮아예. 그란데 우리 궤짝하고 큰 독들을 할매가 몬 가져가셨다 카데예?"

"그년 말은 들멕이지도 마라. 참말로 독한 년이더라. 그런 년은 이 동네에서 쫓아내야 하는 긴데…."

"할매 죄송합니더예. 지가, 나중에 꼭 은혜 갚을께예."

"은혜고 머고, 니가 산에서 얼렁 내리와야 할 낀데. 어른도 무서버서 몬 살 산속에서, 에린 여식아가…."

"할매, 지는 갠찮아예. 재밌어예. 할매, 애기가 참 이쁘지예?"

"잘생기고말고! 떡뚜끼비 같은 기라! 장군깜인 기라!"

할매는 아기 얘기가 나오자 침방울을 튀기며 자랑을 해 댔다. 마치 자기 손자를 자랑하는 양 얼굴이 싱글벙글 만면에 웃음을 터트렸다.

논개가, 덩달아 벙글거리고 있는 백정이를 쳐다보며 물었다.

"아재예, 지가 얼라 좀 봐도 될까예? 애기가 너무 보고 싶어서 왔거던예!"

"그라모, 봐도 되제! 방에 들어가 봐라."

백정이가 얼른 방문을 열어 주었다. 아기 옆에 앉아 있던 백치가 경계심이 가득 찬 눈빛을 하고는 아기를 자기 앞으로 끌어당겼다.

논개가 활짝 웃으면서 조팝꽃 묶음을 백치 앞에 내밀었다.

"애기 놓느라고 올매나 고생했습니꺼? 이 꽃 받으이소!"

백치가 어리둥절해하며 백정이를 쳐다보았다.

"반피바보한테 말 놓거라. 알아듣지도 몬하는데…. 꽃 받아라! 그래도 논개한테 처음으로 경하를 다 받네!"

할매가 백치를 보고 고개를 끄덕거렸다. 꽃을 받으라는 고갯짓이었다. 백치가 엉거주춤 꽃을 건네받고는 코에 갖다 대 본다.

"할매! 아재! 애기가 너무 이쁩니더예!"

논개가 입을 함박만큼 벌리고 아기를 들여다본다. 조그만 얼굴, 눈, 코, 입, 손 등이 너무나 신기하고 앙증스럽고 귀엽고 어여뻐서 눈물이 나려고 했다. 어릴 적에 오매를 보고 동생 하나 낳으라고 떼거리를 쓰던 생각이 떠오르고, 한숨을 뿜어내던 오매가 "하늘을 봐야 별을 따제." 하던 중얼거림도 떠올랐다. 이제 와서 생각하면 오매의 말이 상하는 것과 관계가 있는 말일지도 모른다는 느낌이 없지 않지만, 그때는 멋도 모르고 "하늘 맨날 보믄서 거짓말한다."고 투덜댔었다.

백정이가 소반에 미역국 한 그릇과 쌀밥 한 그릇을 들여왔다.

"논개 애기씨, 미역국 좀 묵어라."

논개는 눈이 휘둥그레졌다. 백정이를 쳐다보며 손을 내저었다.

"아이라예, 아인 기라예. 지가 와 이런 거를 묵습니꺼예. 아기 옴마하고 구완하시는 할매가 잡사야지예. 아입니더어."

그러나 입 안에 침이 고여 들어 말을 다 못할 지경이었다. 흰쌀밥은 평생 처음 보는 것 같고 미역국 속에 수북이 들어 있는 고깃살이 목줄을 당기다 못해 배 속 창자까지 당기는 것 같았다. 입귀로 침이 흘러나올 것 같아 입술을 꽈악 물었다.

"할매도, 아 오매도 다 묵은 기라. 밥도 국도 마니 있은께네 어서 묵어라."

백정이가 논개의 팔을 잡고 소반 앞으로 끌어다 앉혔다. 논개가 할매를 쳐다보았다.

"묵어라. 니가, 온제 이런 이밥하고 고깃국 묵어 봤겄노?"

왠지 할매의 목소리가 꺽꺽 잠겨 들고 있었다. 암팡진 어린것이 염치는 많고 기는 세서 흐트러지지 않으려 하면서도, 입귀로 비어져 나오는 침을 참느라 안간힘을 쓰는 모습이 안쓰럽고 가슴이 메었던 모양이다.

"그라모, 묵겠십니더."

흰쌀밥 한 숟갈이 입 안에 들어가자 씹히지도 않고 꿀떡 넘어가 버렸다. 목줄과 배창자들이 급하게 잡아당겨 버렸던 것이다. 국과 고기도 그냥 미끌미끌 술렁술렁 넘어가 버렸다.

"천처이, 천처이 묵어야 안 체하제. 괴기는 꼭꼭 씹어야 소화가 되는 기라."

백정이 말했다.

"야아."

그러나 아무리 천천히 점잖게 씹어 보려 해도 다섯 번을 채 씹지 못하고 넘어갔다. 쌀밥 한 그릇, 고기가 듬뿍 든 미역국 한 그릇, 김치 한 보시기가 씻은 듯 순식간에 다 비워졌다.

"쯔쯔쯔, 밥 같은 밥을 묵어 봤어야제."

할매가 혀를 찼다.

사뭇 정신없이 밥과 국을 먹어 치운 자신이 조금은 부끄러워져 논개는 얼굴을 붉힌다.

"아재예, 너무 잘 묵었습니더. 애기 옴마가 묵을 거를 염치도 엄씨…."

논개는 얼른 일어나 빈 그릇들을 정짓간으로 갖고 나가 개수통에 담겨 있는 다른 그릇들과 함께 모두 씻어 살강 위에 얹어 놓고 방으로 들어가 아기를 다시 들여다본다. 보면 볼수록 어여쁘고 신기해서 아기에게 빨려 들어가는 것만 같았다. 논개는 아기의 아버지가 누구일까 궁금했지만 할매에게조차 그 말은 물어볼 수가 없어 속으로 궁금증을 죽였다.

"아재요, 애기 보고 싶으모 온제든지 와서 봐도 됩니꺼?"

"그라거라. 우리 아가 본다꼬 닳는 기 아닌께네!"

"애기 기저구도 빨아 주고 싶고, 업어도 주고 싶은 기라예."

"좀 더 크모 업어 봐도 되제."

"참말입니꺼?"

"하모."

조팝나무 하얀 꽃묶음을 자꾸만 코에 갖다 대 보는 백치의 표정이 많이 부드러워져 있었다. 논개는 그날 오전 동안 백치 집에서 머물다가 늦지 않게 산으로 올라갔다.

*

다음 날은 아침부터 하늘이 캄캄해진다 싶더니 급기야 비가 쏟아지기 시작했다. 소낙비가 내릴 철이 아닌 것 같은데 빗살이 창대처럼 굵었다. 게다가 바람까지 불었다. 논개는 굴 안에서 꼼짝을 할 수가 없었다. 불안감도 없지 않았다. 산에서 처음 맞는 비였기 때문이다. 사람이 제대로 파 놓은 깊은 굴이 아니라 바위와 바위가 맞닿은 천연의 굴이어서 혹여 비가 샐 수도 있을 것 같고, 빗물로 땅이 물러져 바위가 굴러 버릴 수도 있겠다는 걱정이 떠나지 않았던 것이다. 창대 같은 빗살이 줄창 쏟아지는 여름 장마를 수백 번이나 거치고도 끄떡없는 바위들인데 무슨 걱정인가 싶기도 했지만, 그리고 바위틈 사이로 물이 흘러드는 것도 아니었지만, 불안하고 기분이 편치가 않았다. 굴 안이 몹시 춥기도 했다. 한낮인데도 비와 바람 때문인지 한밤의 한기처럼 추웠다. 입구의 거적때기가 비바람에 흔들거렸다. 을씨년스러웠다. 논개는 굴 한쪽 구석에 불을 지폈다. 그래도 추워서 이불을 뒤집어썼다. 비가 그칠 때까지 도리 없이 갇혀 있을 수밖에 없다는 생각을 했다.

할 일이 없다는 것이 논개에게는 적지 않은 고통이었다. 비가 오지 않으면 나뭇가지를 주우러 다니고, 계곡의 돌 밑에서 가재나 고둥을 잡고, 온 산을 더듬어 산나물을 뜯을 것이었다. 아니면 오매의 묏가에서 풀을 뽑거나 꽃을 심을 것이었다. 매일 할 일은 있었고, 그것은 논개에게는 삶이면서 놀이이기도 했다. 나무는 나날이 쌓여 땔감 걱정이 없었고, 또한 산나물은 삶거나 데쳐 바위에 말리기를 거듭하여 꽤나 모여 있기도 했다. 가재 잡는 일도 나무하는 일도 산나물 뜯는 일도 싫증이 나면, 그녀의 장기인 돌팔매질로 하루가 어느새 저물곤 했었다.

그런데, 밖에 비가 억수로 쏟아지는 이날은 도리 없이 갇혀 있을 수밖에 없었다. 답답하고 불안하고 춥고 심심했다. 온갖 잡념이 머릿속을 배회했다. 오매의 무덤 속에 빗물이 스며들지도 모른다는 걱정과 혹여 산사태가 나서 작은 봉분이 휩쓸려 내려갈지도 모른다는 생각도 했다. 당장에 빗속으로 달려가 보고 싶은 마음도 없지 않았으나, 비를 막을 삿갓도 없고 가 보았자 방책도 없으면서 오히려 비만 흠뻑 맞고 병이라도 들면 누가 돌봐줄 것인가 싶어 선불리 행동할 수도 없었다.

그러다가 바늘과 실을 찾아냈다. 버선볼을 댈 수도 있고 골무를 만들 수도 있고 베갯잇 가장자리에 색실로 수를 놓을 수도 있었지만 웬지 마음이 내키지 않았다. 논개는 자신이 한자리에 느긋이 앉아 있기보다 망아지처럼 산이나 들에서 천방지축 돌아다니기를 좋아하는 선머스마 같은 기질이 많다고 생각하면서도, 실제 치밀하고 꼼꼼한 일면도 없지 않음을 알고 있었다. 마음만 내키면 온종일 굴 안에서 엉성한 대로 바느질을 할 수도 있었지만, 그러나 이날은 할 일이 없는데도 영 그럴 마음이 아니었다.

논개는 끌어냈던 반짇고리를 다시 밀어붙이고, 이불자락으로 웅크린 몸을 더욱 감싸며 무릎 위에 얼굴을 묻는다. 조금도 슬프지가 않은데 눈물이 나왔다. 자신이 청승스럽다거나 불쌍하다는 생각도 없는데 자꾸만 눈물이 나왔다. 산속의 혼자 생활이 무한히 자유롭고 흥미로우면서도, 언제까지 바위굴에서 이렇게 살아갈 수 있을 것인지 앞날에 대한 막막한 불안감이 이날따라 서리서리 엉켜들면서 기분이 침울해졌다. 비바람 불어치는 날 거적때기 쳐진 바위굴 안에 갇혀 웅크리고 앉아 있는 자신의 꼴이 사람 사는 모양새가 아니라는 생각에 비감한 것이었다.

"옴마아."

오매를 불러 보았다. 죽은 오매가 살뜰히 그립다거나 보고 싶어서 불러 보는 것은 아니었다. 병든 몸으로 먹고살기에만 급급하여 논개에게 유별스레 다정하게 대해 준 적도 없었기에 가슴 저미도록 오매가 보고픈 것은 아니었지만, 그러나 앞일에 대한 불안감이 솟구치면 제일 먼저 떠오르는 사람이 오매였다. 아버지라든가 다른 친척에 대한 기억은 더더욱 없었고, 따라서 그 사람들에 대한 어떤 그리움이나 원망 같은 것도 없었다.

그때였다.

"꽈르릉."

번갯불이 번득 스치는가 싶더니 하늘이 쪼개지는 듯 벼락 치는 소리가 났다. 논개는 비명을 지르며 귀를 막았다. 세찬 빗소리가 이어지고 거적때기가 심하게 흔들렸다. 오매를 살려 내지 못한 죄 말고는 지은 죄가 없다고 생각하는 논개였지만, 그리고 오매를 못 살린 것이 자기만의 잘못은 아닌 것 같았지만, 그러나 하늘이 갈라지는 것 같은 뇌성벽력은 논개의 가슴을 죄어들게 했다. 하지만 더 이상의 번갯불이나 벼락은 없었다. 빗소리만 요란했다. 논개는 다시 평정을 되찾으면서, 이런 날은 점백이 할매에게서 구수한 옛날이야기나 소름 돋는 귀신 이야기를 듣는 것이 제격이라는 생각을 한다.

그런데 곧 밖이 조용해졌다. 빗소리가 멎은 것 같았다. 논개는 얼른 거적때기를 들치고 밖을 내다보다가 벌떡 일어나서 굴 밖으로 나선다.

"아!"

거짓말처럼 어느새 비가 멎고, 투명한 햇살이 만산에 쏟아지고 있는 것이 아닌가. 숲이 반짝반짝 빛나고 있었다. 지나가는 소나기였던 것일까. 장대 같은 빗물에 씻긴 연초록 숲은 처염하도록 선명하고 아름다웠다. 맑은 숲 위로 쏟아지는 햇살이 금가루 은가루로 흩뿌려져 눈이 부셨다. 그뿐인가. 동녘 하늘로 칠색 무지개가 포물선을 그리며 섰다. 아름답고 황홀했다.

"오옴마!"

논개는 하늘 나라 극락세계가 바로 눈앞의 이 숲 같은 곳이 아닐까 싶었다. 너무나 눈부시고 아름다워서 힘껏 고함이라도 지르고 싶었다. 울고도 싶었다. 환상 같은 눈앞의 정경들을 마음속에만 쟁여 두기에는 아깝다는 생각이 들었다. 그러나 이 빼근한 멋진 정경을 담아 둘 어떠한 방법도 없었다. 바람이 중봉의 바위굴 앞에 선 논개의 옷자락을 흩날렸다. 그녀는 돌을 집어 들었다. 아래쪽으로 향해 힘껏 던졌다. 일정한 목표물은 없었으나 두 개, 세 개, 네 개…, 열 개도 넘게 던졌다. 당장의 벅찬 기분을 그렇게 표현했다. 그러나 이왕이면 노루나 산토끼라도 있어 신명나는 돌팔매질로 맞혀 볼까도 싶었지만, 소낙비에 놀랐던지 산속에는 산새 울음소리조차 끊어져 있었다.

"맞어! 산짐승들이 나를 피하는 기라! 내 돌팔매가 무서분 줄 알고…."

밤마다 간헐적으로 짐승 울음소리를 듣기도 하고, 어떤 때는 거적때기 문 앞에서 이름 모를 동물의 발자국을 보기도 했지만 실제로 산짐승을 만난 적은 없었다.

바위굴 측면 오른쪽으로 커다란 굴참나무와 소나무들이 줄을 이었고 집채만 한 바위들도 많았다. 논개는 이왕이면 싶어 바위를 겨냥하여 돌을 던져 맞히고, 유별하게 도드라져 보이는 몇 그루의 굴참나무, 소나무에도 작은 돌을 겨냥하여 백발백중 맞혔다. 이상한 현상이었다. 비 내린 후의 충천하는 숲의 기운이 자신의 몸 구석구석에도 스며들어 이리도 힘이 솟는지 모를 일이라며 논개는 수십 차례나 돌팔매질을 해댄다.

"우우, 우우."

그래도 힘이 넘쳐 논개는 선 자리에서 기어이 짐승 울음 같은 기성을 내지르기도 한다. 그러다가 오매의 뫼가로 달려 내려갔다. 봉분 주변에는 산사태 비슷한 흔적조차 없었다. 뫼를 이룬 황토 흙이 비에 흠뻑 젖어 더 붉어 보였을 뿐 흙물이 아래로 흘러내리거나 골이 파인 부분도 없었다. 뫼 앞에 꽂아 놓았던 영산홍 꺾꽂이가 약간 비스듬히 누워 있을 뿐이었다.

논개는 두 손으로 봉분을 다독거렸다. 그러다 흠칫 놀란다. 참으로 무심코 왼손과 오른손을 동시에 들어 봉분을 다독거리다가 검붉은 손가락 하나를 보았던 것이다. 왼손의 무명지였다. 통증이 없어 양손 모두를 거침없이 휘두르다가 손가락을 감았던 때에 전 헝겊이 저절로 풀려 나가고 그 바람에 무명지가 드러난 것이다. 논개는 입술을 벌린 채 왼손을 쳐들고 다시 붙은 그 손가락을 주시한다. 신기하고 고마웠다. 그것은 다른 손가락과 색깔이 달랐다. 하지만 조금도 아프지 않았다. 손가락을 까딱까딱 움직여 보았다. 잘도 움직여졌다.

"말짱하게 다 나은 기다!"

논개의 기분은 하늘을 날 것 같으면서 쩌엉하게 저려 들었다. 이 손가락으로 오매를 살려 내지는 못했지만, 그러나 가운데가 완전히 잘려 나가 반 토막인 것보다는 색깔이 검붉은 대로 붙어 있는 것이 일하는 데도 편할뿐더러 병신이 아니 된 모습이어서 다행이라는 생각 때문이었다. 논개는 손가락을 즉각 붙여서 싸매 준 점백이 할매에 대한 고마움으로 새삼 눈시울이 더워졌다.

다음 날 논개는 햇살 잘 드는 산 아래쪽에서 야생 잔디를 떠다가 오매의 봉분에 입히기 시작했다. 비 온 뒤끝이라 떼를 캐기는 어렵지 않았으나 젖어 있어서 소쿠리에 담아 묏가까지 나르기가 쉽지 않았다. 그러나 동네에서 이불 보퉁이를 머리에 이고 바위굴로 오르던 때를 떠올리면 누워서 죽 먹기처럼 쉽다는 생각이 들었다. 난생 처음 해 보는 떼 입히기였지만 논개는 나름대로 머리를 굴려 가며 차근차근 뫼에 잔디를 덮어 나갔다. 삽으로 두드려 다지기도 하고 봉분 위에 올라가 두 발로 꽁꽁 다지기도 했다. 그 작업은 온종일 진행되었다. 봄날의 긴 하루해가 서녘 봉우리를 넘어갈 즈음에서야 봉분의 떼 붙이기 작업은 끝났다. 여느 크고 높다란 봉분에 비해 절반밖에 되지 않는 무덤이었지만 그러나 논개의 힘으로는 열 번도 넘게 떼를 떠서 날라야 했고 다져야 했던 것이다. 할미꽃도 몇 그루 캐서 무덤 가장자리로 둘러 심었다.

"옴마! 다 됐다! 묏등에 옷을 입혔은께 인자 비가 와도 흙이 안 흘러내릴 끼다. 떼야! 떼야! 잘 살아 도라이. 찰떡맨키로 찰싹 붙어서 뿌리 내리 주라."

논개는 비로소 오매에게 할 일을 다한 것 같은 마음이었다. 떼를 입히지 못했던 붉은 봉분이 못내 마음에 걸려 손가락 회복되기만을 학수고대했던 것인데 이제 해결이 된 셈이었다. 비나 눈이 아무리 쏟아져도 봉분은 끄떡없을 것이라는 생각이었다. 논개는 삽을 어깨에 메고 바위굴로 올라가면서 콧노래를 흥얼거렸다. 마음이 그렇게 가벼울 수가 없었다.

해가 서산 너머로 꼴딱 넘어간 후에도 산은 얼마간 밝았다. 논개는 그 짧은 으스름 빛 속에서도 산달래와 취나물을 뜯기 시작했다. 그러다가 문득 산달래가 부추밭처럼 흐드러져 있는 곳이 떠오른 논개는 취나물을 뜯다 말고 그곳으로 달려갔다. 점백이 할매 때문이었다. 작년 봄에 동네 앞 들판에 할매를 뒤쫓아 나물 캐러 갔을 때 유독 매콤한 달래를 봄나물 중 으뜸으로 치며 챙기던 할매 모습이 기억났던 것이다. 다음 날은 섭냄이의 형인 옥개가 드디어 혼인하는 날이었고, 논개는 동네에 내려가 보기로 마음을 굳혔던 터라 가는 길에 백치 집 할매에게 들러 나물을 안겨 줄 생각이었다. 동네 사람들 앞에 바위굴에 사는 자기 모습을 조금도 보이고 싶지 않았지만 왠지 옥개의 혼례婚禮만은 기어이 구경을 하고 싶었다. 옥개의 산속 화냥질을 두 번이나 보았기 때문인지, 섭냄이로부터 거짓말 같은 세 자매 배 맞추기 얘기를 들어서인지, 아무튼 섭냄이 집 잔치를 보고 싶었던 것이다.

*

옥개가 혼인하는 날 이른 아침에도 논개는 나물을 뜯었다.

"히히, 내 코는 개콘 기라!"

취나물을 뜯다가 취의 향기와는 또 다른 냄새에 코를 벌름거리며 사방을 둘러보던 논개가, 땅을 기는 더덕 줄기를 발견하곤 소리를 쳤다. 산더덕을 발견할 때는 마치 금을 찾아낸 기분이 이렇지 않을까 싶을 정도로 마음이 뿌듯하고 환희로워서 논개는 입을 함박만큼 벌리곤 했다.

산달래와 취나물과 더덕 열 뿌리를 보자기에 싸고 세안을 한 후에, 논개는 흰 무명 저고리로 바꾸어 입었다. 혼례식이 언제쯤에 있을지는 정확히 알 수 없었으나, 논개는 해가 동녘 산봉우리에 불쑥 떠오르자 나물 보퉁이를 들고 산 아래로 내려가기 시작했다.

먼저 백치네 집으로 갔다. 백정이는 보이지 않고 점백이 할매가 논개를 반겼다.

"논개 왔나! 이기 머꼬?"

"할매 디릴라꼬 산나물 캤십니더."

"하이고, 산 달롱개하고 치나물하고, 이거는 더덕 아이가?"

"맞습니더. 아침에 캔 기라예."

"이기 산삼하고 똑같은 기라! 내가 좋아하는 것만 캐 왔구나!"

"할매 해 잡수이소. 그라고, 아는 마이 컸습니꺼예?"

"보고 싶으모 들와서 봐라. 인자 첫이레짼데, 컸으모 올매나 컸겠노마는, 그래도 자알생긴 기라!"

논개는 백치네 방 안으로 잽싸게 들어가서 입을 벌리고 아기를 들여다본다. 백치가 논개를 보고도 아무런 경계를 하지 않았다. 며칠 전에 그녀에게 조팝꽃을 안겨 주고 그리고 자기 아기를 진심으로 예뻐해 주던 논개가 이제는 믿음이 가는 모양이었다.

"할매! 아가 보믄 볼수록 너무도 예뻐예!"

"그렇제? 아가 유벨한 기라!"

"백정이 아재는 오디 가싰습니꺼?"

"어지부터 일 나갔다. 오늘은 옥개 시집가는 날인데, 나는 가 보지도 몬하겄다."

"할매가 온제꺼정 이 집 아하고 오매를 구완해 줄 수는 움따 아입니꺼? 친딸이나 친손자도 아닌데…."

"하모. 그래서 백정이가 아 키워 줄 자기 고모할매를 뫼시 올 끼라 카더라. 그란데 니는 섭냄이 집에 안 가 볼 끼가?"

"가 볼라 캅니더. 참! 할매, 이거 보이소! 손까락 다 낫았습니더!"

논개가 왼손을 할매의 눈앞으로 활짝 펼쳐 보였다.

할매가 주름진 눈 부위를 부챗살처럼 펴면서 탄성을 발했다.

"오매, 참말로 신통방통해라! 딱 붙었구나!"

"다 할매 덕인 기라예! 그라고, 손이 다 낫아서 어제는 오매 뫼에 떼를 입혔어예! 인자 지가 오매 뫼에 할 일은 다한 거 같애예!"

할매가 고개를 끄덕였다.

"쯔쯔, 니 겉은 효녀도 없다. 나랏님한테 고하믄 상을 받을 낀데, 누구 하나 귀담아들어 주지를 않은께…."

"할매, 그라모 지는 섭냄이 집에 가 볼께예. 뒤에 또 올께예."

"오야오야, 얼렁 가 봐라."

논개는 아기를 다시 눈여겨보고는 백치 집을 나선다. 산으로 들어간 지 근 한 달여 만에 인가로 내려와서인지 동네 중심부의 동추마당 가까이로 다가가는 논개의 발걸음이 조심스러워졌다. 오가는 사람들도 없었지만 괜스레 사방을 두리번거리게 되고 긴장이 되었다. 섭냄이 오매나 창기 오매를 비롯하여 여타 동네 사람들이 논개 모녀를 어디서 굴러 온 종잔지도 모른다며 무시를 했었는데, 이제는 오매까지 죽었으니 산속의 바위굴에 혼자 사는 자기를 더 업신여기고 구박을 할지도 모른다는 불안감 때문이었다. 그리고 무엇보다도 자신이 동네에서 쫓겨난 것 같은 자격지심이 드는 데다, 짐승이나 거지처럼 산굴에서 살고 있는 자신의 초라함에 그냥 산으로 되돌아가 버릴까 하는 생각도 들었던 것이다.

"아니다. 뭣 땜에 내가 기죽노. 내가 죄 지었더나? 논개야, 당당해라. 니답지 않게 와 이라노."

논개는 자신을 타일렀다. 그리고 어깨를 쫙 폈다.

섭냄이 집 마당에는 하얀 차일이 쳐져 있고 사람들이 와글거렸다. 혼례는 이미 시작되고 있었다. 신랑이 사모관대 하고 팔을 앞으로 모은 채 멍석 위에 서 있고, 신부는 아직 방에서 나오지 않은 상황이었다. 논개는 어른들 속에서 발꿈치를 힘껏 들었다.

"신부 출出."

동네의 갓 쓴 어른이 소리를 높이자 안방에서 홍의紅衣에 족두리를 쓴 옥개가 두 사람에게 부축되어 나왔다. 그녀는 수줍음에 고개를 들 수가 없는 듯 하얀 얼굴을 숙이고 눈을 아래로 내리깐 채 상기되어 있었다. 천생 곱디고운 새색시의 모습이었다. 갓 쓴 어른의 지시에 따라 신랑이 절을 하고 신부도 절을 했다. 술잔을 입술 끝에 대어 보기도 했다.

논개는 혼례식의 절차가 재미있어 넋을 놓듯 바라보고 있었다. 그러다 무심코 맞은편의 구경꾼 사이에 서 있는 개똥이 아버지를 발견했다. 가슴이 철렁 내려앉는 기분이었다. 그의 눈은 벌겋게 충혈되어 있었다. 그런 그의 눈길이 화사한 신부로 성장한 옥개의 얼굴에 박혀 있었다. 혹여 눈이라도 마주치기를 간절히 바라는 것처럼 찌를 듯한 강한 시선을 옥개의 얼굴에 쏟아붓고 있는 것이었다. 논개는 심장이 빠르게 뛰기 시작했다. 세상 사람들 그 누구도 알지 못하는 그들의 은밀한 비밀을 자기만 알고 있다는 사실이 새삼 흥미롭기도 했지만, 그들 사이에 금방 무슨 일이 벌어질 것만 같아 두려움 반 기대 반으로 가슴이 소용돌이치기 시작했다. 그러나 혼례식이 다 끝날 때까지 별다른 일은 일어나지 않았다.

"옴마야, 논개야!"

논개가 기대했던 어떤 일은 끝내 일어나지 않았고, 맞은편에서 논개를 발견한 순검이가 느닷없이 소리를 지르며 달려왔다. 주위의 몇몇 사람들이 논개를 돌아보았다.

"참말로, 니 올마 만이고? 산에 사는 거 갠찮나?"

순검이가 논개의 손을 끌어 잡으며 말했다.

논개는 순검이의 손을 슬그머니 풀어 버렸다. 갑자기 소리를 질러 다른 사람의 시선을 주목시키는 것도 껄끄러웠지만 그보다도 그간 순검이가 보여 준 무심함 때문이었다. 순검이가 섭냄이처럼 자기에게 잘해 주기를 원하는 것은 아니었지만, 그래도 함께 놀던 동무니까 자신이 힘들 때 도와줄 것이라 믿었는데, 순검이는 그동안 한 번도 산을 찾아오지도 않았고 이삿짐 하나도 옮겨 주지 않아 섭섭했던 것이다.

"섭냄이는 오데 있노?"

섭냄이야 심부름이니 뭐니 바쁘게 돌아치겠지만, 순검이에게 달리 하고 싶은 말이 없는 논개는 건성으로 그렇게 물었다.

"니도 섭냄이가 오데 갔는지 모리나?"

순검이가 뜻밖의 말을 했다.

"그기 무신 소리고? 섭냄이가 이 집에 없단 말이가?"

논개는 눈이 동그래지면서 순검이를 쳐다보았다.

"아래께부터 섭냄이가 안 보이는 기라. 순개 엉가한테 물어보니께 외갓집에 심부름 갔다 카더라."

"심부름 가서 아즉 안 왔다는 말이가? 지 엉가, 혼례를 하는데…."

"그래서 나도 이상타 카는 기라."

논개는 뭔가 석연치 않은 기분이 든다. 그저께부터 섭냄이가 보이지 않았다면, 개똥이 아버지와 옥개가 상엿집에서 만나기로 한 그 다음 날부터였던 셈이다. 섭냄이의 심부름과 그 일이 무슨 상관관계가 있을 것 같았다.

"외갓집에 가서 아푸거나, 강물이 불어서 배가 안 뜨는지도 모리제."

순검이가 다시 말했으나 논개는 계속 석연치 않은 기분이었다. 섭냄이가 이 집에 없다고 생각하자 논개는 만정이 떨어지는 서늘한 감정이 되었다. 한시도 더 머물고 싶은 기분이 아니었다.

"하이고, 논개 아니가? 참말로 오랜만에 보네! 산속 물이 좋은 모양이제? 얼굴이 빤질빤질한 거 보니께."

어느 쪽에서 나타났는지 논개 앞으로 다가서며 큰 소리로 말하는 사람은 뜻밖에도 강 진사 댁의 노비였다. 강 진사 댁의 심부름으로 옥개의 혼례에 부조할 곡식이나 음식을 해 온 모양이었다. 노비의 눈빛은 생기로 가득 차서 논개와의 만남을 몹시 반가워하는 것 같았다. 반사적으로 피하려 드는 논개를 가로막듯 하면서 이야기를 좀 나누자고 했다.

"나는, 아지매하고 할 이야기가 없습니더."

노비의 할 말이 무엇인지 아는 논개는 야멸차게 한마디 쏘아붙이곤 돌아서 섭냄이 집을 나와 버렸다. 섭냄이도 없고 더욱이 점백이 할매조차 없는 그 집에 논개는 잠시도 더 있고 싶지 않았던 것이다. 논개를 싫어하는 섭냄이 오매와 창기 오매를 만나기 전에, 그리고 종년으로 데려가려는 노비의 집요하고 엉큼한 수작이 더 뻔지르기 전에 그 집을 빠져나가는 것이 상책일 것 같아 논개는 주저 없이 돌아서 버렸던 것이다.

'참말로 영악하고 모진 가시나네. 짐승들이 끓는 한데서 살다 보모 맘이 달라지기도 할 낀데…. 오냐, 두고 보자.'

노비는, 상체를 꼿꼿이 세운 채 돌아서 나가는 논개의 뒷모습을 쏘아보면서 속으로 중얼거렸다.

"논개야! 잔칫집에 왔으모 괴기나 떡을 좀 묵고 가야제."

순검이가 논개의 뒤를 좇아 나오면서 숨 가쁘게 말했다.

"니나 마이 얻어묵어라."

"논개야, 니 와 그라노?"

논개는 못 들은 척 선학산 쪽을 향해 걸음을 재촉했다. 기분이 많이 울적했다. 자기 집안 경삿날에 집에 없어야 되는 섭냄이의 사정이 어떤 것인지 궁금하기가 짝이 없었고, 그것이 보통 사정은 아닐 것이라는 막연한 예감 때문이었다. 물론 순검이의 말마따나 강 건너편의 문산文山에 있는 그녀의 외가에 심부름을 갔다가 배가 뜨지 못해 못 돌아오는 것일 수도 있고, 갑자기 복통을 일으켜서 못 올 수도 있다는 생각도 없지는 않았다.

"벨일은, 아닐 끼다. 저거 순개 엉가가 섭냄이 외갓집에 가서 안 왔다 카모 그런 거겠제."

논개는 섭냄이의 부재가 아무리 생각해도 석연치 않았지만, 순개의 말 그대로이려니 믿으려고 했다. 마음이 어수선하고 심란했기 때문이다. 그리고 특별한 일이 없는 한 동네에 내려가지 않으리라 마음을 다진다. 노비나 섭냄이 오매, 창기 오매를 만나는 것도 싫었지만, 잔칫집에서 자기를 바라보던 동네 사람들의 무심하고 뜨악한 눈빛이 서늘하게 다가왔기 때문이다. 햇수로 다섯 해나 동네 사람들과 어울려 살았던 곳이건만 그들은 논개가 안중에도 없는 듯 어느 누구 하나 관심을 보이거나 살갑게 대해 주지 않았던 것이다.

"강씨 떼촌인 이곳에, 아무런 성씨 뿌리도 없고 집도 땅도 부모까지도 없는 내가, 걸뱅이 같은 가시나로 보이는지도 모르제….”

논개는 많이 침울하고 무거운 기분으로 바위굴로 올라왔다. 새삼 곡식 항아리를 들여다보았다. 곡식은 하루 한 끼로만 때우면서 아껴 먹고 있었으나 어느새 절반 정도나 줄어 있었다. 논개는 나물을 열심히 뜯어 말려서 읍내 성 밖의 난전으로 가져가 곡식과 바꿔야 되겠다는 생각을 한다. 그뿐만 아니라, 이제는 칡뿌리도 캐고 땔나무도 본격적으로 해서 곡식으로 바꿔야 되겠다는 생각도 한다. 동네 사람들의 무심한 눈빛 때문인지 이날따라 세상에 혼자 서 있는 자신을 의식했고 앞날에 대한 불안감이 가슴 바닥으로 밀려들었다.

*

그런데 동네를 다녀오고 사흘째 되는 날, 그야말로 마른하늘의 날벼락 같은 일이 논개 앞에 벌어지고 말았다. 순라군 복장의 늙수그레한 두 사내가 커다란 박달나무 몽둥이를 들고 바위굴 앞에 나타나서 다짜고짜로 굴속의 곡식 항아리며 옹기솥이며 마구 두들겨 박살을 내 버리고, 이불을 갈기갈기 찢고, 입구를 가린 거적때기며 바닥에 깔았던 가마니를 몽땅 다 끌어내서 산등성이 아래로 내던져 버렸다. 순식간에 일어난 일이었다. 논개는 말이 한마디도 나오지 않았다.

“산에 사는 거는 산불 내고 산을 망치는 짓인 기라. 범죄인 기라. 나라 땅을 니 땅맨키로 니 맘대로 살모 안 되는 기라. 니는 옥살이를 해야 되는 기라. 가자!”

두 늙은 사내는 논개의 모든 살림살이며 삶터를 순식간에 박살을 내고도 모자라, 얼굴이 떡빛인 채 기가 잠겨 와들와들 떨고 서 있는 논개를 거칠게 잡아채서는 새끼줄로 몸뚱이를 꽁꽁 죄어 묶었다. 논개는 극도의 공포와 두려움으로 이가 떡떡 마주쳤다. 머리가 어질어질 현기

증이 왔다. 논개는 금방 숨이 넘어갈 것 같은 두려움 속에서도 정신을 차려야 한다고 혀를 깨물었다.

그때였다. 놀랍게도 강 진사 댁의 노비가 굴 앞에 나타났다. 그녀는 묶여 있는 논개를 보고 자지러지듯 비명을 지르면서 두 사내들 앞을 가로막았다. 도대체 어린아이한테 왜 이러느냐고 소리를 쳤다. 용서해 달라고 손바닥을 모으고 싹싹 빌었다.

사내들이 머리를 흔들면서 팔을 뻗쳐 노비를 옆으로 밀고는 "국법을 어기고 산을 해치는 이런 년은 따끔한 옥살이를 시켜야 한다."면서 논개를 어서 가자고 거칠게 떠밀었다.

논개가 휘청거리다 바닥에 얼굴을 박으며 쓰러졌다. 무릎 아래의 다리만 남겨 놓고 두 팔과 몸뚱이를 빈틈없이 꽁꽁 묶어 놓은 터라 그대로 앞으로 엎어진 논개의 코와 입에서 피가 터지고 말았다.

노비가 사내들 앞을 다시 가로막으면서 "이 아이는 강 진사 댁 종년인데, 일이 좀 있어서 여기에 하루 이틀 묵었을 뿐이니 용서해 주시오." 하고 다시 사정을 했다. 용서해 주면 지금 바로 강 진사 댁으로 데리고 가겠다고 했다.

논개는 극에 달한 두려움 속에서도 뇌리를 스치는 어떤 느낌이 있어 두 눈을 번쩍 떴다. 그리고 엎어진 채 얼굴을 쳐들고 목청이 터져라 비로소 악을 썼다.

"나는, 종년이 아니요오! 안 갈 끼요!"

노비가 험악한 도끼눈을 하고, 논개를 죽일 듯이 노려보았다.

"옥살이 가는 년 불쌍해서 구해 줄라 칸께네, 이기 무슨 소리고?"

"아지매랑 다 짜고서 이러는 거 압니더. 종년으로 끌고 갈라모 나를 여기서 쥑이소. 죽으모 죽었제 종년으로는 안 갈 끼요!"

논개는 땅바닥에서 일어나지도 못하고 전신을 버둥거리면서, 입 안으로 모여드는 핏물을 푸푸 뿜어내며 계속 악을 썼다.

노비가 고개를 내저으면서 낯빛과 목소리를 바꾸었다. 더 이상 꾸민 짓이 먹혀들지 않고 시간만 허비한다는 생각이 들었던 모양이다.

"참말로 독하고 백여시 같은 년이다. 보소, 늘무 아배. 이년을 자갈 물리서 기냥 지게다 지고 가입시더. 멕혀들지도 않는 년한테 헛심 쓸 필요가 없는 거 같은께 아가리를 칵 막아 삐리소."

노비는 멀거니 서 있는 순라군 복장의 두 사내에게 논개의 입을 수건으로 틀어막고 지게에 얹어서 거적때기를 덮어 그냥 지고 내려가자고 했다.

"날 쥑이소! 안 갈 끼요! 쥑이 놓고 가소. 옴마아, 옴마아!"

논개가 산이 쩌렁쩌렁 울리도록 소리를 내지르며 몸통을 일으키려고 발버둥을 쳤다. 그러나 몸뚱이를 얼마나 세게 묶었는지 움직일수록 땅바닥에 구르기만 할 뿐 몸통이 일으켜지지는 않았다.

사내 하나가 바위 뒤에 감춰 둔 커다란 지게를 챙겨 미리 준비한 수건을 들고 논개 가까이로 다가왔다.

"안 된다! 안 갈 끼다! 옴마아, 옴마아! 퉤퉤."

논개가 수건으로 입을 막으려는 사내의 얼굴에 입 속에 고인 핏물을 뿜어 댔다.

"이년이…?"

사내가 반사적으로 논개의 얼굴을 주먹으로 쳤다. 논개는 눈앞이 캄캄해지는 아찔함을 느꼈으나 정신을 잃지는 않았다. 그러나 강제적으로 입 안에 수건이 물려져 더 이상 악을 쓸 수도 숨을 제대로 쉴 수도 없었다.

그때였다. 어디선가 벼락 치는 소리가 터졌다.

"뭣 하는 짓들이야!"

그 소리는 마치 하늘에서 터지는 것 같았다. 그리고 이어서 '퍽', '탁', '억' 하는 둔탁한 소리와 비명 소리가 자지러졌다.

논개가 나동그라진 채 눈을 떴다. 머리에 수건을 동여맨 젊은 장정 하나가 늙수그레한 두 사내를 맥도 못 추도록 두들기고 있었다. 노비가 비명을 내지르며 먼저 도망을 치고, 두 사내 또한 흠씬 두들겨 맞은 후 혼비백산하여 기듯 구르듯 산 아래로 도망쳐 버렸다.

"허어, 세상에! 이런 나쁜 놈들…."

장정이 서둘러 논개에게 다가와 입에 물린 수건과 몸뚱이를 묶은 굵은 새끼줄을 풀어내며 탄식을 했다.

논개는 눈앞의 장정 얼굴을 본 적이 있다는 생각을 하면서 슬금슬금 기진해 버린다.

논개가 의식을 찾는 데는 오랜 시간이 지체되지 않았다. 강동찬姜東贊이 혼절한 논개를 안고 중봉 후면의 쪽방골 의병 훈련장 산막에 옮겨 눕히고 찬 물수건으로 얼굴에 범벅된 핏자국을 닦아 내자, 논개가 눈을 떴다.

"정신이, 드느냐?"

강동찬이 논개의 얼굴을 훔치던 손을 멈추고 걱정스런 얼굴로 논개를 내려다보았다. 논개가 일어나 앉으려 했다.

"조금만 더 누워 있거라. 내가 물 한 그릇 떠 올 테니."

"아재는… 강, 동 자, 찬 자 이병이시지예?"

밖으로 나가려던 강동찬이 놀란 표정으로 논개를 돌아보았다.

"네가, 나를 기억하느냐?"

"예."

"너는, 논개라고 했지?"

"예. 여게가, 오딥니꺼예?"

"차차 일러 줄 테니까 조금만 기다려라."

강동찬이 밖으로 나가더니 막사발에 찬물 한 그릇을 떠 왔다.

"이걸 마셔라. 그리고 어떻게 된 사연인지 말을 좀 해 보아라."

논개는 일어나 앉아서 두 손으로 물을 꿀꺽꿀꺽 들이켰다. 꿀물이었다. 입 안이 녹아나듯 달콤했다.

"꿀물이네예!"

"그래. 석청 따 놓은 것이 좀 남았길래 탔다. 마음을 가라앉히는 데는 꿀이 좋단다."

"아재는 무섭게 생기셨는데, 맘이 따신 것 같아예. 지를, 구해 주시서 고맙습니더. 이병 아재 아니셨으모, 지가 강제로 강 진사 댁 종년 될 뻔했어예."

논개는 강동찬에게 그간의 자초지종을 낱낱이 말한다.

오매가 진주성 변방 도동으로 오기 전에 병든 몸으로 천변에 있는 난전의 주막집에서 부엌일을 하던 것에서부터, 강 진사 댁 날품 일을 다니다가 병이 짙어 결국 죽어 버린 내력이며, 오매가 죽자 오갈 데가 없어 산으로 들어와 바위굴에서 살게 된 사정과, 그리고 강 진사 댁의 종년으로 데려가 영감마님의 첩실로 앉혀 주겠다며 꼬드긴 그간의 노비의 행위며, 이날 기어이 강제로 끌고 가려 하던 전후 사정을 빠짐없이 다 말했다.

"제 이야기 전부를, 다 말씸디린 기라예."

"그랬었구나."

강동찬은 연민에 가득 찬 안쓰러운 눈빛으로 논개를 가만히 지켜본다. 늙은 사내에게 얼마나 호되게 맞았는지 아이의 오른쪽 뺨과 눈두덩이 퉁퉁 부어오른 걸 보면서 명치께가 뻐근해짐을 느낀다. 얼마 전 산을 돌다가 논개를 처음 만났을 때, 그녀의 조리 정연한 말과 의연한 서슬에 민구식과 도리 없이 떼밀리듯 돌아서 산을 내려오던 생각을 해본다. 그때는 초라한 행색의 아이가 아이답지 않아 놀람이 이만저만이 아니었는데, 이날은 어른이 보호해야 될 도리 없는 아이임을 새삼 절감한다. 그러나 여남은 살 여자아이로선 감당키 어려운 공포스런 일을 당하고서도, 비록 기가 너무 올라 기절은 했었지만, 역시나 울지 않고 의연한 태도를 유지하는 걸로 보아 예사 아이가 아닌 것 같다는 느낌은 여전했다.

"여게가, 활 방인가 봐예?"

논개가 흙과 짚으로 둘러싼 막사 안의 사방을 돌아보며 말한다. 흙벽에 줄 지어 걸린 활과 구석에 세워진 커다란 화살통을 보자 활을 간수하는 방인 것 같았던 때문이다.

강동찬이 무슨 말인가 하려다가 빙긋 웃었다.

"그렇다고 할 수 있지. 의병들이 잠시 쉬기도 하면서 활이나 기타 소지품을 넣어 두는 곳이니까."

"그라모, 여게는 활터입니꺼?"

강동찬이 눈을 벌려 떴다.

"네가, 활터라는 말을 어찌 아느냐?"

"활 쏘는 데를 활터나 살터라 한다꼬 들었습니더."

"누가, 그런 말을 했지?"

"주막집에서 국밥 묵던 이병 아재들이 말하는 거를 들었어예!"

"니는 아는 것도 많구나. 그래, 여기는 심신 단련도 하고 활을 쏘는 곳이란다."

"여기도, 선학산 속입니꺼?"

"그렇단다. 선학산 서북방의 끝 쪽쯤이지."

"이병 아재의 태본胎本은 어디십니꺼? 말씨가 여게 사람 아닌 거 같아예."

"나? 아주 먼 곳 사람이지. 그런 거는 알 것 없고…. 너, 아프지 않니?"

"지 얼굴이 붓었는지 눈이 잘 안 보이예. 맞을 때는 눈앞에 별이 튀고 캄캄하더라꼬예. 지금은 괜찮습니더. 그란데, 곡식 단지도 옹기솥도

박살을 내 버렸으니, 지는 인자 우찌하모 좋을지 극정입니더. 훈련받는 활터에서 빈 솥 있으모 한 개 빌리 도라는 소리도 할 수가 없고…."

강동찬은 논개를 가만히 바라보았다.

"너는, 바위굴로 다시 가서 살 생각을 하는 것이냐? 무섭지 않느냐? 그 사람들이 너를 잡으러 또 올 수도 있는데…."

"죽기 아니모 살기겠지예. 달리 방법이 없는 기라예. 진주 북쪽에는 비봉산도 있고 남쪽에는 망진산도 있다 카지만은, 옴마 뫼가 있는 선학산을 지는 몬 떠날 것 같아예."

"사람이 굴속에서 살 수는 없지. 네 어머니 무덤은 언제나 그 자리에 탈 없이 있는 것이고, 논개는 이제 사람 사는 곳에 살아야지."

"집도 땅도 부모도 없는 천애 고안데 지가 오데 가서 뭐해 묵고 삽니꺼? 산에 살아야 칡이라도 캐 묵고 산나물이라도 뜯어 묵고 살지예."

"내가 논개 살 곳을 알아볼 테니까, 굴에 다시 돌아갈 생각은 하지 말거라."

"지 살 곳을, 아재가 와 알아봅니꺼?"

"어른이지 않으냐?"

"지는, 종년으로는 안 갈 끼라예. 기냥 지 혼자 지 마음대로 살고 싶은 기라예."

"종이 아닌 너를, 어떻게 종으로 살게 한단 말이냐? 그런 걱정은 하지 말고, 우선 이 산막에서 갈 곳이 정해질 때까지 며칠 지내도록 해라."

"다른 이병 아재들도 기실 낀데, 갠찮겠십니꺼?"

"며칠간인데 어떻겠느냐? 내가 말을 잘 해 놓을 테니 걱정 말거라."

"아재한테 지가, 짐이 되는 거 같애서, 기냥 굴로 가고 싶어예."

"안 돼. 그곳에서는 이제 못 산다. 논개가 굴로 가 버리면 내 맘이 편치가 않으니, 그것이야말로 네가 진짜로 짐이 되는 거란다."

"알겠습니더. 그란데, 아까 바위굴에 우찌 오셨다가, 지를 구해 주신 겁니꺼?"

"중봉과 암반태기 쪽에 장끼가 많아서 사냥을 겸해 한 바퀴 돌다가, 논개의 비명을 들은 것이지."

"우리 옴마가, 아마도 이병 아재를 지한테 보내 주신 긴지도 몰라예! 아재 아니셨으모, 지는 고만 종넌 돼 뿌릴 뻔했어예. 아찔한 기라예! 참, 장끼 사냥 하신다 캤습니꺼? 메칠 전에 중봉 비탈에서 활에 맞은 장끼 한 마리를 지가 줏었거던예. 꽁이 색깔이 하도 좋아서 햇빛에 말리고, 화살도 좋은 기라서 지가 보관해 뒀는데, 그 화살 임자가 아잰가 보네예?"

"그런 거 같구나. 며칠 전 그곳에서 장끼를 맞혔는데, 찾지를 못했었다."

강동찬은 그 말 외에는 더 설명을 하지 않았다.

민구식과 함께 논개에게 떠밀리듯 산을 내려오던 그날 이후부터, 논개는 그의 심중에 박히듯 했었다. 깡마르고 초라한 차림의 아이가 눈빛이 초롱초롱하고 야무진 말솜씨며 의연한 행동이 유난히 영민해 보여서 잊혀지지 않았던 것이다. 조야한 산속에서 뜻밖에 천연의 보석을 발견한 것 같은 환희스런 기분이었다. 그 보석이 어린아이였기에 안쓰러운 연민이 겹쳐져 가슴이 아팠고, 보호하여 주고픈 마음과 더불어 아이의 원적이 어디인지 무슨 사연으로 산속에 혼자 사는지 심히 궁금했었다.

훈련이 끝나고 의병들이 각자 집으로 돌아간 후면, 그는 혼자 장끼 사냥을 겸해 중봉의 바위굴 주변으로 가 보곤 했었다. 먼빛으로 혹은 수목 뒤에 숨어서 논개가 산나물을 뜯는 모습도 보았고, 햇살 좋은 반석에서 이를 잡는 모습과 골짜기 물에서 가재와 고둥을 잡는 모습을 보기도 했었다. 바위굴 위에 나물을 삶아 말려 놓은 것도 보았고, 장끼를 박제하려고 나뭇가지에 걸어 놓은 것도 보았었다. 아이를 먼빛으로 바라보는 것만으로도 기분이 신선하여 그는 두세 차례나 중봉 주변으로 더 돌곤 했는데, 마침 이날은 논개의 비명 소리와 웬 사내들이 논개를 구타하는 끔찍한 현장을 목격하고 비호같이 달려들어 그들을 물리쳤던 것이다.

그는 논개의 말마따나 참으로 아슬아슬한 순간에 논개를 구해낸 것인지도 모른다는 생각을 했다. 안으로 빛을 감춘 영롱한 보석이 통째로 늪 속에 빠트려질 뻔했다는, 아찔한 느낌이 없지 않았던 것이다.

*

강동찬은 정6품 참상관 벼슬을 지낸 강손만姜孫萬의 독자였다. 그러나 부친의 급작스런 사망과 연이어진 모친의 병사病死로 집안은 걷잡을 새 없이 기울어졌다. 타계한 강손만이 워낙 청렴한 관료여서 원래 재물이 없는 집안이기도 했지만, 그나마 그가 죽어 국록이 끊어지자 노복들이 배를 곯는 지경에 이르렀다.

강동찬은 노복들의 종 문서를 불태워 양인良人으로 만든 후, 유일한 재산인 가옥을 팔아 그들이 새 삶을 이루는 데 도움이 되게 나누어 주었다. 그리고 그는 평소에 생각하던 대로 의병이 되었다. 남다른 의기와 혈기로 우국지정이 넘쳤던 그는, 마침 약관을 넘기고서도 혼례를 치르지 않았던 터라 가산을 정리하고 의병으로 참여하는 것이 크게 어렵지가 않았던 것이다.

그의 활 다루는 솜씨는 선사善射라 이를 만큼 뛰어났다. 그는 왼손잡이인 좌궁左弓으로 거의 백발백중에 가까울 정도의 궁술 실력을 갖추고 있었으나, 스스로 드러내지 않으려 겸손했고 그래선지 실제 많이 알려져 있지도 않았다. 대개의 의병들이 그 지방의 재야 유생儒生이나 농민들로 구성되어 있고 의병장 역시 그 지역 출신이 맡는 경우가 많았지만, 강동찬은 한양漢陽 출신인 데다 친구 민구식의 초빙으로 딱히 연고도 없던 이곳 진주 변방의 활터로 옮겨 온 터라 의병들 사이에서도 별로 알려져 있지 못했다. 그러나 도리 없이 드러나는 그의 활을 다루는 솜씨와 시위를 떠난 화살의 적중률이 의병들을 감탄케 했고, 또한 의병들에게 궁술을 가르치는 훈련 기법이 뛰어나서 경상좌·우도로 그의 명성은 아주 조금씩 입소문으로 알려지고는 있었다.

민구식閔求植은 진주의 유생으로 이 활터를 이끌어 가는 책임자나 다름이 없었다. 그는 한양궁술원의 동기생인 강동찬의 빼어난 활솜씨를 너무나 잘 알고 있었으므로, 그를 떠밀듯이 궁술이 약한 이곳의 의병장으로 수년 전에 초빙해 온 것이었다.

"아재예, 이병은 쌈 나모 쌈터에 나가서 싸울라고 생긴 거지예? 잘은 모리지만, 간군관군들하고는 다른 기라고 들었어예."

논개가 강동찬을 쳐다보며 또랑또랑한 목소리로 물었다.

강동찬은 미소를 머금으며 논개를 마주 바라본다. "나라를 위해 몸 닦는 사람들이 이병 아니냐"고 바위굴 앞에서 야무지게 대답하던 논개가, 이제는 의병을 좀 더 구체적으로 알고 싶은 모양이라 느끼면서다.

"논개가 의병에 대해 관심이 많은 것 같으니, 내가 말해 주어야겠구나! 나라가 외침을 받을 때, 그러니까 여진족이나 명나라나 왜구들이 우리나라에 쳐들어오면 조정에서는 관군들이 앞장서서 그것을 막기 위해 싸움을 한단다. 그러나 의병은 나라의 명령이나 징발을 기다리지 않고 자원하여 종군하는 자위군이지. 무슨 말인지, 알아듣겠니?"

"그란께네, 백성의 병졸이 의병이라는 거는 알겠는데, 징발이 머고 종군이 무신 말인지는 짐작은 되지만 잘 모리겠어예."

논개가 강동찬의 얼굴에서 시선을 떼지 않았다.

"그렇겠구나. 징발이라는 말은 강제적으로 끌어낸다는 뜻이고, 종군이라는 말은 군대를 따라서 나간다는 뜻이지. 그러니까 의병은, 나라에서 억지로 끌어내서 만들어진 군사들이 아니고 자기 스스로 병졸이 되어서 싸움터로 나가 이 나라와 우리 고장을 위해 싸우는, 민군이라고 할 수 있지."

"대강은 알겠어예. 그런데, 의병은 나라 군사가 아닌께 녹도 몬 받을낀데, 이런 활터는… 우찌 살아갑니꺼?"

논개의 표정은 궁금증으로 사뭇 진지해 보였다.

"네 물음이 예리하구나. 의병장이나 의병들이 돈이 많은 부잣집 자제들이면, 군자금도 자체적으로 만들어서 함께 합숙을 하며 훈련을 받아 실력이 빨리 늘겠지만, 그럴 형편이 아니면 집에서 훈련장으로 오가면서 훈련을 받기도 한단다."

"이 활터가, 그런 거 같애예."

"그래 잘 보았다. 이곳의 의병들은, 숫자도 적고 가재가 넉넉지들 못해서, 진주와 변방 마을의 장정들이 매일 이 활터로 오가면서 훈련을 받는단다."

"그라모 아재는, 조석으로 오데서 오셨다가 가십니꺼?"

"나? 진주성 안에서 왕복한단다."

논개는 무슨 말인가를 더 할 듯하다가 입을 닫는다. 그러나 곧 얼굴을 들어 말한다.

"지도 여게서, 활 쏘는 거 배우모 안 될까예?"

"논개가, 활 쏘는 것을 배우겠다고?"

"예, 배우고 싶어예! 지는, 돌팔매질도 잘해예. 배미도 잘 맞히고 다람쥐도 돌팔매로 잡아 봤어예!"

"네가, 돌팔매를 잘한다구?"

강동찬은 점점 흥미로워하는 표정이 되면서 논개의 말에 귀를 모으는 시늉을 한다.

"예. 산에서 맨날 돌 스무나문 개는 던져 보는 기라예."

"어디다?"

"잡을 만한 산짐승이 눈에 안 보인께네 기냥 바구돌이나 굵은 나무에 던져예. 조거 맞히겠다 생각하고 던지모, 엔가이 멀어도 다 맞는 기라예."

"언제 한번, 네 돌팔매 실력을 보아야 하겠구나."

"지금 해 볼께예."

논개가 벌떡 일어났다.

"아니다, 앉거라. 네 얼굴이 많이 부었다. 좀 더 쉬어야 해."

"여자는, 의병이 될 수 없는 깁니꺼? 여자도 이병이 될 수 있다 쿠모, 지는 아재 밑에서 활쏘기를 배움씨롱 이병이 됐으모 좋겠어예!"

강동찬은 쉼 없이 말하는 논개를 바라보면서 끝없이 펼쳐지는 아이의 자유분방한 꿈을 지켜본다. 총명하고 활달한 논개의 성품으로 미루어 활쏘기며 훈련이며 돌팔매질이며 제대로 가르치면 뛰어난 여자 의병이 될 수도 있겠다는 생각을 가져 보았지만, 그러나 고개를 흔든다.

"논개야. 싸움을 목적으로 힘을 기르는 이런 거친 일은 남정네에게나 어울리는 것이지, 여인네들이 할 일은 못 된단다. 규수 수업 잘 받아서 좋은 신랑에게 시집가 조상 잘 모시고 후손 잘 잇고 사는 게, 여자의 본분 아니겠느냐?"

"지는, 기가 쎄서 애시당초 그런 팔자 되기는 틀린 기라예. 지는예, 만일에 부모도 기시고 양갓집 처니라 캐도, 우리 할무이나 오매들 사는 거맨키로는 안 살고 싶은 기라예. 조선 세상에, 여자가 오데 사람이던가예? 지가 잘 몰라서 그란지는 모르지마는, 어른들한테서 들은 여필종부에 칠거지악이라는 거는 여자를 사람으로 치는 기 아인 것 같애예. 아재는, 우찌 생각하십니꺼?"

강동찬은 논개의 느닷없는 물음에 갑자기 긴장이 됨을 느낀다.

"네가, 칠거지악도 아느냐?"

"여자치고 칠거지악 모리는 사람 없을 낍니더. 에릴 때부터 귀에 못이 박히도록 어른들한테 듣는 말이거든예. 그래도 죽은 우리 옴마는 지한테 그런 말 안 했어예. 점백이 할매한테서 들은 거지마는, 첨에는 기가 맥히서 말이 안 나오더라꼬예. 씨부모 잘 모시지 몬하고, 아들 몬 낳고, 음란하고, 질투가 많고, 병이 생기거나, 말이 많고, 도적질을 하면, 시집에서 쫓아낸다 이 말 아입니꺼. 여자도 사람인데, 서방이 첩 두모 샘이 나는 기 당연한 사람 맴이고, 입 달렸은께 말하고 싶은 것도 당연하고, 살다 보믄 병들게 돼 있고, 아들도 몬 낳을 수 있는 거를, 그런다고 쫓아내는 거는 말이 안 되는 기라예. 남자와 씨어른만 사람이고, 기냥 젊은 여자들은 죄인 같은 기라예. 지는 그렇게는 안 살고 싶어예."

강동찬은 침방울까지 튀겨 가며 "조선 세상에 여자가 오데 사람이냐"고 흥분하는 논개를 바라보면서 잠시 할 말을 잊는다. 실제 유교 윤리는 남존여비男尊女卑 사상이 팽배해 있고 여자는 삼종지도三從之道로 아버지와 남편과 아들에게 실끈처럼 매달려 살아야 하는 숙명 그 이상이지 못했기 때문이었다. 여자가 세상에 나서 무언가를 이룬다는 것은 있을 수도 없고, 오로지 우주만물을 형성하는 근원이라는 남자에게 종속되어 집안의 대를 잇는 역할과 시부모와 남편 공양, 자식 양육에 이어 가사와 길쌈, 농삿일 등 온갖 노역을 떠맡아야 하는 여자의 고단한 삶을 익히 알고 있었기에, 그는 논개에게 무어라고 선불리 대답을 할 수가 없었던 것이다.

"그뿐입니꺼. 남자는 첩도 두고 기생집에도 가믄서 여자는 정혼했다가 남자가 죽으모 시집도 몬 가 보고 평생을 수절해야 되고, 또 남편이 죽으모 따라서 죽어야 열녀라 캄서 비도 세워 주고…. 여자는 와 그리 살아야 되는데예? 지는, 지 혼자 살 끼라예."

"그래도 사람은 법대로 살아야 하는 거다. 혼자서는 살 수 없는 거야."

"아닐 끼라예. 그란데, 에나 그기 궁금한 기라예. 가시나가 시집 안 가고 혼자 살모, 그것도 죄가 되는 깁니꺼? 벌을 받는 깁니꺼?"

"그거야 무슨 죄가 될까마는, 사람은 피붙이 살붙이가 있어야 든든하고 남에게 무시를 당하지 않지. 혼자 살면 반쪽 세상을 산다고 볼 수 있지."

"그래도 죄만 안 되모 갠찮아예."

논개가 눈을 아래로 깔고 중얼거렸다.

강동찬은 논개가 아이처럼 보이다가도 어떤 경우에는 생각의 흐름이나 비판적인 측면이 약관을 넘은 자기와도 맞먹을 정도라고 느끼면서 적잖이 놀란다. 그는, 얘길 하다 보니 너무 길어진 것 같아 논개를 쉬게 해야 되겠다는 생각을 한다.

"편하게 좀 누워서 쉬도록 해라. 산을 한 바퀴 돌아보고 올 테니까."

"오늘 훈련은, 끝났습니꺼예?"

"그럼. 해가 넘어가는 시각인데…."

강동찬은 그 말을 끝으로 산막 밖으로 나가고 논개는 손을 들어올려 자기의 얼굴을 만져 보았다. 손안에 닿는 뺨의 감촉이 적잖게 부어 있음을 알 수 있었다. 그러나 뻐근하다는 느낌 외에는 별다른 통증은 느껴지지 않았다.

"빼가지뿐인 뽈따구가 통통해졌네. 가만있자…. 아재가 산을 둘러보고 오는 동안 나는 굴에 가 봐야 되겄다. 엉망이 되어 있을 끼다. 말린 나물도 갖고 와야 하고, 화살하고 꽁 말린 것도 갖고 와야제. 숟가락하고 안 깨진 사발이 있으모 그것도 챙기 와야 머시든 받아 묵고 살제."

논개는 일어나 산막의 통나무 문을 밀고 밖으로 나왔다. 그러나 산막 앞은 바로 훈련장으로 탁 트인 흙마당이었을 뿐, 논개는 자신이 서 있는 곳에서 굴이 어느 방향쯤인지 가늠을 할 수가 없었다. 전혀 낯선 곳이었던 것이다. 햇살도 설핏해지는데 길을 잘못 들어서면 산속에서 헤맬 것도 같았지만 그러나 일단은 굴을 찾아 나서 보고 싶었다. 오매의 무덤에도 별일이 없는지, 노비 일행이 도망쳐 내려가다가 행여 무슨 해코지나 하지 않았는지도 새삼 걱정이 되었다.

'뭣동이 있는 데를 알 턱은 없겠지만, 하기사 굴은 오데 첨부터 알고 찾아왔을라꼬. 섭냄이가 갈쳐 준 긴지, 자기들이 찾아낸 긴지는 잘 모르지마는…. 그나저나 이 가시나는 우찌된 것일꼬? 이병 아재가 산을 둘러보러 가신다고 할 때, 따라나섰어야 했는데….'

논개는 속으로 뇌까리며 서성거리다가 일단 맞은편 산으로 올라가 보기로 작정한다. 넓은 훈련장 마당을 지나 산으로 들어섰다. 어디에도 길을 없었다. 수풀을 헤치고 등성이까지 올라가 보려 했다. 그러나 앞산은 큰 나무보다 철쭉이나 찔레 등의 야트막한 잡풀 숲이 얼크러져 있어 헤쳐 나가기가 여간 힘들지 않았다. 게다가, 그녀가 걷는 방향의 오른쪽으로 해가 붉은색을 깔며 기울어지고 있었다. 논개는 멈추어 선 채 오른쪽으로 기울어지는 햇살을 보면서 머리를 갸웃했다. 바위굴에서 바라본 서쪽은 굴의 맞은편이기 때문이었다. 그렇다면 굴이 있는 방향은 자신이 가고 있는 방향이 아니라 맞은편의 좌측일 수도 있었다.

논개는 다시 되돌아 훈련장 마당으로 걸어 나왔다. 그리고 해가 지는 쪽의 맞은편 산 초입으로 들어섰다. 굴이 중봉 아래의 벼랑이니 높은 곳만 향해 올라가면 될 것도 같았다. 해가 지려 하니 마음이 급했다. 조급한 마음만큼 걸음이 따라 주지 않았다. 그러나 헐레벌떡 웬만한 산등성이에 올라섰다 싶었는데, 빽빽한 나무들로 앞을 분간할 수가 없고 숲 사이로 다시 큰 등성이가 드러났다. 해는 넘어가 버리고, 붉은 색깔만 저녁 하늘에 어우러져 그나마 그 기운도 서서히 스러지고 있었다. 금방 어둠이 내릴 것이었다. 논개는 돌아섰다. 급하게 내릴 어둠 때문에 전진은 더 곤란했기 때문이다. 논개는 한숨과 함께 다시 몸을 돌려 하산하기 시작했다.

강동찬이 커다란 검정 보퉁이 하나를 손에 들고 훈련장의 산막으로 돌아온 것은, 논개가 산에서 되돌아 내려온 지 얼마 되지 않아서였다.

"누워서 좀 쉬랬더니 일어나 있었구나. 몸이 좀 어떠냐?"

"지는 괜찮아예. 그런데 아재예, 산에 가신 분이 그 보팅이가 멉니꺼?"

강동찬이 활짝 웃으면서 보퉁이를 풀었다.

"옹기솥, 숟가락, 쌀, 짠지. 네가 당장 밥을 해 먹어야 될 것 아니냐. 쪽방골 동네에 가서 구해 왔다."

"옴마나 시상에! 이 하얀 쌀을 이렇기나 많이…."

논개는 입을 함박만큼 벌리고 쌀을 두 손으로 움켜 집어 손가락 사이로 차르르 흘려 본다. 그리고 강동찬을 쳐다보았다.

"아재예."

"아마, 대엿새는 먹을 수 있을 게다. 그동안에 네가 가 있을 곳을 알아볼 테니까."

"지는 꿀밤이나 송기, 칡뿌리, 산나물을 묵고 살 수도 있는데…. 이리 좋은 쌀밥을 해 묵기는 참말로 송구스런 기라예."

"너는, 염치 차릴 줄도 아는구나. 그러나 사람은 곡물을 먹어야지 초근목피는 오래 먹을 것은 못 된단다. 걱정 말고 해 먹어라. 떨어지면 또 갖다줄 테니까."

"고마버서 우짭니꺼예. 아재한테 너무 죄송한 기라예. 지한테 너무 맘 쓰시지 마시소예. 지는 우떡하든지 혼자서 살아갈 수 있어예."

강동찬은 산막의 문고리를 안에서 잘 걸고 자라는 말을 거듭하고는, 다음 날 오겠다며 진주로 돌아갔다.

*

그날부터 논개는 진주성 변방의 선학산에 위치한 의병 훈련장인 활터에서 생활하기 시작했다. 그곳에서 훈련받는 의병들은 논개가 예상한 만큼 숫자가 많지는 않았다. 강동찬과 민구식을 비롯하여 열대여섯 명에 불과했고, 이들은 이른 새벽에 훈련장으로 와서 신체 단련과 활쏘기를 배우고는 정오를 전후하여 산을 내려갔다. 온종일 훈련을 받는 것이 아니고 반나절만 했다. 강동찬이 논개를 소개했을 때, 의병들은 미리 알고 있는 사람들처럼 그녀에게 관심을 보였다. 강동찬과 민구식이 처음 논개를 만났던 이야기를 그들에게 했었던 듯, 부기는 전날보다 빠졌으나 아직 시퍼렇게 멍이 든 논개의 얼굴을 보고 그들은, "야무진 아가씨가 어쩌다 이렇게 당했느냐"며 안타까워했다. 특히 민구식은 논개의 모습을 안쓰러워하면서 무지막지한 노비 일행을 관에다 고발을 해야 될 일이라고 흥분을 했다.

"지는, 갠찮아예! 고맙십니더예."

논개는 그들의 눈빛이 예사롭지 않고 빛이 난다고 생각했다. 양반집 자손들이 많은 듯 하얀 얼굴에 행동이 점잖은 사람도 있는가 하면, 금방 농사를 짓다가 온 사람처럼 투박한 손과 검게 그을린 얼굴을 한 사람도 있었다. 그러나 공통인 점은, 모두 청년들이라는 것이고 하나같이 눈빛이 유난히 번뜩인다는 점이었다.

"아재들은 다 벨난 사람들 같애예! 지가, 여게 사는 동안 아재들 심부럼 다 해 디릴께예. 머든지 시키시소. 물도 떠다 디리고 화살도 갖다 디리고, 옷이 떨어지모 지버 기워 디릴께예."

논개는 신명이 나서 끊임없이 조잘거려 댔다.

"그러려무나!"

그들은 쉽게 대답들을 했지만 아무도 그녀에게 심부름을 시키지 않았다. 그런 것을 시킬 틈이 없었다. 이른 새벽부터 거의 쉬지 않고 훈련을 하다가, 정오 녘이 되면 어김없이 끝내고 곧장 돌아갔기 때문이었다.

논개는 의병들의 행동이 칼처럼 무섭고 반듯하다는 생각을 했다. 강동찬과 민구식 아제도 훈련 시에는 매우 엄격했다. 논개에게 한마디의 말도 건네지 않았다. 그들의 훈련을 구경하면서 무슨 심부름이나 잔일을 시켜 주기를 바랐으나 아무도 어떤 일도 원하지 않았으며, 논개가 그곳에 있다는 사실조차도 잊고 있는 것 같았다. 첫날도 그 다음 날도 그들의 태도는 여전했다.

셋째 날, 훈련을 끝낸 강동찬은 민구식과 함께 진주로 들어가면서 밤에는 잊지 말고 산막의 문을 안으로 걸어 잠그라고 당부했다. 논개는 강동찬과 민구식 아재에게 하고 싶은 말이 많았으나 그들은 말할 틈을 주지 않았다. 무엇보다, 활쏘기를 배우고 싶다는 그녀의 간절한 마음이 그들의 눈치만 살피는 것으로 끝나고 말았다.

논개는 강동찬이 진주로 돌아가자마자 중봉의 바위굴을 찾아 나섰다. 지난번에 오르던 산막 맞은편의 산이 아니라 좌측으로 오르기 시작했다. 두 시간여나 산속을 헤맸다. 높고 깊은 산은 아니었어도 산줄기의 가닥이 넓게 퍼져 있어 향방을 도무지 알 수 없고, 중봉 쪽이다 싶어 허우적거리며 올라가 보면 낯선 곳이곤 했다. 그러다 지쳐서 쓰러질 무렵, 산나물을 캐던 곳이다 싶은 낯익은 곳을 발견했고 드디어 바위굴이 있는 산비탈을 찾아냈다. 그녀는 바위굴이 있는 중봉의 후면 골짜기와 능선에서 헤맨 것이었다.

논개는 바위굴에 닿기 전에 우선 오매의 무덤이 있는 골짜기로 달려갔다. 노비 일행이 도망치다 혹여 오매의 뫼를 해코지하지 않았나 싶어서였다. 다행히 봉분은 말짱했다. 대엿새 전에 흙째로 떠다 옮겨 심은 떼가 자리를 잡아 파릇파릇하고, 봉분 가장자리의 할미꽃도 꽃 진 뒤의 하얀 꽃술을 날리려 삿갓 모양을 하고 있었다. 봉분의 훼손은커녕 모든 것이 더 파릇파릇 생명을 돋우고 있어 논개의 기분은 흐뭇했다.

"옴마! 나 왔다. 그날, 놀랬제? 카지만 나는, 다 잘 되어 가고 있은께 아무것도 걱정하지 마라. 그날 옴마가 동 자, 찬 자 아재를 나 구해 주라꼬 보낸 기제? 내가 다 안다…."

논개는 봉분을 토닥토닥 두 손바닥으로 돌아가며 다독이거나 꼭꼭 눌러 주면서 말한다. 어디서 날아왔는지 이름 모를 새 한 마리가 무덤 위를 빙빙 돌면서 아름다운 울음소리를 냈다. 울음소리가 하도 고와서 논개는 새를 쳐다보며 "니가, 우리 옴마 혼백이제!" 해 본다. 꼬리가 긴 앙증스런 새는 봉분 위를 네댓 바퀴 돌다가 산정 쪽으로 날아가 버렸다.

"옴마. 강, 동 자, 찬 자 아재가 보통 분이 아닌 기라. 나는 그분한테서 활도 배우고 훈련도 배우믄서 이병이 되고 싶은데, 여자는 에러븐지 답을 안 하는 기라. 그래도 나는 배울 끼다. 그라고 옴마, 내가 앞으로 자주 여게 몬 와 보더라도 섭섭케 생각지 마라. 활터서 여게꺼지 오기는 너무 멀고, 내가 또 우찌 될지 모린께네 말이다. 내가 자주 몬 와도, 내가 옴마를 올매나 생각하는지 옴마는 알 끼다…."

논개는 오매의 봉분 앞을 떠나 바위굴로 올라갔다. 그곳은 그야말로 난장판이었다. 뜯겨진 이불자락이 허연 솜을 드러낸 채 여기저기 눈송이처럼 흐트러져 있고, 논개의 무명 치마저고리 두세 가지가 나뭇가지에 누더기처럼 걸려 있었다. 깨진 곡식 항아리와 밥그릇 숟가락이 비탈 아래로 굴러 있는가 하면, 반짇고리도 뒤집어져 낱낱이 흐트러져 있었다. 굴 안에 깔았던 가마니와 입구에 걸었던 거적때기가, 한 장은 골짜기 아래로 한 장은 접혀진 채 바위 사이에 처박혀 있었다. 그런데 깨진 항아리 옆으로 쏟아져 있어야 할 곡식은 한 톨도 보이지 않았다. 산새들이 어느 틈에 와서 다 먹은 것 같았다. 논개는 어깨를 늘어뜨리고 얼이 빠진 낯빛으로 서 있었다. 새삼 기가 막히고 억울했기 때문이다.

"곡식은 새들에게 보시해서 좋다마는…. 악종 같은 인간들, 지옥에나 가라! 지옥에나 가라! 지옥에나 가라!"

논개는 선 채 머리를 쳐들고 목에 심줄을 뻗치며 소리소리 질렀다. 눈앞에 노비나 늙은 사내들이 보이기만 하면 죽기로 작정하고 달려들어 물어뜯거나 쥐어뜯고 싶었다.

그런데 그때였다. 점백이 할매와 섭냄이가 산 아래에서 헐떡거리고 올라오며 논개를 불러 댔다.

"논개야아."

논개는 두 주먹을 부르르 떨며 악을 쓰듯 질러 대던 소리를 멈추고 산 아래를 내려다본다.

"아, 할매. 우, 우짠 일입니꺼? 이, 높은 산을…?"

"하이고, 논개야."

할매가 논개의 손을 덥석 끌어 잡았다. 그리고 혀를 끌끌 찬다.

"쯔쯔, 세상에. 니 얼굴이 이기 머꼬? 피멍밭이 됐고나. 우찌 된 긴지 말 좀 해 봐라."

논개는 할매의 주름진 얼굴을 쳐다보면서 콧속이 찡해지고 명치끝이 빠근해짐을 느낀다. 그러나 애써 눈물을 보이지 않으려고 두 눈을 끔벅거렸다.

그러나 논개를 보자마자 울먹이던 섭냄이가 기어이 주르륵 눈물을 쏟아 내면서 중얼거린다.

"논, 논개야. 나는, 니가 죽었는가 싶었던 기라. 어지 저녁때하고 올아츰에 여게 왔다가 이 꼴을 보고, 니가 오데 끌리갔거나 죽어 삐맀는가 시퍼서, 흑흑, 겁이 나서 할매를 뫼시고 온 기라. 엉엉, 엉엉엉. 말해 봐라. 와 이리 됐노 말이다. 누가 니를 그랬노? 엉엉."

논개는 바위 사이에 처박힌 가마니때기를 끌어내어 굴 앞에 펼치고는, 우선 숨차하는 할매를 앉게 한다. 그리고 사흘 전의 사건을 소상하게 들려주었다. 강 진사 댁의 노비가 꾸민 짓임을 밝히고, 의병이 때마침 나타나 구해 주어서 끌려가지 않았다고 말해 주었다. 그리고 지금은 의병들의 훈련장인 활터의 산막에 묵고 있으며, 자기를 구해 준 의병 아재가 자기 있을 곳을 알아보고 있는 중이라 말했다.

"그라모, 강 진사 댁의 늙은 종놈들이 니를 포박하고 얼굴을 주먹으로 때렸다 말이가? 지옥 갈 몹쓸 인간들. 시상에 때릴 데가 오딨다고, 이 불쌍하고 조막만 한 아 얼굴을…. 천벌을 받을 그 늙은 종년이, 지 손자놈 종놈 안 시킬라꼬 그라는 거, 내가 알제."

논개가 무슨 말인가 하여 점백이 할매를 쳐다본다.

"강 진사 댁 영감이 논개 니를 꼬셔서 몸종으로 데리오기만 하모, 그 늙은 년 손자놈들을 종에서 풀어 주겠다 카는 갑더라. 내도 그저 들은 소문이지마는…."

섭냄이가 펄쩍 뛰었다.

"말도 아인 기라예. 자기 손자 종 풀어 줄라꼬 에민엉뚱한 사람 종으로 끌고 갈라 카는가배예? 관에다 일러바쳐서 곤장 맞거러 해야 되는 거 아입니꺼? 논개 뒤에 사람 없다꼬, 이래도 되는 깁니꺼?"

"글케 말이다. 가마이 있을 끼 아인 거 같고나."

할매가 얼굴을 붉히고 침방울을 튀기는 섭냄이를 보면서 고개를 끄덕였다.

"첨인께 놔또 보는 기라. 산에 사는 나한테도 죄는 있을 낀께."

논개는 자기가 집도 아닌 산에서 밥도 끓여 먹고 추우면 불도 지피면서 살아야 하기 때문에, 산불을 낼 위험도 없지 않은 것이 사실이므로 관가에 알리는 것이 좀 뭣하다고 했다. 그뿐만 아니라, 관에 알리면 자기가 의지할 데 없는 아이임이 드러날 것이고, 따라서 잘못되면 관의 종년으로 끌려가 버릴 수도 있을 것이라는 예감 때문이었다. 그러나 그 말은 점백이 할매와 섭냄이에게는 하지 않았다.

"누가 산에 살고 시퍼서 사나. 살 데가 움스니께 산에서 살제. 그라모, 인자부터는 활터에서 살 끼가? 거가, 오데고?"

울음을 완전히 그친 섭냄이가 입술을 빼물고 논개를 쳐다보았다.

"활터서 올매나 살 낀지는 모린다. 내 찾아올 생각은 말거라. 인자 내가 동네로 니를 찾아갈 텐께네."

논개는 말을 끝내고 벌떡 일어나 바위굴 위의 반석에 널려 있는 산나물을 거두어서는, 찢긴 이불 홑청 한 가닥을 뜯어내어 거기에다 나물들을 담아 묶는다.

"할매, 이 산나물을 할매가 다 가져가시소. 바구 우에다 널어 놨더니 이것만 멀쩡하게 살았십니더!"

할매가 눈을 벌려 떴다.

"세상에, 많이도 뜯어서 말렸구나. 이 많은 거를 내가 와 다 가지가노? 섭냄이도 좀 주고, 니도 갖고 있다가 해 묵어야제."

"지는, 또 뜯어도 돼예. 많이 뜯어서 할매도 디리고 진주성 문밖의 난전에 가지가서 곡식하고 바까 묵을라고 해 놓은 기라예. 바구 뒤에 솔갱이하고 깔비도 한 짐 해 놓은 거 있어예. 송달이 아부지한테 지고 가시라 카이소!"

"쯔쯔. 니는, 오데 내놔도 묵고는 살겄다. 인자 여나문 살 묵은 쪼맨아가 우찌 이리도 야무지꼬. 그라모, 니는 올매간은 살터에 살겄구나? 내가 백치 새끼 땜에 니 문제는 오데 알아보지도 몬하고, 맨날 맘만 짼해서…."

"할매 지 문제는 인자 극정 마이소. 혼자 살아 본께 자꾸 힘이 생겨예. 지는 백두산이나 지리산 골짝에 처박아 놔도 지 혼자 살 수 있어예. 얼굴 피명 좀 가시모 백치 아기 보러 갈 끼라예."

논개는 미안해하는 점백이 할매에게 서둘러 자기 걱정은 안 해도 된다고 말한다.

"백치 아 보는 거사 온제 와도 되제. 우쨌거나 니가 이렇기 펄펄 살아 있고 당당한 거 보니께 맴이 놓인다. 그랴, 그랴. 지금맨키로 힘 놓지 말고 악착같이 살아야 하는 기다. 논개야, 또 보재이."

"내리가실랍니꺼? 그라모 아재한테, 나뭇짐 꼭 지고 가게 말씀하시소예. 나뭇짐 밑에 삽하고 호매이하고 안 깨진 독 하나 놔둘 낀께, 같이 지고 가시라 카시소."

"알겄다. 머이든 니 물건은 우리가 맡아 둘 낀께, 니가 온제든지 그런 기 씰데가 있으모 가지가라."

할매가 커다란 나물 보퉁이를 들고 일어섰다.

"할매 먼저 가실랍니꺼? 지는 논개하고 쪼깨마 더 있다 갈께예."

섭냄이가 말했다.

논개는 자기도 활터로 돌아가야 한다는 생각이었으나, 섭냄이의 소식 또한 궁금한 터여서 그냥 가만히 있었다.

"온냐, 니는 논개랑 쪼깨마 더 놀다가 오니라. 나 먼지 갈 틴께."

"할매, 산길 조심해서 가시고! 고맙십니더."

논개가 할매의 뒷등에 대고 소리를 높였다. 왠지 명치끝이 뻐근해졌다.

"온냐, 온냐."

점백이 할매가 산 아래로 내려가자, 섭냄이가 논개의 턱 아래로 얼굴을 바싹 들이밀었다.

"순검이가 그라는데, 니 옥개 엉가 혼례하던 날 우리 집에 왔었다믄서?"

"첨으로 동네에 내리갔던 긴데, 니는 오데 갔더노? 외갓집에 갔다 쿠던데 참말이가?"

"하모!"

"와 갔더노? 잔치하는 날은 멀리 사는 일가친척들도 다 모이는데, 친동생이 하필이모 집을 떠났다 말이가?"

"내가 가고 시퍼서 간 기 아이고, 야밤에 옴마한테 등덜미 붙잡히서 간 기다. 그라고 외갓집에서 메칠간 옥살이하고 온 기라."

"말도 안 되는 소리 자꾸 씨부리지 말고, 본 이약부터 해 봐라."

"개똥이 아부지하고 옥개 엉가가 이 산에서 상하던 그날 말이다. 둘이서 그 담날 밤에 생이집에서 또 만나자고 안 하더나. 그래서 내가 옥개 엉가를 생이집에 몬 가게 하든가, 생이집에 쫓아가서 화냥질하는 짐승들한테 흙이나 돌을 떤져서 떼 놀라 캤는데, 그기 다 엉망이 돼 빼린 기라. 그날은 내가 아침부터 저녁까지 일부러 옥개 엉가 뒤를 졸졸 따라댕기다시피 했는데, 내가 똥 싸고 오는 새에 고마 엄써져 버린 기라! 그래서 할 수 엄시 생이집으로 쫓아가야 하는데, 그란데 말이다, 고만 무서븐 기라. 생이가 죽은 사람 담아 나르는 꽃가매고, 밤마다 귀신불이 생이집 지붕 위로 날아다닌다고 해쌌는데, 고마 오금이 저리더라꼬."

섭냄이가 말을 끊고 논개의 얼굴을 쳐다보며 어색하게 웃었다.

"생이집 밑의 못가에 처니귀신이 밤마다 나와서 빨래를 한다는 소리, 니도 들어 봤다 아이가? 혼자서는 몬 가겠더라고. 그렇다고 낼모레 시집가는 엉가를 화냥질하거러 내 몰라라 할 수도 엄꼬 해서, 고마 옴마한테 일러바치고 만 기라. 옴마가 얼골이 하얘지면서 누가 들을까바 겁났는지 손바닥으로 얼렁 내 입을 막더라고. 그라고 선학산에서 그런 짓 하는 거 누구랑 봤느냐고 묻더라. 그래서 내 혼자만 봤다고 했제! 옴마는 내 혼자만 봤다니까 안심이 되는 얼굴을 하면서도 너무 놀래선지 입을 벌리고 말을 잘 몬 하더라꼬. 나는 옴마 손을 잡고 캄캄한 밤에 생이집으로 도둑괭이맨키로 간 기라. 미친 짐승들이 생이집 뒤에서 또 그 짓을 하고 있는 기라. 옥개 엉가 헐레벌떡 깽깽거리는 소리로 옴마하고 나는 보지 않고도 그 짓 하고 있는 거를 알았제."

섭냄이가 다시 말을 중단하고 "휴우" 하고 숨을 돌렸다. 논개는 말없이 섭냄이를 바라보기만 한다.

"나는 옴마가 벼락겉이 호통을 칠 줄 알았던 기라. 개똥이 아부지보다 두 살이나 더 묵은 우리 옴마가 짐승 겉은 사람들을 가마이 안 둘끼라 생각했거덩. 그란데, 울 옴마는 생이집 뒤에서 헐떡거리는 두 짐승을 어둠 속에서 보고 듣고도 되레 내 손을 끌고 도망치듯이 생이집을 피해 나온 기라. 나는 옴마보고 옥개 엉가 머리채를 틀어쥐고 끌어내든가, 아니믄 돌이나 흙클 떤지서 둘을 떼 놓자고 해도, 옴마는 소리내지 말라믄서 내 입을 쥐어박고는 기냥 나를 집으로 끌고 온 기라. 그라고는, 내가 개똥이 아부지랑 옥개 엉가 화냥질한 소문을 내모 주디를 인두로 찌져 놓든가 쥑이 뿌린다 카는 기라. 입도 뻥긋 말고 모린척하라는 기라. 소문만 났다 카모 우리 집은 망한다 카믄서 말이다. 진짜로 소문이 퍼졌다 카모, 나하고 순개 엉가도 화냥년 동생이기 땜에 시집도 몬 간다 카믄서 말이다."

섭냄이가 자기 엄마의 그 말이 사뭇 충격적이었던지, 혀끝으로 입술을 축이면서 논개를 쳐다보았다.

"그날 밤에 늦게 들어온 옥개 엉가를 옴마는 골방에다 처박아 넣고, 동네 잡놈하고 한 번만 더 그 짓 하모 니년을 쥐도 새도 모르게 쥑이삐리고 옴마 아부지도 목매달고 죽을 끼라고 겁을 준 기라. 그라고는 혼례 하는 날까지 엉가를 사립 밖에 몬 나가게 하고, 그날 밤에는 에민 죄 없는 나를 끌고 밤배를 태워서 강 건너 외갓집으로 간 기라. 우리 옴마가 지정신이 아닌 사람 같더라고. 외할매한테 나를 맡기믄서 혼례 끝나고 옥개 엉가가 시집에 갈 때꺼정 나를 집에 몬 오게 한 기라. 집에 오기만 하믄 다리몽댕이를 뿐질러 삐린다꼬 눈이 벌개서 말한 기

라. 우리 옴마는 내가 철없는 가시나라서, 멋모르고 주디 놀리다가 혼사가 깨질까 봐 겁이 난 기라. 아무리 주디 안 놀리겠다고 해도 내 말이 안 멕히는 기라. 그래서, 혼례 끝나고 사흘을 더 있다가 그끄지께 집에 온 기라. 와서도 집에 붙들려 있다가 엊저녁에 여게 와 보고 내가 얼매나 놀랬던지…. 일이 그렇기 된 기다."

섭냄이가 잔칫날 자기가 집에 없게 된 자초지종을 다 말했다.

"니도 내도 메칠 동안에 팔자가 기구했네! 그라모 너거 엉가는 인자 장개실 시갓집으로 신행 갔나?"

"하모. 본래는 내년 봄에 시집으로 보낼라꼬 옴마는 생각했던 모양인데, 기냥 사흘 신행을 해 삐린 기라. 개똥이 아부지 더 몬 만나거러 고추살이 시집으로 내쫓아 버린 기나 다름이 없제."

"혼삿날 본께네, 너 옴마가 유별시리 얼굴이 빨개서 바뿌게 돌아쳐쌌더만, 맘이 안 편해서 그랬구나. 그란데, 그날 개똥이 아부지도 왔더라. 곤지 찍고 족두리 쓴 너 엉가를 뚤버져라 보고 있더라."

"개똥이 아부지가 왔더나? 세상에 미친 기라. 오데라꼬 우리 집에를 오노. 우쨌간에 인자는 옥개 엉가도 시집가 뿌렀고 아무 일도 엄슬 끼다."

"그래야제. 해가 넘어간다. 니도, 인제 너거 집에 가 봐라. 나도 활터에 가야 한다."

논개가 박제하려고 나뭇가지에 걸어 말리던 장끼와 화살을 챙기며 말한다.

"나도, 활터에 함께 가모 안 되나?"

"안 된다. 거기는 여자들이 들락거리는 데가 아인 기라. 내가 동네로 한번 갈 텐께네, 기냥 집에 가라."

"활터가 오데 있는지, 그거만 알고 갈께."

섭냄이가 논개를 따라나설 채비를 했다. 논개는 말없이 굴 주변 여기저기에 흐트러져 있는 솜뭉치와 찢긴 옷가지와 그릇 따위를 모두 주워 깔고 앉았던 가마니에 둘둘 말아서는 굴속 바위틈에 끼웠다. 그리고 삽이며 낫, 호미, 갈고리 등을 챙겨 바위 뒤의 나뭇짐 아래에 밀어 넣고, 깨진 그릇과 곰팡이 슨 된장 덩어리는 흙으로 덮어 묻어 버린다.

"깨끗하게 도로 산이 됐다."

논개가 허리를 펴며 바위굴 주변을 샅샅이 돌아본다.

"와, 대답을 안 하노? 활터가 오데 있는지 그것만 보고 갈께."

논개를 따라 주변을 함께 치우던 섭냄이가 퉁명스럽게 말했다.

"나도 한참 찾아 가야 한단 말이다. 뒤에 갈쳐 줄 낀께 오늘은 기냥 가라."

"와 그라노? 오늘은, 논개 니가 좀 벨나다."

"내가, 와 벨나노?"

"나를 자꾸 떼빌라 카는 거 같고, 먼가 다른 때하고 다른 기라."

논개는 섭냄이의 말이 틀리지 않다고 생각한다. 보고 싶기도 했던 섭냄이인데 왠지 이날은 마음이 바쁘고, 빨리 활터로 돌아가야겠다는 생각만 앞섰던 것이다. 조금 전 산을 내려가는 점백이 할매의 뒷모습을 바라보면서도 이제는 한동안 할매를 못 볼지도 모른다는 느낌을 가졌던 것처럼, 섭냄이와도 자주 만나지 못할 것 같은 예감이었다.

"시퍼렇게 피멍 든 내 얼굴 보모 모리겄나. 이 얼굴로 아무도 안 만나고 싶단 말이다."

논개는 그렇게 말했지만 실제 얼굴 때문에 섭냄이조차 안 만나고 싶은 것은 아니었다. 다만 활쏘기를 배우고 싶고 의병이 되고 싶은 마음속의 간절한 욕구가, 지금까지와는 좀 다르게 살아야 할 것 같은 느낌을 갖게 했을 뿐이다.

섭냄이는 멍든 얼굴을 이유로 대는 논개의 말을 나름대로 이해가 된다는 듯 고개를 끄덕였지만 그러나 섭섭한 낯빛을 감추지 못하고 돌아쳤다. 그리고 터덜터덜 산을 내려갔다.

"섭냄아, 잘 가래이."

논개는 바위굴 앞에 선 채 소리쳤다.

"온냐."

섭냄이의 흰 저고리와 빨간 댕기가 연초록 숲 사이로 사라지는 걸 보면서 논개는 손등으로 눈물을 훔친다. 크게 슬픈 것 같지도 않은데 그만 눈물이 흘러내렸다. 어쩌면 섭냄이를 다시 못 볼지도 모른다는 예감 때문이었다.

*

논개의 활터 생활은 나날이 벅찬 의욕으로 가득 찼다. 의병들의 훈련은 거의 언제나 이른 아침부터 시작하여 정오 녘에 끝이 났고, 강동찬은 훈련이 끝남과 동시에 진주로 돌아갔지만 논개의 훈련은 그때부터 시작되었다. 의병들의 훈련 때 훈련장 주변을 서성거리며 어깨너머로 익혀 둔 내용들을 아무도 없는 흙마당에서 혼자 연습해 보는 것이다. 어깨, 허리, 팔, 다리의 근육 강화 훈련을 위해 흙과 나무로 얽어 둔 시설들에서 의병들이 하듯 전신을 움직여도 보고, 산막에 보관되어 있는 자기 키만 한 활과 화살을 조심스럽게 꺼내서 손가락으로 시위를 당겼다 놓아 보기도 하고, 화살을 집어서 과녁판에 쏘는 시늉도 해보았다. 그러나 의병들의 활 쏘는 모습을 유심히 보았다 해도 자기 키와 맞먹는 활을 제대로 다루는 방법을 알지 못했고, 시위에 화살을 걸어 쏘는 흉내도 내 봤지만 화살이 몸에서 떠나가지도 못한 채 땅에 떨어지곤 했다. 논개는 다음 날은 무슨 일이 있어도 눈치만 살피지 말고 강동찬에게 활 쏘는 법을 가르쳐 줄 것을 부탁해 보기로 한다. 이어서 그녀는 자기 뜻대로 되지 않는 활과 화살을 산막 안에 갖다 두고, 작은 돌알을 주워 과녁판을 향해 던지기 시작했다. 신통할 만큼 그것은 과녁판을 맞혔고 논개는 혼자 어깨를 으쓱했다. 의병 훈련 가운데 돌팔매질도 있으면 자기도 나설 수 있을 것이라 생각해 보면서, 과녁판에 손상이 생기지 않을 정도의 콩알만큼 작은 돌알을 거듭 던진다.

다음 날 이른 아침에, 강동찬은 또다시 쌀과 된장을 들고 왔다.

"쌀이 아즉도 마이 있는데예. 힘드실 낀데 오데서 이리 구해 오십니꺼?"

논개가 송구스런 표정이 되면서 울상을 지었다.

"어떻게, 그 쌀이 아직도 많이 있다는 것이냐?"

강동찬이 의아스러운지 물었다.

논개가 잽싸게 산막 안으로 들어가더니 쌀이 담긴 검정 자루를 들고 나왔다.

"보이소. 아즉 그대로 있어예."

"아니, 넌 뭘 먹었냐? 쌀이 그대로 있게."

"나물 뜯어서 쌀 한 주먹씩 넣고 죽 끼리 묵었어예!"

"하루 몇 번씩이나?"

"한 번예."

"나물죽을 하루 한 번씩 먹고 어떻게 산단 말이냐? 밥을 많이 먹어야 얼굴 피멍이 빨리 가시지."

"죽만 묵는 기 아니고, 산에 가모 찔레순도 꺾어 묵고 칡도 캐 묵고 해예. 지 얼굴에 멍이 아즉도 마이 남았습니꺼?"

"그럼. 얼굴의 붓기는 많이 가라앉았지만, 피멍은 아직도 얼굴 전반에 깔려 있다. 밥을 많이 먹어야 멍도 빨리 가시고 그래야 여기를 떠날 수 있지. 쌀 아끼지 말고, 이제는 밥을 지어 먹도록 해라."

"지가 멀 한다꼬, 날이 날마다 백판 자빠져 놀믄서, 허연 쌀밥을 간덩이 크거러 우찌 해 묵습니꺼? 지사제사 때도 아인데…. 하늘이 노하실 낍니더.”

강동찬이 잔잔한 웃음을 머금는다. 가난에 찌들어 자란 아이의 쌀에 대한 경외스런 마음가짐과 겸손함이 짠했던 때문이다.

“그렇지만….”

“아재예! 활 쏘는 거, 좀 배워 주이소예.”

논개는 강동찬이 뭔가를 말하려 하자 그를 앞질러 활쏘기를 가르쳐 달라는 말을 한다.

“꼭 배우고 싶어예. 지 혼자 허락도 안 받고, 산막에 있는 활을 한번 쏴 볼라 캤는데, 안 돼예.”

“네 키만 한 활을, 네가 쏘아 보려 했다는 말이냐?”

“예.”

논개는 얼른 산막 안으로 들어가 어저께 자기가 만졌던 활과 화살을 들고 나왔다.

“허허.”

강동찬이 어이가 없는 듯 소리 내어 웃었다. 그러다가 활쏘기를 배우겠다는 논개의 집요함에 마음이 내킨 듯, 자기 등에 멘 동개에 꽂은 활과 화살 하나를 뽑아내어 건네주었다.

“네가 기어이 한번 쏘아 보겠다면, 그 활보다 이 고*를 잡아 보아라. 이 활은 말을 타고 달리면서 쏘는 것으로 우선 짧으니까 네 키에 맞을 것이다. 그러나 먼저 나하고 약속하자. 이제부터는 하루 한 끼 나물죽으로 버티지 말고, 밥을 지어 먹어야 한다. 알겠느냐?”

“예!”

논개는 활기차게 대답하고는 그에게서 받은 활과 화살을 오른손에 든 채, 서둘러 쌀자루와 된장과 자신이 들고 나왔던 큰 활을 산막 안에

* 일명 동개활. 활과 살을 동개에 넣어 등에 지고 말을 타고 달리면서 쏘는 활로, 전쟁용이다.

옮겨 놓고 나왔다. 그녀는 기쁨으로 가슴이 뻐근해질 정도였다.

"이리 오너라."

그렇게 생각해서인지 강동찬의 음성이 갑자기 엄숙해진 것 같았다. 음성만이 아니라 표정까지 실제 근엄한 모습으로 변해 있었다.

논개는 그가 손짓으로 가리키는 훈련장의 중앙 쪽으로 재빨리 달려가 똑바로 선 채 그를 쳐다보았다.

"자, 과녁을 정면으로 바라보면서 똑바로 서거라. 발은 모으지 말고 어깨 너비로 벌려 서고, 발의 앞과 뒤에 힘을 실어야 한다. 그리고 아랫배를 긴장시켜라. 그래야 두 다리에도 힘이 주어진다. 가슴과 턱끝을 들어서도 안 된다. 목덜미를 오므리거나 구부리지 말아라. 옳지, 제대로 서는구나. 이것이 활을 쏘는 기본자세이다."

강동찬은 이어 활을 잡는 법과 당기는 법 등을 손수 논개의 어깨와 팔을 잡고 조정하면서 가르쳐 주었다.

"줄에 힘이 들어가면 과녁을 맞히기가 어렵다. 화살을 놓을 때 시위가 뺨이나 귀를 치는 것은, 턱을 들었기 때문이니 조심해야 한다. 자, 쏘아 보거라."

논개는 그가 시키는 대로 자세를 갖추려 노력하면서 활시위를 당겨 화살을 쏘아 보았다. 그러나 화살은 과녁은커녕 정면이 아닌 엉뚱한 방향으로 튕겨지듯 떴다가 떨어지고 말았다. 강동찬은 또 하나의 화살을 동개에서 뽑아 논개에게 건네주었다. 그러나 그의 지시대로 자세를 취하면서 화살을 시위에 걸어 당겼다 놓았지만 그것 역시 다른 방향으로 날다가 떨어졌다. 논개가 얼굴을 붉혔다. 너무나 쉽게 활을 쏘는 것 같던 의병들의 솜씨가 대단한 것임을 새삼 깨닫는다.

"오늘은, 활을 잡는 자세를 익히는 것으로 해 두자. 화살이 네가 뜻한 대로 바로 날아가게 되면 우선 기본자세는 잡히는 것이다만, 그렇게 되기까지도 여러 날이 걸릴 것이다. 자, 의병들이 올 시각이다. 활과 화살을 이리 주고, 물 항아리에 마실 물이 차 있는지 살펴보도록 해라."

"예!"

논개는 힘차게 대답하면서 활을 강동찬에게 올리고는 물독이 놓여 있는 굴참나무 아래로 달려간다. 마치 자기도 비로소 강동찬의 부하 의병이 된 것 같은 우쭐한 기분이 되면서 힘이 솟았다. 활을 잡는 기본을 드디어 가르쳐 주고 의병들이 마실 물을 살펴보게 하는 등 자기가 원하던 심부름을 시켜 주는 것이, 바로 자기를 의병들의 졸개로 생각해 주는 것 같았기 때문이었다. 물 항아리 속에는 물이 바닥에만 조금 남아 있고 연초록 굴참나무 잎사귀가 두세 잎 떠 있었다. 논개는 항아리를 머리에 이고 옹달샘으로 갔다. 훈련장 오른쪽의 계곡가에다 의병들이 파 놓은 돌샘에는 맑은 물이 가득 고여 있고, 샘 뚜껑의 얄따란 반석 위에는 바가지가 엎어져 있었다. 논개는 찬물 한 바가지를 떠서 꿀꺽꿀꺽 마신다. 목과 배 속이 뻥 뚫릴 만큼 시원했다.

"하이고오, 염통이 다 서늘하다!"

논개는 가슴을 한껏 앞으로 내밀면서 꼬불꼬불 뻗어 오른 맞은편 산골짜기를 바라본다. 골짜기 가득 내려와 있는 안개가 슬몃슬몃 위로 피어오르고 있었다. 동녘 산봉에 솟은 햇살에 반사되어 안개는 금빛으로 어우러지면서 서서히 걷히고 있었다. 그 모양새가 뭐라고 표현하기 힘들 만큼 아름답고 신비스러워서 논개는 탄성을 내지른다.

"아! 좋다! 천상의 선녀가 내려올 것도 같고, 물속의 용이 승천할 것도 같고. 그치만, 여게는 얕은 골짜기라 천길 소沼가 엄슨께 용이 있을 턱도 엄꼬. 아아, 좋다!"

그러다 논개는 화들짝 놀라면서 항아리에 반 넘게 물을 채워 머리에 인다. 그리고 훈련장으로 서둘러 가서 굴참나무 아래에 항아리를 내려놓고 조롱박 바가지를 띄운다. 그새 의병들이 반 넘게 훈련장에 모여 있었다.

"씨원한 샘물 떠 왔습니더. 물 한 바가지 잡숫고 훈련하시소예!"

논개가 한껏 방글대면서 의병들을 향해 두 번씩이나 소리쳤다.

"논개가, 오늘 아침에 와 저리 기분이 좋습니까?"

의병들이 강동찬을 돌아보며 웃었다.

"논개가 하도 성화를 대서 활 잡는 법을 일러 주었더니, 아마 자네들 졸병이 된 기분인 모양이야! 물 항아리에 물이 있는지 살펴보라고만 했는데, 금방 물을 길어다 놓고 저리도 생색을 내고 있구만!"

강동찬도 말을 하면서 웃었다.

"저어, 저 아를 어찌하실 생각이십니까?"

얼굴이 털북숭이인 최한무가 말 나온 김에 알아보자는 듯 강동찬을 정색으로 마주 보면서 물었다.

"글쎄, 가장 좋은 방법은 사갓집 수양딸로 가는 것인데, 두세 군데 알아보았더니 여의치가 않구만. 붕디미 고을의 어느 농부가, 근본이 괜찮으면 논개를 민며느리로 들여놓을 수도 있다고는 하는데, 논개가 응할지도 모르겠고…."

"어린앤데, 제 뜻을 물어볼 필요가 있겠습니까? 의병장님이 알아서 그리로 보내 버리지요."

"아닐세. 저 아이는 여느 어린 여식애들과는 좀 많이 달라. 어디에 종속되는 것을 굉장히 싫어하는 아이야. 혼자 살겠다는 것이 저 아이의 생각이더라구. 아니면, 나라 위하는 의병이 되어서 구국에 이바지하고 싶다는 거야."

최한무가 약간 냉소적인 얼굴이 되어 중얼거렸다.

"어린것이 뭘 알겠어요. 의병장님과 민 부병장님이 처음 저 아이에게 면박을 당하였다 하시더니, 저 아이를 너무 과대평가하시는 것 같군요."

"한번 지켜보게나. 저 아이는 확실히 좀 유별해."

"여식아이가 그런 성질이면, 논개 팔자도 심히 기구하겠구만요."

논개의 거처와 향방에 관한 이야기는 그 정도에서 그치고, 더 이상 오가지는 않았다.

그때 논개가 쪽바가지에 물을 담아 들고 그들에게로 뛰어왔다.

"찬물 잡사 보이소! 쏙이 씨언해서 펑 뚫리는 거 같은 기라예!"

강동찬이 논개가 들고 온 물을 받아 한 모금 마시고 나서 옆의 최한무에게 바가지를 돌린다.

"마셔 보게. 산의 정기가 몸 안으로 퍼지는 것 같으이!"

강동찬의 바가지를 건네받은 최한무와 다른 두 명의 의병들도 물을 마셔 보고는, 눈을 반짝이며 그들을 바라보고 서 있는 논개에게 잘 마셨다는 말을 한다.

논개는 의병들의 활 쏘는 모습을 이날따라 유심히 살펴본다. 그녀의 눈에는 의병 모두가 능수능란하게 활을 잘 쏘는 것처럼 보였으나, 그들은 끊임없이 강동찬의 지적을 받고 다시 시도하기를 거듭했다.

그날 오전 훈련이 끝난 후의 한낮이었다.

논개는 텅 빈 훈련장에서 한바탕 몸 단련을 끝내고 산막 안으로 들어갔다. 그녀의 키만 한 큰 활로나마, 활 잡는 연습이라도 하고 싶어서였다. 그런데, 산막 안에 세워진 큰 활과 목궁들 속에 아침에 잡아 본 동개활과 화살 몇 개가 섞여 있는 것이 논개의 눈에 띄었다. 어저께는 분명히 그 자리에 없던 것이었다. 논개는 강동찬 아재가 그녀를 위해 슬그머니 그것들을 놓아두고 간 것이라고 생각했다. 그렇지 않고서는 항상 등에 메고 다니던 동개활과 화살을 새삼 산막 안에 놓아두었을 리가 없다는 생각이었다. 논개는 너무나 기분이 좋아져서 만면에 웃음을 터뜨리며 그것들을 조심스럽게 꺼내어 몇 번이고 쓰다듬어 보다가, 내처 훈련장으로 들고 나가 혼자 연습하기 시작했다. 화살이 제멋대로 가든 말든 십여 차례 연습하다 보니 활과 화살이 그녀의 손에 점점 익숙해졌다. 오십여 차례나 시위를 당겨 쏘아 보기를 거듭하면서 나름대로 감이 잡히는 느낌도 없지 않아 논개는 점점 신명이 올랐다.

다음 날 이른 아침이었다.

논개는, 강동찬이 언제나처럼 제일 먼저 훈련장에 나타나자마자 꾸뻑 절을 올리고는 산막 안으로 들어가 동개활과 화살을 꺼내 왔다.

"아재가, 지 연습하라고 이것들을 두고 가셨지예?"

강동찬이 빙긋 웃기만 했다.

"그래, 그것으로 연습을 해 보았느냐?"

"지 혼자 해 봤는데, 잘 안 나가예. 지가, 한번 해 볼께예."

논개는 강동찬이 활을 쏘아 보라고 하든 말든, 혼자서 어저께 아침처럼 훈련장 중앙에 버텨 서서 그가 가르쳐 준 자세로 활을 쏘기 시작했다. 팔이 뻐근할 정도로 연습을 많이 해서인지, 바짝 긴장하여 잘 쏘아 보려고 애를 쓴 탓인지 시위를 떠난 화살이 제법 정면으로 날았다. 두 번째 세 번째 화살도 방향이 어긋나지 않았다.

논개가 강동찬을 돌아보았다. 그러나 그는 논개의 일거수일투족을 주시하고 있으면서도 아무런 반응을 보이지 않았다.

"어지보다는, 좀 갠찮지예?"

논개가 그의 반응을 기다리다 못해 먼저 물어본다.

"조금 나아졌구나. 그렇지만 아직도 감감 시작이니 자만심을 갖지 말거라. 너의 목표는, 과녁에 맞히는 것 아니겠느냐. 서두르지 말고, 기술은 서서히 익혀야 온전한 너의 것이 된단다. 그런데 밥은 지어 먹었느냐?"

"예, 사두님!"

강동찬이 눈을 벌려 떴다. 논개가 의외의 대답을 했기 때문이다.

"너는, 사두가 무슨 뜻인지 아느냐?"

"글자는 모릅니더마는, 활터의 훈장님을 말하는 것인 줄 압니더. 이병들이 아재를 보고 의병장님 하거나 사두님이라고 부르는 것을 들었습니다. 지한테 활쏘기를 갈쳐 주시니 사두님이십니더!"

논개의 말은 틀리지 않았다. 제대로 된 큰 활터에서는 그곳을 대표하는 책임자인 사두射頭가 있고, 사원射員 상호 간의 예의가 엄격하고, 이를 어기는 사원에게 벌을 주는 사풍射風이 있었다.

물론 이곳은 큰 규모의 정통 활터이기보다 국난 시에 전투를 목적으로 하는 의병들의 훈련장을 겸한 활터였고, 논개 역시 활터의 내용을 제대로 알고 사용하는 말이 아닌 줄은 알았지만, 강동찬은 논개의 명철하고 기민한 상황 인식에 적이 놀란다. 그러나 그는 내색하지 않았다. 다만 논개를 향해 활터의 변호를 역설할 뿐이었다.

"논개야. 다른 활터와의 편사便射가 잡혀 있기 때문에 오늘부터는 의병들의 훈련 시간이 더 길어진다. 반나절 하던 활쏘기 연습을 반나절 더 하게 된다. 결국 온종일 연습을 하는 것이 되니, 네가 연습할 수 있는 시간은 그만큼 줄어든다."

"그라모 지는, 훈련 시작하기 전인 지금 이때하고, 해가 끝나는 해거름 때에 하모 되겠네예. 그란데 편사가 멉니꺼? 활쏘기 시합 갖는 거, 맞지예?"

강동찬이 다시 놀란다.

"네가, 그것을 어찌 아느냐?"

"다른 활터하고 그런 시합하는 기 아이모, 전쟁이 난 것도 아닌데, 갑작시럽게 연습을 마이 하겠습니꺼? 시합은 온제 하는데예?"

"편사는 오늘부터 열흘 후에 있게 된다."

"알겠습니더. 그라모 지가 안 걸리적거리도록 알아서 할께예. 연습 잘 했십니더."

논개는 경쾌하게 대답하면서 동개활과 화살을 강동찬에게 두 손으로 올린다.

한 가지를 말하면 두세 가지를 파악하여 시원스레 행동을 앞세우는 논개를 바라보면서, 강동찬은 그녀가 두 손으로 받쳐 들고 있는 활과 화살을 받지 않는다.

"그건, 네가 가져도 된다."

논개는 그의 말을 잘못 들었는가 싶은지 고개를 갸웃하면서 강동찬을 빤히 쳐다보았다.

"지가, 이 활을, 가지도 된다 캤습니꺼?"

강동찬이 고개를 크게 주억거렸다.

"에나, 참말입니꺼?"

"그래, 너 가지라고 했다. 내가 너에게 주는 것이다."

논개가 반사적으로 활과 화살을 끌어안고 선 자리에서 두세 바퀴를 돌았다.

"고맙십니더예. 올매나 귀한 거를 지 겉은 가시나한테 이렇기 주시도 되는 깁니꺼예?"

논개의 눈에 눈물이 어리고 있었다.

강동찬은 논개가 활쏘기와 활에 대한 애정과 관심이 유별함을 새삼 확인하면서 미소를 거두지 못한다. 산막 안에 동개활과 화살을 둔 것은 종종 그렇게 해 오던 것인데, 논개가 그 사실을 알지 못하고 자기를 위해 작은 활을 남겨 둔 것으로 알고 있음을 보면서 미소를 흘리고 말았던 것이지만, 그러나 활과 화살을 선물 받고 저렇듯 혼신으로 감동하는 걸 목격하면서 그는 새삼 뿌듯한 기쁨을 맛본다.

"고맙십니더예!"

논개가 입술을 비죽거리며 울먹였다. 그때 의병들이 하나둘 훈련장으로 나타나지 않았으면 그녀는 눈물을 떨구고 말았을 것이다. 논개는 활과 화살 다섯 개를 품에 안고 산막 안으로 들어가 한쪽 구석에 그것들을 신주처럼 잘 모셔 두고 끝내 눈물을 주르륵 흘린다. 세상에 태어

나서 자신이 간절히 갖고 싶은 것을 최초로 가져 보는 환희와, 위기에서 자기를 구해 준 사람의 지속적인 관심과 정이 뻐근한 감동과 함께 왈칵 뜨거운 눈물을 솟게 하는 것이었다.

진주 망경산 활터와의 활쏘기 시합이 다가오면서 선학산 활터의 의병들은 온종일 연습으로 땀을 흘렸다. 논개는 샘물을 하루 두세 번씩 길어다 날랐다. 그리고 자진하여 과녁 뒤에 떨어진 화살을 열심히 주워다 나르는 연전揀箭의 활량 노릇도 했다. 그뿐만 아니라, 논개는 의병들이 도착하기 전인 이른 새벽과 떠난 후의 해거름녘에 자신의 궁술 연습도 숨 쉴 짬 없을 만큼 죽을 둥 살 둥 열심히 했다. 그렇게 해도 아직 화살이 과녁을 때리지는 못했지만 근접 거리까지는 날아갔다. 강동찬은 논개 얼굴의 피멍이 차츰 가시는 것을 확연히 느낄 수 있었지만, 눈앞에 닥친 편사 때문에 논개의 거취 문제에 신경을 더 쓰지 못했다. 일단 시합이 끝난 후로 그 일은 미루어지고 있었다.

시합이 하루 앞으로 다가온 날의 훈련장 분위기는 열기로 가득했다. 시합 전의 마지막 연습이라는 사실 때문인지 의병들 모두가 상기된 낯빛들로 긴장되어 더욱 적극성을 띠고 훈련에 임했다.

몇 차례의 열성적인 연습이 끝나자 강동찬이 의병들을 과녁 앞으로 불러 모으고 시합에서의 판정 규정을 설명했다.

"여러분들이 편사는 처음이라 대회에서의 판정이 어떤 형태로 날 것인지 궁금할 것이다. 화살이 정상으로 과녁에 맞는 방법 외의 판정에 대해 설명하겠다. 첫째, 화살이 과녁에 맞고서도 과녁판에 꽂히지 않고 과녁의 나뭇조각을 뚫으면서 땅에 떨어졌을 경우, 떨어진 나뭇조각을 저울에 달아 서 돈쭝이 되면 과녁에 맞은 것으로 인정되지만, 그렇지 못하면 맞지 아니한 것으로 규정하고 있다. 두 번째는, 과녁판에 틈이나 구멍이 있어서 화살이 그곳을 지나가면 맞는 것으로 하고, 화살이 과녁의 위턱을 치고 나가면 맞지 않은 것이 된다. 세 번째는, 좀 특이한 경우지만 화살이 과녁에 닿지 못하고 땅에 떨어졌다가 다시 튀어서 과녁에 맞는 수도 있는데, 이를 점심살이라고 한다. 화살이 과녁에 맞았으나 화살촉만 박히고 살대가 땅에 떨어졌을 경우도 생기는데, 촉은 박혔으므로 이는 맞은 것으로 한다."

의병들은 열심히 그의 말을 경청하고 있었다. 논개는 화살이 과녁 앞에 떨어졌다가 다시 튀어서 과녁에 맞을 수도 있다는 사실이 신기하고 놀랍고 흥미롭기도 해서 감탄의 웃음이 터지려 했지만 숨을 죽였다. 강동찬의 다음 말이 이어지고 있었기 때문이다.

"다들 명심하겠지만, 내일은 절대로 술을 마시지 말 것이며, 특히 시합장에서는 몸을 단정히 하고, 웃거나 잡담하지 말 것이며, 또 활을 쏠 때는 평심을 가지고 제반 기능들을 적절하게 활용하여 성과를 거두어야 할 것이다."

그뿐만이 아니었다. 강동찬은 이어 최한무 의병에게 미리 준비해 온 것을 가져오게 하여 고사告祀 지낼 상차림을 지시했다. 민구식과 최한무가 산막 안에 들여놓았던 두 개의 커다란 보퉁이에서 청주와 시루떡과 돼지머리를 꺼냈다. 과녁판 앞에 삿자리가 펼쳐지고 제물이 차려졌다. 또 제상의 양 귀로는 두 개의 촛불이 밝혀졌다. 준비가 되자 강동찬이 제주로 선두에 서고 뒤로 열다섯 명의 의병들이 일렬로 서서 절을 했다. 그리고 한지 십여 장을 준비하여 차례로 촛불에 태워 올렸다. 부정 소지를 하는 것이라고 했다. 제를 올린 후 모두들 청주를 한 모금씩 음복하고, 초를 열다섯 조각으로 토막 내어 각각 한 조각씩 가졌다. 이러한 모든 의식은 강동찬과 민구식의 지시에 의해 치러졌고, 논개는 산막 앞으로 물러나 말없이 지켜보기만 했다. 혹여 자신이 복 없는 여자여서 고사를 지내는 데 부정 타지나 않을까 저어하며 멀찌감치 피해 있었던 것이다.

고사가 끝나자 제물인 돼지머리와 떡을 일정량으로 배분하여 모두들 둘러앉아 먹기 시작했다. 논개도 떡과 고기를 배분받았다. 음식을 들면서도 의병들은 긴장감 때문인지 말을 많이 하지 않았다. 웃지도 않았다. 그리고 늦지 않게 자리를 파하고 일어나 모두가 나름대로 사뭇 비장한 표정을 풀지 않으면서 각각 귀가하기 시작했다. 고사를 끝내면서 그날의 훈련을 마감했던 것이다.

“논개야, 내일은 편사 때문에 모두가 시합장인 진주 망경산 활터로 바로 출동하게 된다. 그리 알거라.”

강동찬이 마지막으로 귀갓길에 오르면서 논개에게 말했다.

“그라모 여게는, 낼 아무도 안 오시겠네예?”

“그렇단다.”

“자알 싸우시소예.”

논개는 하고 싶은 말이 목구멍에까지 차올랐으나 끝내 그 말을 꺼내지 못한다. 실현 불가능한 일일 것 같았기 때문이다.

“문 잘 걸어 잠그고 자도록 해라.”

“지 극정은 마시소예. 지가, 낼 새복에 샘물 떠 놓고, 꼭 이기시도록 빌께예.”

“고맙다! 그럼 간다.”

강동찬이 소리를 높이며 말에 박차를 가하여 달리기 시작했다. 훈련장을 벗어나는 강동찬의 말 탄 뒷모습을 언제나처럼 감동 어린 눈빛으로 바라보면서 그제야 논개는 내내 참았던 속말을 중얼거려 본다.

“지도, 구경 가고 싶은 기라예.”

전신이 근질거리고 목이 탈 만큼 활쏘기 시합을 구경하고 싶었지만, 차마 그 말을 그에게 할 수는 없었다. 행여 박복한 자신의 근접이 강동찬 의병장과 의병들에게 화가 되지 않을까 조심스러웠기 때문이다. 논개는 구경을 하고픈 간절한 마음을 달랠 길이 없어 땅이 꺼질 듯 한숨을 내뿜는다. 그러다 서둘러 골짜기의 옹달샘으로 뛰어가 세수를 하고 청량한 물 한 그릇을 반석 위에 올려놓고 선학산 활터의 승리를 산신령에게 빌었다.

그 다음 날 새벽에도 논개는 우물의 첫 정수를 떠 놓고 빌었다. 그리고 망경산 활터에서 활 시합이 벌어지고 있는 한낮 온종일, 그녀는 활쏘기 연습을 했다. 자신이 마치 편사에 참전한 의병인 양 마음을 모으고 활을 쏘아 댔다.

*

편사 다음 날 아침녘이었다.

활터로 제일 먼저 나온 강동찬의 굳어진 얼굴을 본 논개의 심장은 와르르 무너져 앉는 것 같았다. 한눈에 승리를 거두지 못했음을 직감했기 때문이다.

"어지께, 힘드셨지예?"

나무에 말을 매어 놓고 돌아서는 그를 쳐다보면서 논개가 조심스럽게 물어본다.

"우리가, 졌단다."

"그러신 거 같애예."

"그래도 최선을 다했단다. 그쪽 의병들의 훈련이 썩 잘 되어 있고 명사수들이었어. 이번에 배운 것이 많았단다."

굳어 있는 표정에 비해 그의 말은 담담하고 밝았다.

"솔직히 우리는 집중적인 연습 기간이 짧았거든. 그리고 편사에 참가한 경험들이 없어서 유난히 경직되어 있었던 것도 패인의 하나였지."

"고생하셨습니더! 찬물 한 사발 디릴까예?"

논개는 강동찬 의병장이 어린 자기에게 선학산 활터가 망경산 활터에게 지게 된 원인을 말해 주는 것이 고맙고 송구스러워서 어찌할 바를 모를 지경이었다.

"그래, 물 한 그릇 다오! 논개도 샘물 길어 나르느라고 애썼는데…. 그런 시합이라는 것은, 반드시 이기는 편과 지는 편 두 판결뿐이니, 의병 모두가 최선을 다했다면, 졌다고 해서 부끄러운 것은 아니란다."

그는 논개가 두 손으로 받쳐 올리는 냉수 한 사발을 달게 마셨다.

"너무 쏙상해 마시소예. 지는 잘 모르지만 아재 말씸맨키로 지는 기 배우는 거로, 우리 이병 아재들이 이번에 많이 깨쳤을 것 같애예. 담에는 꼭 이길 기라예."

"네 말이 맞다!"

강동찬은 어린 논개로부터 마음의 위안을 받으면서 이날따라 논개가 어른스럽고 속이 깊은 아이임을 새삼 느낀다.

"그럼, 다음에는 꼭 승리하마. 오는 가을에 다시 시합이 있단다. 이번에는 우리가 망경산 활터에 시합을 청해 놓았다."

"잘 하셨습니더. 지도, 열심히 심부럼할 끼라예!"

논개가 활짝 웃으면서 주먹을 움켜쥐고 입술을 다져 문다.

강동찬은 그런 논개를 가만히 바라보기만 한다. 그러다 정색을 한 낯빛으로 논개를 자기 옆에 앉게 한다. 논개가 갑자기 예사롭지 않게 느껴지는 강동찬의 얼굴을 바라보면서 주춤주춤 그의 옆으로 다가가 나뭇등걸에 걸터앉았다.

"논개야."

"예."

"내 말, 잘 들어 봐라. 나는, 논개가 잘 살기를 간절하게 바라는 사람이란다. 그래서 논개가 좋은 집안의 수양딸로 보내졌으면 싶어서 사방으로 줄을 놓아 보았다만, 여의치가 않더구나. 그런데, 어느 농갓집에서 너를 민며느리로 맞아들였으면 하는 의향을 비치더구나."

강동찬의 말은 조심스러웠다. 논개를 훈련장의 산막에 기거케 하는 시간이 길어질수록 유난히 정이 들고, 무엇보다 논개에게 여자로서의 삶을 살게 해 주고 싶은 마음에서 이번에는 그녀를 필히 떠나보낼 생각이었기에, 말이 쉽게 뱉어지지 않았던 것이다. 유달리 예민하고 영리한 아이여서 마음에 상처나 입지 않을까 조심스러웠던 것이다.

그러나 논개의 반응은 분명했다.

"지는, 민며느리로 들어가지 않을 낍니더. 그거는 부모 친척도 읎는 지 겉은 가시나한테는, 종년 노릇 하는 거하고 벨로 다를 끼 읎기 때문입니더. 민며느리 들이는 집에서는, 장차로 일 잘하는 며느리 만들라꼬 에릴 때부터 데불고 가서 뻬 빠지게 일 부려 묵으면서 훈련시키는 긴데, 그라고도 맘에 안 들믄 배경 없는 지 겉은 천애 고아는 내쫓아 빠리고 집안 있는 사람과 다시 혼약해 빠리모 고만인 기라예. 지는 민며느리 안 갈 낍니더. 여자라서 이병이 몬 된다 카모 지 혼자 살 낍니더. 지가 여게 있어서 아재한테 폐가 된다 카모 지는 오늘이라도 나갈 끼라예. 아재가 지를 구해 주싰는데, 힘들게 해 디리고 싶은 맘은 눈꼽만큼도 읎는 기라예. 카지만, 민며느리는 안 할 끼라예."

논개의 뺨이 붉게 상기되고, 눈에 눈물이 그렁그렁 맺혔다.

강동찬은 내심 당황했지만 그러나 여자는 시집도 가고, 아기도 낳고, 살림도 살며 여자답게 살아야 한다고 역설한다. 논개의 성향과 기질을 가장 잘 알고 헤아리는 강동찬이었지만, 아무리 남존여비 세상에서 삼종지의로 의탁하여 살아가는 여자의 두레박줄 같은 삶이라지만, 그래도 여자를 벅차고 거친 의병 생활로 일생을 살게 하기보다는 나을 것 같았기 때문이다. 논개는 강동찬의 말을 다소곳이 들을 뿐, 더 이상 대답을 하지 않았다.

"그러면, 좀 더 알아보도록 하자꾸나."

강동찬은 말을 꺼낸 김에 어떤 결론이든 내야 한다는 생각도 없지는 않았지만 그쯤으로 해 두었다. 최한무 의병은 논개가 보호받아야 할 어린아인데 본인에게 물어볼 필요 없이 그냥 민며느리로 보내 버리면 되지 않느냐고 말했지만, 그럴 수는 없다는 생각이었다.

"지 땜에, 죄송합니더예. 너무 극정 마시소예."

논개는 그 말을 더듬거리고는 일어나 산막 뒤로 돌아갔다. 강동찬 앞에서 기어이 눈물 콧물이 쏟아질 것 같았기 때문이다.

그날 의병들은 늦은 아침녘에 어깨들을 늘어뜨린 채 훈련장으로 하나둘 나타났다. 논개는 열다섯 명의 의병 모두에게 돌아가면서 찬물 한 그릇씩을 떠다 주면서 "힘내이소예!" 한다. 그들은 어저께 시합에서 격렬히 힘을 써서 탈진한 탓인지 이날은 활쏘기 연습들을 하지 않았다. 신체 단련 훈련도 하지 않았다. 강동찬의 설명만 들었다. 그리고 어저께의 편사에서 느낀 나름대로의 의견을 저마다 발표하면서 시정하거나 보완해야 할 부분들을 토론했다. 또한 이날은 다른 날보다 훨씬 빨리들 귀가했다. 강동찬도 볼일이 많은지 서둘러 돌아갔다.

논개는 언제나처럼 텅 빈 훈련장에서 혼자 활쏘기 연습을 했다. 이제 논개의 화살은 과녁을 제대로 맞히고 있었다. 열 번 시위를 당기면 서너 번은 과녁을 못 미쳐 떨어지거나 과녁의 윗부분으로 스쳐 날아갔지만, 대여섯 번은 맞혔다. 논개는 자신의 피나는 연습과 노력으로 예상보다 빨리 과녁을 맞히게 된 것이라 생각해 어깨가 우쭐해지기도 했다. 그러나 왠지 쓸쓸했다. 논개는 자신의 이러한 발전을 강동찬 대장에게 보여 주고 싶었지만, 그러나 백발백중의 실력이 되면 그때 당당하게 펼쳐 보이겠다고 스스로에게 다짐한다. 그리고 한동안 연습을 하지 못할 것을 염두에 두고, 오월의 찬란한 태양 아래에서 비지땀을 흘리며 여느 날의 두세 배나 더 연습을 했다. 이날따라 화살이 과녁을 맞히는 횟수가 많아 흐뭇했다. 연습을 마친 논개는 떨어진 화살을 주워 들고 샘으로 가서 세수를 했다. 그리고 언제나처럼 손바닥으로 얼굴의 물을 훑어 내고는 고개를 위로 쳐들어 햇살에 말린다.

해는 아직도 많이 남아 있었다. 아침녘에 작심한 생각을 행동에 옮길 작정으로 논개는 산막 안으로 들어갔다. 강동찬이 두 번째 갖다준 쌀자루는 풀어 보지도 않은 채로 산막 구석에 놓여 있었고 앞서 먹던 쌀도 자루에 얼마간 남아 있었다.

논개는 헌 삼베 치맛자락을 뜯어 바늘로 듬성듬성 주머니 형태를 만들어 옆으로 끈을 달았다. 그리고 주머니 속에 대여섯 홉의 쌀을 넣고 허리에 둘러맸다. 활과 화살도 등에다 멨다. 화살을 꽂을 동개가 없었지만 궁하면 뚫린다고 산막 주변에서 주운 대롱에 대여섯 개의 화살을 넣고는 칡줄로 끈을 만들어 어깨에 멨다. 장끼 박제도 허리에 찼다. 털빛깔이 너무나 아름다운 장끼는 강동찬이 활로 쏜 것을 논개가 주워 박제한 것으로, 논개는 그것을 원주인인 그에게 돌려주고 싶은 마음도 있었지만, 그가 활을 쏘아 잡은 것이기 때문에 더 간직하고 싶었다. 그뿐만 아니라 그녀가 지녀야 할 것은 또 있었다. 해어져 기운 것이긴 해도 무명 치마저고리 한 벌과 실, 바늘 등을 넣은 괴나리봇짐도 만들어 등에 멨다. 그리고 산막의 판자문에 커다란 자물통을 채우고, 열쇠를 항상 놓아두는 댓돌 밑에 숨겨 두고는 훈련장을 빠져나가기 시작했다. 강동찬 아재가 진주로 갈 적마다 접어들던 산길의 초입에 우뚝 멈추어 서서 돌아보았다. 노란 흙으로 다져진 훈련장과 통나무로 지은 산막이 햇살 아래에 고즈넉이 자리해 있었다. 두 보름이 가깝게 머물렀던 곳으로 섭섭한 감정이 없지도 않았으나 그러나 지금 떠나지 않으면 강동찬 아재를 더 힘들게 할 것이라는 생각 때문에 그녀는 마음이 바빴다. 까치 한 마리가 훈련장 위를 빙빙 날다가 산막 옆의 굴참나무 가지 위에 앉으면서 논개 쪽을 바라보고 깍깍 울어 댔다. 마치 논개를 잘 가라고 배웅하는 것 같았다.

"온냐, 온제가 될지는 모리지만, 내 또 올 끼다. 그때 보자이."

논개는 손을 흔들며 목청껏 소리쳤다. 그러고는 돌아서 숲길로 접어들었다. 강동찬 아재를 영영 못 볼 것이란 생각은 결코 하지 않았다. 언제든 자기의 거처가 확실하게 되면 필히 이곳을 다녀갈 것이고, 그의 은혜를 평생토록 잊지 않을 것이라 생각했다. 다만 자신이 간절히 하고 싶은 의병 노릇을 그가 시켜 주지 않으려 함이 분명하고, 오히려 자기 분수에 넘치도록 더 좋은 자리를 찾아 주려 애를 쓰는 그에게 그저 송구스러워서 그의 짐이 되지 않으려고 떠나는 것일 뿐이었다.

진주성 밖의 주막집 같은 곳을 찾아가 볼 참이었다. 예닐곱 살 때 천변 난전의 주막집에서 오매와 함께 일하고 심부름하며 살아 보았던 경험으로, 그곳에서 부엌일을 해 주면 자신이 좀 더 클 때까지 먹고 자는 문제는 해결할 수 있을 것이라 생각했던 것이다. 하지만 논개는 진주성에 한 번도 가 본 적이 없어 산으로 질러가는 길이 어디로 나 있는지 알 수가 없었다. 그래서 일단 산골 동네인 '쪽방골'이 있으리라 짐작되는 쪽으로 내려가 보기로 했다. 돌아가더라도 그곳에서 물어서 가면 쉬울 것이기 때문이었다. 흙이 드러나 다져진 길은 없었지만 수풀이 눕혀진 흔적의 좁은 오솔길은 있었다. 논개는 강동찬이 다니는 길이라 생각했다. 많은 사람들의 발자국이 지나갔으면 오솔길은 꽤나 다져져서 모습을 갖추었을 것이지만, 그나마 잡풀이 눕혀진 곳도 길인 듯 아닌 듯 끊어지다 이어지다 했다.

논개는 쪽방골이 있을 것 같은 아래쪽으로 방향을 잡았다. 동네의 외양이 쪽박처럼 생겼다 하여 쪽방골이라는 이름을 가졌다는 말을 점백이 할매로부터 들은 적이 있었지만, 그 동네를 가 본 적이 없는 논개는 조금은 막막한 심정이기는 했다. 하지만 골짜기 동네를 찾아야 진주로 들어가는 큰길을 알 수 있을 것이고, 동네는 산 중턱이 아닌 산 밑에 있겠기에 아래쪽으로 방향을 잡은 것이다. 도중에 청설모와 다람쥐가 사방에서 나무를 기어 오르내리는 것이 눈에 띄었고, 어느 쪽에

선가 개 짖는 소리가 들려왔다. 논개는 귀를 쫑긋 세우고 개 울음소리가 나는 좌측 방향으로 걸음을 서둘렀다. 얼마 내려가지 않아 예상대로 작은 동네가 나타났고 논개는 반가움에 환성을 내지른다.

동네는 고즈넉했다. 열두세 채의 초가집이 골짜기 양편으로 엎드린 듯 자리해 있고 개 짖는 소리만 요란할 뿐 길에 나와 있는 사람들은 없었다. 초가집들이 가마가 다닐 수 있는 길을 가운데로 양옆에 띄엄띄엄 앉아 있었지만 사람이 보이지 않아선지 흡사 빈집들처럼 호젓해 보였다.

논개가 동네에 거의 다 내려갔을 때 물 항아리를 머리에 인 새댁 한 명이 물을 길으러 가는 듯 위쪽에서 내려오다가 논개와 마주쳤다. 새댁이 흠칫 놀라 뒤로 물러서면서 눈을 벌려 떴다.

"오매, 우짠 처니 아인가? 니가, 누고? 산에서, 내리오나?"

새댁은 괴나리봇짐과 활과 화살과 쌀 주머니와 장끼 박제를 어깨와 등과 허리에 주저리주저리 걸고 불쑥 나타난 논개가 너무나 우스꽝스럽고 생경스러웠던지 떠듬거리며 누구냐 물어 놓고도 논개의 온몸을 연신 훑어보았다.

"맞십니더. 산에서 내리옵니더예. 말씸 좀 물어보입시더. 진주로 갈라 카모, 오데로 가모 됩니꺼?"

"니 이름이 뭐꼬? 누 집 딸이고?"

새댁은 길은 가르쳐 주지 않고 논개의 행색이 볼수록 희한한지 시종 논개의 몸에서 눈을 떼지 않고 물었다.

"논개라고 합니더. 진주로 가는 길은, 오딥니꺼?"

"진주는 와 가는데? 그래 갖고 진주성 안으로 들어가모 니를 산짐승이라 카겄다!"

새댁이 기어이 웃었다.

"지가 사람이제 와 짐승이란 말입니꺼? 갈처 도라는 길은 안 갈처 주고 벨소리를 다 하네예."

논개가 뾰로통하게 말대꾸를 했다.

"진주로 가는 길에 버티고 서서 길을 물은께네 그렇제."

새댁이 또 웃었다.

"알겠습니더!"

논개는 자신이 발을 붙이고 서 있는 길을 새삼 내려다보면서 돌아서 걷기 시작했다.

"웃쪽으로 올라가야제. 자꾸 산 밑으로 내리가서 장개실 갈라꼬?"

새댁이 소리쳤다.

논개는 말없이 다시 몸을 돌려 위로 뻗어 있는 길을 걷기 시작한다.

"아지매도 되기 심심한가 보네예. 첨부터 이 길로 쭉 올라가모 진주가 나온다 카모 될 거를…."

논개가 중얼거리면서 고개를 돌려 새댁에게 꾸벅 목례를 했다.

"이 길로 쭉 올라가모 진주가 나오는 기 아이고, 고개를 올라서모 초전서 진주로 들어가는 큰길을 만나는 기라. 그 길을 따라서 가모 말티고개가 나오고, 또 좀 더 가모 진주성이 있는 기라. 오늘이 진주에 장이 서는 날이라서 길에 사람들이 심심차이 댕길 낀께 물어보고 가라꼬."

새댁은 비로소 손가락으로 고갯길을 가리키며 상세하게 말해 주었다.

"고맙십니더."

논개가 소리쳐 응답을 하고는 걸음을 빨리한다.

새댁은 온몸에 별의별 것을 주렁주렁 달고, 메고, 해진 짚신이 벗겨질까 봐 칡줄로 짚신까지 둘둘 감은 채 걷고 있는 논개의 뒷모습을 보면서 고개를 거듭 갸우뚱하며 우물로 향했다.

논개는 위로 뻗친 돌길을 양팔을 휘두르며 휘적휘적 걸어 올라갔다.

진주 가는 길을 알기 위해 쪽방골이 있음 직한 골짜기로 하염없이 내려왔던 것이지만, 이렇듯 되올라가는 것으로 시간이 소모될 줄 알았다면 산에서 측면으로 무조건 걸어 보았어도 진주로 가는 길을 만났을지도 모른다는 생각을 한다.

"카지만, 진주가 어느 쪽인지도 몰랐으니께…."

논개의 걸음은 빨랐다. 숨을 헉헉거리면서도 순식간에 바위와 흙으로 된 거친 돌길 고개 위에 올라섰다. 새댁의 말처럼 우마차가 달릴 수 있는 꽤나 폭이 넓은 길이 눈앞에 드러났다. 바로 초전서 진주로 진입하는 길인 듯싶었다. 해가 서녘으로 기울 시각이 멀지 않은 것 같은데, 길에는 검정 보퉁이와 자루에 무엇인가를 넣어 이고 들고 진주로 가는 사람들이 드물게 있었고, 진주에서 외곽으로 나오는 사람들도 심심찮게 있었다. 논개는 또다시 두 팔을 힘차게 내저으면서 걸음을 재게 놀렸다. 오가는 사람들이 자기를 돌아보고 킥킥거리며 웃거나 말거나, 완만하면서도 꼬불꼬불 휘돌아진 말티고개를 순식간에 넘어서 진주성이 있는 쪽으로 끊임없이 물어보면서 갔다.

3
운명의 신이여

운명의 신이여

말로만 듣던 진주성이 눈앞에 드러났다. 성문은 활짝 열려 있었고 성문 양쪽으로 문지기인 듯한 병졸 둘이 서 있었다. 논개는 성문 밖 주변의 사방을 휘둘러보았다. 주막들이 보이지 않았기 때문이다. 논개는 주춤거리며 성문 가까이로 다가갔다. 그리고 얼굴이 순해 보이는 병졸 앞에 섰다.

"아재요, 말씸 좀 물어보입시더예. 성 밖에 주막집이 엄습니꺼?"

창을 든 병졸이 눈을 돌려 논개를 내려다보았다. 그러고는 얼굴에 장난스런 웃음기를 달고 물었다.

"여식아가 주막집은 와 찾노? 약주 한 사발 마실라꼬 그라나?"

논개는 병졸의 말이 말 같잖다고 생각하여 대답을 하지 않는다. 그러나 병졸은 대답을 채근했다.

"와, 대답을 안 하노? 니, 지금 오데서 오는 누구 집 여식이고?"

"지는 산에서 내려온 사람이라예. 부모가 안 기시니까 누구 집 딸년이랄 것도 엄써예. 알아볼 끼 있어 그라는데, 주막집이 오디 있습니꺼예?"

"멀 알아볼라꼬 그라는데?"

"고만두시소예. 지가 주막을 찾아볼 끼라예."

논개가 돌아섰다. 쪽방골 새댁을 비롯해서 어른들은 무엇이 그리도 궁금한 게 많은지 모르겠다는 생각이었다. 그러나 병졸은 논개가 그냥 돌아가도록 내버려 두지 않았다.

"거기 섰거라. 니 어느 산에서 왔노?"

"선학산에서 왔십니더."

"너거 집이 그 산에 있다 말이가?"

"야아."

"산속, 오데쯤에?"

"와 자꾸 물어쌌습니꺼? 굴에 살았습니더."

논개는 왠지 강동찬 의병장의 활터에 있었다는 말을 하고 싶지가 않았다.

"니가… 활과 화살은, 오데서 났노?"

논개는 병졸이 자기를 왜 불러 세우는가를 알 것 같았다. 하지만 그것도 바른대로 말을 하고 싶지가 않았다.

"산에서 사냥하던 우떤 아재가 지한테 주신 기라요."

"그 아재가 누군데?"

"지도 잘 모립니더. 그란데, 와 자꾸 묻습니꺼? 머가 잘못됐습니꺼?"

그때 그 병졸의 맞은편에 섰던 얼굴이 말상 같은 병졸이 끼어들었다.

"니 허리에 찬 그 꽁은, 니가 잡은 거가?"

"아이라예. 이 활을 준 아재가 잡은 거라예!"

"그라모, 니는 활을 쏠 줄도 모리믄서 활과 화살을 메고 다니고, 꽁도 니가 잡은 기 아이믄서 허리에 차고 다닌다 이 말이가? 그라고 어린 가시나가 활하고 꽁이 씰데가 오딨노? 그거 다 여게 벗어 놓고 가라."

논개가 펄쩍 뛰면서 한걸음 뒤로 물러섰다.

"안 됩니더. 이 활은 지가 얻은 지 활이라예. 장끼도 지가 박제했단 말입니더. 그라고 지도 쪼깸은 활을 쏠 수 있단 말입니더."

병졸 둘이 동시에 픽 웃었다.

"니가, 활을 쏠 줄 안다 캤나?"

"야아."

"그라모 저게 방 붙이는 판때기 한번 맞히 볼래? 못 맞히모 니는 어른들한테 거짓말한 긴께, 그 활하고 화살하고 꽁은 여게 놔뚜고 가야 한다."

"그런 기 오딨습니꺼? 지가 맞추고 몬 맞추고 간에, 이 활하고 화살하고 장끼는 지 껀데 와 아재들한테 벗어 주고 간단 말입니꺼? 지가 아재들하고 무신 시합하자 캤습니꺼? 그라모, 지가 저 판을 맞히모, 아재들은 지한테 멀 해 줄 낍니꺼?"

"그래, 니가 맞히모, 주막이 오데 있는지 갈차 줄께."

"그만두이소. 그거는 아재들한테 안 물어봐도 알 수 있심더."

"니 어른 말 안 들으모, 이 성문 안으로는 몬 들어간다."

논개에게 술 마시려고 주막을 찾느냐 물어보던 처음의 그 병졸이 눈을 부라리며 험악한 얼굴을 하고 말했다.

성문을 드나들던 사람들이 하나둘 논개 주변으로 모여들기 시작했다. 모두가 호기심과 흥미에 가득 찬 눈빛들을 하고 문지기 병졸들과 논개 사이에 오가는 말에 귀를 기울였다. 병졸들은 주변으로 모여드는 사람들이 껄끄러운지 험악한 도끼눈을 만들어서 휘둘러보았지만 일여덟 명의 구경꾼들은 슬금슬금 뒷걸음질을 치면서도 물러나지는 않았다. 모두가 기이한 차림의 논개를 아래위로 훑어보며, 그녀가 활을 한번 쏘아 봤으면 하는 눈치를 보였다. 그러나 논개는 병졸들을 흘끔 쳐다보면서 그냥 몸을 돌렸다. 판을 못 맞히면 활과 화살을 병졸들에게 주어야 하고 화살을 판에 적중시키면 겨우 주막집을 가르쳐 주겠다는, 말도 아닌 조건으로 활을 쏘고 싶지는 않았던 것이다.

병졸들이 소리 내어 웃었다.

"그러모 그렇지! 어른 활쟁이도 맞히기 어러블 낀데, 니가 무슨 수로 저 판을 맞히겠노. 쏘지도 몬하는 활하고 화살은 뽄으로 메고 다니나? 이리 내놔라. 우리 아재들이 요긴할 때 잘 쓸 테니께."

병졸 하나가 성큼성큼 논개 가까이로 다가왔다.

그 자리를 피하려던 논개는 병졸을 향해 고개를 홱 돌렸다.

"지가 활을 쏘든 몬 쏘든 간에, 이 활하고 화살은 지 껀데, 아재들이 와 뺏들라 캅니꺼? 지 낍니더, 안 됩니더."

"요것 봐라. 머리에 쇠똥도 안 벗거진 가시나가 눈알을 불가트리고 독을 품네? 활도 몬 쏘면서 머 땜에 차고 다니느냐 이 말이다."

"지가 쏘는지 몬 쏘는지 아재들이 우찌 압니꺼?"

"그라모 쏴 보라 카는데 와 몬 쏘노?"

"조껀이 말이 안 된다 아입니꺼. 지가, 저 판을 맞히모 주막집 갈처 주는 거 말고 지가 성문 안을 온제나 맘대로 들락거리게 해 주고, 아재들이 지한테 큰절을 하겄습니꺼?"

주변의 구경꾼들이 킥킥 웃었다. 그리고 다시 서서히 논개 주변으로 모여들었다. 활을 뺏으려고 논개 옆으로 다가섰던 병졸이 기가 차는 듯 입을 딱 벌렸다.

"니 머라 캤노? 니가 저 판을 몬 맞히모 이 활하고 화살하고 꽁을 우리한테 주고, 맞히모 니가 이 성문을 맘대로 들락거리게 하고, 또 우리 보고 니한테 큰절을 하라 캤나?"

"활과 화살과 꽁을 다 준다 소리는 안 했십니더. 지가 몬 맞히모 화살 한 개만 줄 낍니더."

두 병졸은 얼굴을 서로 마주 보면서 눈을 찡긋하곤 말했다.

"활과 꽁도 같이 내놔라."

"안 됩니더. 싫으모 관두이소."

논개가 또다시 돌아섰다.

"온냐, 꽁은 안 조도 된다. 그라모, 여게서 한번 쏴 봐라. 한 방에 맞아야 되는 기다. 알겄나?"

"야아."

둘러섰던 사람들이 수런거리며 논개 주변으로부터 한 발짝씩 물러나기 시작했다. 논개는 속으로 적잖이 긴장이 되었다. 그녀가 서 있는 곳에서 맞혀야 할 판까지의 거리가 활터의 설자리射臺에서 과녁만큼의 거리쯤은 되어 보였지만, 판이 평지가 아닌 높은 곳에 세워져 있었기 때문이다. 그러나 미리 불안해하는 것은 도움이 되지 않는다고 생각했다. 평심을 잃게 되면 화살이 제멋대로 튕길지도 모르기 때문이었다. 활의 자세를 조금 높게 잡으면 적중이 가능할 것도 같아 자신감을 가졌다.

논개는 서둘지 않고 활을 오른팔로 잡고 등짝의 대롱에서 화살 하나를 뽑아 들었다. 그리고 한 발짝 뒤로 물러서면서 과녁이 되는 판과의 거리를 가늠했다. 병졸들을 비롯하여 구경꾼들이 모두 숨을 죽였다. 논개는 화살을 시위에 걸고 팔을 한껏 위로 쳐들었다. 겨냥한 판이 성벽 옆의 높고 홈이 진 곳에 박혀 있었으므로 겨누기가 쉽지 않았던 것이다. 마음속으로 강동찬 아재와 오매를 떠올리며 도와 달라고 읊조렸지만 마음을 흩트리지는 않았다. 활과 화살을 탐욕스런 병졸들에게 결코 빼앗기고 싶지 않은 논개는 혼신을 다해 집중하면서 과녁을 천착하듯 응시했다.

마침내 화살을 힘껏 뒤로 당겼다. 그리고 쐈다. 화살이 "휭" 바람 소리를 내며 시위를 떠났다. 논개는 잠시 눈을 감았다가 떴다. 순간, "와아" 하는 함성 소리가 귀를 찢는 듯했다. 화살이 성벽 옆에 위치한 판을 정확하게 맞힌 것이었다. 논개는 안도감에 내심 깊은 숨을 몰아쉬었다. 온몸의 힘살이 몸 밖으로 사르르 빠져나가는 것 같았다. 구경꾼들의 만족해하는 탄성이 연발하는 가운데 두 병졸은 입을 벌린 채 닫지를 못했다.

논개는 그들을 똑바로 쳐다보았다.

"보셨지예? 화살이 적중했습니더. 약조를 지키시소."

논개의 말은 차분하고 낮았으나 위엄이 있었다.

"지는 인자, 이 성문을 지 맘대로 들락거릴 수가 있게 된 깁니더. 그라고, 죄송하지마는, 지한테 큰절을 하시소. 아무리 기맥힌 일이라도 약조는 약조니께요."

논개는 선 위치에서 조금 편편한 자리로 몸을 옮기고는 양반처럼 책상다리를 하고 바닥에 털썩 앉는다. 사방이 갑자기 물을 끼얹은 듯 조용해졌다. 모두가 숨을 죽이며 병졸들을 쳐다보고 있었다. 그 사이에 구경꾼들은 더 많아져서 스무 명이나 됨 직했다.

병졸들은 서로 얼굴을 마주 볼 뿐 누구도 논개에게 큰절을 할 기색은 아니었다. 얼굴이 말상처럼 생긴 병졸이 머리를 굴렸다.

"야아가, 그 말을 참말로 들었는가배. 장난으로 해 본 농담인 기라야! 니는, 에난 걸로 알았던가배?"

병졸이 설레발을 치듯 비열한 웃음기를 입가에 물고 이렇게 떠벌리자 구경꾼들이 수런거리기 시작했다. 누구도 앞에 나서서 병졸의 말이 틀렸다고 반박하지는 못했지만, 소란스런 분위기가 약조를 지키라는 무언의 압력임을 선명히 느끼게 했다.

논개가 앉은 채 언성을 높였다.

"아재들, 그라지 마시소. 아재들은 사나이 대장부에 이 나라 수문장들이십니더. 한 입으로 두말할 사람들이 아닌 걸로 압니더. 지한테 약조한 것을, 여기 기시는 어른들께서 다 듣고 보셨습니더. 증인들이십니더. 지가 한번 물어볼까예?"

논개가 잠시 말을 중단하고 앉은 채로 둘러선 남정네들을 빙 둘러보았다. 그리고 또박또박 그들을 향해 말했다.

"아재들, 수문장 아재들이 지한테 약조하시는 거, 다 들으셨지예?"

그러자 봇물이 터지듯 여기저기서 동조의 소리들이 터져 나왔다.

"그라모! 우리가 다 들었다! 수문장님들이 찰떡같이 약조하는 거를."

"약조는 지키야제."

"절해야제. 어른이 아한테 거짓말하믄 안 되제."

구경꾼들의 소리는 이어지고 논개는 다시 병졸들을 쳐다보았다.

"들으셨지예? 얼렁 절하시소. 지가 활을 몬 맞췄으모, 아재들은 지 활과 화살을 빼앗았을 낍니더. 힘없는 여식아라고 막보고 그리 행동하모 안 되는 기라예. 얼렁 절하시소. 지는 오늘, 꼭 절을 받아야 하겠십니더."

논개는 비열하게 딴전을 부리는 그들에게 심하게 화가 났다. 힘없는 백성들 우습게 보지 않도록 그들에게 일부러라도 언짢은 인상을 기어이 심어 주고 싶었다. 병졸들은 팔짱을 낀 채 그냥 빙글빙글 웃고만 서 있었다. 절대로 큰절을 할 기색들이 아니었다.

"아재들이 약조를 기필코 안 지키시모, 지가 아재들한테 지금 더러분 욕질을 할 낍니더. 그래도 갠찮겠습니꺼? 얼굴도 못 들 더러분 쌍욕질을, 여게 어른들이 지켜보는 앞에서 하고는 지도 장난으로 그랬다칼 낍니더. 그래도 괜찮지예?"

논개는 흥분하지 않고 그렇게 말했다.

병졸 하나가 불같이 소리를 쳤다.

"에린 가시나가 어른을 보고 욕질을 한단 말이가? 니가, 곤장을 맞을라꼬 환장을 했나?"

"장난인데, 우떻습니꺼? 천하에 더러분 쌍욕을 백성들 앞에서 듣는 거보다, 약조를 지키는 게 나을 것 같은데예."

그러자 구경꾼들 속에서 "여식아 말이 맞다! 어른도 약조를 지키소." 하는 소리가 터졌다. 그 말이 신호이기라도 한 듯 "약조를 지키소.", "애한테 거짓말하모 지옥 갑니더.", "얼렁 절하소." 하는 말들이 여기저기서 연달아 터지면서 병졸들을 몰아치듯 했다.

병졸들이 얼굴을 시뻘겋게 붉히고 험악한 표정으로 구경꾼들을 쏘아보았다.

"다 가소! 무신 구경났다고 둘러서서 잔말들이 많아. 집구석에들 얼렁 돌아가란 말이야!"

그러나 구경꾼들은 꿈쩍들을 하지 않았다. 어깨를 젖히고 더 버텨서는 것 같았다.

그때였다. 말 발자국 소리가 나는가 싶더니 벼락같은 고함 소리가 터졌다.

"무슨 일이냐?"

병졸들의 대장인 듯싶은, 허우대가 매우 큰 남자가 말을 탄 채 병졸들과 군중들을 번갈아 내려다보면서 소리를 쳤다. 두 병졸이 흠칫 놀라면서 후다닥 자기 자리로 돌아가 창을 잡고 자세를 바로 하여 섰다.

"무슨 일이냐고, 묻지 않았느냐?"

대장은 그냥 못 본 척 넘어갈 작정이 아닌 것 같았다. 두 병졸을 무섭게 노려보면서 추궁했다.

논개는 앉았던 자리에서 일어나 대장 앞으로 다가갔다. 논개가 대장 앞으로 가까이 가자 두 병졸의 얼굴이 눈에 띄게 굳어졌다. 논개는 그들을 한 번 흘겨보고는 대장 앞에 다가가 머리를 땅에 박을 듯이 깊숙이 숙여 절을 했다. 말 위의 대장이 의아한 얼굴로 논개를 내려다보았다.

"너는, 누구냐?"

"논개라 합니더."

"왜 그러느냐?"

"디릴 말씀이 있어서 그럽니더."

논개의 또렷하고 당당한 말에 주위가 조용해졌다. 두 병졸은 완전히 겁에 질린 표정을 감추지 못한 채, 대장 앞에 빳빳이 서 있는 논개의 얼굴을 불안한 눈빛으로 바라보고 있었다.

"무슨 말이냐? 해 보아라."

"지가, 겁도 엄시 수문장 아재들한테 말대답질을 하다가, 이렇게 쌈판맨키로 시끄러버진 것입니더. 저 아재들은 아무 죄가 업는 기라예."

논개의 말이 떨어지자 구경꾼들 속에서 술렁거림이 있었다.

"네가, 뭐라고 말대답질을 했다는 말이냐?"

"아재들이 지를 보고, 어린 가시나가 씰데없이 활을 갖고 다닌다고 멀쿠길래, 아재들 얼굴이 말하고 돼지를 닮았다꼬 했습니더."

구경꾼들 중에 누군가가 쿡 하고 웃었다. 연달아 여기저기서 소리 죽인 웃음이 터져 나왔다. 병졸들의 얼굴이 실제 한 사람은 말처럼 길고, 한 사람은 둥근 데다 위로 쳐들린 콧구멍과 찍어 놓은 듯한 작은 눈이 돼지를 연상케 했기 때문인지도 몰랐다. 그렇게 보아선지 대장의 얼굴에도 빙긋 웃음기가 스치고 지나간 것 같았다.

"이 여식아이 말이, 사실이냐?"

대장이 병졸들을 내려다보며 물었다. 앞서 추상같이 호령하던 기세에 비하면 대장의 음성이 많이 부드러워져 있었다.

"예, 예."

병졸들이 동시에 허리를 굽신대며 입을 모아 대답했다.

대장이 논개를 다시 내려다보았다.

"너는, 어린것이 감히 어른에게 그런 말대꾸를 했단 말이냐? 오늘은 처음이니까 내가 그냥 봐준다마는, 어른에게 다시 그런 말버릇을 하면 너는 곤장을 맞을 것이니라."

논개는 고개를 숙인 채 "알겠습니더." 했다.

대장은 몰려 있는 사람들을 둘러보면서 "그만한 일이 무슨 구경깜이라고 모여 있느냐?" 하며 어서 집으로들 돌아가라고 호통을 내렸다. 그러고는 말고삐를 잡아채며 대장은 성문 안으로 들어가 버렸다. 두 병졸은 대장의 뒷모습을 향해 코가 땅에 닿을 만큼 허리를 구부려 절을 했다.

대장의 모습이 시야에서 완전히 사라지자, 논개는 두 병졸을 향해 다시 또박또박 말했다.

"대장님 가신다꼬, 끝난 일이 아입니더. 아재들은, 약조를 지키시소."

구경꾼들 속에서 탄성과 함께 고개를 내두르며 혀를 차는 소리들이 났다. 논개의 집요함과 고집스러움 때문인 듯했다.

병졸들이 기가 막힌다는 얼굴로 논개를 돌아보았다.

"끝났제. 머가 또 남아 있다 말이고?"

얼굴이 둥근 병졸이 어처구니없다는 낯빛으로 허리에 손을 얹고 바른 다리를 앞으로 내밀면서 말했다.

"우째 끝났습니꺼? 아재들이 아직꺼정 약조를 이행하지 않았는데예."

말상의 병졸이 얼굴이 다시 붉어지면서 벌컥 화를 냈다.

"보자보자 한께네, 대갈빼이 쇳똥도 안 벗거진 가시나가 참말로 독종이네. 야, 이노무 가시나야. 니가 큰절 안 해 준다꼬 우리를 말 돼지 같다고 욕질한 거 아이가. 욕질했으모 됐제, 또 무신 약조를 지키라 말이고?"

"와, 썽을 내십니꺼? 지는, 아재들 생각해서 고만큼만 말한 긴데. 고거를 몰랐습니꺼? 아재들요, 끝꺼정 약조 몬 지키겠다 카모, 지가 대장 아재한테 있는 그대로 다 말할밖에 없네예. 그라모, 지도 거짓말했다꼬 곤장 맞겠지만, 아재들은 지보다 더 큰 벌을 받겠지예. 그래도 좋습니꺼? 지는, 한번 맘묵은 일은 꼭 합니더."

논개는 두 눈을 똑바로 떠서 병졸들을 쳐다보고는, 조금 전에 앉았던 자리로 다시 옮겨 가서 양반 앉음새를 한다. 병졸들은 대장한테 사실대로 고자질하겠다는 논개의 말이 켕기는지 입술을 반쯤 벌리고 시종 기가 막힌다는 표정만 짓고 그대로 서 있었다.

구경꾼들 속에서 또다시 소리들이 터져 나왔다.

"약조를 지키시오."

"그 여식아가, 아가 아이요! 아로 보다가 코 깨지겄네. 약조를 지키시오."

"큰절을 하시오."

논개는 더는 말없이 두 병졸들의 얼굴만 응시하고 있었다.

"옘벵할, 절하지 머. 곤장 맞는 거보다야 낫겄제."

말상의 병졸이 들고 섰던 창을 땅바닥에다 처박아 버리고 자포자기적인 낯빛으로 논개 앞으로 성큼성큼 오더니, 두 팔을 하늘로 쳐들어 땅바닥을 치듯, 그러나 무릎은 구부렸을 뿐 땅에 닿지는 않은 채로 큰절하는 시늉만 냈다. 그의 얼굴은 난자당한 자존심 때문인지 모멸감과 분노로 흙빛이 되어 있었다.

"인자 됐나?"

그는 손바닥을 털면서 논개를 노려보고 잡아 뜯듯이 말했다.

"제대로 하는 큰절은 아입니더마는, 약조를 지킨 걸로 해 주겄습니더. 또 한 분 아재도, 약조 지키시소."

"오냐. 애비 겉은 사람 절 받아무라. 운이 엄슬라 카모, 자슥 같은 아년한테, 절하는 수도 있겄제. 자, 절한다."

또 한 병졸도 쿵쿵 화난 걸음질로 논개 앞으로 와선, 털썩 쭈그리고 앉아 고개를 빳빳이 들고 손바닥으로 땅만 짚는, 반절도 못 되는 절 흉내를 냈다. 그러고는 벌에 쏘인 듯 벌떡 일어났다.

구경꾼들이 여기저기서 킥킥 웃었다. 손바닥을 치면서 거침없이 와하하 박장대소를 하는 사람들도 있었다.

"나라 지키는 포졸님들, 거시기 떼 삐리야겄다! 썬찮은 어른들이 똑 떨어지는 얼라한테 곤욕을 치루는구나. 우하하하."

"으헤헤, 으헤헤."

남정네들의 대놓고 터뜨리는 비웃음에 두 병졸은 얼굴을 붉히다 말고 자기들도 어이가 없는 듯 그냥 함께 웃어 버렸다.

논개가 흙범벅이 된 치마를 털면서 땅바닥에서 비로소 일어났다.

"송구시립습니더. 온절은 아이지만 우쨌거나 절하는 숭내는 냈으니께 약조를 지킨 걸로 받아들이겠습니더. 그라모, 지는 인자 성문 안으로 들어가겠습니더. 그라고, 성문 밖으로 나오고 싶으모 온제든지 나올 낍니더. 그것도 약조한 거니께, 지를 막으모 안 됩니더."

논개는 그 말을 끝으로 성문 안으로 당당히 걸어 들어갔다가 또 걸어 나왔다. 병졸들의 반응이 어떻게 나오는가를 보려는 듯 그녀는 두세 번을 들락거리더니, 성벽 옆의 판 앞으로 올라가 박혀 있는 화살을 뽑아내서 등짝의 대롱에 담는다. 사람들은 논개의 행동을 시시콜콜 주시하면서 저 영악한 아이가 어느 고을 누구 집 딸이냐고 수군거리고들 있었다. 논개는 화살을 거두자마자, 그때까지도 돌아가지 않고 계속 머뭇거리고들 있는 구경꾼들에게 진심으로 고마워하는 낯빛으로 고개를 숙여 보이고는, 성문 안으로 걸음을 재촉했다. 실제로 논개는 둘러선 구경꾼들이 없었으면 두 병졸들에게 그만큼 약조를 지키도록 호기를 부릴 수는 없었을 것이라 생각했다. 그들이 논개의 편에서 든든한 울타리로 버텨 주었기 때문에 끝까지 약조를 고집할 수 있었고, 또한 병졸들을 대장으로부터 감싸 주는 여유도 부릴 수 있었던 것이었다.

논개는 기분이 나쁘지 않았다. 자기가 두 어른 병졸들에게 방자하고 좀 심했다는 생각도 없지 않았지만, 그러나 여차했으면 활과 화살을 강제로 빼앗겼을 수도 있었다는 생각에 몸서리가 쳐지면서 자신의 행동이 크게 후회되지는 않았다.

비스듬히 경사지게 뻗어 있는 넓은 길을 따라 논개는 잰걸음으로 걸어갔다. 성 밖에 난전이 있으면 주막이 있을 것이고 그 주막을 찾아볼 생각이었지만, 성문 주변에는 난전 같은 것은 없었고 또 이왕 성문 안으로 쉽사리 들어왔으니 성안의 주막을 찾아볼 수밖에 없었다. 논개는 일단 장이 서는 곳을 찾아가야 한다고 생각했다. 고갯길에서 내려다본 성안에는 초가집 기와집들이 이곳저곳에 무더기로 옹기종기 앉아 있어 여러 고을이 형성되어 있는 것처럼 보였다. 갈림길도 여러 곳에 나 있었다. 가마가 다닐 만한 가장 폭이 넓은 길을 따라 걷던 논개는, 나뭇짐을 팔고 빈 지게를 지고 돌아가는 농부 차림의 노인에게 장터가 어디쯤에 있는가를 물어본다.

"조오기 모롱이를 돌아가모 장터가 있지마는, 인자 파장인데 멀 바꿀라꼬?"

농부는 난전의 위치만 가르쳐 주는 것이 아니고 논개의 아래위를 살펴보면서 무슨 장을 보러 가는지도 물었다.

"장터 옆에는 주막들이 많지예?"

"하모, 사람 끓는 데는 반다시 주막이 있제. 그란데, 주막은 와 찾는데?"

농부는 고개를 끄덕거리면서 주막은 왜 찾느냐고 또 물어 왔다.

"아재는 궁금하신 기 많네예. 지 사정인 기라예. 고맙십니더."

논개는 농부가 일러 준 방향으로 잰걸음을 치면서 소리 높여 밝게 말한다.

*

장터는 농부의 말대로 파장이었다. 소금 장수 한 사람이 팔다 남은 천일염을 가마니에 쏟아부어 새끼줄로 묶고 있는 모습만 보일 뿐 장터는 휑하니 비어 있었다. 물론 논개가 관심을 갖는 것은 장터 주변의 주막집이었기에 파장이 되었든 아니든 그것은 중요하지 않았다. 사람 끓는 곳에 주막이 있다고 하던 빈 지게 노인의 말처럼 장터 주변으로 주막이 두세 집이나 있었다.

논개는 사람들이 많이 북적대는 주막집으로 들어갔다. 마당에 놓인 대나무 평상과 널마루 등에서 국밥을 먹고 있던 남자들이 가까이 다가서는 논개를 바라보곤 하나같이 웃음을 터트렸다.

"애기 활량인가? 아니모, 애기 각설인가?"

논개의 유별한 차림을 두고 활 쏘는 활량인지 거지인지를 말하는 것 같았다. 논개는 못 들은 척하고 술청 안을 기웃거리며 주모를 찾았다.

그때였다.

"누구 찾노? 국밥 묵을 끼가?"

논개의 바로 뒤에서 빈 그릇들이 담긴 소반을 들고 오던 살갗이 가무잡잡하게 생긴 중년의 여자가 물었다.

"주인아지매를 찾아예."

"와 그라는데?"

"주인아지맵니꺼?"

"그렇다마는, 바뿐 사람 와 찾노?"

"이 주막에 사람 손이 모자라지 않는가 싶어서예."

"사람 손이야 온제나 모자라제. 와, 니가 여게서 일하고 시퍼 그라나?"

"야아."

주인 여자가 소반을 술청 위에 내려놓고 논개를 찬찬히 뜯어보듯 살폈다.

"니, 멫 살이고?"

"열한 살입니더."

"열한 살 묵은 니가, 할 줄 아는 일이 머꼬?"

"심부럼도 하고 그릇도 잘 씻어예."

"너거 집은 오데고, 너거 아부지 옴마는 누고? 이름은 머꼬?"

"지 이름은 논개라 하고예, 집은 선학산 밑에 살았고예, 부모님은 다 돌아가싰어예."

"일가친척들은 오데 사노?"

"아무도 엄써예."

"그라모, 달랑 니 혼자뿐이라 말이가?"

"그렀십니더."

주인 여자가 가만히 고개를 주억거렸다. 외형적 조건은 마음에 드는 모양인지 더 묻지를 않았다.

"그라모, 지금 바로 저 그릇들을 씻거 봐라. 니 일하는 거 보고 내가 생각해 볼 테니께."

논개는 얼른 소맷자락을 걷어 올리고 개수통에 가득 담긴 뚝배기와 사발들을 씻기 시작했다.

"야 좀 보래이. 몸띠에 걸고 메고 있는 거를 벗어 놓지도 않고 일을 하네."

"아, 알겄십니더."

논개는 마당의 평상에 앉아 막걸리를 마시고 있는 눈빛이 이글거리는 장돌뱅이들이, 자기의 활과 화살과 장끼를 탐내서 수작이나 벌이며 뺏어 가지 않을까 걱정되어 벗어 놓지 않았던 것이다. 그것들을 메고 차고 있어도 실제 그릇을 씻는 데는 지장이 없었지만, 주인 여자 눈 밖에 나서는 안 된다는 생각에 그것들을 모두 벗어서 정짓간 제일 높은 살강 위에 조심스럽게 얹어 두었다. 짐들을 풀어내선지 몸이 한결 가벼워졌다. 논개는 신명이 나서 개수통에 꽉 차 있는 뚝배기와 사기그릇들을 단숨에 씻어 엎고 주인 여자가 들어 나르는 술상을 좇아 나가 받아 들곤 했다. 주막에는 정짓간 일을 돕는 환갑이 다 되어 보이는 노파도 한 사람 있었다. 논개는 노파가 들고 있는 국자를 받아 국밥도 떠서 나르고 주막집 뒤란에 묻은 술독에서 막걸리를 한 두루미씩 퍼내어 손님들 앞으로 갖다주기도 했다.

"저 여식아가, 보기보담은 힘도 쎄고 몸이 제비맨키로 빠리네."

노파가 논개의 신명 오른 잽싼 몸놀림을 유심히 바라보면서 말했다.

"첨인께 그라겠지만, 두고 봐야 될 낍니더. 올매나 밥을 제대로 몬 묵었으모, 저리도 빼짱구일꼬? 이목구비하고 눈은 또랑또랑한데, 몬 묵어 갖고 영 크지를 몬했네. 옷도 너덜너덜 닳아서, 저게 걸뱅이 두디제, 오데 옷이요."

"그래도 빨아는 입었는지, 에미 애비도 옴따는 아가 나이보담은 깨끔은 하구먼."

"쏙에는 이가 드글드글할 끼요. 저녁에 물 뎁히서 목깜끼고 내 안 입는 헌 옷을 좀 줄아 주이소. 저 가시나 뒤에 아무도 옴따 쿤께 나도 반맘은 가니께. 묵는 입은 하나 더 늘지마는, 저 가시나가 여게 있으모 할매가 쪼깨 편할 끼요."

"오데 나만 편하겠나? 하동띠도 핀하제."

주인 여자와 노파가 주고받는 말을 논개는 오면가면 흘려들으면서, 자기가 이 주막에서 머물게 될 것임을 알았다.

"극정들 마시소. 지가, 밥값은 할 낍니더."

논개는 그렇게 속으로 중얼거리면서 안도감을 가졌다. 일은 힘들겠지만 세상을 혼자 살아가려면 마른일 진일 가릴 수만은 없을 것 같았다. 무엇보다도 강동찬 아재를 힘들게 하고 싶지 않아 급히 활터를 벗어난 처지이니 당장 갈 곳도 없었던 것이다. 여차하면, 강 진사 댁 노비도 누구도 자기를 찾아낼 수 없는 아주 멀고 깊은 산속으로 들어가 평생 혼자 살 생각도 했지만, 그러나 사람 사는 곳으로 내려와 북적이며 어울리는 것 또한 나쁘지 않다는 생각이기도 했다.

그날 밤, 논개는 노파가 시키는 대로 물을 차지 않을 정도로 데워서 머리도 감고 몸의 때를 벗겨 냈다.

"쯔쯔, 니 땟물 좀 봐라! 재첩국 끼리 논 것 같다. 온제 몸을 깜았길래 이리도 때가 많노?"

노파가 거친 손바닥으로 논개의 등짝을 밀어 주면서 혀를 끌끌 찼다.

"작년 여름에 강에서 멱감고 첨이지예. 날이 좀 더 더버지모 강에 가서 멱을 깜으모 될 낀데, 와 물을 덥히서까지 씻어라 카는지 모리겄네예."

논개는 자기가 보아도 때 건더기가 둥둥 뜨는 뿌연 땟물이 민망스러워 중얼거린다.

"묵는 음식을 파는 주막에서 일하는 사람이 더러부모 객들이 안 오기 때문인 기라. 모가지나 손목때기에 때가 덕지덕지 시커멓게 붙어 있는 사람이 국밥을 날라다 조 봐라. 국밥이 맛이 있겄는가?"

논개는 노파의 말이 옳다는 생각을 하며 고개를 끄덕인다.

"할매 말씸이 지당하시네예! 하이고, 때를 많이 벗기고 난께 몸띠 근수가 줄어든 거 같애예. 해꺼븐 기라예!"

노파가 피식 웃으면서 논개의 등을 손바닥으로 찰싹 때리며 어서 깨끗한 물로 몸을 헹구고 목욕 함지는 씻어서 엎어 놓으라고 했다.

"그라고, 니 입던 옷은 이가 많을 텐께 부석에 넣어서 태워 삐리라. 주인아지매 옷 중에 작아서 몬 입는 거 내가 줄이서 입도록 해 줄 텐께."

"씻으모 아즉 더 입을 수 있는데예."

"너덜너덜 해져서 두디 겉던데 빨기는 멀라꼬 빠노."

"지한테, 치매저고리 한 벌 더 있어예. 여게저게 꼬맨 데가 많지만."

"그것도 버리 뿌라. 객들이 걸뱅이 데불다 놓고 일 시킨다 쿤다."

노파는 때를 벗긴 논개더러 자기가 거처하는 뒷방에서 삼베 홑이불로 몸을 감고 있게 하고, 주인 여자의 헌 옷을 꺼내 저고리 소매와 치마 길이를 줄여 논개가 입도록 해 주었다.

"할매는 이 집에 기신 지 올매나 됐십니꺼?"

논개는 자상하게 챙겨 주는 노파를 바라보면서 점백이 할매를 떠올리며 물어본다.

노파가 긴 한숨과 함께 다섯 해가 되었다고 했다. 논개는 이어 할매를 돌봐 줄 자식들이 없느냐고 물어보고 싶었지만, 노파의 표정이 어두워 보여서 그만 입을 닫아 버린다. 논개는 정짓간 살강 위에 얹어 둔 활과 화살과 장끼가 걱정이 되었으나 이날 밤에는 그대로 둘 수밖에 없다는 생각을 한다. 주인 여자와 노파의 기분을 어수선하게 만들어서는 안 된다는 생각 때문이었다. 논개는 이날 밤, 주막집 뒷방에서 노파와 함께 잠을 잤다.

다음 날, 주인 여자는 아침 인사를 하는 논개를 보고 놀란 얼굴을 했다.

"세상에, 야아가 딴 가시나 같네! 어제는 산걸뱅이 같더마는, 씻기고 멀끔한 옷 입히 논께, 영민해 뵈네."

"고맙십니더."

"일은 좀 힘들겠지만, 여게 있으모 세끼 밥은 다 묵을 수 있다. 니가 일을 잘하모, 내가 추석에 비단 치매저고리도 해 줄 끼다마는, 일 몬하고 꾀만 부리모 그날로 내쫓아 삐린다, 알겄나?"

"야아!"

논개는 이날도 주인 여자의 눈에 빗보이지 않으려고 부지런히 국밥과 술두루미를 나르고 빈 그릇들을 씻고 걸레도 빨았다. 그 정도의 일들은 실제 생각보다 큰 힘이 들지 않았고, 오랜만에 사람들 속에서 어울리며 사는 것이 재미도 있어 그녀는 벙글거렸다.

주막은 장이 서는 장날 전후에 사람들로 북적거렸고, 여느 날은 비교적 한가했다. 주막은 국밥과 술만 파는 것이 아니라, 주인 여자가 거처하는 안방과 노파와 논개가 거처하는 뒷방 외에 삽짝 옆의 헛간이 있는 아래채에 방 두 개를 만들어서, 장날 전후에 장돌뱅이들이 한 방에 네댓 명씩 자고 가게 하는 숙박업도 겸했다. 장돌뱅이들은 이 주막에 나타난 부지런하고 잽싼 논개를 칭찬했다.

*

논개가 주막에 머물기 시작한 후 네 번째로 장이 서는 날이었다.

날수로는 스무 날이 가까워서 논개는 나름대로 주막의 일에 익숙해져 있었다. 그녀가 하는 일은 일정하게 정해져 있지 않았지만 객들에게 국밥 소반이나 술두루미를 나르는 일과 심부름 위주였다. 그러나 그릇도 씻어야 하고, 국밥 아궁이에 불도 지펴야 하고, 주막 안팎의 청소와 빨래도 하는 등 그때그때 필요한 잡일은 다 했다. 국밥과 밀주 담그는 일 전담인 노파는 논개가 들어오고서부터 객들의 모든 심부름과 움직이는 일은 논개에게 시켰고, 주인 여자인 하동댁은 논개 이름을 노상 입에 달고 있을 만큼 온종일 불러 댔다. 특히 닷새에 한 번씩 서는 장날에는 엉덩짝 한 번 제대로 놓을 수 없을 만큼 논개는 바쁘게 돌아쳤고, 장날 사이의 하루 이틀 정도는 비교적 한가하여 한결 여유가 있었다.

논개가 주막에 머물고 네 번째로 맞는 장날인 이날 아침에는 먹장 같은 구름 속에 비가 주르륵거리고 있었다. 이날 장에 직물織物과 피물皮物을 팔려고 전날 동래에서 올라와 주막에서 일박한 젊고 잘생긴 장돌뱅이 한 명과 어물과 소금을 가져온 늙수그레한 두 명의 장돌뱅이가 아래채의 방문을 활짝 열어 놓고 이른 새벽부터 하염없이 내리는 빗살을 바라보며 한숨들을 내뿜었다. 빗속에 장이 설 것인지 서지 못할 것인지 걱정이 태산인 모양이었다.

"논개야, 니 보기는 오늘 장이 설 것 같나 몬 설 것 같나?"

늙은 소금 장수가 술청 안을 들락거리는 논개를 보고 한마디 던졌다. 답답해서 그냥 건성으로 하는 말일 것이었다.

"지가, 천왕님도 아인데, 우찌 압니꺼. 그래도 지붕 우로 내리덮는 구름을 보니께 메칠은 내리 쏟아질 것 같은데예."

"쟈가 소금 장수 간장 되는 거 볼라고 그라나? 아이다. 니가 잘못 본기다. 두고 봐라. 새참 때가 안 돼서 햇빛이 반짝 날 끼다."

그것은 소금 장수의 바람인지도 몰랐다.

"절기로 보모 지금이 장마 땐 기라예. 호랭이 장개가는 거맨키로 빤짝 들지는 않을 끼라예."

논개가 또다시 대답했다.

국밥 솥에 불을 넣던 노파가 고개를 끄덕이면서 새삼 논개를 돌아보았다.

"뱃속에 늙은이가 들앉은 아일세. 니 말이 맞다. 장마 올 때도 됐다. 그러나저러나 소금 장수도 문제지마는, 비가 와서 장이 안 서모, 이 국밥 다 우짤꼬? 누가 와서 사 묵는단 말이고?"

논개가 활짝 웃었다.

"동네에 인심 좀 쓰모 되겠네예! 맨날 괴기 국밥 냄새만 이웃에 진동을 시켜서 목구멍에 침만 넘어가게 하고, 술 먹은 장돌뱅이 아재들도 맨날 시끄럽게 했은께, 미안타는 생각으로 뜨끈한 괴기 국밥을 한 그릇씩 돌리는 기라예! 그라모 이웃집에서도 오는 정이 안 있겠습니꺼? 욕도 안 할 끼고예."

그때 주인 여자인 하동댁이 안방 문을 왈칵 열고 내다보며 소리를 쳤다.

"씨끄럽다! 국밥 한 가매솥에 괴기가 올매나 들어가는지 니가 아나? 내 망하는 꼴 볼라고 주디를 놀리나? 조막만 한 기 맨날 우째 그리 말이 많노. 할매도 조 가시나 말마다 옹야옹야 하지 마소. 간땡이가 부어서 나중에 할매 잡아묵을 넌이요."

하동댁은 그 말을 끝으로 활짝 열었던 안방 문을 거칠게 닫아 버렸다.

노파와 논개는 눈이 휘둥그레져서 서로의 얼굴을 바라보았다. 논개는 하동댁이 자기에게 그렇게 역정을 내는 것을 처음 보았기 때문이고, 노파는 그토록 파르르 역정을 낼 만한 일이 아니라는 생각 때문이었다.

"할매예, 지가 말을 잘못했습니꺼? 지는 아지매 손해나자고 한 말이 아인데예."

"말 잘못한 거 읎다. 오늘 하동댁 심사가 안 좋은 모양인께네 고만 몬 들은 척해라."

노파가 손가락으로 논개에게 조용히 하라는 시늉을 하고는, 아래채의 큰방에 기대고 앉아 있는 피물 장수를 흘끔 돌아보면서 낮게 말했다.

논개는 지난밤 안방에서 들리던 다툼 소리와 하동댁의 울음소리 등이 아래채의 젊고 잘생긴 장돌뱅이와 상관이 있는 것 같음을 느꼈고, 하동댁의 심기가 불편하다는 것도 바로 어젯밤의 일과 무관하지 않을 것이라는 느낌을 받았지만, 자기에게 내뱉는 하동댁의 말은 섭섭했다. 간덩이가 커져서 나중에 할매를 잡아먹을 것이라는 말이 정확하게 어떤 내용을 말하는지 꿰뚫어 알 수는 없었지만 굉장히 나쁜 욕질 같았기 때문이다. 논개는 그냥 삭여 넘길 수가 없었다.

"아지매, 그 말씀은 심합니더. 지가 머를 을매나 잘못했다꼬, 그런 험한 욕질을 합니꺼? 사람인 지가 우찌 할매를 잡아묵는다 말입니꺼?"

논개가 안방 문을 향해 소리를 높였다. 노파와 아래채의 장돌뱅이들이 놀란 얼굴을 하고 모두 논개를 쳐다보았다.

안방 문이 다시 벌컥 열리고 하동댁이 어이없다는 얼굴을 했다.

"니가, 지금 나한테 대꾸질하는 기가?"

논개는 얼굴을 새빨갛게 붉힌 채 하동댁을 똑바로 마주 본다.

"지가 사람 잡아묵는 호랭입니꺼? 지가, 우찌 할매를 잡아묵는다 말입니꺼?"

"참말로 기가 맥히네. 야가 이럴 때는 여남은 살 묵은 애 그대로인거 같고, 감을 몬 잡겠네. 이 가시나야. 니가 할매를 에나 잡아묵는다는 말이 아이고, 니가 백여시 같아서 할매가 니한테 질 끼라는 말이다. 니가 이긴다는 말이다. 그래도 몬 알아듣겠나?"

"알아듣겠어예. 그란데 그런 말을 와 그리 무섭게 합니꺼? 그라시지 마이소예."

"오냐, 알았다. 니 무서버서 말도 맘대로 몬 하겠구나. 내가 말 잘몬했다."

하동댁이 그냥 피식 웃어 버렸다.

그러자 노파도, 긴장했던 아래채의 장돌뱅이들도 덩달아 웃으면서 "아지매가 얼라한테 시껍하네!" 하고 중얼거렸다.

논개의 항의에 웃음을 흘리던 하동댁은 그러나 얼굴이 밝아 보이지는 않았다. 가슴에 비감한 응어리라도 안고 있는 사람처럼 어둡고 슬픈 낯빛이 되면서, 노파에게 느닷없이 술상을 떡 벌어지게 차리라고 했다.

"할매, 여게 술상 하나 크게 차리소! 그라고 저게 아래채 소금 장수 아재들, 이리 안방으로 건너오소들. 비는 쏟아지고 장이 안 서 장사는 할 수 없은께, 나하고 하루 꼬빡 술이나 마십시더. 이리들 건너오시오."

노파가 이게 무슨 뚱딴지같은 수작이냐는 듯 낯을 찌푸리면서 하동댁의 말을 손을 휘저어 막았다.

“갑재기 이기 무신 일이고? 아무리 비 오는 날이 쉬는 날이라 캐도 아침부터 남정네랑 술을 마실 끼란 말이가? 그거는 안 된다.”

하동댁이 두 눈을 부릅떴다.

“할매가 와 그라요? 술상 보라 카모 보이소. 국밥에는 괴기 껀데기도 지북하게 넣고, 술도 묵던 거 말고 새 독 뜯어서 첫술 떠 갖고 오소. 소금 장수 아재들 어서 이리 오소들. 오늘 국밥하고 술은 내가 낼 틴께네, 극정들 말고 이리 와서 내하고 대작이나 하입시더. 우리가 시상을 살모 을매나 살 끼라고, 이리 가슴 짓뜯겨 가면서 살 거 없지 않겄습니꺼.”

노파가 고개를 내두르며 혀를 찼다.

“하동댁, 오늘 와 이라노? 아츰부터 술 취한 사람맨키로 우짠 넋두리고? 오늘, 장사 안 할 끼가? 비가 와도 뜸뜸이 삿갓 쓰고 국밥 사 묵으러 오는 사람도 있을 낀데.”

“할매, 오늘은 장사 안 할라요. 논개 말마따나, 오늘 한 솥 끼린 국밥은 동네 사람들 다 퍼다 주소. 이웃 사람들 내 욕 마이 할 끼요. 온젠가 옆집 쇠봉알 아배가 괴깃국 한 숟가락 몬 묵고도, 빨랫줄에 널어 놓은 자기 옷에 냄새가 배이서 옷 입고 오데 가모 그 사람들 목줄 뱃줄을 건디린다꼬, 내가 올매나 미웠으모 그런 소리를 천연덕시리 하겄소? 할매! 오늘은 내가 세상 다 산 거 같은 기분인께네, 나 건드리지 말고 내 기분 내키는 대로 하거러 좀 놔두소.”

“알았은께 하동띠 맘대로 해라. 내가 오데 주막집 쥔이더나. 낼 아츰에 억울해서 복장을 치는 일이 있더라도, 내 꺼 아인께네 나는 모리네.”

아래채의 소금 장수 두 명이 웬 횡재냐는 듯 쑥스러워하면서 술청 안을 지나 안방으로 들어갔다. 방 벽에 등을 붙이고 팔짱을 낀 채 앉아 있던 젊고 잘생긴 장돌뱅이는 안방으로 건너오지 않았다.

노파는 막걸리와 국밥과 밀전 등을 가득 담은 술상을 안방에 들여놓고는 아래채로 건너갔다. 그리고 혼자 남아 있는 피물 장수에게 말을 걸었다.

"이보소, 젊은 냥반. 혼자 있지 말고 안방으로 가입시더. 젊은 냥반이랑 하동띠랑 우떤 사인지는 내가 쪼매 알지마는, 여자 맘이 저리 요상시럴 때는 지정신이 아닐 만큼 맘이 안 편해서 그라는 기요. 장날마다 눈이 빠지게 젊은 냥반을 기다렸는데, 달포 만에 와서 엊저녁에 우쨌길래 하동띠가 아츰부터 저래쌌소? 저래쌌는 것도 다 젊은 냥반한테 투정 부리는 기요. 가서 소금 장수들 눈치 안 채게, 국밥 들믄서 맘 좀 달래 주소."

여자처럼 흰 살갗에 쌍꺼풀진 눈을 가진 피물 장수는 노파의 간절한 권유에도 대답을 하지 않았다. 방 벽에 계속 등을 기댄 채 눈을 감고 있었다.

노파는 들은 척도 않는 장돌뱅이를 쳐다보면서 혀를 끌끌 찼다.

"쯔쯔. 늙은이가 힘들이서 말을 하모 들은 척이라도 해야제. 아, 내 말이 말 같잖은 기요?"

노파가 걱센 음성을 높였다.

그제야 피물 장수가 눈을 떠서 노파를 가만히 바라보았다. 쌍꺼풀진 눈두덩 아래의 두 눈동자가 붉게 충혈되어 있고 입술에는 윤기가 없었다. 입매뿐만 아니라 얼굴 전체가 꺼칠한 것 같았다.

"할매요, 나 좀 그냥 놔두이소. 비 그치모 장이고 머이고 나는 이 주막 나갈 끼요. 하동댁이 저러는 거, 다 머든 자기 맘대로 안 되모 부리는 썽질 때문이요. 내하고는 상관없인께 날 기냥 내버려 두시요."

젊은이의 얼굴에는 짜증과 혐오감과 역겨움 같은 것이 덕지덕지 묻어 있었다. 여차하면 벌떡 일어나서 빗속으로라도 주막을 나가 버릴 것 같았다.

노파는 더 말없이 아래채를 물러나 술청 안으로 건너왔다. 논개가 국솥 아궁이 앞에서 잦아지는 불을 다독거리고 있다가 노파를 쳐다보았다. 노파는 논개의 궁금증을 모른 척하고는 쪽마루에 걸터앉아 한숨을 내쉬었다. 안방에서는 하동댁의 넘치는 교성이 장돌뱅이들의 아부 소리와 어우러져 요란하고, 아래채의 피물 장수는 마당 쪽으로 열려 있는 방문을 슬그머니 닫아 버렸다.

아침녘의 부슬비가 시각이 더할수록 굵은 빗줄기로 변했다. 장이 서기는 애당초에 글러 버린 것 같았다. 노파는 보통 밥그릇의 두세 배나 되는 커다란 뚝배기에 우거지와 소의 선지와 내장이 어우러진 구수한 고깃국을 한 그릇씩 담아서는 논개에게 옆집, 뒷집, 길 건넛집, 골목집 등으로 갖다주게 했다. 국에 말지 않은 흰 쌀밥도 한 그릇씩 따로 곁들여서였다.

"에나, 고깃국을 이웃에 갈라 줄 낌니꺼?"

"하모. 니 말대로 하는 기다. 국이사 달여 놓으모 내일 팔아도 된다마는, 니 말대로 동네에 인심 한번 쓰는 기다. 자, 국과 밥을 함지에 담아서 머리에 이고, 삿갓을 그 우에 얹어 가모 되겄다."

논개는 주막집 주변의 아홉 집이나 돌았다. 고깃국과 밥을 머리에 이고 신명이 올라서 날랐다. 무명옷이 굵은 빗살에 흠뻑 젖어 몸에 휘감겼지만 그녀는 기분이 좋았다. 자기 것이 아니라도 인심을 쓴다는 일은 최상의 즐거움이라는 사실을 새삼 깨닫는다. 음식을 받아 든 동네 사람들이 눈을 휘둥그렇게 벌리곤 해가 서쪽에서 뜰 일이라고 감동들을 했다. 하동댁이 어디가 아프냐고도 물었다. 그렇지 않고서야 장터에서 자린고비로 소문난 하동댁이 이런 푸짐한 인심을 쓸 턱이 없다고 했다. 아홉 집이나 음식을 돌리고도 가마솥에는 국이 절반 가까이나 남아 있었다.

"논개야, 고생했다. 우리도 밥 묵자. 남은 거는 낼 팔아도 된다."

노파와 논개는 술청 안의 쪽마루에 걸터앉아 국밥을 먹기 시작했다.

그때 하동댁의 음성이 안방 문을 터져 나왔다.

"논개야아. 술 한 단지 더 갖고 오니라아."

논개가 눈을 화등잔만 하게 떴다.

"할매! 큰되 두 되짜리 술을 세 사람이 볼써 다 마싰는가배요!"

"암말 말고, 돌라는 대로 퍼다 조라. 정오가 안 돼서 모두가 술 귀신이 돼서 뻗어 삐릴 끼다. 술 한 단지 얼른 더 갖다조라."

노파는 입맛이 쓰다는 얼굴일 뿐 술을 많이 요구하는 것에 대해서는 놀라워하지 않았다. 이런 일을 자주 겪는 사람처럼 예사스럽게 의연히 받아들였다.

노파의 말은 어긋나지 않았다. 두 번째 안방으로 들여간 두 됫박짜리 밀주를 비울 때쯤, 두 명의 소금 장수는 안방에서 그야말로 벌렁 나자빠져서 횡설수설하다가 코를 골아 대기 시작했다.

하동댁은 취기로 붉어진 얼굴에 냉소를 머금곤 자리에서 일어났다.

"등신 겉은 자슥들. 술 두 단지에 해까닥 넘어질 놈덜이, 되기 잘난 척들 하기는…. 그래 놈덜끼리 잘 얼크러져 자거라이."

하동댁이 비칠거리며 안방 문을 열고 술청으로 나왔다. 그러고는 짚신을 끌고 뜨락으로 곧장 걸어 나갔다.

"아, 아지매, 오데 가십니꺼? 삿갓 쓰시고 가시소."

논개가 삿갓을 찾아 그녀에게 씌워 주려고 허둥거렸다.

노파가 그러는 논개의 팔을 붙들었다.

"가마이 놔또라. 아랫방 피물 장수한테 간다."

"와예? 싸울라꼬예?"

"알 끼 머꼬. 싸우러 가는지, 보고파서 목매달로 가는지…."

"무신, 말씸입니꺼?"

"아이다. 니는 몰라도 된다. 안방의 술상이나 치우도록 해라. 그라고 논개야, 오늘은 비가 와서 일이 없인께네 내가 좀 나갔다 올란다."

"어데, 가실라꼬예?"

"갈 데가 있다. 하동띠가 날 찾으믄, 비 그치모 온다 캐라."

"알겄십니더."

노파가 대삿갓을 쓰고 총총히 주막을 빠져나갔다. 노파에게 식구가 있다는 소리를 들어 본 적은 없었지만 피붙이를 만나러 가는 것이겠거니 논개는 생각한다. 노파가 황황히 주막을 벗어나자 갑자기 주위가 적막강산 같아졌다. 안방에는 술에 전 두 장돌뱅이가 널브러져 있고, 아래채 피물 장수가 있는 방으로 들어간 하동댁은 기척이 없었다.

논개는 안방의 술상을 치워야 했으나 그냥 봉당의 처마 밑에 선 채, 하염없이 쏟아지는 빗살만 바라보고 서 있었다. 추적거리는 비 탓인지 갑자기 적막하게 느껴지는 분위기 때문인지 논개는 비감스런 기분에 젖어 들었다. 뭔가 자기의 갈 곳이 따로 있는 것 같은 느낌이 들고, 엉뚱한 곳에서 머뭇거리고 있다는 생각이 들어 마음이 심란해졌다. 그렇다고 자기가 가야 할 곳이 정확히 어디인지 짚이지도 않으면서 그저 허황스런 기분이었다.

아래채의 큰방에서 하동댁의 흐느끼는 울음소리가 비어져 나왔다. 울음이 묻은 넋두리인지 순전한 울음소리인지 빗소리와 어울려서 분간이 잘 되지 않았다. 논개 자기를 부르는 소리처럼 들리기도 했다. 논개는 심란한 기분에서 벗어나 아래채로 달려갔다. 그러나 하동댁이 자기를 부르고 있는 것은 아니었다.

하동댁은 마치 피물 장수의 바짓가랑이라도 붙들고 있는 것처럼 울면서 넋두리를 펼쳐 내고 있었다.

"내가, 암말도 안 할 틴께, 가지 마소. 앉으란 말이요. 내가 이녁을 올매나 은애하는지, 올매나 보고 싶어 했는데 몰라서 이라는 기요. 아무리 맘에 읎다 해도, 이러모 안 돼요. 내가, 이렇기 가마이 있을 틴께. 자, 앉으소. 앉으시소. 내가 뵈기 싫어서 떠나더라도 이리도 비가 억수겉이 쏟아지는데 오데로 간단 말이요. 그라믄요, 그래야지요! 이리, 이리 누우소! 내가 다리 만져 줄 테니께…."

논개는 아래채의 쪽마루 위에 엉덩이를 놓고 앉았다. 하동댁이, 일어나서 가겠다는 피물 장수를 붙들어 앉혀 자리에 눕게 하는 것 같았다. 마치 심술 난 어린아이를 울며 어르며 달래는 것 같은 어투였다. 논개는 하동댁의 간절한 음성을 들으면서 그녀가 전혀 다른 사람인 것처럼 느껴졌다. 평소에 논개 자기에게는 좀 살가운 편이었지만 듣는 사람이 무안할 정도로 말이 퉁명스럽고 끊고 맺음이 분명하여 빈틈없이 야무져 보이던 하동댁이었는데, 오열을 섞은 그녀의 코 먹은 넋두리가 왠지 느끼하고 역하다는 생각을 한다.

그런데, 이어 방 안에서 묘한 소리가 터져 나오기 시작했다. 신음 소리와 버무려진 거친 숨소리였다. 논개는 민망스런 낯빛으로 쪽마루에서 엉덩이를 일으킨다. 방 안의 숨을 껄떡이는 듯한 신음으로 상交合하는 소리라는 것을 직감했기 때문이다. 젊고 잘생긴 피물 장수의 소리는 하나도 들리지 않았다. 술에 취한 하동댁의 옹알거리는 소리와 옹알거림 중간중간에 숨이 턱에 닿는 그녀의 기성과 신음이 있을 뿐이었다.

논개는 방 안을 구경하고 싶었지만 할 수가 없었다. 차마 문을 열어 볼 수는 없었기 때문이다. 방문 고리 윗부분의 창호지가 너덜너덜 찢어져 있는 것이 눈에 들어왔다. 논개는 조심스럽게 찢어진 창호지에 난 구멍으로 눈을 대 보다가 목을 움츠리고 얼른 얼굴을 떼 낸다. 심장이 곤두박질치듯 쿵쿵 뛰기 시작했다. 하동댁이 방 안에 드러누워 있는 장돌뱅이 배 위에 걸터앉아 있었던 것이다.

놀란 논개는 손바닥으로 심장께를 누르면서 두 눈을 깜박거렸다. 심히 의아했던 것이다. 거친 숨소리와 형체가 분명치 않은 옹알거림과 신음 같은 기성들이 선학산에서의 옥개와 개똥이 아버지, 유년 시절 천변 물레방앗간에서 목격한 언년이와 최 부자 집 종놈이 상할 때 내던 소리와 비슷한데, 방 안의 모양새는 그게 아니었기 때문이다. 상하는 것이 아니라 하동댁이 피물 장수의 배 위에서 거칠게 움직거리는 걸로 보아 싸움을 하고 있는 것이며 하동댁이 이기고 있는 형세로 보였다. 그도 그럴 것이, 찢어진 창호지 사이로 방 안을 들여다보았을 때 그들의 뒷모습만 보였던 것이지만, 허벅지를 드러낸 하동댁이 네 활개를 뻗고 누워 있는 피물 장수의 배 위에서 거친 몸짓을 하고 있었던 것이다.

'그런 기라, 싸우는 기라. 아지매가 잘생긴 아재를 직일라 카는 기라. 우짜꼬, 말릴 사람도 읎는데…, 우짜꼬?'

논개는 동동걸음을 치고픈 조급한 심정으로 사방을 돌아보았지만 안방에 아침부터 술에 곤드라진 두 장돌뱅이와, 마루 밑에 배를 깔고 눈만 껌벅이고 있는 누렁이와, 억수같이 쏟아지는 빗살뿐이었다.

방 안에서 피물 장수가 아닌 하동댁의 비명이 자지러졌다. 논개는 화들짝 놀라면서 가슴에서 손을 떼고 찢어진 창호지 문으로 눈을 다시 들이댔다. 놀랍게도 그들의 자세가 그사이에 완전히 바뀌어 있었다. 하동댁이 방바닥에 깔린 채 턱을 쳐들고 입을 벌려 숨을 헐떡거리고 있었고, 피물 장수가 하동댁 위에 벌건 엉덩이를 드러낸 채 엎드러져 있었다.

'저, 저거는, 상하는 기야….'

바로 그때였다. 사립문 쪽에서 등짐을 메고 삿갓을 쓴 두 명의 장돌뱅이가 허둥지둥 주막집 안으로 들어섰다.

논개는 소스라치게 놀라면서 방문에서 눈을 떼고 그들을 돌아본다.

마당으로 헐레벌떡 들어선 두 사람은 일단 안채의 처마 밑으로 뛰어들었다. 논개는 아래채에서 마당을 가로질러 술청 안으로 건너갔다.

"이 집이, 와 이리 조용하노? 비가 와서 그러나. 야, 꼬맹이. 야, 니 첨 본다. 아지매 오데 갔노? 할매도 읎네? 국밥 있제?"

키가 꺽다리처럼 유난히 큰 장돌뱅이가 등짐을 풀면서 한꺼번에 여러 가지를 물었다.

"하나씩 물으시소예. 할매는 오데 좀 가셨고예, 국밥은 있습니더. 비가 이렇기 퍼붓는데 장에 오싰습니꺼?"

"비가 와도, 와야 될 일이 있었제. 아지매는 오데 갔노?"

키 큰 남자가 또 물어 왔다.

"아지매, 찾습니꺼?"

논개가 얼른 대답을 하지 못하고 되묻고 있을 때, "누가 날 그리 찾노? 내 여기 있소." 하며 하동댁이 아래채의 방에서 나와 마당의 빗속을 휘청대며 걸어왔다. 술에 취한 얼굴이 불콰하고 머리칼이 많이 흐트러져 어수선했다.

"아, 아재씨 오셨어요. 앉으씨요."

"어허, 대낮부터 한잔 마싰나? 와 그리, 해롱거리노?"

키 큰 남자가 혀 꼬부라진 소리에 팔을 휘저으며 마당을 건너오는 하동댁을 바라보며 이맛살을 모으고 말했다. 음성 또한 못마땅함으로 경직되어 있었다.

"대낮이 아이라, 아즘부터 한 됫박쯤 마셨지예. 청에 앉으시소. 할매, 여기 아재씨들 국밥 좀 올려 주이소."

하동댁이 큰 소리로 연달아 말하면서 술청 안의 마루에 먼저 올라가 앉았다.

"할매 오데 좀 다니오신다믄서, 아까 전에 나갔십니더."

논개가 말했다.

"하이고, 또 아들 기리버 집에 갔구마. 지 오매만 보믄 악다구니 써샀는 아들놈 그래도 좋다고 오매불망이니…. 논개야, 그라모 니가 좀 퍼 올리라. 괴기 껀데기 꾹꾹 눌러 담아서."

"야아."

두 장돌뱅이와 하동댁이 술청에 앉아 논개가 퍼 올리는 국밥 상을 받았다. 키가 큰 장돌뱅이는 하동댁의 친척뻘인 듯, 누구네 집 몇째 아들이 혼례를 치른다는 둥 방 서방이 아직 술독에 빠져 재취할 생각을 아니한다는 둥 안부를 전하고 있었고, 그것을 듣는 하동댁은 시큰둥했다. 시큰둥할 뿐만 아니라, '방 서방'이란 자가 그녀의 전남편인 듯 그 자의 말이 나오자 하동댁이 신경질적인 반응을 보였다.

"등신 겉은 놈 소식 열불 난께네 그만두소. 허구헌 날 술독에 빠져 사는 놈이니 씨가 생길 턱이 있나. 씨야 있든 말든 사내구실을 해야, 행여나 술 먹은 종자라도 여편네 몸에 건너올 거 아이겄나 이 말이요. 하늘을 봐야 별을 따든 달을 따든 할 거 아인가 이 말이요. 평생 독수공방하고 대 몬 잇는다고 내쫓긴 내 팔자라니…. 칠거지악인지 씹거지악인지 좆거지악인지 우떤 쥑일 놈이 맨들었는지, 새끼 몬 낳는 죄가 와 여자한테만 있다는 건지, 등신 육갑할 노무 새끼덜…."

하동댁의 낯빛이 점점 일그러지면서 입심이 거칠어졌다.

두 남자는 얼굴을 마주 보면서 기가 막힌다는 표정이 되었다.

"그래, 종부 며느리 새끼 몬 낳는다꼬 쫓아냈으모 젊은 년 얻어다가 금띠이 같은 손자 하나 받지 와 재취도 안 시킨답니꺼? 하기사, 알 만합니더. 사내가 지 구실 몬 하는 거를 아니까, 새장가를 가도 자슥 몬 얻을 꺼 아니까, 그렇게 되모 지 놈이 병신인 줄 세상 사람덜이 다 알게 될 테니까 겁나서 몬 하는 기라요. 나만 억울한 기라요. 그래도 차라리 잘됐다는 생각도 하요! 그 병신놈하고 살았으모 핑생 하늘도 몬 보고 살지 않았겠소. 세상은 음양으로 만들어졌다는데, 그런 맛도 못

누리고 살모, 그기 오데 사람이겄소? 자, 아재씨, 국밥 드시고 더 잡수시소. 논개야, 찐한 막걸리도 한 단지 내오이라아."

하동댁이 입귀에 하얀 침을 모은 채 갑자기 논개를 향해 소리를 높였다.

"야아."

논개도 큰 소리로 대답하곤 술 한 단지를 잽싸게 떠다 주었다.

"우째, 자네 말이 점점 그리 험한가? 그라고 대낮부터 술을 마시고 여자가 주정을 해싸모 우짜노? 아무리 주막집 밥장사 술장사를 해도 자네가 방씨 문중 사람이었다는 거는 잊지 말아야제."

키 큰 남자가 말했다.

그러자 하동댁이 킬킬 비웃음과 함께 거침없이 콧방귀를 뀌었다.

"하이고오 아재씨, 그런 말씸 마소. 웬 욕심이 그리도 많답니꺼. 내가 우찌 살든 방씨 문중하고 무신 상관이라요? 쫓겨난 사람이 쫓아낸 사람들 생각해서 행동거지 잘 하라꼬예? 하, 참말로 복장이 맥히고 웃음이 나오네이. 그렇게도 머리가 안 돕니꺼예? 우째서, 내가 부처님도 아이고 학대받고 쫓기난 중생이라는 거, 여자가 한을 품으모 오뉴월에도 서리가 내린다는 거, 우째 모릴까예? 내가 방씨 문중에 칼날을 시퍼렇게 갈고 있는 줄을 우째 모를까이?"

"고만하게. 술 취했다고 말 막하면 안 되네."

"내 말, 하나도 틀린 거 없소. 저자 바닥에 나가서 한번 물어보소. 죄없이 쫓겨난 년이 지 년 쫓아낸 사람 생각하겄는가? 아재씨요, 억울한 나를 불쌍하게 보고 돕지는 몬 하더라도, 씨알 멕히지 않는 소리로 간섭하실라모 내 집에 더는 오지 마소. 나는요, 방씨라 카모 이가 뿌지직 갈리니께."

하동댁이 그 말과 함께 술 단지에 사발을 집어넣어 한 그릇 넘치게 떠내서 벌컥벌컥 마셨다.

"알았은께, 담부터는 암말 안 할 텐께, 술 고만 마시게."

그때 아래채 방문이 열리면서 피물 장수가 소피라도 보러 나가는지 밖으로 나왔다. 순간, 하동댁의 눈동자가 빛이 났다. 그러나 피물 장수는 술청 쪽을 건너다보지도 않고 헛간으로 돌아갔다.

"저, 피물 장수가, 여게서 잤는가베?"

키 큰 남자가 아닌 또 한 사람의 장돌뱅이가 아래채 쪽을 흘끔 바라보고는 혼잣말처럼 그렇게 말했다.

"그라믄요! 오늘 장 볼라꼬, 어짓밤에 왔다가 여게서 잤지요. 안방에도 보실라요? 두 남정네가 한밤중이라요!"

하동댁이 벌떡 일어나더니 안방 문을 벌컥 열어 보였다. 술상을 가운데로 두 사내가 널브러져 자고 있음이 한눈에 들어왔다. 하동댁의 시가 쪽 친척 같은 키 큰 남자의 이맛살이 다시 찌푸려졌다. 그러나 더 말은 하지 않았다.

깔깔거리는 웃음소리를 앞세우고 말을 떠벌린 사람은 하동댁이었다.

"하하하 아재씨, 우리 집에 사내들 많지요? 나요, 온제나 이렇기 많은 사내들하고 삽니더! 하하, 으하하."

진한 밀주를 두 사발이나 더 들이켠 하동댁이, 붉은 잇몸을 있는 대로 드러내고 깔깔 웃어 댔다.

논개는 주인 여자가 자식을 낳지 못해 방씨 시집에서 쫓겨났다는 사실을 알 수 있었고, 그것의 정확한 내용은 몰라도 하동댁의 잘못이 아니었음을 그녀의 푸념질로 짐작할 수도 있었다.

"여자는, 와 그래야 되는데?"

하동댁의 피물 장수에 대한 은애함이나 갈등들도 다 여자 대접을 받지 못하는 데서 생긴 것일지도 모른다는 짐작을 해 보면서, 논개는 사람 사는 일이 간단하지 않은 것 같다는 생각을 한다.

그날 폭우는 온종일 쏟아졌고 논개의 말대로 그 비는 장마로 이어져서 그날 이후로 열흘 남짓이 더 내렸다.

*

논개가 주막에 머문 지 어언 두 달이 되었다. 열흘 넘게 질척거리던 장마가 그치고 햇살은 살이 델 정도로 뜨겁고 밝았다. 말복末伏까지는 한동안 폭염이 계속될 것이었다.

젊고 잘생긴 피물 장수는 하동댁에게 강제로 붙잡히다시피 주막에 머물다가 닷새째가 되는 다음 장날, 비가 퍼붓는 속을 도망치다시피 주막집을 나가 버렸다. 하동댁은, 피물 장수가 기어이 떠나 버리자, 연사흘을 곡기를 끊고 앓았었다. 노파는 혀를 끌끌 차면서 "정분이라는 거이, 양쪽이 좋아야지 한쪽만 죽고 몬 살모 괴로운 기라." 했었고, 논개는 영문을 알 수가 없어 어른들의 눈치만 살폈다. 그도 그럴 것이, 하동댁은 아기를 못 낳아서 쫓겨난 여자이고 피물 장수는 이미 상투를 얹은 유부남인데 어떻게 두 사람 사이에 정분이 생길까 순리적이지 못한 것 같았고, 무엇보다 하동댁이 피물 장수보다 열 살이나 연상이라 들었기에 더욱 의아스러웠던 것이다. 그러나 노파의 빈정거림에 의하면, 하동댁은 피물 장수의 몸뿐만 아니라 마음까지 다 갖고 싶어서 울며불며 유혹하고 패악을 부리지만, 사내는 몸은 주어도 마음은 절대로 주지 않는다는 것이었다. 산청 두메산골에 사는 피물 장수의 식솔들을 하동댁이 돌봐 주겠으니 주막에서 함께 살자고 해도, 그는 말을 듣지 않고 떠나 버렸다는 것이다.

"웬만큼 밝히야제. 맛을 아는 나이가 되더마는, 사내를 피를 말리게 하니, 항우장사도 못 당하는 기라, 히히. 젊은 사내가 닷새 만에 볼이 쏙 빠져서 다리를 휘청거리고 도망을 갔은께네, 히히히."

논개는 노파의 킬킬거림과 중얼거림이 무슨 뜻인지 짐작은 하고 있었다. 피물 장수가 주막에 머무는 닷새 동안 비는 밤낮 가리지 않고 하염없이 쏟아졌고, 하동댁은 거의 언제나 술에 취한 채 별반 조심도 없이 안방에서 아래채에서 피물 장수만 마주하면 얼크러져 상을 했기 때문에, 그것을 두고 비아냥거림을 알고 있었던 것이다.

"하기사, 시집이라고 갔지마는 서방이란 것이 등신이었다고 한께, 하동띠로서야 피물 장수가 첫 서방에 첫 정분일지도 모리제. 그렇지 않고서야, 저리도 몬 잊어서 발광하지는 않을 끼다."

노파는, 하동댁이 사내가 떠난 후에 식음을 전폐하다시피 안방에서 앓고 있는 모습을 흘끔거리면서, 동정조로 이죽거리기도 했다. 논개는 노파가 말하는 정분이 무엇인지 은애가 무엇인지 이렇다 하게 짚이는 것은 없었지만, 남녀 간에 정분이 깊으면 상을 하게 되고, 그 상交合이라는 것이 사람이 밥을 먹고 배설을 하는 것처럼 살아가는 데 필요한 것일지도 모른다는, 나름대로의 생각을 하게도 되었다.

사내가 떠난 후 사흘을 앓고 일어난 하동댁은 마치 다른 사람 같았다. 말수가 적어지고 온종일 멍하니 넋을 놓고 앉아 있는 날이 많았다. 국밥을 팔고 술을 팔고 아래채에 객을 숙박시키는 주막집의 일상들에 여느 때만큼 신경을 쓰는 것 같지가 않았다. 다시 장날이 돌아오고 장마가 끝난 후에 두 번의 장날이 더 지나가도 피물 장수는 주막을 찾아오지 않았고, 하동댁은 나날이 사색이 되어 갔다. 그녀는 거의 밤마다 술을 마시고 넋두리를 풀어 댔다. 은애해서는 안 될 사람을 품은 죄라면서, 논개 너는 커서 이런 심장을 도려내는 정분일랑 갖지 말라고 한탄도 했다.

장마가 끝나면서 논개는 몸이 열 개라도 모자랄 정도로 바빠졌다. 객들이 오지 않던 장마 때에 비해 비가 그치자 천양지판으로 일이 많아지기도 했지만, 하동댁의 실성한 허탈로 인하여 일이 몇 배로 가중되었기 때문이다. 논개는 밤만 되면 파김치가 되듯 자리에 쓰러졌다.

무슨 일이든 몸을 아끼지 않고 뛰어드는 논개에게 매일 안겨지는 일들이 너무나 과중했지만, 논개는 불평을 말하거나 일을 피하지 않았다.

노파가 그런 논개를 안쓰럽게 바라보며 고개를 끄덕이거나 혀를 차는 일이 많아졌다. 아이가 도대체 불평스런 말이나 불만스런 낯빛 한 번 짓지 않고 무엇이든 시키는 대로 일을 잘하고 눈썰미가 있고 머리가 영민하여 알아서 일을 처리해 내는 것이, 전혀 여남은 살 아이 같지가 않았기 때문이다. 제힘에 버거우면 그냥 바닥에 주저앉아 노파를 쳐다보며 "할매, 안 돼예." 하면서 웃는 모습이 밉지가 않고, 더러는 그 모습이 안쓰러워서 노파는 가슴이 뻐근해짐을 느끼곤 했다.

아침부터 폭염이 기승을 부리는 이날도, 논개는 뒤꼍에서 장작을 어른 아름만큼이나 안고 아궁이로 가져오다가 마당에서 나뒹굴고도, "지가 힘이 읎는가바예." 하면서 천진스럽게 웃었다.

그런 논개를 바라보면서 노파는 혼잣말로 "그려, 니가 부처다. 카지마는, 니 팔자도 돌 팔자다. 부모 잘 만났으모 어린 니가 이리도 골병들 일을 하고 살겄나. 쯔쯔, 불쌍한 것…." 하며 혀를 찼다.

참으로 대단히 무더운 날씨였다. 그런 데다 장날이기도 했다. 마당에 나뒹굴었던 논개는 몸을 털고 일어나 술청 안의 마루로, 차일 아래의 평상으로, 아래채 객방으로 쉼 없이 밥상과 술상을 나르느라 사뭇 발바닥에 불이 날 정도였다. 온몸엔 땀이 비 오듯 흐르고 삼베 잠방이가 몸에 철썩 달라붙었다. 콧속으로 몰려드는 습한 더위로 숨이 컥컥 막힐 지경이었다.

이날따라 기운을 차리고 술청 안으로 나와 앉은 하동댁이 부채를 할랑거리면서 논개를 부렸다. 마치 어른 종년을 부리듯 쉼 없이 일을 시켰다. 그러면서도 그녀는 사립짝으로만 눈을 박듯 했다. 장날마다 그러했듯이 피물 장수가 나타나기를 기다리는 것 같았다.

지독한 더위 때문인지 늙어서인지 노파도 논개를 처연하게 생각은 하면서도, 자기는 술청 안의 일만 건성건성 움직일 뿐 궂은일은 논개에게 다 시켰다.

난전에 장이 서기 직전인 한참 바쁜 조반 때가 지나자 논개는 찬물 한 바가지를 벌컥벌컥 들이켰다. 그러고는 개숫물 통에 꽉 차 있는 빈 그릇들을 씻기 시작했다. 곱사등이 방물장수가 보퉁이를 이고 주막으로 들어선 것은 바로 그때였다.

"아지매 오십니꺼?"

논개가 개수통 앞에서 고개만 돌린 채 반갑게 인사를 했다.

방물장수는 지난 장날에 주막에 들러 국밥을 사 먹으면서 방물 보퉁이를 풀어 빗이며 팥가루 분이며 패물이며 바늘쌈지 등 여자에게 필요한 온갖 물건들을 구경시켜 주면서 논개에게 호박엿 한 조각을 주었던 곱사등이 그 아낙이었다.

"논개야, 잘 있었나? 나 국밥 한 그릇 도라."

"야."

국밥은 노파가 직접 퍼 주는 것이었지만, 논개는 그릇 씻던 것을 멈추고 자신이 뚝배기에 가득 떠서 평상에 앉아 있는 방물장수에게로 들고 갔다.

"오늘은 참말로 덥지예?"

"글케 말이다. 아츰부터 팍팍 쪄 대니 한낮에는 사람 쐶겄다."

방물장수는 국밥 소반을 자기 앞에 놓는 논개를 보면서 손을 펼쳐 부채처럼 자기 얼굴을 부치는 시늉을 한다.

논개는 방물장수 옆에 놓인 커다란 보퉁이를 보면서 입을 벌린다.

"오늘 장에는 물건을 많이 가지온 모양이네예!"

"물건뿐이 아닌 기라. 물건하고 바꾼 곡식이 더 많은께네."

"이런 장사 할라믄, 밑천이 많이 들지예?"

"와, 니도 방물장사하고 싶나?"

"오데예, 지가 머가 있다꼬 이런 거를 하겠십니꺼."

방물장수가 술청 안을 한 번 힐끗 바라보고는 땀에 절어 서 있는 논개를 주시했다.

"논개야, 니가 부모 친척도 읎다 캤제?"

"야."

"니, 하늘 천 따 지도 배우고 소리하는 것도 배우고, 그런 거 한번 해 볼래?"

"양반도 아닌 여자한테 서당글 갈쳐 주는 데가 있습니꺼? 올매나 배우고 싶었는데…. 어른들이 여자는 글을 알모 팔자가 쎄지기 땜에 배우모 큰일을 낸다 카더라꼬예. 지 겉은 가시나한테도 한문 갈쳐 주는 데가 있겠습니꺼? 지는, 너무나 배우고 싶은 기라예!"

논개의 눈빛이 빛나기 시작했다. 방물장수가 낮은 목소리로 그런 데가 있다고 했다. 논개가 글을 배우겠다면 다음 장날에 와서 글 가르쳐 주는 데로 데려다줄 테니까 준비하고 있으라고 했다.

그때 하동댁이 술청에서 소리쳤다.

"논개야아, 그릇 씻다 말고 거서 머 하노?"

"야, 갑니더. 아지매, 그라모 담 장날에 꼭 오시는 기지예? 소리는 먼지 잘 모리지마는 글은 꼭 배우고 싶어예!"

논개는 돌아서 정짓간으로 들어가 닦다 만 그릇들을 다시 씻는다. 전신으로 힘이 솟구치기 시작했다. 사대부 집 규수가 아닌 양민 여자가 글을 배울 수 있다는 말이 믿어지지 않았지만 그러나 방물장수가 헛말을 하고 다닌다고는 생각지 않았다. 지난 장날 논개 자기를 보고 "오똑한 콧날하고, 참말로 잘생깄건만 일 구덕에 빠졌구나." 하면서 신상에 대해 이것저것 물어보던 그녀가 헛소리는 안 할 것이라 믿어졌던 것이다.

방물장수는 국밥을 서둘러 먹고는 논개에게 간다는 눈짓을 보낸 후 주막을 벗어났다.

"아지매, 다음 장에 꼭 오시소예."

논개가 그릇을 씻다 말고 소리를 질렀다. 심한 곱사등이로 논개 키의 반쯤밖에 안 될 것 같은 키에, 커다란 방물 보퉁이를 이고 팔자걸음으로 아장아장 걸어 나가는 모습이 우스꽝스러웠지만 논개는 웃지 않았다. 몸이 불구인 불쌍한 사람을 보고 마음 내키는 대로 웃어서는 안 될 것 같았던 것이다.

"저 꼽새가 니를 보고 멀쿠더노?"

하동댁이 가시눈을 하고 논개를 돌아보면서 물었다.

논개는 방물장수의 말을 그대로 전하려다 말고 하동댁의 올곧잖은 눈빛을 보고 잠시 긴장했다. 그러고는 말을 삼켰다.

"벨말 엄썼어예."

"둘이 웃어쌈서 벨말을 많이 하던데, 안 했다 카나?"

"제 옴마 아부지가 오데 사는가, 그런 거를 물었어예."

"와 묻더노?"

"모리지예. 기냥 물어본 거겠지예."

"병신은 병신값을 한께네, 꼽새 말을 홍야홍야 듣지 마라. 니한테 덕이 될 말을 할 여자는 아닌께네. 알겄나?"

"지는 그렇기 안 생각해예. 방물장수 아지매는 불쌍하고 선한 사람 같았어예. 몸이 불구라서 더 맘씨를 잘 쓰는 거 같았어예."

논개는 하동댁이 방물장수를 너무 몰인정스럽게 말한다고 생각했다.

"내가 그렇다 카모 그런 기제, 니가 머를 안다꼬 어른 말에 우쩌자고 말이 많노? 다음에는 꼽새하고 말도 하지 마라. 집에 와도 본 척도 하지 마라."

논개는 고개를 들어 하동댁을 쳐다보았다.

"지는, 말할 끼라예. 사람을 보고 와 말을 몬 하거로 하는데예?"

"하지 말라 카모 하지 마라. 니, 내 말 안 들으모 이 집에서 뚜들기 패서 쫓아내 삐릴 끼다. 대가리에 쇳똥도 안 벗기진 가시나가 어른이 말하모 그냥 야, 하제 꺽꺽마다 태가리턱주가리 쳐들고 말질이가? 불쌍타고 밥 멕여 주고 잠 재워 주고 오야오야해 준께 니가 눈에 비는 기 없는 모양이다."

논개의 얼굴이 붉게 달아올랐다. 별로 화낼 일이 아닌 것 같은데 하동댁이 여러 사람 보는 데서 무지막지하게 자기를 모욕했다고 생각했기 때문이다. 청천 하늘에 날벼락도 유분수지 이렇듯 느닷없이 당하는 것이 너무 억울하고 분해서 울컥 눈물이 솟구쳤다.

"아지매, 비란간에 와 그랍니꺼? 지가 아지매 집 꽁밥 묵습니꺼? 지가 머 잘몬한 거 있습니꺼? 잘몬한 기 있는데 지를 오야오야해 줬습니꺼? 지가 오데를 가도, 이리 쎄 빠지게 일을 하모 밥은 얻어묵습니더. 아지매가 무신 이유로, 와, 머 땜에, 나를 뚜들기 패서 내쫓는다 말입니꺼?"

"이년이, 글타 쿠모 그란 줄 알제."

하동댁이 자기 옆에 놓인 시커먼 걸레를 집어 논개에게 홱 던졌다. 논개가 반사적으로 얼굴을 피하자 걸레는 흙마당으로 떨어졌다. 주막에 남아 있던 두세 사람의 남정네와 아궁이 앞에 앉아 있던 노파가 놀라면서 하동댁을 쳐다보았다.

논개의 시뻘겋던 얼굴이 순간 창백해졌다. 논개는 아랫입술을 지그시 다져 물고 가슴을 벌름거리며 하동댁을 쏘아보다가, 부르르 뒷방으로 들어가더니 활과 화살과 박제된 장끼를 들고 나왔다.

노파가 혼비백산한 얼굴로 허둥지둥 논개를 붙들었다.

"논개야, 니 와 그라노?"

"할매, 이거 놓이소. 지금 아지매가 지를 욕질하고 더러븐 걸레를 지 얼굴에 떤진 거 보셨지예? 아지매가, 방물장수 꼽새 아지매랑 지가 말을 하모, 지를 뚜들기 패서 쫓아 뿌린다 캅니더. 지가 옴마 아부지 없다꼬 시뿌보고만만히 보고 지금 지를 걸뱅이 취급을 하고 있습니더. 이거 놓이소. 지는 저 아지매 밑에서 몬 살겄습니더."

논개는 자기 몸뚱이를 붙안고 있는 노파의 팔을 뿌리치려고 발버둥을 쳤다.

하동댁이 논개의 흥분한 모습을 보면서 반쯤 입술을 벌렸다.

"조, 조노무 가시나 썽질 좀 보래이! 내가, 지금 니를 때맀나, 발광하거러."

"때린 기 아이고 멉니꺼? 잘몬한 것도 없는 지를 여러 사람 보는 데서 욕을 하고 걸레를 떤졌십니더. 지를 걸뱅이 취급을 했습니더. 하루 밥 두 끼 얻어묵고, 오줌이 노랗게 씻바닥이 빠지도록 일하고도 죄 없이 욕먹고 걸레 대접 받고는 몬 삽니더. 할매, 이거 놓이소."

"논개야, 논개야 니 와 그라노? 하동댁이, 피물 장수 안 와서 저리도 썽나 있는 거, 니 모리겄나?"

그때 하동댁이 벼락같이 소리를 내질렀다.

"할매. 무신 쌩뚱한 소리를 하요. 고넌 놔주소. 저리 독한 가시나 나도 싫소. 오갈 데 없는 넌 밥 멕여 주고 잠 재워 줬더니 앙물앙갚음을 하는 기요. 놔주소."

"나는 공밥 안 묵었소. 이넌 저넌 하지 마소. 내가 아지매 자슥이요, 종년이요? 내가 아지매한테 머를 독하게 했다고, 머를 잘몬했다꼬 독한 넌 이넌 저넌 하요?"

"이년이 끝까지 바락바락 달라드네. 네 이노무 가시나, 오늘 니 내한테 한번 죽어 봐라. 가마이 있어도 쏙에서 열불이 나서 미칠 거 같은데 이년이 끝꺼정 부채질을 해?"

하동댁이 술청 마루에서 맨발로 마당에 뛰어내려 논개의 머리채를 두 손으로 와락 움켜잡았다. 순식간에 일어난 일이었다. 논개를 붙들고 있던 노파가 당황해서 하동댁을 밀치며 만류했지만, 논개의 머리채는 하동댁의 손아귀에 붙잡혀 땅바닥에 패대기가 쳐졌다. 하동댁은 마치 광기가 발동한 여자 같았다. 머리채를 잡혀서 어처구니없이 마당에 얼굴이 처박힌 논개를 주먹으로 발로 난타했다. 장돌뱅이들과 노파가 허둥지둥 하동댁을 떼어 놓으려고 기를 써도 그녀의 빠른 주먹질 발길질은, 넋이 나가 곡기를 끊고 드러누워 있던 여자 같지가 않았다. 논개의 입과 코에서 피가 터졌다.

그런데, 논개를 내리찧듯 하던 하동댁이 찢어지는 비명을 내지르며 논개의 머리채를 놓고 물러섰다. 두 손으로 허벅지께를 움켜쥐고서.

"저, 저년이, 내 다리를 물어뜯었다. 저년이…."

논개가 흙바닥에서 몸뚱이를 일으키며 손등으로 흐르는 코피를 훔친다. 댕기가 풀어져 산발한 머리칼에다 입 안에서 터진 피가 입술과 입귀로 비어져 나와 논개의 얼굴은 온통 피로 범벅이었다. 논개는 두 다리를 엉버티고 서서 찌를 듯한 시선으로 하동댁을 노려보면서 작은 가슴을 벌름거렸다. 그러나 울지는 않았다.

"아지매겉이 못된 사람은, 내가, 곤장을 맞게 할 끼요."

논개가 입술을 비죽이며 저주하듯 중얼거렸다.

노파가 물에 적신 수건을 가져와서 논개 얼굴의 피를 닦아 주며 혀를 끌끌 찼다.

"조, 조년이 머라 카노. 니년이 어른 살을 물었은께, 니년이 볼기짝 마질 줄 알아라, 이년아."

그때 논개 얼굴의 피를 닦아 주던 노파가 몸을 홱 돌리면서 하동댁을 향해 소리를 쳤다.

"하동띠, 미쳤나? 얼라한테 이기 무신 짓이고? 사내 땜에 지 쏙 끓었으모 끓었제, 와 에민죄 없는 아를 잡노? 논개가 하동띠한테 올매나 오감한 아인지 아나? 일 잘하고 똑똑하고 불핑이라고는 모리는 부처같이 착한 아를, 와 이래 놓노? 이라모 죄받는다."

"할매애, 할매가 내 맘 우찌 안다고 그라요, 할매애-."

하동댁이 악을 썼다. 그러다 그녀는 술청 안 항아리에서 술을 한 사발 퍼내어 꿀꺽꿀꺽 들이켰다. 두 사발, 세 사발을 연거푸 퍼 마셨다. 그러고는 두 다리를 쭉 뻗고 앉아 주먹으로 자기 가슴을, 손바닥으로 널마루를 탕탕 치면서 울기 시작했다.

"아이고, 죽을 년의 내 팔자야. 지지리도 복도 없는 박복한 년아."

이렇게 읊어 대며 땀과 눈물로 범벅이 된 채 통곡을 해 댔다. 치맛귀로 코를 힝 풀다가 다시 술을 퍼 마시다 손으로 널마루 바닥을 치다가 가슴을 치는 것을 반복했다.

"미쳤어. 사내 땜에 온전히 미친 기라."

논개 얼굴의 피를 닦아 주던 노파가 혀를 끌끌 차며 다시 술청 안으로 올라갔다. 하동댁의 겨드랑이 밑으로 두 손을 넣어 하동댁을 안방으로 끌고 들어가려 했다.

"뚝 그치라! 이기 무슨 추한 짓이고? 방으로 들어가서, 메칠 더 쉬어라."

"할매요. 할매가, 콱 죽고 싶은 내 맘을 우찌 아요, 할매애…."

하동댁의 넋두리가 끊임없이 이어지자 장돌뱅이들이 자기들끼리 마주 보고 수군거리는가 하면, 야릇한 눈웃음들로 빙긋대기 시작했다. 하동댁이 사내한테 모지락스럽게 차인 모양이라며 소리 내어 킬킬거리기도 했다. 노파에 의해 하동댁은 안방으로 질질 끌려 들어가고.

논개는 노파가 쥐여 준 수건으로 얼굴과 손등을 마저 닦고는 고개를 위로 쳐들어 얼른 멎지 않는 코피를 지혈한다. 그리고 두 손으로 머리칼을 대충 정리하여 댕기에다 묶고는, 하동댁의 횡포로 마당 여기저기에 나동그라진 활과 화살, 박제된 장끼를 주섬주섬 집어 들었다.

"할매, 오래 사시소. 고마웠십니더."

논개는 노파와 하동댁이 들어간 안방 쪽을 바라보면서 속으로 중얼거리고는 천천히 주막집을 벗어난다.

*

폭염이 아침부터 비지땀을 쏟게 하던 칠월 초의 한낮이었다.

정작 주막집의 사립짝을 밀고 밖으로 나왔으나 논개는 막막한 심정이었다. 어디로 가야 할 것인지 아무런 생각이 떠오르지 않았던 것이다. 노파가 피를 닦아 주다 안긴 물수건으로 얼굴에 묻은 코피며 흙을 훔쳐 내고 흐트러졌던 머리도 모아 묶었지만 땀으로 젖은 베잠방이가 흙마당에 뭉개어져 흙범벅 땀범벅으로 차림이 후줄근했다. 한낮의 폭염은 사뭇 찌듯이 뜨겁고, 하동댁의 발길에 차인 어깨며 허리도 뻐근하고, 볼 안이 터져서 입 안에는 계속 핏물이 고여 들었다. 논개는 입 속의 피를 뱉어 내지 않고 목 안으로 삼킨다.

생각할수록 기가 막혔다. 하동댁에게 욕을 듣고 맞을 일이 아무리 생각해도 없었다. 곱사등이 방물장수와 말을 하지 말라고 해서 말을 하겠다고 대답한 것뿐인데, 갑자기 년 자를 붙인 욕질과 함께 머리채를 잡아끌고 두들겨 팼으니 이해가 되지 않는 것이었다. 노파는, 하동댁이 떠나 버린 피물 장수 때문에 눈이 뒤집혀서 저러는 것이라고 했다. 노파의 그 이야기가 그냥 하는 말이 아니라는 것은 하동댁이 혼자 술을 퍼 마시고 넋두리를 늘어놓다 노파에게 이끌려 방 안으로 들어가던 모양에서, 또한 피물 장수 떠난 후 사흘을 식음을 전폐하고 누워 앓던 일 등에서 그런가 보다 생각할 수 있었지만, 그러나 왜 자기가 하동댁의 화풀이 맷집이 돼야 했는지 억울할 뿐이었다. 논개는 자기를 보호해 줄 부모나 일가친척이 없기 때문에 모두가 자기 알기를 길바닥에 뒹구는 주인 없는 돌멩이 정도로 여겨서 그러는 것이라 생각했다.

향방도 없이 뜨거운 햇볕 속으로 한참 동안 걸었다. 활도 화살을 담은 죽통도 장끼도 등이나 허리에 메고 차고 싶은 마음도 없어 그냥 양손에 들고 터덜터덜 걸었다. 문득 선학산 활터 생각이 떠오르고 강동찬 아재의 모습이 환상처럼 다가들었지만 그러나 고개를 저었다. 그 아재에게 부담이 되어서는 안 된다는, 그곳을 떠날 때의 생각과 변함이 없었기 때문이다.

장터를 향해 걸어갔다. 주막에서 국밥을 먹고 나간 방물장수가 장터에서 장을 벌였는지도 모른다는 생각이 문득 떠올랐던 것이다. 그 곱사등이 방물장수가 '하늘 천 따 지'를 가르쳐 주는 곳이 있다는 말을 했었고, 다음 장날에 그녀를 데리러 오겠다고 했던 것이다. 그렇다면 바로 이날 자기를 그곳으로 데려다 줄 수도 있는 것이 아닌가 싶어서였다.

난전에는 흰옷 입은 사람들로 북적거렸다. 곡물과 직물, 나무, 소금, 짐승 가죽 등의 피물이 이곳저곳에 질펀히 깔려 있는 난전에, 방물장수는 쉽사리 눈에 뜨이지가 않았다. 방물은 주로 여자가 필요로 하는 물건들이라 가가호호 방문 행상을 하기 때문에 이 장터에 머물지 않을 수도 있다는 생각도 들었다. 그러나 장에서 물건을 팔 생각이 아니라면 장날 아침에 이곳에 왔을 리가 없다는 마음도 들어 논개는 장터의 구석구석을 두세 바퀴 더 돌았다.

그때 몇몇 장사꾼들이 장터를 돌아치는 논개를 보고, "활을 팔러 나왔느냐? 얼마냐?"고 물었고, 논개는 완강히 고개를 흔들면서 아니라고 대답했다.

"팔지 않을 끼모 여식아가 활하고 화살이 무신 짝에 씰데 있다꼬 장에서 들고 다니노?"

두세 명의 젊은 남정네들이 논개의 활에서 눈을 떼지 않고 물었다.

"이거는 팔 물건도 아니고예, 내 껏도 아닌 기라예."

논개는 두 달 전 성문 밖 병졸들과 있었던 일을 떠올리고는 짐짓 거짓말을 한다. 남정네들이 활과 화살에 유난히 관심을 두는 까닭은 그것들이 보통 것이 아닌 듯싶어서일 테고, 또한 어린 여자아이가 갖고 있는 것이 호기심을 발동시키는 모양이라 생각되어 방어하기 위해서였다.

"니 끼 아이모 누구 껀데? 이리 조 봐라, 기경 한번 해 보자."

남정네 하나가 불쑥 손을 내밀었다.

논개가 펄쩍 뛸 듯이 놀라면서 그것들을 움켜잡고 뒤로 물러선다.

"안 됩니더. 우리 아재 껀데 여게 장터서 만나 갖고 디리기로 한 기라요."

"야아가, 기경만 좀 하자는 긴데 와 그리 팔짝 뛰노?"

논개는 대답을 하지 않고 서둘러 그곳을 피해 버렸다. 방물장수를 찾느라고 사람들 많은 장터에서 계속 서성거릴 수는 없겠다는 생각이었다.

그런데 바로 그 순간, 논개는 바로 눈앞 골목 귀퉁이 앞에 보퉁이를 풀어 놓고 앉아 있는 방물장수를 발견했다. 논개는 자기 눈을 의심하여 다시 한 번 곱사등이 방물장수임을 확인하고는 가까이 다가갔다.

"아지매요!"

방물장수가 논개를 쳐다보면서 놀란 눈을 했다.

"논개 아이가! 장 보러 나왔나?"

"아인 기라예. 아지매 찾으러 왔어예!"

방물장수가 의아한 낯빛을 하고 새삼 논개의 부어오른 얼굴과 후줄근한 차림을 살펴본다.

"아지매, 글 갈쳐 준다는 그게로 오늘 지를 좀 데려다 달라꼬예."

"논개야, 무신 일이 있었더나?"

논개는 방물장수가 국밥을 먹고 떠난 후의 사정을 대충 들려주었다.

하동댁이 피물 장수 때문에 마음이 심란했다는 노파의 말은 하지 않았다.

"그란께네, 내하고 말했다꼬, 내하고 말하지 말라 캤는데, 니가 말 할끼라 캤다꼬, 니를 뚜들기 팼다는 기가?"

논개는 고개를 끄덕인다.

그러자 방물장수가 펼쳐 놓은 보퉁이를 서둘러 다시 싸기 시작했다.

"가자. 그년이 눈치를 챈 기다!"

"머를 눈치챘다 말입니꺼?"

"내가 니를 빼내 갈 끼라는 거를 귀신겉이 알아 뿌린 기라. 얼렁 가자. 아마도 장터로 나하고 니를 찾으러 지금 쫓아오고 있을 끼다."

"몬 올 낍니더. 아지매가 나 때리 놓고 술을 몇 사발이나 퍼 마시고 할매한테 이끌리서 방 안으로 들어갔어예."

"우쨌거나 가자. 할매가 니 찾으러 나올지도 모린께네."

그런데, 놀랍게도 방물장수의 말은 틀리지 않았다. 어디선가 논개를 부르는 소리가 들렸던 것이다. 논개가 귀를 세웠다. 사람의 모습은 보이지 않았지만 소란스런 장사치들의 소음 속에 분명히 그녀를 찾는 소리가 섞여 있었다.

"노온개야아-."

노파의 목소리였다. 꺽센 듯한, 그러면서도 쉿소리가 섞인 노인의 음성임에 틀림이 없었다.

"맞아예. 할매가 지를 찾고 있어예!"

논개의 말이 떨어지기 바쁘게 방물장수가 논개의 손목을 잡아채듯 끌고 골목 속으로 뛰어들어갔다. 논개는 허둥지둥 끌려 들어갔다.

"할매가 와 나를 찾을꼬예?"

"와 찾는지 모리겄나? 내가 니를 빼내서 오데 데리가는 거를 알고, 니를 안 뺏길라꼬 그란다 아이가."

"아지매가 지한테 글 갈쳐 주는 데를 말씸한 거를, 할매도 하동띠 아지매도 모리는데예."

"말로 해서 아나. 다 알게 돼 있는 기라."

"그래도 할매를 만나 보고 인사나 하고 갔으모 싶은데예. 할매가 지한테는 참 잘해 주셨어예."

"씰데없는 소리 말고 얼렁얼렁 걸어라. 할매가 와 니한테 잘한 줄 아나? 니가 쎄 빠지게 일을 다 해 준께네 자기가 올매나 편하냐 말이다. 니가 주막집에서 엄써지모, 젤 힘든 사람이 할맨 기라."

"그래도, 저리 불러쌌는데…."

"모질기 맘 묵어라. 얼렁 가자. 이기 잘된 기다. 니가 할매 앞에 나타나모 내가 진짜로 니를 채간 거를 알게 되고, 나는 다시는 이 장터에 장사하러 몬 온다. 니가 내가 한 말을 안 했다 칸 기, 나를 살리 준 기다."

논개는 방물장수의 손에 이끌려 낯선 골목과 큰길을 한동안 뛰듯이 걸었다. 할매의 목소리는 진작부터 들리지 않았고 장터도 까맣게 멀어졌다. 뜨거운 햇살에 몸뚱이에는 땀이 물을 뒤집어쓴 듯이 흘러내리고 숨도 컥컥 막혀 왔다. 방물장수는 등짝의 우뚝 솟은 혹이 몸체의 반을 차지하여 키가 논개의 허리쯤밖에 닿지 않았지만 잘도 걸었다. 한 손은 머리에 인 보퉁이를 잡고 한 손은 앞으로 옆으로 뒤로 힘껏 흔들어 젓히면서 잽싸게 발걸음을 옮겼다.

"아지매가, 오늘 지 땜에 장사도 몬 했네예."

논개가 방물장수의 머리에 얹힌 보퉁이를 내려다보면서 말한다.

"니가, 인정이 많구나. 그래도 갠찮다. 우리 마님이 니를 데꼬가모 알아서 물건도 사 주고, 기냥은 안 보낼 끼다."

논개는 방물장수의 말을 듣고 우뚝 멈추어 서 버렸다.

"아지매. 지금, 마님이라 캤습니꺼?"

방물장수가 왜 그러느냐며 논개를 따라 멈춘다.

"온야, 마님이라 캤다. 와 그라노?"

"지를, 지금 양반집 종년으로 데리가는 깁니꺼? 글자 갈쳐 주는 데는 서당인께 훈장 어른이라 캐야 되는 기 아입니꺼?"

방물장수가 누런 이를 드러내고 웃었다.

"글자는 서당에서만 갈치는 기 아이고, 니만 한 여식아들만 모아 놓고 예쁜 아지매가 갈쳐 주는 데도 있다. 내가 마님이라 카는 사람은 양반집 어른이 아니고 그 아지매를 말하는 기다."

방물장수가 논개의 얼굴을 흘끔 쳐다보고는 다시 말했다.

"니가 천출인 종놈 종자도 아인데, 와 종년으로 보낸단 말이고. 말도 안 되는 소린 기라. 씰데없는 극정 말고 쌔이빨리 가자."

방물장수가 다시 돌아서 앞장서고, 논개는 뭔가 조금은 석연찮은 기분인 채 눈을 깜박이며 그녀의 뒤를 따랐다.

"여자 서당도 있는가 보네예?"

"가 보모 안다."

"글도 배우고, 일을 해 주모 밥도 얻어묵고 잠을 잘 수도 있는 뎁니꺼?"

"극정도 많다. 그런께네 내가 니를 데리다주겄다 카제. 부모도 없고, 묵고 잠잘 데도 없는 니한테는 그런 조건이 먼첨인데."

논개는 궁금한 문제가 한두 가지가 아니었지만 일단 안도감을 가졌다. 글도 배우고 먹고 잠잘 수 있다면 웬만큼 힘든 일은 다 해낼 자신이 있었기 때문이다.

방물장수가 논개의 손을 잡고 다다른 곳은, 남강南江과 강 둘레의 둑이 내려다보이는 언덕 쪽 후미진 곳의 아담한 기와집 앞이었다. 규모가 크지는 않았으나 얼핏 보아 도동의 강 진사 댁처럼 안채와 사랑채와 행랑채가 따로 나뉘어져 있는 것 같았고, 따라서 양반집 같은 느낌 때문에 논개는 잠시 긴장했다. 그런데 뜻밖에도 가슴을 저미는 듯한 애잔한 퉁소 소리가 집 안에서 흘러나와 좀 전에 경직되었던 마음이 한결 부드러워지기는 했다.

방물장수가 대문 기둥 옆으로 늘어져 있는 줄을 두세 번 잡아당기자 늙수그레한 행랑어멈 같은 여자가 대문을 열어 주었다. 여자의 얼굴은 무표정하고 무뚝뚝했다.

"지 왔십니더. 마님 계시지예?"

여자는 헤실헤실 웃어 대는 방물장수를 흘낏 일별하곤 옆에 서 있는 논개를 뚫어지게 쏘아보았다. 방물장수는 끝내 아무런 대꾸도 없이 문만 열어 주는 행랑어멈 같은 여자가 불쾌하지도 않은지, 오히려 굽실거리면서 논개의 손목을 잡고 대문턱을 넘어 사랑채를 지나 안채로 들어갔다.

퉁소 소리는 사랑채 부근에서 흘러나오고 있었다. 안마당으로 들어서자 마당가 화단으로 자색과 붉은색의 견우화, 봉선화가 흐드러지게 피어 있어 방문객을 반기는 듯 눈이 부셨다.

"마님! 지 왔십니더."

방물장수가 안채의 화단 앞에서 소리를 높였다.

안방 문이 열리면서 훤칠하게 키가 큰 여인 하나가 하얀 세모시 치마를 끌면서 대청마루로 나왔다.

"칠곡댁이 왔구나."

"예, 마님! 안녕하셨습니까예?"

"마루로 올라오지."

여인이 방물장수 옆에서 주춤거리는 논개를 유심히 바라보면서 말했다.

"예, 예, 마님."

방물장수가 마치 곱사춤을 추듯 혹부리 등을 굽실거리며 대청마루에 엉덩이를 걸치고 앉자, 건넌방에서 논개보다 조금 더 나이 들어 보이는 여자아이 네 명이 우르르 마루로 몰려나왔다.

"아지매, 팥분가루 갖고 왔십니꺼?"

"지가 부탁한 댕기도 구해 왔지예?"

"아지매, 지 바늘은예?"

아이들이 저마다 한마디씩 하고 반색을 하며 달려나오다가, 축담의 댓돌 아래에 멈칫거리고 선 논개에게 하나같이 눈길을 주었다.

"야가 지가 말하던 그 아이라예. 이름은 논개라 하고예. 부모도 일가친척도 없고 장터 주막에서 쎄 빠지기 일만 하고 있었어예. 글을 배우는 기 소원이라 캐서 지가 데리고 왔십니더."

아이들은 방물장수가 논개를 소개하는 동안 연신 킬킬거리고 있었다. 논개의 차림 때문인 듯싶었다.

"산에서 말라 죽은 꽁을 활을 쏘아서 잡았는갑다! 주막에서 술그릇이나 씻던 가시나가, 지가 머이라꼬 활을 들고…, 킥킥."

아이들이 그렇게들 수군거렸다. 방물장수가 아이들을 돌아보며 그러지 말라는 시늉을 하고는, 논개더러 마님한테 인사를 올리라고 했다. 논개는 마루 아래에 그대로 선 채 마님이란 여인에게 고개와 허리를 숙였다. 방물장수가 여인의 눈치를 살피면서 논개의 손목을 잡아끌었다.

"논개야. 여게 인사는 그라모 안 된다. 청에 올라와서 마님께 큰절을 올리거라. 앞으로 글도 갈쳐 주시고 소리도 갈쳐 주실 이 집 어른이시다."

논개는 활과 화살과 장끼를 마루 기둥 옆에다 놓고 대청마루에 올라가 여인에게 큰절을 했다.

여인이 시종 논개에게서 눈을 떼지 않고 고개를 끄덕였다.

"네 이름이 논개라고 했느냐?"

"야아."

네 명의 아이들이 손으로 입들을 가리고 또다시 키들키들 웃었다. '예'가 아니고 '야'라고 대답하는 것이 거칠고 흉스러워 보이는 모양이었다.

"몇 살이냐?"

"열한 살입니더."

"성이 무엇이냐?"

"모릅니더."

"성씨가 분명찮은 거 보니까, 천민인 모양이구나."

여인이 낮게 말했다.

논개가 여인을 바라보았다.

"지 출생이 양반인지 천민인지 잘은 모르지마는, 지는 사람은 다 똑같다고 생각합니더."

여인의 표정이 의외라는 듯 조금은 놀란 눈빛인 채 논개를 응시했다.

그때 방물장수가 논개의 허리를 쿡 찔렀다.

"야아가, 큰일 낼 소리 하네. 사람이 우째 다 똑같노. 양반 상놈 백정 종년 다 다르제."

"그거는 양반이 맨들어 논 기고, 원래는 다 똑같다고 생각합니더."

방물장수가 마님이란 여인을 다시 흘끔 쳐다보고는 논개의 허리를 또 쥐어박았다. 가만히 있으라는 신호인 것 같았다.

"야아가 와 반피바보 같은 소리를 자꾸 하노? 사람은 날 때부터 양반 자슥은 양반, 상놈 자슥은 상놈, 종놈 자슥은 종놈, 첩 자슥은 서자로 근본이 다르단 말이다."

논개는 입 닫고 얌전히 앉아 있으라는 방물장수의 손짓을 알고 있었지만 그냥 또 대답질이 나오고 말았다.

"상놈 자슥이라고 빗자리 들고 나오는 기 아이다 아입니꺼? 세상에 나올 때는 똑같이 빨가벗고 나오는데, 사람들이 그리 맨들어 놓은 기란 말입니더."

"씨끄럽다. 쎄울고집부릴 꺼러 쎄워야제, 니 그런 소리 양반 듣는 데 하모 곤장 맞을 줄 알아라. 저, 마님. 야가 얌전한 여식안데 오늘은 너무 더버서 그란지 좀 벨나네예."

그러나 마님이란 여인은 계속 말없이 논개를 바라보기만 하고, 건넌방에서 나온 아이들은 비웃음을 담은 키들거림을 그치지 않았다.

"찬물에다 미숫가루 두 그릇 만들어 오너라."

여인이 키들거리는 아이들에게 음성을 높였다.

아이들이 목을 자라처럼 움츠리며 정짓간으로들 몰려갔다. 그러나 미숫가루 두 그릇을 차반에 받쳐 나온 사람은 대문을 열어 주던 무뚝뚝한 여자였다.

"하이고, 고맙십니더! 날이 우찌나 푹푹 찌던지."

방물장수가 두 손으로 얼른 차반을 받아 놓고 한 그릇을 집어 꿀꺽꿀꺽 급하게 들이켰다. 논개는 가만히 앉아 있었다.

"너도, 마시거라."

여인이 논개를 보고 말했다.

"고맙십니더."

논개는 비로소 그릇을 들고 차가운 미숫가루를 마신다.

논개가 빈 그릇을 차반 위에 놓자, 여인이 아이들을 둘러보며 말했다.

"너희들은 논개를 깨끗이 씻겨 주고 새 옷을 입히도록 해라. 머리의 이는 말할 것도 없고 서캐까지 다 훑어 주어라."

그러고는 방물장수를 방 안으로 들어오라며 먼저 일어나 안방으로 들어갔다.

논개는 아이들에게 떼밀리듯 뒤란의 우물곁으로 갔다. 그곳에는 나무 칸막이로 둘러쳐진 몸을 씻는 곳이 따로 만들어져 있었다. 커다란 나무 물통을 가운데로 주변에 나무둥치를 잘라 만든 앉을 자리가 있고 옷을 거는 횃대도 마련되어 있었다. 아이들은 논개를 목간통에 들여놓기 전에 그녀를 그늘 쪽 돌팍 위에 앉게 했다. 머리를 감기 전에 머리 속의 이나 서캐를 완전히 잡아내야 한다는 것이었다. 네 명의 아이들 중 가장 나이가 많아 처녀티가 나 뵈는 여자애가, "너는 나이가 젤 어리고 늦게 들어왔은께, 앞으로 우리가 시키는 대로 잘해야 한다." 하면서 논개의 머리를 풀어 헤쳤다. 네 명의 아이들이 우르르 달려들어 논개의 머리칼 속을 샅샅이 헤집어 이와 서캐를 잡아냈다. 시커먼 이가 발견될 때마다 아이들은 환호성을 내지르며 흥미로워했다.

"머리는 더러운데, 생각만큼 이가 없네."

아이들은 뭔가 허전해하는 표정들을 감추지 못하면서 이어 참빗으로 논개의 머리를 싹싹 빗어 내렸다. 그리고 우물물을 길어다 통 속을 채우고는, 논개더러 빨가벗고 물속에 들어가라고 했다. 논개는 땀에 전 옷들을 벗어 냈다.

"하이고, 아즉도 납작빈대네!"

아이들이 논개의 가슴께를 보며 조잘거렸다. 그러고는 다투어 논개의 벗은 몸을 씻겨 주려 했다. 팔을 뻗어 물을 끼얹어 주고, 가슴과 등을 밀어 주고, 허벅지께를 문질러 주고, 젖꼭지가 콩알보다 더 작다고 재재거리며 실망하는 낯빛이 되기도 했다.

"몸도 빽다구뿐이고…."

"고생을 많이 하고 못 먹어서 그런갑다."

아이들은 저마다 논개의 벗은 몸을 두고 비웃듯 하던 처음의 냉담함과는 달리 안쓰러운 듯 한마디씩 했다.

논개는 처녀 아이들의 손길이 간지럽고 편치가 않은 듯 그만두라고 손으로 밀어내고는, 혼자서 수건으로 쓱쓱 몸을 문지른다.

"내 이름은 논개고 열한 살이라 캤는데, 너거들은 몇 살이고 이름이 먼지, 나는 하나도 모린다 아이가."

논개가 아이들 중 가장 나이가 많아 보이는 처녀를 쳐다보며 말을 했다.

"너거들이 뭐냐? 우리를 모두 성이라 부르거라. 다 너보다는 나이가 많으니께. 나는 열다섯 살 매분이고, 야는 열네 살 향녀고, 야는 열세 살 금지고, 야는 열두 살 옥매다. 알겄나?"

논개는 궁금한 것이 여간 많지 않았지만, 일단 머리와 몸을 씻은 후 매분이란 큰 아이가 내어 주는 새 옷으로 갈아입었다. 그리고 방물장수가 마님이라 부르던 여인 앞으로 나갔다. 방물장수는 논개에게 아무런 말도 없이 그냥 가 버렸는지 눈에 보이지 않았다. 퉁소 소리는 그때도 사랑채 쪽에서 흘러나오고 있었다.

"어머님 앞에서는, 무릎을 꿇고 앉는 것이다."

매분이, 여인 앞에 두 다리를 옆으로 얌전히 모으고 앉은 논개의 자세를 다시 바꾸도록 했다.

"그래, 오늘부터 너는 우리 식구다. 내가 네 어머니가 된다. 나에게 한자도 배우고, 소리도 배우고, 시문도 배우고, 서예도 배우고, 예의범절도 배우게 된다. 무엇이든 내가 시키는 대로 해야 된다. 열심히 배우지 않거나 말을 듣지 않으면 벌을 받고 이 집에서 살지 못한다. 알겠느냐?"

자기를 어머니라 부르라고 하는 여인의 표정과 말에는 의연함과 근엄함이 묻어 있었다.

"왜 대답이 없느냐?"

"야아."

"예라고 대답하거라. 앞으로는 네 말씨부터 고쳐야 할 것이니라. 촌

말은 예절스럽지 못하니라. 알겠느냐?"

"예…."

"그리고 또 한 가지 논개가 유념해야 될 일이 있다. 사람은 누구나 세상에 나올 때에는 발가벗은 맨몸인 채 태어나지만, 일단 세상 밖으로 나오면 사람 사는 법도라는 것이 있고, 그것을 따르며 살아야 하는 것이다. 무슨 말인지, 알아듣겠느냐?"

"사람은, 다 똑같지 않다는 말씀입니꺼?"

"그래. 양반이 있고 천민도 있는 것이다. 자기 신분대로 따르며 살아야 한다는 말이다."

"……"

"왜 대답이 없느냐?"

"예…."

"됐다. 건넌방으로 들어가서 성들과 기다려라. 곧 소리를 배울 시각이다. 지금부터 모르는 것이 있으면 성들에게 물어보도록 해라."

논개가 대답과 함께 일어나려고 꿇어앉았던 다리를 풀다가 옆으로 나뒹굴고 말았다. 생전 그렇게 앉아 보지 않았던 터라 익숙지 못해서였다. 두 다리를 위로 솟구치며 어처구니없이 쓰러지는 논개를 보고 아이들이 까르르 웃음을 터트리고, 여인은 논개를 가만히 바라보기만 했다. 논개는 얼굴을 새빨갛게 붉히고 얼른 일어났다. 무엇이든 능숙하지 못해서 남의 웃음거리가 되었다는 사실이 견딜 수 없을 만큼 부끄럽고 화가 났으나 달리 방법이 없었다.

"활쏘기하고 돌팔매질은 안 배워줍니꺼예? 지는 활도 쏠 줄 알고 돌팔매는 잘해예."

논개는 자신이 미처 생각하지 못했던 말을 했다. 아이들 앞에서 웃음거리가 된 무안함에 반사적으로 내뱉은 말이기도 했지만, 말을 하고 보니 실제 궁금한 부분이었다는 생각도 들었다.

여인이 논개를 다시 바라보았다.

"네가, 활을 쏠 줄 안단 말이냐? 네가 들고 왔던 박제한 장끼가, 그럼 네가 활을 쏘아 잡았던 것이냐?"

여인의 눈동자가 놀라움과 호기심으로 빛이 나고 있었다.

"장끼는 지가 잡은 기 아이고예, 이병 아재가 활을 쏴서 잡은 거를 지가 줏은 기라예. 그래도 지는, 활터의 과녁판을 맞힐 수는 있어예. 그라고 또예, 지가 진주로 들어올 때 성문 밖 방 붙이는 판을 활로 맞차가꼬 병졸 아재들 큰절을 받은 적도 있어예! 돌팔매로는 배미를 잘 잡고예, 청솔목청설모도 잡은 적이 있어예!"

논개는 그런 말도 할 작정이 천만에 아니었는데, 벼랑에 굴러 내리는 실몽당이 실 풀어지듯 그냥 술술 제멋대로 입 밖으로 나와 버렸다.

"희한한 일이구나. 네가, 어른 병졸들의 절을 받았다니? 좀 더 소상하게 말을 해 봐라. 그리고 의병이며 활터를, 네가 어떻게 안단 말이냐?"

여인은 논개를 다시 자리에 앉게 했다. 이날은 처음이니까 내내 꿇어앉지는 않아도 된다고 했다.

논개는 다리를 옆으로 모아 앉으면서 진주로 들어올 때 성 밖에서 일어났던 그간의 이야기를 신이 나서 떠벌렸다. 웃어 대던 아이들이 점차 호기심이 가득한 표정들로 논개의 말에 귀를 기울였다.

"네 말이 전부 사실이라면 놀랍구나! 앞으로 너는 활을 배워도 좋고 연습을 해도 된다. 그런데, 너에게 활쏘기를 가르쳐 준 사람은 누구며, 어느 곳에 있는 활터에 네가 머물렀다는 말이냐?"

"선학산에 있는 활터에 좀 살았어예. 그게서 강, 동 자, 찬 자 이병장 아재한테서 활쏘기를 배웠어예!"

논개의 말이 떨어지자 아이들의 시선이 하나같이 어머니라 불리는 여인에게로 모아졌다. 그러다가 매분이 입을 열었다.

"어머님! 강, 동 자, 찬 자 의병장 아재씨라면, 바로 선학산 그분, 아니십니꺼?"

여인이 천천히 고개를 끄덕였다. 매분을 비롯하여 향녀 금지 옥매가 모두 너무나 의외고 놀랍다는 듯 자기들끼리 얼굴을 마주 보고 눈을 깜박였다.

"아지매! 우리 이병장 아재를 아지매가 아십니꺼?"

논개의 눈이 커다랗게 벌어지면서 소리를 높였다.

"아지매라니. 어머니라 부르라고 좀 전에 일렀거늘."

여인은 논개의 물음에 대한 대답은 없이 호칭에 대해서만 주의를 주고는, 논개를 건넌방으로 들어가게 했다.

논개는 아이들의 뒤를 따라 방으로 들어갔다. 건넌방은 밖에서 생각했던 것보다 훨씬 길고 컸다. 윗목으로는 서랍 달린 문갑 책상이 대여섯 개 가지런히 놓여 있고, 옆벽의 겹창 아래에는 가야금과 거문고, 북과 장구 등이 세워져 있었다. 그뿐만 아니라 서랍장이 놓여 있는 아랫목 벽면을 제외한 삼면의 벽에는 세로로 혹은 가로로 쓰인 서예 족자들이 줄줄이 걸려 있었다. 잠을 자는 방이라기보다 글과 소리를 가르치는 큰 방 같았다.

논개는 방 안의 모든 것들이 생소하고 이름도 알 수 없는 것이었으나 느낌이 좋아서 거듭 둘러보았다. 향녀가 닫혀 있는 겹창을 활짝 열자 창 아래로 작은 화단이 나타나면서 시원한 바람이 들어왔다. 애잔한 퉁소 소리도 함께 흘러들어 왔다.

"저 소리는 아까부터 사랑채서 나는 거 같던데, 누가 뭣을 부는 것이제?"

논개는 이 집 안에 들어설 때부터 귓속을 부드럽게 해 주던 퉁소 소리에 대해 누구에게랄 것도 없이 물어보았다.

"선비님께서 부시는 퉁소 소리다."

매분이 대답했다.

"선비님이, 머 하는 사람인데?"

매분과 향녀 등이 기가 막힌다는 듯 논개를 돌아보았다.

"너는 참말로, 선비라는 말이 무슨 뜻인지 모른단 말이가?"

논개가 고개를 끄덕였다.

"글을 읽는 사람이다. 과거를 봐서 문관이 될 분인 기라. 어떻게, 너는 그것도 모른단 말이가? 칼과 창을 잘 쓰고 활을 잘 쏘면 무관이 되고, 글을 잘 읽으면 문관이 되는 거는 알고 있나? 의병장님에게서 활 쏘는 것을 배웠다면서 선비도 모른다니 참말로 딱하다."

향녀가 비웃는 낯빛으로 면박을 주었다.

"너무 멀쌌지나무라지 마라. 선비라는 말은 들어 봤어도 딱 뿌러지게 이런 기 선비다 하고 말을 할 수가 엄써서 그랬던 기라. 그라모, 저 선비는 이 집 아지매 아들이가?"

매분과 향녀가 또다시 어처구니없다는 표정들을 지었다. 금지와 옥매는 대놓고 까르르 웃었다.

"그러지 말라 캐도 또 아지매라 부른다. 선비님이 어머님보다 나이가 많은데 우찌 아들이 된다 말이고? 한양에 과거 시험 보러 가면서 우리 집에 좀 묵으시는 기다."

"그라모, 여게도 주막이라 말이가?"

그러자 열다섯 살의 매분이 갑자기 눈을 무섭게 뜨고 논개에게 화를 냈다.

"논개 너, 말씨부터 고쳐라. 여기에 있는 우리들은 다 너보다 성이다. 하시오 해라. 옥매나 금지 향녀 다 나한테 존칭 쓰고 있고, 금지 옥매는 향녀한테, 옥매는 금지한테도 다 성 대접 한다. 너는 우리들 전부한테 존칭을 쓰도록 해라. 알겠느냐?"

"야…."

"예라고 해라."

"예…."

*

남강南江의 방죽과 푸르른 강물이 내려다보이는 야산 자락의 언덕에 자리 잡은 기와집에서의 생활은, 논개에게는 지극히 호사스러운 것이었다. 새벽에 일어나 우물물을 길어 오지 않아도 되었고, 나뭇광의 장작을 안아 와서 국밥 솥에 불을 지피지 않아도, 널마루와 마당에 걸레질도 비질도, 그리고 상 나르기와 그릇 씻기를 하지 않아도, 좋은 반찬에 세끼의 밥을 먹을 수 있었기 때문이다. 그녀가 하는 일이란 '하늘 천 따 지' 한자 공부와 시문을 듣고 가야금을 배우고 소리를 배우는 것이 전부였고, 부엌일은 대문을 열어 주던 무뚝뚝한 여자와 품삯일을 하는 두 명의 동네 여자들이 맡아 했다.

이 집의 식구들은 '어머니'라 불리는 서른 살 전후로 보이는 여인과 네 여자아이 그리고 부엌의 세 여자 등 고정된 식구는 여덟 명에 불과했다. 그러나 시문이나 소리를 가르치는 사람들이 수시로 바뀌어 들락거리고, 그것보다도 사랑채와 안채로 곧잘 갓 쓴 양반들이 찾아와 주안상이 차려지는 흥겨운 주연酒宴이 시도 때도 없이 벌어지는 등, 이 집에 끓는 사람들은 여간 많지가 않았다.

논개는 기와집에 들어온 바로 다음 날부터 간절히 배우고 싶어 했던 한문을 읽고 쓰고 나날이 거듭하여 익히면서 글공부에 심취했다. 가야금 뜯기를 배우고 장구를 두들기고 통소 불기와 춤과 소리를 배우는 것도 기가 막히게 재미있었지만, 글자를 익히는 것이 무엇보다 좋았다. 논개는 자기에게 왜 이러한 호강스런 일이 벌어지고 있는지 정확히 알 수는 없었지만, 그리고 이렇듯 좋은 일에 혹여 잡귀라도 끼어 깨져 버릴까 봐 이따금 마음을 졸이기도 했지만, 그녀는 나날이 마냥 행복했다.

그러나 열흘도 채 되지 않아 논개는 그 집이 진주에서도 이름난 기생집이라는 사실을 알게 되었다. 안방의 어머니도 기생이고, 주연이 있을 때마다 기와집으로 서둘러 오는, 얼굴에 팥분을 바르고 색옷을 입은 여인들이 모두 기녀妓女이며, 수시로 소리와 시문을 가르쳐 주러 오는 선생들도 기녀임을 알게 되었다. 그뿐만 아니라, 매분도 향녀도 금지도 옥매도 그리고 논개 자기도 기생 수련을 받는 동기童妓라는 엄청난 사실도 알게 되었다. 그리고 이렇듯 공부와 여러 가지 예기藝妓를 배우고 있는 것이 장차 기생 노릇을 잘 해내기 위한 기본적인 소양 공부라는 것도 알게 되었다.

더욱 놀라운 것은 곱사등이 방물장수가 자기를 안방 어머니에게 넘기면서 돈을 받아갔다는 사실이었다. 논개는 열다섯 살짜리 매분에게서 방물장수의 사람 장사 이야기와, 이 집안의 내력과, 자기도 모르는 사이에 동기가 되어 있는 자신의 이야기를 들으면서 멍한 기분이 되었다. 심히 얼떨떨하면서 뒤통수를 한 대 맞은 듯했던 것이다.

매분을 비롯하여 향녀 금지 옥매는 논개가 아무것도 모르고 있었다는 것이 너무도 재미있다는 듯 키들거리더니, 이내 자기들이 이곳에 오게 된 연유도 털어놓아서 논개를 더욱 놀라게 했다.

"나는 말이다, 우리 오매가 밥이나 얻어묵으라고 나를 여게다 데리다준 기라. 여게 온 지 벌써 삼 년이 됐네!"

열세 살의 금지가 말했다. 그녀는, 자기 오매가 일곱 자식을 낳았는데, 아들 셋만 키우고 가시나 넷은 전부 남의 집에 민며느리로 주었거나 기생 새끼로 주었다고 했다.

"나는 말이다, 울 오매가 사대독자 집에 시집가서 아들 대를 못 잇고 딸만 여섯을 낳고는, 그만 시집에서 쫓겨나 버린 기라. 내가 여섯째 막

내딸인데, 독한 친할매하고 계모의 구박이 어찌나 심하던지, 방물장수 아지매한테 내가 부탁을 해서 이리 온 기라."

열다섯 살의 매분이 금지에 이어서 자신의 내력을 말했다.

웬일인지 향녀와 옥매는 쓸쓸한 낯빛들로 입을 닫고 있었다.

매분이 그들을 가리키며 말했다.

"야들 오매는 기생이었는데, 병들어 저세상 가 버린 기라…."

논개는 시종 맥을 놓은 표정으로 향녀와 옥매를 바라보다가 눈길을 아래로 떨구며 혼자 생각에 빠져들었다. 사람들이 천대하는 기생이란 도대체 무엇이며, 기생이 하는 일이 정확히 뭔지 알 수가 없었다. 자신의 결심과는 상관없이 다른 사람에 의해 자기가 기생 새끼가 되었다는 엄연한 사실이 혼란스러웠고, 그것이 자기에게 잘된 일인지 잘못된 일인지조차 가늠이 되지 않았다. 지난 삶의 모진 고생에 비해 글을 배우는 당금의 생활이 행복하고 호사스러우니 그러한 생각이나 판단력이 희박해졌던 것이다.

"기생은, 머 하는 사람이지예?"

한참 만에 논개가 매분을 쳐다보며 물었다. 선비가 뭐 하는 사람들이냐고 물었을 때처럼 아이들이 까르르 웃었다.

"니는, 참말로 기생이 뭐 하는 사람인지 모른단 말이가?"

매분이 진정 어처구니가 없다는 얼굴을 하고 되물었다.

"주연에서 춤을 추고, 가야금을 뜯고, 시문도 짓고, 장구도 치고, 소리를 하는 사람이라는 정도는 압니더."

"맞다. 다 알면서 물어보나? 가무로 남정네들 주흥을 돋궈 주는 거이 기생이 하는 일이다."

매분의 짧은 대답이 끝나자 금지가 배시시 웃으면서 말을 받았다.

"그라고 기생은, 세상 남정네가 다 지아비가 될 수도 있는 기라. 여염집 여자들같이 일부종사는 어려분 기라."

그러자 이번에는 열두 살의 옥매가 나섰다.

"그것도 기생 나름인 기라. 울 오매는 머리 얹어 준 남정네한테 평생을 몸 바치고 날 낳았는데도, 그 남정네는 기생이 낳은 딸이 어째 자기의 자식이냐면서 성姓도 주지 않았다는 기라. 울 오매가 아파서 죽어가는데도 내 아비라는 그 남정네는 약은커녕 곡물 한 됫박도 없었던 기라. 나는 온기생 되면 세상 남정네들한테 복수를 할 끼다. 그라고 절대로 자식은 안 낳을 끼다."

눈이 큰 옥매의 얼굴에 분노가 어렸다.

논개는 계속 침묵한 채 턱을 빠트리고 앉아 있었다. 종년이 되어서 자식까지 노비로 만들고, 뼈가 삭는 일 더미 속에서 평생을 구속되어 사는 것보다, 기생 노릇이 차라리 수월하고 자유롭겠다는 속생각을 하고 있었다. 기생을 세상 사람들이 천한 직분이라 손가락질을 해도 그래도 절대적인 남존여비의 세상에 삼종지의와 칠거지악을 안고 살아가는 여느 여자들에 비하면 많이 자유로울 뿐만 아니라, 열심히 노력하면 잘났다는 남정네들과 어깨를 겨룰 수도 있을 것이라는 생각도 없지 않았다. 무엇보다도 기녀에 대한 논개의 긍정적인 생각은, 어떤 목적에서든 한자와 시문을 익혀 주고 그것을 붓으로도 쓰고 창작케도 하는, 소중한 가르침을 받을 수 있다는 데서 비롯된 것이었다. 무지몽매했던 자신의 눈과 정신을 일깨워 주고 사람 되게 해 주는 배움의 과정이, 그녀에게는 너무나 소중하고 고마운 일이었기 때문이다.

"꿀 먹은 벙어리처럼, 논개는 아까부터 왜 말을 안 하나? 행여, 이 집을 도망칠 생각일랑 말아라. 꼽새 방물장수가 니 몸값을 받아 갔으니, 니가 이 집을 나갈려면 그 돈을 먼저 어머니께 바쳐야 하는 기라. 무슨 말인지, 알겠나?"

논개는 대답을 하지 않았다. 이 집을 나가고 싶은 마음도 없었지만, 방물장수가 받아 갔다는 몸값을 논개 자기가 내야 한다는 것은 이치에 닿지 않는다고 생각했다. 이 집으로 오기 전에 방물장수와 자기의 몸값에 대해 의논이나 약속을 한 적이 없고, 그네가 일방적으로 받아 갔는데 왜 자기가 그 몸값이라는 알 수 없는 돈을 갚아야 하는지 얼른 납득이 되지 않았던 것이다.

그날 논개는 활과 화살을 들고 집 뒤쪽의 야산에 올랐다. 사나흘 전부터 안방 어머니에게 허락을 받아 뒷산 능선의 썩은 나무둥치를 과녁으로 세우고 활쏘기 연습을 해 왔던 것이다. 자기가 몸담고 호사를 누리고 사는 집이 바로 기생집이고, 자신이 기녀 수련생인 동기로서 장차는 온기생이 될 것이라는 사실을 알게 되어 마음이 그지없이 심란한데도, 역풍이 없어선지 화살은 백발백중으로 썩은 나무둥치에 날아가 꽂혔다. 화살 열 개가 나무둥치의 중심부에 다 꽂히면서 과녁이 휘청거렸다. 논개는 과녁의 화살을 다 뽑아내고는 나무뿌리 주변으로 바위와 돌을 굴려 흔들리지 않게 받쳤다. 그리고 다시 활을 쏘았다. 여전히 열 개의 화살 모두가 적중했다. 다시 화살을 뽑아내고 그녀는 이어 돌팔매질을 해 본다. 탁탁 들어맞았다. 논개는 방향을 바꾸어 가며 가깝게 멀게 거리를 달리해 보면서 큰 돌, 작은 돌 가릴 것 없이 주워 던져 보았는데 희한하게도 잘 들어맞았다.

"아재요…."

뜬금없이 강동찬 아재의 얼굴이 떠오르고, 점백이 할매와 섭냄이 얼굴도 떠올랐다. 선학산의 오매 무덤도 떠올랐다. 지난 장마에 흙이 쓸려 내려가지는 않았는지, 살쾡이나 여우가 무덤을 파헤치지는 않았는지 두루 걱정이 되었다. 가장 보고 싶은 사람은 섭냄이였다. 논개가 죽으라면 죽는 시늉까지도 하던 착하고 인정 많은 섭냄이가 이날따라 너무나 만나고 싶어졌다. 알 수 없는 심사였다. 조금도 서럽지가 않은데 눈앞이 어룽거리며 눈물이 후드득 쏟아졌다. 논개는 활쏘기와 돌팔매의 과녁이 되는 썩은 나무둥치 옆에 털썩 주저앉는다. 뙤약볕이 쨍쨍

내리쬐는 잡풀밭에 퍼질러 앉았으나 뜨거운 것도 느끼지 못한다. 마음이 한량없이 심란하고 외롭고 혼란스런 탓인 듯했다. 서러운 것 같지도 않은데 어인 눈물은 양 볼 위로 쉴 새 없이 흘러내리고 심장의 고동소리도 쿵쿵 울렸다. 강 진사 댁의 노비와 주막집의 하동댁, 곱사등이 방물장수 등 어른들의 모진 인심이 야속스럽고, 이게 모두 자기가 천애 고아이기 때문이라 생각한다.

기생이 정확히 무엇인지는 잘 모르지만 어쨌거나 남들이 천대하고 하시하는 사람임에는 틀림없는 모양이었고, 논개 자기가 싫으면 당장이라도 눈 아래의 기와집을 벗어나면 그만일 것이었다. 깊고 깊은 산골로 들어가 활 쏘고 돌팔매질해서 짐승 잡아먹으며 산굴에서 살고 싶은 생각도 있었지만, 그러나 사람은 사람 사는 곳에서 살아야 사는 것 같을 것이라는 마음도 있어 그럴 수도 없는 노릇이었다. 한문 배우고 가야금 뜯고 소리 배워서 양반이라는 남정네들과 벗하는 것도 나쁘지 않을 것이라는 나름대로의 기대도 없지 않았고, 무엇보다 나중에 삼수갑산에 갈망정 우선 배우는 일만으로도, 세끼 밥 얻어먹고 잠잘 데가 있다는 사실만으로도 안도감을 갖게 했다.

"점백이 할매! 의병장 아재요! 지, 열심히 배울 끼요. 할매 아재가 원하시던 등 따숩은 양인 집 수양딸이 지한테는 과분한 기라예. 극정들 마시소예. 지는 부끄러운 일은 안 하고 살 끼라예. 섭냄아! 니가 너무 보고 싶지마는, 후제 만나자. 백여시 같은 가시나들하고 살다 본께, 산토끼처럼 착한 니가 더 보고픈 기라…."

논개는 손등으로 눈물을 닦고 자리에서 일어난다. 한결 마음이 가라앉았다. 나름대로의 마음 정리가 어느 정도는 된 셈이었다.

그날로부터 사나흘이 지나갔다. 논개는 글공부에 유독 혼이 빠질 만큼 열심이었다. 읽으며, 쓰며, 생각하며, 머리에 기억하느라 옆에서 아이들이 키들거리고 갖은 수선을 피우든 말든 관심이 없었다. 양반집 자제들과 부잣집 자제들만 배울 수 있는 한문 공부를, 천애 고아에다 여자인 자기도 할 수 있다는 사실만으로도 감읍하여 논개는 그날 배운 것은 그날 완벽하게 소화하려고 노력했다.

안방 어머니 설매雪梅는 논개의 모습을 가만히 지켜보면서 혼자 고개를 끄덕였다. 하나를 가르치면 열을 깨달을 정도로 아이의 머리가 영특하고 가르치는 분야마다 넘치는 흥미와 의욕을 보이는 점이 기특하여, 유별나게 눈여겨보고 있는 것이었다. 방물장수를 따라오던 첫날, 옷차림은 초라하고 몸은 땀에 절어 있었으나, 반듯한 걸음걸이와 의연한 자세, 거기에다 눈빛이 영롱하게 빛나고 있어 예사스런 아이가 아니라는 느낌이었는데, 이어 사람은 똑같다고 주장하던 당찬 모습 등이 그녀를 심히 놀라게 했던 것이다. 게다가 설매가 존경하고 흠모하는 의병장 강동찬에게서 활쏘기를 배웠다 하니 논개를 더욱 유심히 관찰했던 것인데, 볼수록 아이가 빛이 나는 것 같아 흐뭇했다.

"논개는, 명기가 될 수 있는 아이야…."

그녀는 세칭 '기생 어미'의 역할을 맡고 있었으나, 명기名妓나 예기藝妓를 길러 내는 것이 꿈이기도 했다. 자신은 명기의 꿈을 끝내 이루지 못한 채 서른을 바라보는 기생 어미로 밀려나고 말았지만, 자신이 품은 어린 동기들에게서 평생의 소원을 풀어 보려는 뜻을 품어 왔던 것이다.

공부뿐만 아니라 논개는 가락에 대한 '끼'도 있어 창唱이나 판소리 시조 읊기에도 빠른 속도로 격을 갖추며 따라왔고, 가야금 뜯기와 장구 치기 북 치기며 춤사위도 괜찮았다. 특히 놀라운 점은 논개의 배우려는 벅찬 의욕과 몸에서 저절로 우러나는 신명이었다.

설매는 큰딸 격인 매분이나 향녀가 눈치채지 못하게끔 논개에게 은밀히 관심을 두고 있었던 것이지만, 그러나 금지 옥매는 말할 것도 없고 향녀나 매분까지 앞지르려는 논개의 꾸준한 노력과 실력은 의도적으로 내세워서 칭찬해 주기를 그치지 않았다.

*

말복末伏을 하루 앞둔 날이었다. 곧 해가 지려 하는 무렵이었다. 논개가 옥매와 함께 뒤란 우물곁 목간에서 등물을 치고 대청에 올라 방으로 들어가려던 순간이었다.

"이리 오너라아."

행랑채에 붙은 대문 밖에서 우렁찬 남자의 소리가 들려왔다.

정짓간의 한 여자가 대문께로 달려나가고 있었다.

"어머나, 어머니! 그분 오셨습니더! 그분 목청이십니더!"

매분이 음성만으로도 누구인가를 알겠다는 듯 마침 안방에서 대청으로 나서는 설매에게 말했다.

"그렇구나. 참으로 오랜만에 오시는구나!"

대문 여닫는 소리가 들린다 싶더니 금방 안채 마당으로 훤칠한 키의 두 남자가 성큼성큼 들어섰다. 설매가 버선발인 채 댓돌 위로 내려서더니 마당으로 내달았다. 매분도 뒤따랐다.

안방 어머니인 설매와 매분의 자지러지는 환영을 받으며 뜰 안으로 들어서는 두 남정네를 바라보던 논개는, 짧은 비명을 지르면서 건넌방으로 재빨리 들어가 버렸다. 놀랍게도 그 장정들은 선학산 의병장 강동찬과 민구식 아재였기 때문이다. 논개는 갑자기 고조되는 심장 박동을 안정시키기 위해 두 손으로 가슴을 눌렀다. 안방 어머니가 강동찬 의병장을 알고 있다는 사실은 이미 들은 바 있었지만, 이렇듯 집으로 찾아오는 친밀한 사이일 거라고는 미처 예상치 못했던 것이다. 의병장 아재 앞에 절대로 자기의 모습을 드러내서는 안 된다는 생각으로 논개는 몸을 움츠렸다. 자기를 구해 준 생명의 은인에게 고맙다는 인사 한

마디 없이 몰래 도망치듯 활터를 벗어나 버린 사실이, 설령 그의 짐을 덜어 주겠다는 뜻에서 그러했다 치더라도 예의가 아니었다는 죄송스러움 때문이었다.

밖에는 그들을 안방으로 맞아들이는 매분의 밝은 음성으로 한동안 소란했다. 향녀, 금지, 옥매가 앞다투어 인사하는 소리도 들렸다.

"그래, 잘들 있었니? 너희들, 근 반년 만에 보는 것 같은데 많이들 자랐구나. 특히 막둥이 옥매는 뽀얗게 살까지 올랐네!"

민구식 아재의 말이었다.

"자, 어서들 앉으세요! 낼이 말복이라지만 저녁나절은 그래도 한낮보다는 괜찮지요? 명색이 입추가 지나서인지 조석으로는 제법 스산한 기운이 있더라구요."

안방 어머니의 음성이었다. 그녀는 이어서 부엌 여인들을 마루 앞으로 불러 정성 들인 주안상을 마련하라고 지시한다.

그런데, 그때 옥매가 조잘거렸다.

"저는 이제 막내가 아니에요. 한 살 어린 막내가 들어왔어요!"

논개는 옥매가 조잘거리는 동안 건넌방의 겹창 아래로 뛰어내릴 생각을 했다. 그러나 창틀에 발을 올리려는 순간 어머니가 건넌방 문을 열었고, 논개는 멈칫하고 말았다.

"논개야, 어서 나오너라! 너에게 활쏘기를 가르쳐 주셨다는 의병장님이 오셨다!"

논개는 내심 많이 당황했으나, 어쩔 수 없는 상황임을 알고는 도리 없이 그녀를 따라 안방으로 들어갔다.

"아니 너, 논개 아니냐?"

논개가 고개를 숙인 채 방 안으로 들어서자, 안방 보료 위에 앉아 있던 강동찬 의병장이 자리에서 벌떡 일어나며 소리를 쳤다.

"얘가, 정말 논개 맞구나!"

민구식도 반쯤 입을 벌린 채 자리에서 뒤로 물러나 앉았다.

"왜들 이렇게 놀라십니까? 논개, 맞습니다. 활쏘기를 의병장님께 배웠다고 했습니다. 아주 영특한 우리 막냅니다. 논개야! 어서 인사드리지 않고 뭐 하느냐? 의병장님, 이리로 어서 앉으세요!"

알 수 없는 현상이었다. 고개를 들어 그를 쳐다보지도 못한 채 오로지 반가움과 죄송스러움뿐인데, 명치끝이 뻐근히 저려 들면서 눈물이 주르륵 방바닥으로 떨어지고 말았다.

"아니 얘가…?"

어머니도 놀란 듯 얼른 말을 잇지 못했다.

논개가 울먹이면서 입을 열었다.

"아재요, 죄송합니더예. 인사도 올리지 못하고 말없이 나온 거는, 아재 짐 덜어 드릴라고 그런 기라예. 지 때문에 아재가 너무 애를 쓰시니까, 죄송하고 염치가 없어서예…."

강동찬은 그런 논개를 내려다보면서 아무런 대답도 하지 않았다. 그는 안방 어머니의 권유로 자리에 다시 앉았으나 몹시 어두운 얼굴이었다. 허탈감이 섞인 복잡한 표정인 채 얼굴을 붉히고 있었다. 논개가 큰절을 하려 들자 그는 소리를 높여서 하지 못하게 했다.

"왜 그러십니까? 아이가 주눅이 들어서 눈도 제대로 뜨지 못하는데…."

논개는 뒷걸음질로 안방을 나와 버렸다. 그리고 활과 화살을 챙겨 들고 서둘러 대문 밖으로 뛰어나갔다. 집 뒤쪽의 야산으로 올라갔다. 썩은 나무둥치의 과녁이 있는 그녀만의 활터를 찾아서다. 어저께도 그저께도 매일 한 번씩은 찾는 그곳은 번번한 민둥산이었지만 논개가 도착하자 생기로운 기운이 온 산에 번지는 것 같았다. 모든 잡풀과 듬성듬성 서 있던 나무들이 갑자기 펄럭거리며 움직이는 것 같았고, 바람도 어디선가 선선하게 불어왔다. 논개는 썩은 나무둥치 과녁에 눈인사를 하곤 화살 스무 개 전부를 휭휭 다 쏘았다. 한 개도 빗나가지 않고 나무둥치에 다 꽂혔다. 논개는 강동찬 의병장에게서 얻은 화살을 한 개도 잃어버리지 않고 고스란히 간직하고 있었다.

자기를 바라보던 아재의 어두운 얼굴을 논개는 나름대로 헤아리고 있었다. 이래서 저런 표정이다 하고 딱 집어 말할 수는 없어도, 결론은 논개 자기를 생각하는 마음 때문이라는 것은 알 수 있었다. 어찌 되었거나 논개로서는 거듭 죄송했다. 아재의 짐이 되고 싶지 않은 마음은 지금도 마찬가지인데, 자기를 바라보던 아재의 고통스러운 표정으로 보아 오히려 짐을 더 안겨 주고 있는 게 아닌가 싶어서였다.

논개는 한숨과 함께 화살을 전부 뽑아내서 다시 쏘기 시작했다. 강동찬이 금지와 옥매의 안내를 받아 그곳에 와서 그녀의 활 쏘는 모습을 바라보고 서 있는 줄을 미처 알지 못한 채 휭휭 화살을 날렸다.

야산에 어둠이 내리고 있었다. 강동찬은 금지와 옥매에게 논개와 이야기를 좀 나누고 갈 테니 먼저 집으로 내려가도록 일렀다. 아이들이 고개를 숙여 보이고 언덕을 내려가는 것을 보고서, 강동찬은 끙끙거리며 또다시 화살을 뽑고 있는 논개 가까이로 다가갔다.

"활 쏘는 솜씨가 많이 늘었구나."

논개가 화들짝 놀라면서 고개를 돌렸다.

"아재예…."

강동찬은 화살을 함께 뽑아 주고는 풀밭에 털썩 앉으면서 논개를 자기 옆으로 나란히 앉게 한다.

"논개야. 아까는, 내가 말도 안 하고 화를 내서 미안하다."

"아, 아인 기라예. 지를 위해서 그러신 거, 지가 알아예. 지가 잘못했거던예."

"네가 활터를 나가 주막집에 살았었고, 방물장수가 너를 이곳으로 데려왔다는 말을 들었다. 그런데…."

"아재예. 지는, 여게가 좋아예. 한문도 가야금도 소리도 배워주고, 활 쏘는 연습도 하게 해 주고, 밥도 주고 잠도 재워 주고…. 안방 어머니가 참 잘해 주셔예. 지 극정은 인자 쪼끔도 마시소예!"

"……"

자기 말을 자르듯 앞질러 주워섬기는 논개를 가만히 말을 삼킨 채 바라보면서, 강동찬은 가슴 뻐근해지는 통증을 느낀다. 기생 어미인 설매를 진작부터 잘 알고 있었지만 논개를 그녀에게 맡길 생각은 언감생심 가져 보지 않았던 터라, 설매 집에서 만난 논개는 그에게 적지 않은 충격이었던 것이다. 영특한 논개가 의병들이나 그가 아는 주변 사람들의 집에 양녀로 입양되기를 원하여 사방으로 알아보다 민며느리 건을 비쳐 보았던 것인데, 논개가 활터에서 슬그머니 없어져 버렸던 것이다. 활터에서 활을 쏘고 의병들의 심부름을 해 주며 산사람처럼 사는 것이 가장 즐겁다고 좋아하던 아이가 어느 날 홀연히 사라진 까닭이, 바로 강동찬 자기에게 짐이 될까 저어하여 그리한 것임을 그도 알고는 있었다. 논개의 마음씀씀이가 아이 같지 않게 깊고 사리가 분명한 데가 있었기 때문이다.

지난 과정이야 어찌 되었건, 양반이나 양인들이 근본을 알 수 없는 여자아이를 양녀로 달가워하지 않음을 알고 있는 그로서는, 눈앞에 서 있는 논개의 입장이 딱하면서도 한편으로는 기생 공부가 오히려 아이의 영민함을 살릴 수 있는 계기가 될 수도 있을 것이라는 생각도 없지 않았다. 기생도 기생 나름일 것이기 때문이었다. 활쏘기나 돌팔매질 등 무술에 유별한 소질이 있으니 애국하는 훌륭한 의기義妓로 성장할 수도 있다는 생각에서였다. 뛰어난 시문과 미모로 색향을 뿜는 명기보다는 호국 충절이 지극한 큰 여인이 되어 주기를 강동찬은 내심 기원도 해 본다.

"그래, 논개야! 정신 똑바로 세우고, 올곧게 생각하고, 열심히 배우면서 살아라. 모두가 너 하기 나름이란다. 무슨 말인지 알겠느냐?"

"아무렇게나 살지 말라는 말씸인 것 같습니더."

"맞다. 너는 영리한 아이니까, 큰 여인이 될 수 있을 게다."

논개가 활짝 웃었다.

"아재의 말씀 명심하겠습니더! 그라고 아재가 주신 화살은 한 개도 안 잃어버리고 다 갖고 있습니더!"

"용하구나! 쏠 때마다 한두 개 잃어버리기는 예산데. 그렇지만 화살 잃는 것이 겁나서 조심하는 것은 적극적인 궁술 습득 방법이 아니란다."

"그거는, 그런 거 같애예. 그래도 지가 활을 쏴서 병졸 아재들 큰절을 받았어예! 후후."

"무슨 얘기냐?"

강동찬은 그 이야기를 한 의병을 통해 이미 들어 알고 있었지만 일부러 모른 척해 본다. 자기 수하에 있는 어느 의병의 집 노복이 진주 성문 앞에서 그 광경을 목격하고 주인에게 고했었고, 주인인 그 의병은 혹시 논개일지도 모른다며 강동찬에게 말했었던 것이다. 노복이 논개의 이름을 분명히 대지는 못했지만, 키와 얼굴 생김새와 활과 화살과 박제 장끼를 허리에 맸다는 차림 설명으로 미루어 아마도 논개일 것 같다는 의병의 말에 그는 틀림없이 논개라고 대답했었다. 논개 아니면 그런 배짱과 용맹성을 보일 여식아이가 흔하지 않다는 믿음 때문이었다. 그 말을 들은 바로 그날, 강동찬과 민구식은 진주 성내의 후미진 산자락이나 남강 가장자리의 둑 밑과 다리 아래의 각설이 근거지 등을 샅샅이 더듬어 찾아보기도 했었다. 그러나 어디에서도 논개의 흔적은 찾지 못했었다. 논개가 스스로 장터의 주막집을 찾아갔을 것이라고는 아무도 생각지 않았기 때문에 혼자 도사리고 기거할 수 있는 외진 곳만 찾아다녔던 것이다. 강동찬과 민구식이 논개를 처음 만난 곳이 사람 사는 동리가 아닌 선학산 산굴에서였고, 세속 사람들을 기피하는 그녀가 장돌뱅이들이 들끓는 주막에 자진하여 찾아갔을 것이라고는 생각해 보지 못했기 때문이었다.

강동찬이 지난 생각에 잠시 젖어 있는 동안 논개는 두 병졸이 어설픈 큰절을 하던 모습을 떠벌리며 깔깔 웃었다. 강동찬도 웃었다. 천진스런 아이로 돌아가 웃고 있는 눈앞의 논개는 활터에서의 모습 그대로였지만, 조금 전 설매 집에서 보았을 때는 많이 성숙해 있는 것처럼 보였었다. 피골이 상접하여 살가죽뿐이던 아이의 몸에 살이 붙고 살결도 희어지고 행동도 의젓해져서 먹는 것과 배우는 것 사는 환경이 얼마나 중요한가를 새삼 느끼게 했다.

"그래도 어른을 그렇게 놀리면 쓰나?"

"지 활을 뺏을라 카는 기라예. 그런데, 이 활이 참 좋은 건가 봐예? 어른 남정네들이 지 활만 보믄 하나같이 탐욕스런 얼굴이 되는 기라예. 뺏길까 봐 겁나 죽겠어예."

"양반들이 사용하는 활이긴 하지만, 그러나 활이 특별히 좋아서보다 여식아이가 그것을 가지고 다니니까 그랬을 거다. 네 솜씨가 많이 늘었더구나. 그러나 이제는 거리를 좀 더 떨어져서 좌우 측면으로, 위에서 아래로 움직여 가면서 쏘아 보도록 해라. 화살 잃어버릴까 봐 조바심은 갖지 말고."

"예."

강동찬이 미소를 머금었다. "야." 하던 대답과는 달리 다소곳이 "예." 하는 모습이 제법 여자 같고 귀여웠던 것이다.

"어두워지는구나. 어서 내려가자."

강동찬이 서두르며 앞장서자 논개가 활과 화살을 보물 싸안듯 가슴에 품고 뒤따랐다.

"그 활이, 그렇게도 좋으냐?"

"그라문예! 지 생명의 은인이신 아재가 주신 긴데예. 이 활은 지 생명인 기라예!"

"내가, 우리 논개 업어 주고 싶은데, 업혀 볼래?"

"아이라예. 지가 더 커서 아재 업어 디릴 끼라예."

"그래. 네가 크면 내 업어 주고, 오늘은 내가 널 업어 주마. 내리막길이 거칠다."

"지가, 요새 밥을 많이 묵어서 무거분데…."

"얼마나 무거운가 보자."

강동찬이 논개가 품에 안은 활과 화살을 받아 양손에 쥐고 논개를 업었다.

"무겁지예?"

논개가 수줍어하면서 몸을 위로 솟구치듯 들었다.

"가벼워서 업은 것 같지가 않구나. 밥을 더 많이 먹도록 해라."

논개가 비로소 안심을 하면서 강동찬의 등에 얼굴을 묻는다. 아재의 등짝이 너무나 넓고 따뜻했다. 눈을 감았다. 그대로 이 세상 끝닿은 데 없이 갔으면 싶었다. 또 눈물이 나왔다. 알 수 없는 일이었다. 아재가 그지없이 반갑고 고맙고 좋은데 왜 자꾸 눈물이 나오는지 알 수가 없었다.

강동찬은 논개가 등에 얼굴을 묻고 울고 있는 것을 알았다. 그러나 알은체를 하지 않았다. 가엾고 안쓰러워 콧속이 빼근할 뿐이었다. 참으로 착하고 영민한 아이가 어쩌다 세상에 의지가지없는 고아가 되어 이렇듯 외로워하는가 싶어서다. 진정으로 살펴 보호해 주고 싶었다. 육친의 어린 동생이나 자식이 있었다면 논개에게 쏟아지는 당금의 자기 감정과 다름이 없을 것이라 생각되었다.

강동찬이 논개를 업은 채 기와집으로 다시 들어서자 설매도 아이들도 한결같이 입술을 벌린 채 강동찬을 쳐다보았다.

"논개가, 어디 다쳤어요?"

설매가 논개를 받아 안으려는 듯 두 팔을 뻗쳤다.

"아니오. 비탈의 돌길이 험해서 내가 업고 왔는데, 그냥 잠이 들었나 보네. 방에다 눕혀 줄까?"

강동찬이 대청마루에 올라서 논개가 자리할 방을 찾는 듯 설매를 바라보았다.

그때, 매분이 찢어지는 듯한 소리로 논개를 불렀다.

"논개야!"

그야말로 깜박 잠이 들었던 논개가 강동찬의 등에 묻었던 머리를 들었다. 그러고는 화들짝 놀라면서 그의 등에서 몸을 비틀며 마루로 내려섰다.

"너는 감히 어떻게 어른님의 등에 업힐 수 있단 말이냐? 어머니, 논개 오늘 벌 좀 세워야 하겠습니다."

매분이 얼굴이 새빨갛게 달아오른 채 연이어 소리를 높였다.

"무슨 소리냐? 저물녘의 비탈길이 좋지 않아서 업히지 않겠다는 아이를 내가 억지로 업었느니라. 논개가 무슨 죄가 있다고 벌을 준단 말이냐?"

강동찬의 위엄 있는 말이 매분을 나무라듯 하자, 그녀는 몸을 홱 돌려 건넌방으로 뛰어들어가 버렸다.

"저 아이가, 왜 저러오?"

강동찬이 설매를 바라보며 의아해하자 그녀는 빙긋이 웃음을 머금곤 강동찬의 등을 부축하듯 하여 안방으로 들어가게 했다.

"들어가셔요. 민 의병장님께서 진즉부터 기다리십니다."

방 안에는 이미 주안상이 떡 벌어지게 차려져 있었다. 윗목에는 언제 불렀는지 열아홉 살의 반월半月이 가야금을 뜯고 있고, 민구식은 벌써 거나하게 취하여 "어서 들어오시게!" 했다.

강동찬은 설매가 권하는 자리에 좌정하고는 그녀가 권하는 술을 연달아 몇 잔을 마신다.

"매분이가 왜 저러는지를, 진정 모르시겠습니까? 의병장님에 대한 사모하는 마음 때문에 시기심이 올라 저러는 겁니다."

"아이들을 두고, 무슨 쓸데없는 소리란 말이오."

"아이들이라니오? 매분이 방년 열다섯 살이랍니다. 가을부터 연석宴席에 들일려고 합니다요."

"너무 어리지 않소?"

"한창 물오르는 나이지요!"

강동찬의 걱정에 설매가 아닌 반월이 실눈으로 웃으면서 말했다.

반월은 도동에 사는 기생으로 설매 집의 전속이나 다름없었으며 지난봄 민구식과 연을 맺은 이후 서로 은애하는 사이였다. 강동찬과 민구식은 일 년에 한두 번, 그것도 의병 지원을 위한 상의차 기와집을 찾았었다. 그들은 고객이랄 수도 없는 청년들이었지만, 설매는 민구식을 은애하는 반월을 불렀고, 그녀 자신은 강동찬을 위하고 흠모했다. 오랜만에 들른 강동찬 때문에 설매는 소녀처럼 설레고 떨리는 마음을 애써 다독였다.

4

은애의 아지랑이

은애의 아지랑이

설매가 강동찬을 가슴에 품게 된 것은 수년이나 되었다. 그녀는 한양 출생으로 열다섯 살에 기적妓籍에 올라 10여 년을 한양과 평양의 관기官妓로 적을 두었었다. 그러다 기생으로서는 은퇴 나이인 스물일곱이 되던 해 진주로 내려와 동기를 양성하는 일에 주력하면서, 연회가 열리면 이따금 참여하여 능수능란한 가무 실력으로 여흥을 돋우곤 했다.

진주 반가 태생이면서 궁술에 뛰어난 민구식이 의병 지원을 위한 의논을 겸해 강동찬을 동행하면서 설매는 그를 알게 되었던 것인데, 첫눈에 흠모의 감정을 갖고 말았다. 훤칠한 대장부의 풍채와 근엄함이 깃든 그의 분위기에 압도되고, 그러면서도 순수해 보이는 그에게 사모의 정을 품게 된 것이었다. 더구나 집안의 몰락으로 혼례도 치르지 아니한 강동찬의 입장이 설매의 연정을 더욱 자심케 했던 것인데, 하지만 의외로 강동찬은 초연했다.

민구식의 사랑채에서 기거하는 그를 설매는 자신이 돌보아 주고 싶어 의남매의 연을 맺기를 원했었다. 당년 스물아홉 살인 자신의 나이보다 네 살이나 아래이니 아우님으로 모시면서 보살펴 주고 싶었던 것이지만, 그는 거절했었다. 세상의 누구하고도 인연을 맺을 마음도 시기도 아니라는 이유를 앞세웠다. 그러나 민구식이 설매에게 넌지시 과거 시험 때문일 거라고 귀띔을 해 주었다. 그는 의병들에게 궁술을 가르치면서도 문관 급제를 위해 시간 틈틈이 책을 읽고 있다고 했다.

'한창 나이에 긴긴밤을 어찌 지새운단 말인가? 내가 기생이니 운우지정을 나눈들, 누가 무어랄 것도 아니어늘….'

강동찬이 설매의 속정을 아는지 모르는지 공연히 설매의 연모의 정만 깊어 갔다. 지난 초봄에 그가 민구식과 들렀을 때 주정을 빙자로 그의 팔을 넌지시 당겨도 보았지만, 그는 홀연히 일어나 가 버렸었다. 그리고 그때로부터 대여섯 달이 지나고 폭염도 한풀 꺾이려 드는 이때서야 다시 나타난 것이다.

"저에게도, 술 한 잔 주시지 않으시겠어요?"

혼자 생각에 골몰한 채 설매가 권하는 대로 술만 마시는 강동찬을 그녀는 원망스럽게 바라보면서 말했다.

"아, 그럽시다."

강동찬이 놀란 듯 백자 술두루미를 들어 설매의 잔에 술을 따른다.

"무슨 생각을, 그처럼 골똘히 하시지요?"

강동찬이 정색을 한 낯빛으로 설매를 가만히 응시했다.

"논개 말이요. 아이가 착하고 영특하지요? 여러 가지로 좀 유념해 주었으면 싶어서요."

"그 아이는, 뭔가 달라요. 훌륭한 명기로 키우려는 생각을 하고는 있어요!"

"황진이 같은 명기보다 더 훌륭한 여인으로 키울 수는 없겠소? 격상된 큰 여인 말이오. 부탁하오!"

이번에는 설매가 강동찬을 지그시 마주 쳐다보았다.

"의병장님께, 논개는 누구지요?"

"육친 같은 아이요. 그 아이를 보는 내 마음이 그리도 안쓰럽구려."

설매는 대답하지 않았으나 강동찬의 마음을 헤아릴 수 있을 것 같았다. 그와 논개가 어른이고 아이임이 다를 뿐, 두 사람 모두 사고무친이

니 마음 색깔이 비슷하기 때문이 아닐까 생각되었다.

"무슨 대화가, 계속해서 이리도 침침하오? 자, 술 받으시게."

민구식이 강동찬에게 술잔을 건네면서 왜 그리 어두운 얼굴이냐고 걱정을 했다. 설매가 논개를 맡았으니, 오히려 다행이지 않느냐고 했다. 그러고는 당장 설매의 춤을 보고 싶다고 했다.

"설매! 오매불망 그리던 낭군님 위해 춤사위 한 자락 보여 주지 않으려오? 반월의 가슴 찢는 가야금에 학인 듯 선녀인 듯 한번 덩실덩실 추어 보지 않겠소?"

"좋사오이다!"

설매가 선선히 일어나 한 손에는 부채를 잡고 한 손으로는 옥색 모시 치맛자락을 사뿐히 쥐며 부채춤을 추기 시작했다. 반월이 가야금을 퉁겼다. 민구식이 덩달아 일어나 서툰 채로 퉁소를 불기 시작하고, 강동찬은 말없이 술만 마셨다. 주흥은 한층 어우러지고 말복 전날의 밤은 깊어만 갔다. 놋쇠 촛대 위의 촛불이 펄럭거렸다.

민구식은 퉁소도 놓고 가야금을 뜯는 반월을 일으켜 세워 두 손을 마주 잡고 어화둥둥 춤을 추었다. 춤인지 얼크러짐인지 분간 못할 정도로 민구식은 반월의 상체를 끌어안고 비틀거렸으며, 민구식의 손이 반월의 가슴 속으로 들락거릴 때마다 그녀는 신음을 흘렸다. 그러다 두 사람은 얼크러진 채 방을 나가고 있었다.

삼경쯤은 되었을 것 같았다. 민구식과 반월이 빠져나간 문을 바라보며 춤사위를 놓고 서 있던 설매가, 그때까지도 술만 마시고 있는 강동찬 옆에 살포시 앉았다.

"나, 나도 가야지. 허, 이 친구 나만 떼어 놓고 어디로 사라졌담?"

강동찬이 비틀거리며 자리에서 일어났다.

설매가 눈을 아래로 깔면서 한숨을 뿜어낸다.

"강 병장님. 이렇듯 야심한데 정히 가시겠다면 굳이 붙잡지는 않겠습니다. 허나 드릴 말씀이 있사오니 잠시만 앉으소서."

강동찬이 선 채로 머뭇거리자, 간절하면서도 야속한 눈길로 바라보는 설매의 눈에 이슬이 맺혀 그렁그렁하더니 이내 뺨을 타고 또르르 굴러 내린다.

"어이 여인의 마음을 이리도 몰라주십니까? 옷소매라도 붙잡아 앉히고픈 심정이오나…, 흑흑. 야속하고 섭섭합니다. 떠나시려면 어서 가소서."

설매는 속이 달고 애가 끓었지만 하릴없이 옷고름으로 눈물을 찍으며 돌아서 주저앉는다. 흐느끼는 듯 설매의 어깨가 가볍게 들썩였다. 차마 울고 있는 여인을 매정하게 혼자 두고 떠날 수 없어, 강동찬은 방문을 열고 나서지 못하고 돌아서 다시 자리에 앉는다.

"왜, 아니 가십니까? 제가 가련하십니까?"

톡 쏘듯 차갑게 내뱉는 설매의 얼굴에 원망이 서려 낯빛이 굳어 있었다.

"이러지 마시오. 내가 그대의 마음을 속속들이 모른다 해도, 나 때문에 그토록 마음 상해하는데 내가 어찌 가겠소. 술 좀 더 주시오."

강동찬이 빈 술병을 건네며 말했다.

촛불이 또다시 펄럭거렸다. 열려진 뒷문 사이로 바람이 들이쳤던 것이다. 큰바람이라도 올 것인지 저물녘부터 바람이 잦다 싶었는데 밤이 깊을수록 거세어졌다.

설매가 비로소 다소곳해지면서 강동찬이 들고 흔드는 백자 술병을 두 손으로 다시 받아 주안상 위에 놓고는, 강동찬더러 일어나서 바깥 바람을 좀 쐬고 들어오라 한다.

"소피도, 보셔야지요."

강동찬은 설매의 표정이 한결 풀려 있는 걸 보고서 그녀의 말대로 안방을 나간다. 적지 않게 술을 마셨음에도 의식은 맑았다. 변소간을 들렀다 장독대 옆의 우물가로 갔다. 두레박을 우물 속으로 내리고 차가운 물을 한 두레박 길어 올려 꿀꺽꿀꺽 마신다. 속이 펑 뚫린 듯 시원했다. 남은 물을 놋대야에 쏟고는 얼굴에 찬물을 끼얹었다. 의식은 시종 맑았으나 얼굴과 몸뚱이에 뻗질러 오르는 술의 열기가 사뭇 뜨거웠기 때문이다. 손으로 얼굴의 물기를 훑어 내고 그는 캄캄한 하늘을 바라보면서 두 팔을 옆으로 활짝 펼쳐 심호흡을 한다.

설매와의 합환合歡에 굳이 의미를 부여하지 않아도 될 만큼 그녀의 직업은 드러난 것이었으나 그의 기분은 가볍지가 않았다. 가문의 몰락으로 혼자가 되면서 혼례를 올린 사람인 양 상투를 틀고 살았지만, 실제 여인을 한 번도 가까이 접해 본 경험이 없어 설매가 스물다섯 살의 그에게 첫 여자라는 점에 혼란이 왔던 것이다.

이날 밤따라 바람이 많아 시원하다 느꼈는데, 캄캄한 하늘에 느닷없이 번갯불이 칼날처럼 줄을 그었다. 이어 뇌성벽력이 꽈르릉 천지를 진동케 하더니 빗방울이 후드득 떨어지기 시작했다.

"어서 들어오시어요!"

설매가 어느 틈에 우물가로 나와 있었던지 강동찬의 소매를 잡았다.

"바람이 유난스럽다 싶더니, 폭우를 실어 올 모양이요."

강동찬은 그녀에게 소매를 잡힌 채 쑥스러운 듯 하늘을 쳐다보며 중얼거렸다.

방 안에는 커다란 주안상이 치워지고 하늘 빛깔의 금침이 깔려 있었다. 또 머리맡의 작은 소반 위에는 꿀물 대접이 놓여 있었다.

"우선 이 물을 드시지요. 술이 좀 깰 것입니다."

설매가 꿀물 대접을 두 손으로 받들어 강동찬에게 올렸다.

"나는 취하지 않았소."

"하오나 드셔 두는 것이 좋습니다!"

기어이 굵은 비가 쏟아지는지 땅에 부딪치는 빗소리가 요란했다.

"뒷문을, 닫을까요?"

"열어 두시오. 답답하니까."

흔들리는 불빛에 활짝 열려진 뒷문 사이로 밖의 쪽마루가 드러나고, 뒤뜰에 쏟아지는 빗줄기도 보였다.

설매가 촛불을 꺼버렸다. 사위는 캄캄하고 빗소리는 더 요란했다.

"옷을, 벗으시어요…."

설매는 어둠 속에서 뒷문을 향해 서 있기만 하는 강동찬에게 다가가 그의 조끼 단추를 풀어 주려 했다.

"그, 그만두시오. 내가 하겠소."

강동찬의 호흡은 진작부터 거칠어져 있었다. 어둠 속에서 얼굴을 벌겋게 붉힌 채 숨을 안으로 다스리려 애를 썼다. 그러나 사나이 대장부가, 아무리 기녀라 해도 아녀자인 설매에게 이끌림을 받고 싶지 않았고, 무엇보다도 방사房事의 경험이 없음을 드러내고 싶지 않아 부러 턱과 어깨에 힘을 주며 여유를 부렸다.

어둠 속에서 설매가 스스로 옷을 벗어 내고 있었다. 희끄무레하게 그 형체가 보였다. 강동찬은 고개를 외로 꼬듯 큼큼 헛기침을 내뱉고는 조끼의 단추를 끄르고 바지저고리를 벗었다. 마음 같지 않게 손끝이 후들거렸다.

"이리 오시어요."

설매가 금침 위에서 말했다.

강동찬은 머리끝까지 솟구치는 열화 같은 기운을 지그시 눌러 참으면서 사뭇 후들거리며 그녀 곁으로 다가가 누웠다. 흔들리는 팔을 들어 그녀를 안았다. 뜨겁고 매끄러운 알몸의 설매가 그를 휘감듯 찰싹 안겨 들었다. 강동찬은 심장이 터질 듯하고 숨이 넘어갈 것 같았다. 그러나 당장 어떻게 그녀를 다루어야 할지 여유를 찾지 못하고 허둥거렸다.

설매가 달뜬 얼굴을 널따란 그의 가슴에 파묻은 채 입가로 미소를 머금는다. 그의 심장 뛰는 소리가 벼락 치듯 쿵쿵 귓속으로 파고들고 전신이 불덩이처럼 달아올라 창황해하는 모양새로 그가 도리 없는 동정童貞임을 감지했기 때문이다. 그러나 워낙 자존심이 강한 사내임을 아는 그녀는, 그가 무안스럽지 않게 그의 몸을 떠받들듯 자신의 몸 위로 올리면서 방사의 자세를 취했다. 그리고 못내 방황하는 그를 혼신으로 받아들였다.

그때, 번개 몇 가닥이 하늘에 금을 긋듯 또다시 번뜩이는가 싶더니 뇌성벽력이 어김없이 하늘을 가르고 찢었다. 이어 폭우가 땅을 뚫을 듯 세차게 쏟아져 내렸다. 설매는 하늘을 가르는 벼락인지 자기 몸뚱이를 가르는 벼락인지 분간을 못할 만큼 정신이 아뜩해지는 강렬한 충격을 받았다. 그러나 그 순간은 길지 않았다.

강동찬이 턱에 닿는 신음을 토하고 상체를 뒤로 잦히면서 그녀의 몸 위에서 벌떡 일어나 방 안을 서성거렸다. 마치 성난 곰 같기도 하고 길을 잃어 서성거리는 거인 같기도 했다. 그는 열려 있는 뒷문 앞으로 다가가더니 바람과 습한 공기를 들이마시듯 가슴을 벌름거렸다.

설매는 어둠 속에 버텨 선 그의 뒷모습이 우람하다는 생각을 하면서 연신 미소를 머금었다. 뭔가 응어리를 화끈하게 풀어내지 못한 미진함은 있었지만 기분은 뿌듯했다. 설매는 머리맡의 하얀 무명 수건으로 자기 몸을 정리하고, 우뚝 선 그의 앞으로 다가가 그의 몸을 닦으려 했다.

그가 한 발짝 뒤로 물러섰다.

"왜, 왜 이러는 거요?"

설매가 또다시 웃었다.

"가만히 계세요. 이렇게 몸을 닦는 거예요."

그는 쑥스러운 듯 상체를 뒤로 젖히는 듯했으나 곧 그녀에게 몸을 맡긴 채 가만히 있었다. 설매는 그에게 처음 갖는 방사의 느낌이 어떠하냐고 묻고 싶었지만 그의 자존심을 생각하여 말을 삼킨다. 그가 전신을 또 한 번 꿈틀했다. 수건을 움켜쥔 설매의 맨손길이 그의 몸에 닿자 그는 신경초 이파리처럼 떨며 파들거렸다. 그는 양 가슴을 벌름거리며 어찌할 바를 모르는 듯 머뭇거리더니 다시 와락 설매를 끌어안고 쓰러졌다. 화염 같은 운우지정이 또 한 차례 불꽃 되어 훨훨 타오르고, 설매는 천리 땅속으로 잦아드는 환락과 희열로 정신이 어지러움을 느낀다.

"제가 얼마나, 의병장님을 흠모하는지…."

설매는 말을 잇지 못하고 악문 이를 버그러뜨리고 비명을 삼킨다.

강동찬이 짐승 울음 같은 기성과 함께 그녀의 가슴 위에 고개를 묻었다. 설매가 거친 호흡을 고르며 부드러운 두 팔로 그의 얼굴을 감싼다.

"그래요. 벌떡 일어나서, 사람 놀래키지 마시고, 이렇게 편히, 쉬시는 거예요."

설매는 삭신이 흐물흐물 녹아내리는 아뜩함을 느낀다. 육신이 그렇게 시원할 수가 없었다. 뼈 마디마디가 녹아 이완된 듯이 흐늘거리는 것 같았다. 몸속 켜켜이 응어리져 있던 울혈의 덩어리들이 말짱 녹아 몸 밖으로 흘러나간 것도 같았다. 방죽 터진 봇물이 몸 구석구석에 막혀 있던 끈적한 응어리들을 깨끗이 씻어 낸 것 같았다.

열다섯 살에 기적에 몸담고 은퇴에 이른 지금까지 그녀가 운우지정을 나눈 상대는 세 사람에 불과했었고, 그 중에도 둘은 고을 수령의 명에 의해 하룻밤을 수청 든 경우였다. 그녀가 그런대로 마음 내키어 상대한 남정네는 한양의 어느 선비였으나 그도 설매가 진주로 내려오면서 왕래가 끝난 터라, 실제 그녀는 수절 과부나 다름없이 살아온 셈이었다. 평양이나 한양 못지않게 기생들의 텃세가 센 진주에서 자리 잡기까지 일도 많았지만, 나름대로 강동찬 의병장에게 마음을 의지하며 버텨 왔던 그녀는 그래서 의병 지원 곡물도 유독 선학산 활터에만 한정을 하여 돕고 있는 것이었다.

설매는 자신의 몸 위에 놓인 강동찬의 머리를 조심스럽게 베개 위에 올려 반듯하게 눕힌다. 그가 그녀의 가슴 위에서 그대로 잠이 들어버렸던 것이다. 설매는 또 다른 수건을 집어 그의 얼굴을 살몃살몃 눌러 주고는 일어나 뒷문을 닫았다. 그리고 그의 팔을 그녀의 베개 밑으로 당겨 베듯 그의 옆자리에 몸을 눕히면서, 그를 위해서라면 자기 인생의 전부를 걸어도 좋다는 생각을 한다. 언감생심 그를 지아비로 뫼시는 생각은 꿈도 꾸지 못할 일이지만, 기첩妓妾으로라도 인연 맺기를 저어한다면 그래도 좋다는 생각이었다. 그런 외형적인 고리를 만들지 않고도 그가 그녀 옆에 머물며 가끔 찾아 주기만 한다면, 그를 위해 평생을 수절하며 봉사할 수도 있다는 생각이었다. 한 사람을 이렇듯 가슴 저려 하며 아파하며 핏줄이듯 흠모해 본 적이 그녀는 지금껏 없었다. 머리 좋고 궁술 좋은 훤칠한 대장부인 그가, 스물다섯인 지금까지도 부모로부터 받은 동정을 그대로 갖고 있었다는 사실과, 그 순결을 기녀인 자기에게 주었다는 거짓말 같은 사실이, 마치 환희로운 천연의 보석을 가진 듯 소중하면서 한편으로는 그에게 그지없이 죄송스런 마음이었다. 그녀는 잠든 그의 가슴팍을 계속 가만가만 쓰다듬으면서 한량없이 행복하여 눈물을 머금는다. 어인 심경인지 잠이 들 것 같지도 않았다.

그녀는 자리에서 일어나 부엌으로 나갔다. 찬간에서 석청 항아리를 꺼내서 꿀물 한 그릇을 진하게 탔다. 그가 갈증으로 눈을 뜨자마자 곧바로 마실 수 있도록 그것을 방 안의 소반 위에 갖다 놓았다. 그녀는 다시 자리에 누우려다 말고 불이 켜져 있던 건넌방을 생각하고 방문을 열고 나갔다. 밤이 이슥해서 전 같으면 모두가 소등하고 잠들었을 시각인데 어인 일인가 해서였다. 건넌방 문을 열어 보았다. 윗목에 등잔불이 켜져 있고 아이들 네 명이 나란히 누워 잠들어 있는데, 매분이 혼자 두 다리를 세워 무릎을 두 팔로 감고 앉은 채, 그 위에 얼굴을 파묻고 잠이 들어 있었다.

"얘가…? 매분아, 바로 누워서 자야지."

설매가 매분의 어깨를 흔들었다.

매분이 눈을 뜨면서 깜짝 놀라는 얼굴이 된다.

"어머니, 제, 제가 그냥 잠이 들었군요."

매분이 얼른 자리 속으로 몸을 밀어 넣으면서 눈을 감았다.

"옷을 벗고 자거라."

설매는 그 말을 끝으로 불을 꺼 주고는 방문 밖으로 나왔다. 기분이 슬금슬금 가라앉았다. 놀라서 쳐다보던 매분의 눈이 속눈썹 가로 물기를 달고 있는 데다 붉게 충혈이 되어 있음을 보았기 때문이다. 혼자 울다가 깜빡 잠이 들었음을 알 수 있었다. 강동찬 의병장을 맹목적으로 혼자 흠모하는 매분이, 그가 안방 어머니와 정을 맺고 있음에 너무나 서러웠던 것일까. 설매가 매분의 속마음을 헤아리지 못했다면, 왜 그 시각까지 잠자지 않고 앉아서 쓸데없이 기름만 소모하느냐고 야단을 쳤을 것이었다.

설매는 지난봄부터 달거리를 시작한 매분이 이성에 대한 감정이 예민하고 걸핏하면 잘 웃고 잘 울기도 하여 남자를 만날 때가 되었음을 알고 있었다. 올해 안에 그녀를 주연석에 들여놓을 생각이었지만, 그러나 매분이 유독 강동찬 의병장을 첫정의 대상으로 짝사랑한다는 것이 마음에 개운치는 않았다. 설매가 이런저런 생각들로 몸을 뒤척이다가 강동찬 옆에서 잠이 든 것은 사경四更이 다 되어서였다.

닭이 홰를 치며 울었다. 지난밤의 폭우는 한순간의 소나기였던지 빗소리는 더 없었다. 강동찬이 벌떡 일어나며 옷을 찾아 입었다. 설매가 덩달아 일어나며 놀란 얼굴이 된다.
"왜 벌써 일어나시는지요? 더 주무시어요."
"아니오. 나 지금 활터로 가겠소. 날이 밝으면 아이들 보기도, 민 의병장 보기도 그렇소."
설매가 웃었다. 여자와 통정하고 난 후의 부끄러움 때문인 듯싶어서였다.
"하오나, 매번 이러실 수는 없지요. 오늘은, 제가 특별히 봐드리지만요."
설매가 얼굴에 웃음을 지우지 못하면서 응수한다.
그는 옷을 서둘러 입고 어깨를 펴며 방문을 열려고 했다.
"잠시만요. 가시더라도 우선 이걸 드시구요! 그리고 활터로 바로 가시면 조반도 못 드실 거 아녜요? 촌각만 기다리셔요."
설매는 꿀물 사발을 들어 그에게 건네고 잽싸게 부엌으로 나갔다. 지난밤 주안상에 올렸으나 뚜껑도 열어 보지 아니한 채 물려진 밥에다 참기름과 깨소금을 넣어 주먹밥을 만들고, 생선구이와 나물과 육적을 찬합에 넣어 보자기로 쌌다. 그리고 방 안으로 들고 가서 강동찬에게 내밀었다.
"약소하지만 조반과 점심 끼니는 될 거예요!"
"그만 됐소. 이걸 어찌 들고 간단 말이요."
"보자기가 재색 빛깔이어서 괜찮아요. 언제, 또 오시지요? 일각이 여삼추로 그립고 보고 싶을 것 같은데요!"
닭들이 그를 빨리 나가라고 재촉하는 듯 아랫동네 옆 동네에서 홰를 치기 시작했다.
"또 오겠소. 민 의병장에게는 잘 이야기해 주오."
"그런 걱정은 마시어요."
"논개, 잘 부탁하오!"

"오래도록 못 오실 분처럼 어인 부탁이셔요? 자주 오셔서 논개 무럭무럭 커 가는 걸 보시면 될 것 아녜요."

"나, 가겠소."

"잠시만요…."

설매가 선 채 강동찬의 허리를 감고 그의 가슴에 얼굴을 묻는다. 강동찬이 손을 들어 설매의 어깨를 다독여 주고는 곧 돌아섰다. 설매는 그가 희부연 새벽빛 속으로 대문 밖 골목을 빠져나갈 때까지 지켜보고 서 있었다.

*

날이 훤하게 밝았다. 건넌방 아이들이 재재거리며 일어나 자기들 방 청소며 대청마루와 사랑채의 방과 마루를 청소하느라고 부산했다. 자고 일어나면 각자 맡은 청소 소임을 끝내야 세면을 할 수 있고, 조식을 들 수 있었다. 집 안에서 그녀들이 몸을 움직여서 하는 일은 방과 마루 청소뿐이었다.

설매는 임 떠난 텅 빈 방의 금침에 드러누운 채 밖의 아이들 소리를 들으며 미소를 머금는다. 참으로 오랜만에 사는 것이 즐겁고 뿌듯하다는 생각이었다.

"어머님! 안녕히 주무셨어요? 안방 소제는 좀 더 있다가 할까요?"

향녀가 문밖에서 조심스럽게 묻고 있었다.

"그래라. 조반 후로 미루어라."

설매는 부드러운 음성으로 말했다.

"예."

향녀의 대답 소리에는 무슨 영문인지 알 수가 없다는 듯한 느낌이 묻어 있었다. 설매의 그런 여유를 일찍이 경험한 적이 없었기 때문이다.

문밖에서 아이들이 수군거렸다.

"가셨어?"

"아니야, 계셔."

"댓돌 위에 강 의병장님 신이 없어."

설매는 아이들이 강동찬의 안방 취침 여부에 대해 궁금증을 표출하고 있음을 들으면서 미소를 거두지 못한다. 그녀는 자리 속에서 아이들의 소곤거림을 들으면서 다시 잠이 들었다.

눈을 떴을 때는 햇살이 대청마루 깊숙이에 들어와 있을 즈음이었다. 향녀와 옥매가 문밖에서 설매를 대여섯 번이나 거듭 불렀을 때에야, 그녀는 깊은 잠에서 깨어났던 것이다.

"어머니, 어머니! 민 의병장님 오셨어예!"

설매는 민구식이 반월의 집에서 밤을 지새우고 강동찬을 만나러 이리로 온 것임을 알고 서둘러 일어나 머리를 쓰다듬고 옷매무새를 고친다.

"강 형! 해가 중천에 올랐소이다. 어이 밤낮을 혼동한단 말이요?"

농기 섞인 민구식의 말이 바로 안뜰에서 들려왔다.

설매가 거듭 손으로 머리를 매만지며 마루로 나선다.

"어서 대청마루로 오르시오소서! 얘들아, 차가운 샘물 한 두레박 퍼올려서 꿀물 한 그릇 넘치게 타거라. 민 의병장님 노곤하실 꺼다."

설매는 민구식을 대청마루의 왕골자리 위로 오르게 하면서 미소를 머금은 표정으로 더불어 소리를 높인다.

"대낮에 자리 앉음 할 일이 없다네. 강 의병장은 아직도 비몽사몽 중이신가?"

"모르겠소이다. 새벽에 눈떠 보니 임의 품은 간곳없고 휑한 방에 저홀로 독수공방하고 있었습니다."

"오호! 우리 강 의병장께서 드디어 상투를 올리시긴 한 모양일세! 설매! 큰 복 받으셨구려!"

"황감스럽지요."

"으하하. 그러니까, 먼동도 트기 전에, 산으로 내빼듯 들어가셨다아? 으하하. 으하하."

민구식의 호탕한 웃음소리가 집 안을 울렸고 아이들은 영문을 알 수 없다는 듯 마루 위의 설매와 안뜰에 선 민구식을 번갈아 바라보았다. 매분만 눈을 아래로 깔고 새침한 표정인 채 얼굴이 굳어 있었다.

"늙은 숫총각 면했으니 경하할 일이오! 나도 곧장 산으로 가 보겠소. 허허, 이제 설매 집 안방 들어가기도 어렵게 되었구려. 그리고 반월이한테 지난밤 주안상 대금 맡겨 놓았으니 받으시오."

"오랜만에 오셨는데, 그냥 가소서. 활터에는 이번 초가을쯤에 녹을 올리겠습니다."

"고맙소. 술값도 내지 말고 그냥 떠나라는 말은 정분 때문인 줄 익히 알지만, 그러나 그냥 가면 안 되지. 어렵게 버는 녹으로 구국 위해 몸 닦는 장정들을 돕는 설매에게, 공술까지 신세질 수는 없지 않소? 우리들이사 일 년에 많아야 한두 번 정도 스치는 인연들인데, 성의 표시는 해야 대장부 낯이 서지 않겠소?"

"그럼, 그렇게 하소서."

그때 논개가 어느새 꿀물을 한 그릇 만들어서 나무 차반에 받쳐 민구식 앞으로 올렸다.

"아재예, 이거 드시고 가시소예. 그라고 강, 동 자, 찬 자 아재도 온제나 몸조심하시라고 말씀디려 주시소예."

"하이고 논개야! 오냐 고맙다. 잘 마실게. 이보시요 설매, 우리 논개 잘 키우시오. 장부 될 깜이요!"

민구식이 논개를 사랑스러운 듯 내려다보며 말했다.

"논개가, 얼마나 열심히 하는가에 달렸지요."

그런데 설매의 말이 떨어지기 바쁘게 매분이 논개를 향해 거침없이 눈을 흘기며 말했다.

"두 분 의병장 어른님들은 논개밖에 안 보이시는 모양입니더. 노류장화로 뛰어든 새끼 기생년 주제에 무슨 당치도 않은 장부란 말입니꺼? 기생이모 기생일 뿐이지예."

매분의 목소리는 표독스러울 만큼 매웠다.

설매와 민구식이 놀란 시선으로 서로를 마주 보았다. 그러다 민구식이 달래듯 매분을 바라보며 말한다.

"그렇지 않느니라. 기생도 의로운 일에 전념하는 의기가 있고 충절기녀도 있으며, 시문이나 약 처방에 뛰어난 명기도 있느니라."

"선머스마같이 활이나 쏘고 돌팔매질이나 잘하는 저런 촌년이, 그런 기생이 될 수 있을지는 모리겄네예. 같잖아서 하늘이 웃겠습니더."

매분이 여전히 빈정거리는 목소리로 말했다. 그녀의 둥근 얼굴이 질투심과 원망과 분노 같은 감정으로 뒤엉켜 험악했다.

"매분아. 오늘 네 말과 태도가, 왜 이리 방자하고 거칠게 구는 것이냐?"

설매가 정색을 하고 매분을 나무랐다. 그러나 두 번 재우쳐 나무라면 매분이 울음이라도 터트릴 것 같은 일그러진 얼굴이어서 그녀는 말을 삼켜 버린다.

마침, 마당에 선 채 꿀물을 다 마신 민구식이 활터로 가겠다고 돌아섰다. 설매와 논개가 대문 밖에까지 그를 배웅했다.

"아재예, 지가 우짜다 한 번씩 활터에 활 쏘러 가모 안 될까예?"

논개가 선학산에 가고픈 마음과 널따란 활터에서 활을 맘껏 쏴 보고 싶은 간절한 마음에 그를 쳐다보며 물었다.

"글쎄다. 그 문제는 강동찬 아재하고 한번 의논해 보마. 열심히 공부하거라."

"예. 살피 가시소예."

민구식이 골목 아래로 내려가 보이지 않게 되자, 설매가 논개의 어깨를 잡고 돌려세웠다.

"논개, 사투리가 잘 고쳐지지 않는구나. 강, 동 자, 찬 자 어른과 민 의병장님이 너에게 거는 기대며 관심이 유난히 크시다는 것을, 너는 잘 알 게다. 말씨도 하루빨리 고치도록 애를 쓰고 열심히 천자문도 떼도록 해라."

"예."

설매는 대청마루에 올라서면서 아이들을 건넌방에 모이게 했다. 매분만 따로 불러서 꼬여 있는 그녀의 마음을 달래어 주고 정분이나 인연에 대해서 무슨 말인가를 해 주고 싶었지만, 기생 어미가 연하의 의병장과 통정을 가진 사실이 떳떳한 것만은 아니어서 그냥 넘어가기로 한다. 그러나 자연스런 기회가 되면 강 의병장에게 갖는 매분의 마음이 돌려질 수 있도록 설득해 보거나, 주연석에 내보냄으로써 마음 가닥을 분산시키는 수밖에 없다는 생각도 해 본다. 한 남자를 두고, 서른 살을 눈앞에 둔 기생 어미와 어린 동기가 경쟁을 한다는 것은 남사스럽고 가당찮은 일이라는 생각 때문이었다.

설매는 아이들이 기다리고 있는 건넌방으로 들어갔다. 이날은 가야금을 가르쳐야 하는 날이었으나 설매는 간밤의 일로 몸이 노곤하여 기생의 기능이나 역할에 대한 훈도나 할 생각이었다. 논개를 향한 매분의 거칠고 야멸찬 말들이 바로 설매 자기에게 쏟아붓는 듯 느껴져서 그녀와 마주 앉아 이야기나 하는 편이 차라리 부드러울 것 같아서였다.

아이들은 각자 자리에 나란히 앉아 있었다.

설매는 문갑 책상 앞에 다소곳이 앉았다.

"오늘은, 너희들이 얼마나 가르침을 기억하고 있는지 물어보겠다. 금지야, 기녀란 무엇이라 했더냐?"

금지가 영문을 알 수 없다는 듯 설매를 쳐다보았다. 뜻밖의 질문이라는 생각 때문인 것 같았다.

"주연석이나 유흥장에서 가무나 풍류로 흥을 돋우는 일을 하는 여자라 했습니다."

"잘 알고 있구나. 그런 기녀의 종류가 몇이며 역할이 무엇이라 했더냐?"

"관기官妓와 민기民妓로 크게 나눌 수 있으며, 관기는 여악女樂과 의침醫針이 주로 하는 일이라고 했습니다. 가무歌舞를 주로 하는 여악기생과 약학 처방을 하는 의녀기생과 상방尙房에서 침선針線을 하는 상방기생이 있다고 했습니다."

"금지의 머리가 명석하구나! 그럼 기녀가 소임을 다하려면 무엇을 배워야 한다고 했더냐? 매분이 대답해 보거라."

설매는 가장 대답하기 쉬운 문제를 여전히 얼굴을 풀지 않고 있는 매분에게 물어본다.

매분이 머뭇거렸다. 대답을 하고 싶은 기분이 아닌 것 같았다.

"매분이는 몰라서 대답을 않는 것이냐?"

"시詩·서書·음률音律과 행의行儀를 배워야 합니다."

매분은 내키지 않는 낯빛으로 내뱉듯이 빠르게 말했다.

"가무에 이어 시와 서화와 예의를 가르쳐서 예능과 교양을 갖추게 하는 이유는 무엇이라 하더냐?"

"상류 사족士族들과 상대하기 때문에 그들에 버금가는 소양을 갖추어야 되기 때문입니다."

매분은 끝까지 설매의 얼굴을 마주 바라보지는 않았다. 눈길은 아래로 깐 채 입술만 움직여 대답했다.

"다음에는 향녀가 대답해 보아라. 기생의 계급이 양민도 못 되는 천민급에 속하는 것은 틀림없지만, 양민의 여자들이 누리지 못하는 것을 기녀들은 누릴 수 있다고 했다. 무엇이더냐?"

"첫 번째는, 양반들이 익히고 배우는 천자문과 서화와 시문을 배울 수 있고, 두 번째는, 사대부들과 연정이 이루어질 수 있고, 세 번째는 양반의 부녀자들처럼 비단옷에 노리개를 찰 수 있다는 점입니다."

"그것뿐이더냐?"

"고관대작의 사랑을 받아 후실로 들어가면 재물로 천민 신분을 속신贖身하여 양민 신분이 될 수 있고, 가난한 친정을 도와줄 수도 있다고 했습니다."

"그것뿐이더냐?"

설매가 다시 물었다.

향녀가 고개를 갸웃하며 생각하는 듯했지만 대답을 하지는 못했다.

논개가 설매와 향녀의 눈치를 살피면서 끼어들었다.

"기녀는 칠거지악과 삼종지의를 따르지 않으므로 여필종부를 면합니다. 자유인自由人으로 살 수 있습니다."

매분과 향녀, 금지, 옥매가 동시에 논개를 돌아보았다. 그 말은 안방어머니가 가르쳐 주지 않은 내용이기 때문이었다.

매분이 기어이 논개를 향해 화증火症을 터트렸다.

"어머니가 네년한테 대답하라 하셨냐? 알지도 못하는 촌년이 겁도 없이 제 맘대로 끼어들어 조잘거리고 있어."

논개가 고개를 쳐들고 매분을 쏘아보았다.

"매분이 성님은 나한테 와 그라는 기요? 내가 성님한테 멀 잘몬했길래 오늘 내내 새끼 기생이니 촌년이니 해쌌소?"

"이 촌년이 어따 대고 눈깔 치뜨고 아가리를 놀리는 거야? 그래, 네년이 새끼 기생 아니모 뭐꼬? 의기, 충절기, 명기, 여장부깜이라고? 네년이? 참말로 내 배가 다 웃는다. 야, 이년아. 너나 나나 사람들이 천대하는 노류장화路柳墻花에 해어화解語花가 되기 위해 길 닦고 있는 것뿐이야. 애비 에미 잘못 만나 목줄에 밥 넘길라고 팔려 온 걸뱅이 새끼년 주제에, 어른들이 오냐오냐 받아 주니까…."

"나는 걸뱅이 새끼 아니야. 그러는 매분이 성은 종놈의 새끼가?"

논개가 소리를 맞질렀다.

"이년이…."

매분이 느닷없이 주먹으로 논개의 얼굴을 후려쳤다. 순간, 논개가 비틀거리자 멱살을 움켜잡아 쓰러뜨리곤 가슴 위에 올라타 주먹질을 했다. 순식간에 일어난 일이었다. 논개가 사지를 버둥거리고 일어나면서 매분의 다리를 움켜잡고 넘어뜨렸다. 둘은 엉겨 붙은 채 엎치락뒤치락 방바닥을 뒹굴었다. 논개의 코에서 피가 터지고 이어 매분의 코에서도 피가 흘렀다.

"죽여 부릴 끼다, 이녀언."

논개보다 네 살이나 더 먹어 몸체가 큰 매분이 다시 논개를 쓰러뜨려 타고 앉아 난타했다. 논개는 눈을 뜰 수가 없었다. 얼굴에 돌멩이같이 쏟아지는 주먹 하나를 움켜잡곤 앞니로 와락 깨물어 버린다. 매분이 비명을 내지르면서 논개의 가슴 위에서 펄쩍 엉덩이를 솟구쳤다.

그때 기다란 대나무 회초리가 매분과 논개의 등짝에 후려쳐지면서, 엉겨 붙었던 둘은 그제야 비로소 떨어졌다. 가만히 미동도 않고 구경만 하고 있던 설매가 노기등등하여 비로소 회초리를 든 것이다.

"꿇어앉아!"

둘은 건넌방 한복판에 무릎을 굽혀 꿇어앉았다. 향녀가 솜을 챙겨와서 코피가 흐르는 둘의 콧구멍을 막아 주었다. 논개는 가슴을 벌름거리며 입을 한일자로 굳게 악물고 앉아 있고, 의외로 매분은 펑펑 울음을 터트려 내고 있었다. 논개에게 물린 그녀의 손목에 이빨 자국이 선명하고 붉은 피가 맺히고 있었다.

"너희 둘은, 오늘 점심을 굶는다. 두 손 번쩍 위로 쳐들어라."

설매는 강동찬과 자신의 방사로 인한 매분의 절망과 화풀이가 끝내 논개에게로 쏟아진 것임을 알고 있었고, 온몸을 떨며 오열하고 있는 눈앞의 매분을 보면서 가슴이 천근만근 무거워진다. 그뿐만 아니라 의외로 당찬 논개의 모습에 혀가 내둘린다. 키 큰 매분의 어깨쯤밖에 닿지 않는 여윈 아이가 매분을 넘어뜨려 더불어 두들기고 잡아 뜯고 깨물고 박치기를 하던 모습이 암팡지고 거칠고 표독스러워 여느 때의 논개 같지가 않았던 것이다. 어디서 그토록 야무진 힘이 나오는지 놀라울 뿐이었다.

설매는, 둘러서서 눈앞의 상황을 넋이 나간 듯 보고 있는 향녀, 금지, 옥매를 돌아보면서 모두 자리에 앉도록 한다. 그리고 이날 수업의 매듭을 짓는다.

"조금 전에 논개가 답한 내용도 틀리지 않다. 기녀는, 독립된 자유인으로 여자들만이 받는 부당한 대접을 받지 않는다. 피나는 노력으로 예능과 기품을 갖춘 기녀는, 노류장화나 해어화의 대접을 받지 않을 수 있고, 이러한 기녀들은 양민이나 반상의 부녀자들보다 못할 게 없느니라. 그러나 이러한 기품을 갖는 데 무엇보다 중요한 것은, 기녀들 서로 간에 지켜야 하는 의리 문제이다. 어미와 딸년 간에, 성님과 아우 간에, 동료 간에 서로 해치지 않고 도와주면서 견제도 해야 되는 여러 가지 규범들이 있으며, 이를 잘 지켜 나가면 절대로 품격을 잃지 않는다. 의리를 잘 지키는 것, 그것이 여염집 여자들과 다른 점이며, 우리 기녀들만이 누릴 수 있는 특권일 수도 있다. 오늘, 매분이와 논개의 쌈질은 성님 아우 간에 동료 간에 지켜야 할 규범이나 의리를 팽개친 천박한 쌈질에 불과했다. 내 말이 무슨 뜻인지 알겠느냐?"

아이들이 큰 소리로 대답하며 고개를 끄덕였다. 그러나 매분의 흐느낌은 발작을 하듯 더 자지러졌다.

"오늘 수업은 끝이다. 각자 가야금이나 소리 연습들을 해라. 오늘이 말복이니 한더위 가시고 해가 설핏해지면, 우리끼리 천변에 복 추렴 물맞이를 가자꾸나!"

설매는 그 말과 함께 대청마루로 나가고 아이들의 얼굴에는 갑자기 생기가 돌기 시작했다. 매분과 논개가 두 팔을 쳐들고 꿇어앉아 벌을 서든 말든, 옥매는 창을 향해 앉아 뱃속의 소리를 끌어올리고, 향녀는 가야금을 차고 앉았고, 금지는 퉁소를 붙잡았다. 아이들의 노래와 연주 소리에 묻혀 매분의 울음소리는 점차 가라앉아 갔다.

논개는 매분이 자기에게 깨물리고 잡아 뜯겨 억울해서 운다고는 생각지 않았다. 자기가 매분에게 더 당했다는 억울함으로 분이 풀리지 않았기 때문이다. 도대체가 알 수가 없다는 생각이었다. 선학산 산굴 앞에서 강 진사 댁 노비들에게 두들겨 맞은 것은 종년으로 떠메 가기 위해서라 짐작했지만, 주막집 여자에게 지은 죄 없이 대낮 흙마당에 패대기쳐져 흠씬 짓밟히고, 또 매분은 의병장 아재들이 들른 어저께 저녁부터 자기를 유난히 씹듯이 미워하더니 오늘은 끝내 주먹으로 치고 욕질하고 잡아 뜯기까지 하니, 자기가 무슨 동네북인가 싶어 억울하고 분하고 기가 막혔던 것이다. 다시는 이유 모를 구타는 당하지 않을 것이라고 혼자 이를 악물었다. 위로 쳐든 팔이 끊어질 것처럼 아팠다.

그런데 서서히 울음을 그친 매분이 슬그머니 팔을 내리고 무릎을 풀고 앉았다. 안방 어머니가 지켜보지 않는다고 제 맘대로 몸을 풀어 버리는 것 같았다. 하지만 논개는 자세를 흩트리지 않았다. 그런데 잠시 후, 몸을 푼 매분이 슬그머니 일어나더니 대청마루로 나가 안방으로 들어가고 있었다.

금지가 매분의 뒷모습을 바라보면서 논개의 무릎을 쿡 찔렀다.

"논개 너도 매분이 성님 따라 안방에 가서 어머니께 잘못했다고 빌어라."

그러고 보니 성이 풀린 매분이 안방 어머니에게 빌러 들어가는 모양이었지만 논개는 그냥 앉아 있었다. 먼저 욕질하고 구타한 매분에게 달려든 것이 잘못했다고만은 생각되지 않았기 때문이다. 매분은 금방 안방에서 나오더니 우물가로 가서 얼굴과 머리칼을 가다듬고 다시 건넌방으로 들어와 북을 들고 앉았다. 용서를 받은 모양이었다. 논개는 그냥 버티고 앉아 있었다. 팔이 계속 떨어져 나가는 것 같고 무릎 아래가 저려서 제 다리가 아닌 것 같았지만 우직스럽게 앉아 있었다. 아이들이 저마다 켜는 가야금 소리, 퉁소 소리, 북소리, 그리고 힘겹게 넘어가는 창唱 소리 등이 한동안 어우러지면서 요란했다.

꽤나 긴 시간이 지나간 것 같았다. 온 집 안에 닭을 고는 냄새가 진동했다. 복날이라고 삼계탕을 만드는 것 같았다. 그뿐만 아니라 사랑채 밖의 행랑채께가 부산했다. 복날이라고 대낮부터 기생집을 찾는 건달이나 선비들이 있는 모양이었다.

설매가 안방에서 나와 사랑채로 향하려다가 건넌방으로 얼굴을 디밀곤 적잖이 놀란다. 팥죽 같은 땀을 흘리며 얼굴이 사색인 채 그때까지도 두 팔을 들고 꿇어앉아 있는 논개를 보았기 때문이다. 설매는 논개를 지그시 내려다보았다. 그녀의 우직스런 고집에 속으로 혀를 내두른다.

"팔을 내리고 바로 앉거라."

설매는 그 이상의 나무람을 하지는 않았다. 매분이 잘못을 빌러 들어왔을 때 설매는 둘을 함께 용서해 준 것이었으나, 그녀가 설매의 뜻을 논개에게 전하지 않았고, 논개 또한 끝까지 빌러 오지 않았던 때문이다.

"세수를 하고 머리를 단정히 하고, 소리 연습을 하거라."

설매는 조용하게 그 말을 남기곤 방을 나갔다.

그러나 논개는 단박에 일어서지를 못했다. 혈관이 막혀서인지 두 다리가 사뭇 마비가 되어 움직일 수 없었던 것이다. 팔을 내렸으나 손으로 방바닥을 짚을 수가 없었고 겨드랑이에는 울혈이 생긴 듯 통증이 심했다. 옥매가 논개의 두 다리를 주먹으로 톡톡 두드려 주고, 금지가 논개의 팔을 주물러 주었다.

설매는 자신의 말처럼 매분과 논개에게 점심을 굶기는 벌을 주지는 않았다. 모른 척 그녀들에게도 구수한 삼계탕을 한 대접씩 먹도록 했던 것이다. 아이들은 이날따라 대판 싸움을 한 매분과 논개에 대한 안방 어머니의 벌이 부드럽다는 생각은 했지만, 복날이기 때문에 그러려니 더 이상의 짐작들은 하지 못했다.

놀라운 점은 매분의 밝아진 모습이었다. 저미고 끓는 화증을 논개에게 풀고 맘껏 눈물을 쏟아 버려서인지, 다시 이전의 그녀로 돌아가 몸짓에 생기와 발랄함이 넘쳤다.

해가 설핏해질 무렵, 설매가 아이들에게 나갈 준비들이 다 되었느냐고 채근했다. 아이들이 우르르 마당으로 내려섰다. 일을 하는 정짓간의 세 여인들도 먹을 것을 들고 나섰다. 대낮부터 기방에 들러 사랑채에 남아 있는 최 부자 집 건달은 반월이 시중키로 하고, 기와집 식구들 아홉 명 모두가 복 추렴을 하기 위해 나선 것이다.

비봉산 북쪽의 숲이 있는 계곡이 어떻겠느냐는 설매의 제안에 아이들은 모래사장이 있는 남강으로 가자고 했다. 저물녘이니 햇살이 뜨겁지도 않을 것이고 덥혀져 있는 모래로 찜질을 해도 좋을 것이라고 이구동성으로 말했다. 주방 일을 하는 여인들도 하나같이 찜질을 할 수 있는 강이 좋겠다고 했다.

강은 기와집에서 멀지 않은 곳에 있었다. 언덕을 내려 방죽을 따라가면 바로 왼편으로 푸른 강물과 부드러운 모래사장이 있었다. 설매를 선두로 다섯 아이와 네 명의 어른 여자들이 골목을 벗어나 언덕 아래로 내려서자 띄엄띄엄 오가던 사람들이 흥미로운 표정들로 돌아보았다.

큰 기생 뒤의 올망졸망한 동녀들이 귀엽기도 하고 안쓰럽기도 한지 혀를 차는 노파가 있는가 하면, 흰 눈으로 흘겨보는 아낙들도 있었다. 남자들은 노소 가릴 것 없이 그녀들을 바라보며 벙글거리고 웃었다.

강의 모래는 생각보다 더 뜨거웠다. 그러나 바람은 시원했다. 주황색 노을이 강물 위에 드리워져 붉은 물이 반짝이는 것도 같았다.

매분이 두 팔을 활짝 벌리며 탄성을 질렀다. 그녀의 기분은 완전히 밝아져 있었고 이날의 외출을 가장 즐거워하는 것 같았다. 그녀뿐만이 아니었다. 향녀나 금지, 옥매도 오랜만의 야외 나들이에 팔짝팔짝 뛰었으며 논개는 입은 옷 그대로 강물 속으로 텀벙 뛰어들었다. 기와집에서 멀지 않은 곳의 강물을 굽어보면서 한껏 멱감을 날을 오매불망 기다려 왔던 논개는 설매의 주의를 미처 들을 여유가 없었던 것이다.

"아니 재가? 조심하거라아!"

"괜찮습니더."

논개는 개헤엄을 쳤다. 누군가 그녀에게 따로 가르쳐 준 것이 아니라 물속에서 제멋대로 사지를 놀려 본 것인데 제법 물 위에 떠 있을 수 있었다. 작년까지만 해도 섭냄이와 도동벌판 끝자락의 강이나 냇가에서 발가벗은 채로 멱을 감았던 것이지만, 예의를 배우는 이제는 그럴 수가 없어 옷을 입은 채로 뛰어들었던 것이다. 향녀, 금지, 옥매가 논개를 뒤따라 물속으로 뛰어들고 설매와 주방 여인들은 모래찜질부터 시작했다. 논개는 머리를 물속으로 처박아 물구나무서는 시늉도 해 보고 물을 박차고 펄쩍펄쩍 솟구쳐 오르기도 하면서 헤엄을 칠 줄 모르는 아이들 앞에서 으스댔다. 그러다 젖은 옷 그대로 모래 위를 떼굴떼굴 구르기도 하고, 모래 속을 헤집고 들어가 찜질을 하다가 다시 물속으로 뛰어들기도 하며 천방지축 맘껏 뛰놀았다.

"마치, 가문 뻘 바닥의 망둥이, 물 만난 것 같구먼!"

설매가 모래무덤 속에서 중얼거렸다.

황혼녘의 붉은 해가 어느새 스러지고 땅거미가 강물에 내리기 시작했다. 모두가 물가로 나와 모래사장에 둘러앉았다. 떡과 복숭아와 삶은 닭 등 가져온 음식들을 배불리 먹은 후에, 시조 읽기와 소리唱를 하기 시작했다. 옥매가 황진이의 시조 '동짓달 기나긴 밤'과 '청산리 벽계수야'를 소리 높여 읽자 금지가 그것을 판소리 조로 읊었다. 매분과 향녀가 무릎을 세우고 앉아 북과 장구를 치는 시늉을 내고, 설매는 흰 수건을 손끝에 들고 모래사장을 사뿐사뿐 밟듯 차듯 춤을 추었다. 논개는 혼자 물가에서 발밑에 밟히는 몽돌을 주워 강물을 향해 힘껏 던졌다. 장구도 북도 없는데 쭈그리고 앉아 자기 무릎을 치며 장단을 맞추는 모습들이 청승스러워서 함께 어울리고 싶지 않았기 때문이다. 돌팔매질이 훨씬 재미가 있었던 것이다. 두 번, 세 번 연이어 돌이 물을 차고 날다가 강물 속으로 퐁당퐁당 빠지는 소리에 어우러져 옥매의 시조 읊는 소리가 청아했다.

칠월 하순으로 막 접어들어 하늘에는 반달보다는 약간 배가 부른 달님이 어스레히 빛을 내고 별들도 하나둘 반짝이기 시작했다. 더위를 피해 나온 사람들의 무리도 가끔 보였다. 그들은 소리 나는 곳을 기웃거리거나 가까이 다가오기도 했다.

강바람이 꽤나 선선해지자 설매가 돌아갈 채비를 했다. 아이들은 많이 아쉬워했지만 누구도 어머니의 말을 거역할 수는 없었다. 논개는 얼른 물속으로 다시 한 번 몸을 담궈 물장구를 치다가 일어났다. 언제 또 강에 내려올지 알 수 없었기 때문이다.

*

그날 밤이었다.

매분이 논개에게 유별스럽게 굴었다. 건넌방의 잠자리가 아랫목에서

부터 매분, 향녀, 금지, 옥매 순서로 누워 자게 되어 있는데, 매분이 윗목의 끝자리인 논개 옆으로 와서 누웠던 것이다. 논개는 적잖이 불편하여 몸을 도사렸다. 무슨 이유 때문인지는 모르지만, 낮에 그만큼 자기에게 횡포를 부렸으면 됐지 또 무슨 할 일이 남아 있는가 싶어서다. 향녀, 금지, 옥매는 오랜만의 강 나들이가 고단해선지 자리에 들자마자 금방 코를 골고 이를 갈며 깊은 잠에 빠져들었는데, 그녀만 자지 않고 논개 옆자리로 슬그머니 건너와서 누웠던 것이다.

"논개야, 자니?"

"와 그라는데요?"

논개가 벌떡 일어나 앉았다. 매분도 일어나 앉았다.

"낮에는, 내가 미안했다."

"알모 됐소."

논개가 퉁명스럽게 대답했다.

"그래도 네가 내 손을 너무 세게 물은 기라. 이것 봐라. 네 이빨 자국마다 붉은 멍이 들었다."

매분이 내미는 팔목에 반점 같은 피멍 자국이 선명하게 깔려 있었다. 조금은 미안도 했다. 그러나 사과는 하지 않았다.

"나는, 나를 건드리지 않으모, 안 그라요."

"그래서 내가 너에게 이렇게 이빨에 물리고도 미안타 안 하나. 그런데 논개야, 나 너한테 재미있는 거 갈쳐 줄까?"

논개는 대답 없이 매분을 쳐다만 보았다.

매분이 갑자기 속적삼을 훌렁 벗었다. 간장 그릇 엎어 놓은 것 같은 포동포동한 두 개의 젖가슴이 드러났다.

"논개 너도 적삼 벗어 봐라."

매분이 낮고 부드러운 음성으로 말했다.

"싫은 기라요."

"그래, 싫으면 놔두고. 그럼, 네 손으로 내 젖꼭지 한번 만져 볼래?"

"젖꼭지도 없구만."

논개가 매분의 가슴에서 눈을 떼지 않으며 중얼거렸다. 수밀도水蜜桃를 양 가슴에 달고 있는 것처럼 젖은 예뻤지만 젖꼭지 부분이 안으로 패어 들어간 듯 보이지 않았던 것이다.

"만지면 나온다. 자, 이렇게 만져 보라 말이다."

매분이 논개의 두 손을 끌어 자기의 젖을 만지게 했다. 논개가 얼결에 손을 빼내자 매분은 다시 논개의 손을 끌어 자기의 젖꼭지 부분을 만져 보게 했다. 논개는 쑥스러워하는 표정인 채 그녀의 손에 잡힌 손가락으로 매분의 젖을 만져 보지 않을 수가 없었다. 그런데, 매분의 말처럼 신기롭게도 함몰되었던 그녀의 젖꼭지가 밖으로 돌기했다.

"이것 봐라. 나오지? 자꾸 만져 봐라. 그러면 젖이 딴딴해지고 더 커진다. 이렇게 만지면 기분이 참 얄궂은 기라. 너는 아직 콩알 같으니께 잘 모르겠지만 나처럼 커지면 그런 거 느낄 끼다. 자꾸, 더 만져 볼래?"

매분은 논개의 두 손이 자기 가슴에서 떨어질까 봐 계속 자기 손으로 받치면서 등잔 불빛에 빰이 불그스름해졌다.

"나는 잘라요. 성님 잠자리로 가소."

논개가 손을 빼내면서 말했다.

"자고 싶나? 그럼 너 먼저 자거라. 나는 잠이 올 거 같지 않아서 마당에 좀 나갔다 올란다."

매분이 순순히 일어나서 속적삼을 모으며 방문을 소리 죽여 열고 밖으로 나갔다.

논개는 눈을 뜬 채 가만히 누워 있었다. 섭냄이 얼굴이 떠올랐기 때문이다. 섭냄이도 젖꼭지를 뱅뱅 돌리면 기분이 얄궂고 눈물이 날 것 같다고 말한 적이 있었다. 논개는 피식 웃으면서 무심코 손을 들어 자신의 젖가슴께를 더듬어 본다.

"옴마나!"

논개는 깜짝 놀라면서 다시 손바닥으로 더듬어 본다. 그것이, 콩알만 하던 것이 새알만큼 커져 있었던 것이다. 논개는 벌떡 일어나 적삼을 벌리고 가슴을 내려다보았다. 진짜 작은 새알을 넣어 놓은 것처럼 젖이 볼록볼록 솟구쳐 있었다.

"하이고, 세상에! 온제 이리 컸제?"

논개는 손가락으로 새알 젖을 눌러 보았다. 몹시 아팠다. 만질수록 젖몽오리가 돌알처럼 굳어졌다. 논개는 저고리를 다시 여몄다. 기분이 나쁘지 않았다. 자기도 어른으로 자라고 있다는 것을 새삼 느낄 수 있었다.

논개는 등잔불을 꺼 버렸다. 밖에 나간 매분이 언제 들어올지 알 수도 없는데, 언제까지 불을 켜 놓을 수는 없었던 것이다. 달빛이 옆문 창호지 위로 부서져 내려 방 안의 정경이 희부옇게 드러났다. 왠지 잠이 오지 않았다. 삼경도 지난 이슥한 시각인데도 매분은 방 안에 들어오지 않았고, 논개도 잠을 들이지 못해 몸을 뒤척였다. 논개는 일어나 앉았다. 아랫동네의 어디쯤에선가 닭이 한 번 홰를 쳤는데도 매분이 방으로 들어오지 않았기 때문이다. 안마당이나 바깥마당 어디에서 바람을 쐬다 그냥 앉은 채 잠이 들었는지도 모른다고 생각하면서 논개는 몸을 일으켜 방문을 열고 나가 보았다.

안뜰에는 보이지 않았다. 달빛 아래로 선홍색 봉선화가 흐드러지게 피어 있는 화단을 빙 둘러보아도 없고, 건넌방 창 아래의 뒤뜰에도 매분은 보이지 않았다. 우물가에도 없었다. 논개는 사랑채로 돌아 나가 보았다. 사랑채와 행랑채 사이의 그녀가 앉아 있을 만한 화단 턱이나, 감나무 살구나무 사이의 돌팍 위에도 그녀는 없었다.

그런데 뜻밖에도 사랑채의 큰방 문이 활짝 열려 있었다. 사랑채에는 연회를 주로 갖는 큰방 하나와 작은방 두 개가 있고, 이 방들은 특별히 투숙객이 없으면 비어 있기가 일쑤인데, 큰방 문이 활짝 열려 있어 논개는 의아해하며 들여다보았다. 그러다가 상체를 뒤로 빼며 숨을 삼켰다. 매분이 기다란 베개를 끌어안고 혼자 씨름하듯이 낑낑거리고 있었기 때문이다. 두 사람이 함께 벨 수 있는 긴 베개를 배와 두 다리 사이에 끼우고 꿈틀대며 씩씩거리고 있었던 것이다. 앓는 듯한 신음 소리도 흘리고 있었다.

논개는 매분이 어디가 몹시 아픈지도 모른다는 생각도 없지 않았지만, 신음 소리가 묘해서 그렇지 않을 수도 있다고 생각했다.

'혼자서 베개하고 상하는 것도 아니고, 쌕쌕대는 숨소리는 끈적끈적야하고….'

논개는 속으로 뇌까리다 말고 얼른 몸을 엎드려 마루 밑으로 기어들어갔다. 벽면을 향해 옆으로 누워 꿈틀대던 매분이 갑자기 긴 베개를 방바닥에 팽개치며 벌떡 자리에서 일어났기 때문이다. 논개는 마루 밑에 엎드린 채 숨을 죽였다. 매분은 방문을 요란하게 닫고 마루를 콩콩 걸어 축담으로 내려섰다. 다시 안채로 돌아가려는 것 같았다. 그녀의 몸짓에는 화가 난 듯 거친 구석이 있었다.

논개는 마루 밑에서 기어 나와 안채로 가는 그녀를 따라가 보았다. 매분은 성큼성큼 우물가로 가더니 두레박으로 물을 길어 올렸다. 길어 올린 물을 놋대야에 쏟아붓고는 느닷없이 놋대야를 타고 앉듯이 가랑이를 벌리고 엉덩이를 솟구쳤다. 그러고는 손으로 샅에다 찬물을 끼얹었다. 논개는 뒷물을 하는 것이려니 생각했다. 그러나 뒷물을 하는 모양새하고는 많이 달랐다. 놋대야 앞에 아래를 벗고 다소곳이 앉아 손으로 물을 떠내어 그곳을 씻는 것과는 달리 놋대야 양쪽으로 다리를 벌려 세우곤 두 손으로 대야 속의 물을 샅으로 빠르게 쳐올렸기 때문이다. 손바닥이 음부에 닿는 소리가 찰싹찰싹 났다. 그러기를 한참이나 했다.

논개는 보다 못해 숨어 섰던 몸을 드러내고 말았다.

"매분이 성님, 머 하는 기라요?"

매분이 화들짝 놀라면서 물이 가득 찬 대야에 철벅 엉덩방아를 찧고 말았다.

"하이고 놀래라. 간 떨어질 뻔했네. 논개 아이가!"

"논개 맞소. 성님이 안 들어오니께 걱정이 돼서 나왔소. 그란데 머 하는 기요?"

"엉? 아, 가마이 있어 봐라. 거시기하고 궁둥이가 물에 처박혀서, 정신이 없는 기라! 시원키는 참말로 시원하지마는, 히히."

매분이 키들거리면서 대야 속에 주저앉은 엉덩이를 들어올리려고 애를 쓰며 말했다.

"샅에다가 손으로 물을 쳐 대고 있던데, 차라리 지금맨키로 물속에 그대로 넣고 있는 것이 더 낫겠네!"

논개도 터지려는 웃음을 참지 못하면서 말했다.

"네 말도 틀리지는 않은 기라."

"그란데, 뒷물하는 것도 아이고, 와 그랍니꺼?"

"샅이 열이 나고 뜨거워서 식히는 기라."

"거가 부석아궁이도 아인데 와 뜨겁습니꺼?"

"나도 잘 모르는 기라. 지난봄부터 몸月經을 시작한 후로 한 달에 한 번 몸할 때가 되모 샅이 뜨거분 기라. 온몸이 불에 달군 돌덩이 같아지는 기라."

"잘은 모리지만, 매분이 성님이 시집갈 때가 된 모양이네예?"

"나도 그리 생각하는 기라. 짐승들 암컷맨키로 발정이 나는 땐가 봐."

"짐승하고 사람하고 비슷한가 보지예?"

"사람도 원래는 짐승이라 하니께, 비슷하겠제."

"괭이는 새끼 밸 때가 되모 얼라맨키로 울어 대는 기라예."

논개는 이날 밤따라 매분이 자신의 수밀도 같은 젖가슴의 젖꼭지를 만져 보라든가 긴 베개를 샅에 끼우고 몸부림치던 행위와 샅에다 찬물을 끼얹는 눈앞의 요상한 행동들이 발정나는 것하고 무슨 연관이 있을 것이라 생각했다. 암캐가 발정이 나면 땅바닥에 피를 흘리고 다녔던 기억이 떠올랐다.

“야밤에 암괭이가 아기처럼 울어 대는 거는, 수괭이를 부르는 것이라 카더라.”

매분이 일어나서 수건으로 샅과 엉덩이를 눌러 닦으며 말했다. 그리고 대야 속의 물을 쏟아 버렸다.

“인자, 좀 식어졌습니꺼?”

“아인 기라. 겉만 식었제, 몸 안은 더 뜨거워진 거 같애야.”

“그라모 우짭니꺼?”

“하루 이틀 지나서 몸하고 나면, 괜찮아질 꺼야.”

“그라모, 몸하기 전에만 뜨겁습니꺼?”

“그런 거 같앴어.”

“그런께네, 비 올라 카모 어른들이 뼈마디가 쑤신다고 카더니, 그런 거하고 비슷한 긴가? 참말로 요상하네.”

“그거하고는 좀 다른 거 같기도 하고…. 나도 잘 모르겠다.”

닭이 또 울고 있었다.

“날이 새는가 보네. 성님, 인자 들어가서 좀 자야 안 됩니꺼?”

논개가 커다랗게 입을 벌려 하품을 하며 말한다.

“나는, 다 잔 기라.”

“나는 잠이 와서 고만 들어갈라요.”

매분이 자기랑 계속 같이 있어 주기를 바라는 것 같았지만, 논개는 방으로 그냥 들어가 버렸다.

그런데 바로 다음 날, 매분은 놀랍게도 몸을 하기 시작했다. 뒷간에서 무명베 서답을 갈아 차고 떼어 낸 것을 요강 속에 재워 불리는 것을 보면서, 논개는 설레설레 고개를 저었다.

*

처서處暑가 지나자 날씨는 아침저녁으로 많이 달라졌다. 한낮은 뙤약볕으로 따끈따끈했으나 조석으로는 서늘했다. 초가을의 기운이 완연해진 것이다. 한 달여 안뜰 화단을 장식했던 견우화도 싱그러운 기운이 스러지고, 선홍색 봉선화도 꽃봉오리 아래로 주머니 씨알을 맺기 시작했다. 행랑채 담장 위로 올라간 박꽃이 스산한 빛을 발하는가 싶더니 푸른 기가 도는 뽀얀 박 덩이를 매달았다.

설매는 거의 매일 행랑채 대문 쪽으로 귀를 모았다. 어느 때고 불쑥 강 의병장이 쑥스러워하는 낯빛으로 찾아들 것 같아서였다. 사실 강동찬이 새벽녘에 떠난 그 다음 날부터 설매는 행여 그가 들러 줄까 마음을 모았고, 혼자 사는 안방이 유독 휑하니 크고 썰렁함을 느끼기 시작했다. 그와 몸을 섞기 전까지는 외로움의 형체가 구체적이지 못한 채로 목이 타는 기다림은 없었지만 지금은 그렇지 못했다. 예전 같으면 일 년에 한두 번 들르던 사람이었지만 이제는 그와 남남이 아니라는 마음이 앞서, 계속되는 그의 무심함에 그리움과 야속함과 섭섭함이 나날이 범벅되어 더해지는 것이었다. 닷새가 지나고 이레가 지나고 열흘이 지나도록 그가 들르지 않자 설매는 불안과 초조감으로 식욕을 잃을 지경이 되었다. 그뿐만 아니라, 아이들 가르치는 모든 것에도 의욕이 없어지고, 기와집을 찾는 선비나 건달들에게도 건성으로 면대하게 되었다.

지난밤에는, 매분을 주연석에 처음으로 자리하도록 들여놓고 그녀는 정작 강동찬 생각만으로 가득 차 있다가, 생각지도 않은 매분의 실수로 어느 선비의 걱정을 듣기도 했다. 사대부 집 선비 세 사람에 기와 집과 연계된 기생 두 명이 함께 어우러진 주연 자리였다. 노란 갑사甲紗 상의와 자주색 갑사 치마로 성장한 열다섯 살 매분은 누가 봐도 어여뻤다. 촌스런 풋내가 묻어 있는 대로 신선했다. 그런데, 매분이 박 부자의 자제인 박순구가 장난기를 묻혀 권하는 술을 주는 대로 받아 마시다가 엉엉 울어 대는 주사를 보였던 것이다. 합석했던 정 선비가 안방의 설매를 불러 매분을 데리고 나가게 하면서, 제대로 가르치라고 못마땅함을 표현했었다.

설매는 자신이 그 방에 들어가지 않았던 점과, 매분에게 선비들의 여흥을 돋워 주되 술을 받아 마시지 말라는 주의를 재차 언급하지 않았던 것이 실수라는 생각을 했지만 이미 엎질러진 물이었다. 물론 이날 아침에야 설매는 매분에게 주연석에서의 행의行儀를 자초지종 다시 들려주는 것으로 사후 약방문이나마 주의를 주었다.

그런데 이렇듯 자신의 생업인 동기 양성에서 생기는 문제들보다 당금의 그녀에게 더 긴요하고 간절한 것은 강동찬의 내방이었다. 외곬으로 탐닉된 연모의 감정은 그녀 주변의 어떤 중요한 일도 예사스럽게 희석시켜 버렸으며, 눈에 보이고 귀에 들리고 가슴에 차 있는 것은 오로지 강동찬을 향한 그리움뿐이었다.

그러던 어느 날, 설매는 이른 아침부터 논개를 안방으로 불러들였다.

"너, 선학산 활터에 가고 싶지 않으냐? 그곳에서 활을 쏘고 싶다고 했지?"

느닷없는 안방 어머니의 말에 논개의 눈이 커다랗게 벌려 떠지고 터질 듯한 미소가 만면에 뿜어져 나왔다.

"예! 가고 싶습니더예!"

"지금 바로 활을 준비해라. 나하고 함께 가 보자."

"선학산 활터로, 어머니하고예?"

"왜 그렇게 놀라느냐? 내가 가면 안 되는 곳이더냐? 길을 안내토록 해라."

"예!"

논개는 이게 웬 횡재인가 싶었다. 깜짝을 뛰면서 건넌방으로 들어갔다. 아이들 모두가 논개를 부러워했다. 어머니가 의병장 어른을 기다리다 못해 만나러 가는 것 같다고 했다. 그렇지만 대장부들 훈련터에 기생이 찾아가도 괜찮은지 모르겠다고 고개들을 갸웃했다. 그러면서 자기들도 함께 가고 싶다고 했다.

그러나 설매는 간편한 남장을 하고 논개만 앞세웠을 뿐, 아이들 누구도 동반할 생각이 없는 것 같았다. 의병들이 훈련 시에 입는 복장과 비슷한 동옷*에 머리에는 무명 수건을 동여매고 등에는 괴나리봇짐을 하나 멨다. 그냥 모양새로 멘 봇짐이 아니라 그 속에는 팥가루와 콩가루를 묻힌 인절미가 들어 있었다. 논개도 남장을 시켰다. 그뿐만 아니라 설매는 논개에게 화살을 넣는 제대로 된 전통箭筒 하나를 내주었고, 논개는 뛸 듯이 기뻐하면서 화살을 전통에다 옮겨 넣곤 활과 함께 그것을 등에 멨다.

"논개가 소년 궁사 같으다!"

논개보다 두 살을 더 먹은 금지가 부러운 낯빛으로 논개를 바라보았다.

설매가 금지의 말이 틀리지 않다는 듯 고개를 끄덕이면서 매분을 슬쩍 훔쳐보았다. 그녀의 얼굴은 거짓말처럼 담담해 보였다. 논개의 남장 차림이 제대로 되었는지 큰형답게 앞뒤를 살펴봐 주고 전통을 멘 모습이 대견스러운 듯 미소 머금은 얼굴로 바라보기도 했다. 강동찬에 대한 맹목적인 짝사랑의 감정이며, 설매를 향한 야속함이 더는 없는

* 남자가 입는 저고리, 일명 동저고리

듯 논개에게 더 잘할 수 없을 정도로 지극정성이었다. 주연석에 나가면서부터 갑자기 훌쩍 커 버린 듯 성숙한 모습으로 아이들의 만형 노릇을 하는 매분을 보면서, 설매는 내심 안도감 비슷한 감정을 갖는다.

"매분아. 늦지 않게 돌아올 테니 동생들 공부 잘 시켜라."

"예, 어머니. 걱정 마시고 다녀오세요."

아침녘에 햇살이 뜨거워지기 전에 설매는 논개를 앞세워 서둘러 기와집을 나섰다. 가마도 말도 타지 않고 두 발로 걸었다. 논개는 온몸으로 신명이 올라 뛰다시피 걸었다. 논개의 빠른 걸음을 따르느라 헉헉거리는 설매와는 달랐다. 논두렁길 밭머릿길과 하염없이 뻗어 있는 가맛길을 지나서 성문 앞에 다다랐다. 몇 달 전 이곳을 들어올 때의 기억이 떠올라서 논개는 혼자 빙긋 웃었다. 이날은 그때 사정과는 달리 성문 밖으로 나가는 입장이었지만 논개는 반사적으로 등에 멘 활과 화살을 의식한다. 그때와 사정이 다른 것은 우선 혼자가 아니라 자기 옆에 어른이 있다는 점이었다. 또한 자신이 남장을 했다는 사실이었다. 남장을 하고 전통에다 화살을 꽂고 좋은 활을 멨으므로, 그때의 여자 옷차림에다 활과 화살통, 쌀 주머니와 장끼 박제를 허리 등짝에 주절주절 매단 각설이 차림은 아니라는 점이 당장은 자신감을 갖게 했지만 그러나 긴장이 됨은 어쩔 수가 없었다. 하지만 창을 든 병졸들은 성문 밖으로 나가는 사람들에 대해서는 건성이었다. 네 명의 병졸들이 성문 안팎의 양쪽으로 서 있었지만, 남장의 설매와 활을 맨 논개를 유심히 살펴보는 병졸은 없었다. 성문을 벗어나자 논개의 걸음걸이에는 다시 신명이 올랐다.

"논개야, 좀 천천히 가자. 네 걸음이 너무 빠르구나!"

"활터는 아즉도 멀었는데, 어머니는 잘 못 걸으시는 거 같애예. 지가 좀 더 컸으모 어머니를 업고 갈 낀데."

설매가 환하게 웃었다.

"내가 잘 못 걷는 것이 아니고, 네가 너무 빨리 걷는 게다."

"활터에 얼렁 가 보고 싶어서라예!"

논개는 활터 못지않게 오매의 무덤이 더 궁금했지만 그 말은 삼킨다. 그녀들이 꼬불꼬불 휘어진 말티고개를 넘고 쪽방골을 지나 선학산 활터에 도착한 것은, 햇살이 하늘 한가운데 걸렸을 때였다. 숲 사이로 드러나 보이는 활터에는 의병들의 훈련이 한참 진행되고 있었다. 설매는 활터를 한눈에 내려다볼 수 있는 숲 언덕에서 걸음을 멈추었다. 의병들의 훈련터에 여자가 그것도 기생이 들어가는 것은 결코 좋은 일이 아니기 때문이었다.

"논개야, 내가 여기서 기다리고 있을 테니, 네가 어른을 만나 뵙고 내가 왔음을 귀띔해 드려라."

"알겠습니더!"

논개가 활터를 향해 뛰어내렸다. 그러나 그녀는 훈련장으로 바로 뛰어들지 않고 자신이 얼마간 거처했던 활을 넣어 두던 산막이 있는 방향으로 빠르게 몸을 돌렸다. 훈련 중인 그들을 방해하고 싶지 않았기 때문이다. 그런데 불행인지 다행인지 저쪽에서 훈련을 지휘하고 있던 강동찬 의병장이 산막 쪽으로 잽싸게 돌아가려 하는 논개의 뒷모습을 먼저 보았고, 커다란 목청으로 "거 누구요?" 하고 소리를 쳤다.

논개는 깜짝 놀라면서 우뚝 걸음을 멈추고 돌아섰다.

"아재예, 논개라예. 활 쏘고 싶어서 왔어예!"

논개가 머뭇거리면서 미소와 울상이 뒤섞인 얼굴로 어물거렸다.

"논개 아니냐!"

강동찬이 놀라움과 반가움의 표정으로 음성을 높였다. 열댓 명의 의병들이 모두 논개에게로 몸을 돌리고 시선을 집중했다. 그들의 훈련을 방해하지 않고 어떻게 해 보려던 논개의 생각과는 반대로 되고 말았다. 논개는 도리 없이 그들을 향해 다가가면서, "아재들 잘 기셨습니꺼? 지, 논개라예." 하고 인사를 한다.

"하! 너, 꼬맹이 논개 아이가? 남장을 하니까 꼭 사내 같구나!"

의병들이 하나둘 논개를 빙 둘러싸며 저마다 한마디씩 했다.

"야아가…? 너, 어디로 도망갔던 것이냐? 지금, 어디에 살고 있느냐?"

"야가 볼에 살도 붙고, 키도 더 큰 것 같고. 처녀티가 나는구나."

"너를, 우리 모두가 얼마나 찾았는지 아느냐?"

"논개 차림이 깨끗한 거 보니까 너 어디 부잣집에서 살고 있는 모양이구나!"

기와집을 다녀간 강동찬과 민구식이 논개의 거취를 의병들에게 말하지 않은 것 같았다.

그때 의병들 속에서 민구식이 웃으면서 나섰다.

"논개는 내가 잘 아는 집에 수양딸로 가 있더구만. 내가 얼마 전에사 그것을 알았지. 자, 어서 훈련들 하세나. 논개는, 아재들 훈련 끝나고 나면 너 혼자 실컷 활쏘기 해 봐라."

"야아!"

논개의 대답이 힘찼다.

민구식은 의병들을 제자리로 돌아가게 하고 논개를 산막에서 기다리게 했다. 강동찬이 민구식에게 훈련을 지휘토록 눈짓을 보내곤 산막으로 다가왔다.

"아재예, 어머니가 오싰어예. 저 숲뻔덕에 기셔예!"

논개가 강동찬에게 빠르게 말했다.

"뭐라구? 설매가, 여기에 왔다구?"

강동찬의 얼굴이 순식간에 붉어졌다. 그리고 몹시 당황스러워했다.

"허허, 여기가 어디라구…."

"아재예, 지가 어머니캉 지가 살던 산굴에 가 있을께예! 훈련 다 끝나모 그리 오시서 만나 보이소예."

"허허, 알았다."

강동찬이 민망스러운 얼굴이 되어 더 다른 말도 하지 못하고 다시 훈련장으로 돌아갔다.

논개는 산막 후면으로 벗어나 설매가 기다리고 있는 곳으로 갔다. 그리고 설매의 손을 잡고 산굴 방향으로 이끌었다.

"강 어른께, 내가 왔다는 것을 일렀느냐? 뭐라고 하시더냐? 얘, 지금 어디로 가는 것이냐?"

"좀 더 올라가모 산굴이 있어예. 거기서 쉬고 계시면 아재가 훈련 끝내고 올라오실 끼라예! 어머니 오싰다 말씸디린께 얼굴이 빨개지셨어예!"

"참말로 얼굴이 붉어지시더냐? 그 어른은, 그러실 분이다! 그런데, 얘, 좀 천천히 가자. 산굴은 아직 멀었니?"

"좀 더 가야 됩니더. 어머니, 지 손을 꽉 잡으시소. 여게는 길이 엄써서 걷기가 험합니더."

"산에 오니까 우리 논개가 커 보인다. 너는 어찌 그리도 잘 걷냐? 뱀 나올까 봐 무섭다야."

"이 산에는 배미 엄습니더. 있어도 걱정 마시소. 지가 돌로 쳐서 쥑여 삐릴께예!"

"얘가, 끔찍한 소리도 한다. 여식아이가 뱀을 어찌 잡는단 말이고?"

논개는 웃기만 했다.

산굴 앞에 드디어 도착했다. 논개는 설매의 손을 놓고, 새삼 감회가 새로워져 말이 막혀 버린다. 이곳을 떠난 지 석 달이 가깝다는 생각과 함께 그동안에 꽤나 많은 일들은 겪었고 자기가 조금은 철이 든 것 같은 기분이 새삼 솟아올랐다.

설매가 작은 굴속을 들여다보면서 사람이 이곳에서 살았던 것 같다며 놀라워했다. 굴 입구를 가리거나 흙바닥에 깔았던 가마니며 불 지폈던 곳과 이가 빠진 막그릇 두 개가 굴속에 구르고 있는 걸 본 때문인 듯했다.

강 진사 댁 노비들이 굴속의 이불이며 잡다한 살림을 꺼내서 산 아래로 던져 버렸거나 찢거나 깨트려 버렸지만, 그래도 막그릇 한두 개가 굴속에 처박혀 있음을 보면서 논개는 왈칵 눈물이 쏟아졌다.

설매가 굴속을 들여다보면서 사람이 살았던 것 같다는 말을 거듭하고 있었다. 신기하게 느껴지는 모양이었다.

"지가, 여게서, 살았던 기라예."

논개가 그릇들을 주워 굴 구석 쪽으로 옮겨 놓고 가마니를 꺼내어 바위에 쳐서 먼지를 털어 내며 잠긴 목소리로 말한다.

"무슨 소리냐? 어린 네가, 여기 이 굴에서, 혼자 살았다는 말이냐?"

"예…."

"세상에…! 어쩔까나, 쯔쯔."

설매가 혀를 차면서 고개를 저었다.

그러나 그녀는 입술을 비죽이며 고개를 외로 꼬고 닭똥 같은 눈물을 흘리는 논개에게 더 말을 걸지 못한다.

"여, 여게 앉으시소예. 시원해예."

먼지를 털어 낸 가마니를 다시 굴 바닥에 깔면서 논개는 설매를 그 위에 편히 앉도록 권한다.

"쯔쯔. 네가, 고생이 심했었구나!"

그러나 논개는 언제 눈물을 쏟았더냐 싶게 금방 밝은 얼굴빛을 지으면서, 산속의 생활이 무섭고 외로운 대로 재미있었던 점도 많았다며 조잘조잘 떠벌리기 시작한다. 강동찬 아재가 올라오기 전에 골짜기 건너편의 오매 무덤에 다녀오고 싶었지만, 산이 낯선 안방 어머니를 혼자 두고 갈 수가 없어 논개는 함께 그가 오기를 기다렸다.

강동찬이 논개 이름을 부르며 산굴 앞에 나타난 것은 설매가 가마니 위에 다리를 뻗고 앉아 논개가 조잘거리는 백정이 집 백치 이야기를 듣고 있을 때였다. 강동찬은 산길을 사뭇 뛰어 올라온 듯 숨을 몰아쉬면서 굴속으로 들어섰다. 설매가 그를 보자마자 화들짝 일어나면서 반색의 표정과 함께 심히 야속스러운 듯 그를 향해 눈을 흘긴다.

"이 산에까지, 어쩐 일이시오?"

강동찬이 설매의 얼굴에서 눈길을 비키며 말했다.

논개가 활과 화살을 챙겨 굴 밖으로 나왔다.

"두 분 말씀하시소예. 지는 오매 뫼에 한번 가 보고, 활터에 가서 활 쏘고 있을께예!"

"가만, 논개야. 점심나절이 넘었는데 이거 좀 먹고 가도록 해라."

설매가 등에 메고 왔던 인절미 봇짐을 서둘러 풀면서 말했다.

"지는 괜찮아예. 두 분 잡수이소!"

논개는 그 말을 끝으로 산비탈을 구르듯 타고 내렸다. 무슨 연유에선지는 몰라도 자기가 그 자리에 있어서는 안 될 것 같았고, 무엇보다 오매 무덤에 하시라도 빨리 가 보고 싶어서였다. 오매가 봉분 위에 앉아서 산에 온 자기를 학수고대 기다리고 있을 것 같았다.

물론 오매는 봉분 위에 앉아 있지 않았다. 무덤은 조금도 이상이 없었다. 생각보다 떼가 아주 잘 자라 있고 패랭이꽃이 봉분 여기저기에 피어 있음이 우선 눈길을 끌었다.

"옴마! 논개 왔다! 잘 있었나?"

큰절을 네 번이나 했다. 별로 서러운 것 같지도 않은데 눈엔 또다시 눈물이 괴어 들었다.

"옴마, 내 좀 많이 큰 거 안 같나? 나는 기생 수업을 받고 있는 기라. 극정 말거라. 종년보다는 천자문도 시문도 배우고 편하고 또 내 맘대로 자유롭게 살 수도 있는 기라. 꿉새 방물장수가 나를 안방 어머니한테 팔았다 카지마는, 나는 괜찮은 기라. 나는 좋은 의기가 될 끼라!"

논개는 봉분의 둘레에 있는 잡풀을 뽑아내면서 큰 소리로 떠들었다. 이름 모를 새들이 논개를 반기며 화답이라도 하듯 숲에서 날아와 무덤 위를 날며 재재거리기도 했다.

"옴마! 나, 자주는 몬 와도 또 올 끼다. 낫을 갖고 왔으모 벌초를 좀 할 낀데, 한식 때쯤에 내가 또 올께. 활 연습도 해야 되기 때매, 옴마, 오늘은 오래 몬 있는다. 고마 선 김에 가야 한다. 또 올 텐께 너무 섭섭해 마이소."

논개는 봉분을 토닥거리며 무엇에 쫓기듯 서둘러 무덤가를 벗어난다. 그리고 활터 방향으로 몸을 돌렸다.

*

한편, 논개가 굴을 나간 후 설매는 강동찬의 가슴에 와락 안겨 들었다.

"허어, 누가 보면 어찌하려고…."

강동찬이 훤히 터진 굴 입구를 돌아보며 그녀의 어깨를 저지하듯 잡는다.

"상관없어요. 세상 사람 다 보라지요. 어찌하여 이리도 무심하실 수 있단 말입니까?"

그녀의 말소리는 목이 쉰 듯 잠겨 있었다. 눈물이 솟구치는 모양이었다.

강동찬은 아무런 말도 하지 않았다. 무슨 말을 해야 될지 적당한 말도 떠오르지 않았지만, 실제 그녀에 대한 간절한 그리움이나 애틋한 감정은 없었기에 말을 만들어 하고 싶은 기분은 아니었던 것이다. 그러나 알 수 없는 현상은, 마음과는 다른 그의 몸이었다. 논개가 활터에 불쑥 나타났을 때, '혹여나, 설매가?' 하는 예감이 뇌리를 스치면서 그 생각만으로도 몸은 열풍을 만난 듯 더워졌었고, 산굴 안의 설매를 직면한 순간 드디어 온몸이 뜨거운 화염 속으로 빠져드는 듯한 현훈증까지 일었던 것이다. 거기다 설매는 강동찬의 상체를 휘감은 채 흐느끼고 있었으며, 달구어진 그의 몸은 비교적 차분한 마음과는 달리 폭발 직전으로 팽창되었다.

산굴 앞 굴참나무 가지에서 산새 한 마리가 끼루룩끼루룩 울어 젖혔다. 그는 설매가 간절히 원하는 어떤 정담 한마디도 들려주지 않은 채 그녀를 가마니 바닥에 쓰러뜨렸고 용암을 분출하듯 열정을 폭발시켰다. 설매는 거칠고 화급한 강동찬의 몸태질에 입술을 벌려 괴로운 표정이 되었으나, 그것은 순간으로 이내 그의 허리를 끌어안았다. 그러나 강동찬은 이미 폭발하여 일순간 동작을 멈추었고, 설매는 그의 몸을 감은 팔을 쉽게 풀어내지 못한다.

'여자를, 이리도 모르다니….'

설매는 속으로 뇌까린다. 강동찬의 행위가 너무나 성급하여 미처 다스릴 사이도 없이 정은 분출되고 말았지만 그녀는 실망하지 않았다. 그가 여자를 정감 있게 다스리지 못하는 것이 경험이 많지 않은 탓임을 알고 있었기에 순수하게 느껴지기도 했던 것이다. 설매는 한참 동안 강동찬을 안고 있다가 이윽고 그의 몸을 비켜나게 하고 섬세한 뒤처리를 한 후 그에게 싸 온 음식들을 권한다.

"설매는… 조금도 보고 싶지 않았어요?"

설매는 인절미를 집어 그의 입 안으로 넣어 주며 투정하듯 물어본다. 강동찬은 빙긋 웃음을 머금고 그렇다는 듯 고개를 끄덕였다.

"그립지, 않았다구요?"

설매는 그에게서 무엇이든 그의 다정한 마음을 담은 말을 듣고 싶었던 것이지만, 그는 그녀의 애절한 심정을 헤아리지 못하는 듯 대답을 들려주지 않았다. 설매는 그를 향한 섭하고 야속스런 감정이 전신을 엄습해 왔지만 내색은 하지 않았다. 그에게 부담을 줄 수도 있다는 생각 때문이었다.

얼마간 침묵이 흘렀다.

"남장을 하니, 더 곱군…."

강동찬이 둘 사이의 침묵이 어색한 듯 붉어진 얼굴로 웃음을 머금으며 처음으로 입을 열었다. 그는 이어 설매의 가슴을 납작하게 죄고 있는 빳빳한 젖띠를 풀어 내리고 튕기듯 솟구치는 가슴을 손안에 움켜쥔다.

"떠나신 다음 날부터, 오매불망 기다렸습니다…."

설매는 가슴을 움켜쥔 그의 두 손 위로 자기의 손을 겹쳐 얹으며 저릿한 마음을 흘려 내고 있었다.

"꿈에라도 뵈올까, 마음을 모두었습니다. 어떤 상사병이 그리 혹독했을까요?"

그녀는 양팔로 그의 목을 휘감았다. 부드러운 뺨으로 그의 얼굴을 부비며 귓가에 속삭인다.

"상사로 식욕을 잃고, 세상사 모두 귀치 않고, 어리지도 않은 나이에 혼을 빼는 자신이 수치스러워 볼을 붉히고…."

그녀의 뜨거운 입김이 그의 얼굴 구석구석에 번져 나갔다. 강동찬은 눈을 감았다. 부드러운 실뱀 한 마리가 그의 전신을 미끄럽게 누비고 다니며 휘감다 치다 죄다 간지럽히는 것 같았다. 황홀했다. 얼이 빠져 나가는 듯 최면에 걸려든 듯 설매의 손끝 혀끝에 민감한 반응을 보이면서 그는 서서히 뜨거운 바윗돌로 달구어지고 있었다. 그는 끝내 용암의 늪 속으로 빠져들고 천연의 원시적인 몸태질을 했다. 발광하듯 펄쩍거렸다. 천지가 뒤집어지는 극점의 순간을 설매는 놓치지 않았다. 그녀는, 물레를 돌려 실을 뽑아 올리듯 느리게 혹은 빠르게 그의 호흡을 조종했다.

청설모 한 마리가 어디선가 쪼르르 달려와 산굴 앞에 멈추었다. 앞발을 들고 꼿꼿이 선 청설모는 머리를 잠시도 쉬지 않고 움직이면서 굴 안을 바라보고 있었다. 옷을 걸친 듯 벗은 듯 얼크러져서 헉헉대는 인간 자웅雌雄의 거칠고 뜨거운 육교肉交를 구경하는 것 같았다. 또 한 마리의 청설모가 굴 앞 굴참나무 둥치를 타고 내려와 앞선 놈 옆에 나란히 섰다. 굴 안에서 꿈틀대는 저 커다란 몸뚱이들은 어떤 종자냐고 물어보는 듯 앞선 놈을 돌아보며 몸짓 고갯짓 손짓을 해 댔다. 그러다 두 놈은 마치 킬킬거리고 수군대기라도 하는 듯 서로 머리를 맞대고 앞발을 흔들며 상체를 움직거렸다. 쌍둥이처럼 나란히 서서 굴속의 펄쩍거리는 몸뚱이들을 바라보며 재재거렸다.

하지만 그 모양새도 잠깐이었다. 두 마리의 청설모가 일순간 화들짝 놀라면서 산굴의 양옆으로 각각 도망쳐 버렸다. 설매가 기성을 발했기 때문이다. 인간 암수의 몸태질이 광란에 가깝도록 거칠어진다 싶더니 끝내 암컷이 비명을 연달아 터뜨렸기 때문이다.

굴 안이 조용해지자 달아났던 두 마리의 청설모가 쪼르르 굴 앞으로 다시 달려나와 굴속을 들여다보면서 쉼 없이 고갯짓들을 했다. 그도 그럴 것이 반라의 인간 암수가 서로 얼크러져 퍼드러진 채 움직이지 않았기 때문이다.

'죽었나 봐!'

'아닐 거야. 수컷이 숨을 몰아쉬고 있어!'

청설모들이 그렇게 수군거리는 것 같았다. 그러나 긴장을 풀지 못하는지 스치는 바람 한 자락에도 놈들은 예민함을 보였다.

설매는 열락의 가사假死 상태에서 넘치는 포만감과 순간의 적막을 동시에 느낀다. 사위가 죽은 듯 아무런 소리도 귀에 들리지 않았다. 자지러지게 울어 대던 매미 소리와 온갖 산새들의 울음소리도 한순간 끊어져 막막한 태초의 침묵만이 온 산에 감도는 것 같았다. 설매는 사지를 풀어 내려 굴 바닥으로 늘어뜨리면서 눈을 떴다. 굴 입구에 앙증스럽게 서 있는 두 마리의 청설모가 시야에 들어왔다.

'조것들이, 보고 있었잖아!'

비로소 귀가 뚫리는 듯 그악스럽게 우짖는 매미들의 울음소리와 산새들의 지저귐이 귓속으로 몰려들었다. 하늘과 골짜기와 숲만이 있다고 생각한 산에 청설모와 새들과 다른 짐승들도 있고, 그것들이 바로 그들의 정사를 지켜보고 있었다는 느낌에 설매는 얼굴을 붉히면서 몸을 추스르고 일어나 앉는다. 그 바람에 두 마리의 청설모가 빠르게 도망을 쳤다.

"산짐승들이, 구경을 하고 있었어요…."

강동찬도 일어나 앉아 벙긋 웃음을 터트리며 바지를 끌어당겼다. 두 사람은 땀으로 흠뻑 젖어 멱을 감고 난 듯 후줄근했다. 좁은 굴속이 그들의 체취로 가득 찼다.

설매는 수건으로 강동찬의 얼굴이며 몸 구석구석을 고루 닦아 주면서 떡 벌어진 가슴팍과 근육질로 단련된 그의 탄탄한 육체에 새삼 믿음직한 신뢰감을 갖는다. 존경스러움과 그지없는 흠모의 감정 속으로 더욱 잦아든다.

'이 사람을 위해, 내 한 몸 다 바쳐도… 스러져도 좋으리….'

그런 속생각도 가져 보며 설매는 미소를 머금는다. 물론 방사에만 관심이 있는 듯한 강동찬의 마음과는 차이가 있음을 알고 있었고, 언감생심 그와의 호적상의 인연은 생각할 수도 없는 자신의 처지 또한 알고는 있었지만, 그러나 그녀는 어떤 형태로든 그를 놓지 않으리라 다짐을 한다.

"내려갑시다. 논개가 기다리겠소."

강동찬이 설매의 얼굴을 비키면서 서둘렀다.

"저 좀 보시어요. 언제, 또 뵙지요?"

강동찬이 간절한 눈빛의 설매를 마주 바라보았다.

"약조를 할 수가 없소."

"하오면, 제가 산으로…?"

"안 되오. 산으로 오지 마시오. 의병들이 알게 될 수도 있소."

이날처럼 자기가 산으로 찾아오면 안 되겠느냐는 설매의 말을 강동찬이 단호하게 잘라 버렸다.

"누구도 알지 못하게, 논개를 앞세우면…?"

"그러지 마시오. 절대로 안 되오."

설매는 그럼 어찌하면 그대를 만날 수 있느냐는 말이 목구멍까지 솟구쳤지만 차마 입 밖으로 내지 못한다. 그를 힘들게 하는 것 같아서다. 그녀는 소리 없이 한숨을 삼키면서, 봇짐에서 활터의 지원 몫인 적지 않은 엽전 뭉치를 조심스럽게 꺼냈다. 해마다 두세 차례 선학산 활터를 돕기 위해 소작을 준 논밭에서 거둔 곡식을 내다 팔아 마련한 돈 꾸러미였다.

"아니오, 종전처럼 민 의병장에게 직접 건네주시오. 활터의 실질적 운영은 그가 맡고 있는 것을 잘 알지 않소."

"하지만, 두 분은 같은 의병장님이시고…."

"그렇지 않소. 나는 의병들의 훈련만 맡고 있을 뿐이오. 자, 어서 내려갑시다."

강동찬이 먼저 산굴을 나갔다.

설매는 엽전 꾸러미를 다시 봇짐 속에 넣으면서 활화산같이 열정을 불사를 때와는 대조적인 그의 차가운 모습에 기분이 조금 가라앉는다. 그러나 그의 옆에 있다는 사실만으로도 몸과 마음이 뿌듯하고 의욕이 충천하고 기분이 감미로운 자신의 모습에 만족하면서 그를 뒤따라 활터로 향했다. 설매는 성큼성큼 앞서 걷는 그를 허둥지둥 뒤따르며 비

칠거렸다. 길이 없는 수풀 속을 헤쳐 나가는 일이 산에 낯선 설매로서는 적잖이 힘들었지만, 강동찬은 그녀에게 신경을 쓰는 것 같지 않았다. 그렇게 보아선지 오히려 무엇엔가 화가 나 있는 것처럼 보이기도 했다.

*

의병들의 훈련은 이미 끝난 후였으므로 활터에는 논개가 혼자 정신없이 활을 쏘고 있었다. 텅 빈 널따란 활터의 훈련장이 마치 자기의 앞뜰이나 되는 듯 금방 익숙해져서 혼자 과녁판을 뛰어 오가고 있었다. 놀랍게도 쏘는 화살마다 과녁판에 꽂혔다. 화살 스무 개를 다 쏘고 나면 과녁판으로 달려가서 꽂힌 화살을 빼 와서 또 쏘곤 했다.

"논개야, 너 정말 잘 쏘는구나! 그새 많이 늘었다!"

강동찬이 과녁판에서 화살을 거두는 논개의 어깨를 치면서 말했다. 논개가 깜짝 놀라면서 돌아보았다.

"벌써 오십니꺼?"

"벌써가 무어냐. 해가 설핏해지려 하는데. 어머니 뫼시고 인제 진주로 돌아가야지. 너, 그동안 뒷산에서 연습을 많이 했나 보구나?"

"별로 몬 했는데, 이상하게 오늘은 활이 지 뜻대로 잘 날아가예!"

"오, 전통도 가졌구나!"

"어머님이 주셨어예!"

"그래? 그럼 나는 논개에게 화살을 좀 더 주어야겠구나."

"이것만 있어도 괜찮아예."

그러나 강동찬은 화살 열 개를 산막에서 꺼내 와 논개에게 더 주었다. 논개는 벌린 입을 닫지 못하고 화살을 가슴에 안고 네댓 번이나 팔짝팔짝 뛰었다. 너무나 기뻤던 것이다.

"고맙습니더예! 그란데, 지가 한 달에 한 번씩 여게 와서 연습을 하고 싶거던예…."

"어머니의 허락을 받으면 와도 좋다. 이제는 살아서 움직이는 짐승을 쏘는 연습을 해 보아야 할 게다."

논개가 설매를 쳐다보았다. 활터에 다닐 수 있게 허락을 해 달라는 간절한 눈빛이었다.

"걱정 마라. 한 달에 두 번씩도 보내 줄 수 있다!"

설매는 논개에게 대답을 하면서 시선은 강동찬에게 머물고 있었다. 하지만 그는 설매의 말이 떨어지기 바쁘게 그녀들을 서둘러 활터를 떠나도록 재촉했다.

"논개야, 자 그럼 어서 어머니 뫼시고 돌아가도록 해라."

논개는 강동찬 아재도 진주에 들어가야 함을 알고 있었지만 물어보지 않았다. 안방 어머니와 아재 사이의 뭔가 눈에 보이지 않는 분위기가 쉽게 말을 할 수 없게 했던 것이다.

그런데, 강동찬의 배웅을 뒤로하고 설매와 함께 다시 산길을 걸어 쪽방골 쪽으로 가던 논개가 놀랍고 대단한 일을 했다. 잿빛 산토끼 한 마리를 활을 쏘아 맞힌 것이다. 살아 움직이는 짐승을 첫 화살로 명중시켰던 것이다.

활터를 마악 벗어나 산 구릉에서 설매가 소피를 보았으면 했다. 사실 그녀는 산굴에서 강동찬과 정사가 끝날 즈음부터 요의를 느끼고 있었지만 참아 왔던 터라, 강동찬의 시야를 벗어나 논개와 단둘이 되자마자 숲 속으로 뛰어들었다.

논개는 길섶에 앉아 그녀를 기다리며 사방을 두리번거리다가 바로 오른쪽 바위 옆에서 풀을 뜯고 있는 토끼를 발견하고 반사적으로 활을 당겼던 것이다. 논개는 토끼의 배때기에 화살이 박히고 토끼가 나뒹구는 걸 보고 비명 같은 탄성을 내질렀다.

"와, 맞췄다아. 토끼를 맞췄다아-."

논개가 산이 떠나가라 소리를 지르면서 토끼가 쓰러진 바위께로 달려갔고, 놀란 설매는 미처 바지끈도 매지 못하고 숲에서 뛰어나왔다.

"어머니예! 지가 토끼를 잡았어예."

"세상에! 참말로 네가 토끼를 잡았구나! 하이고, 이걸 어쩌니! 우리 논개 장하구나!"

그러나 설매는 토끼가 고통으로 푸들거리는 걸 보면서 얼굴을 찌푸렸다.

"토끼는 안됐어예. 그치만, 아재가 아까 움직이는 짐승도 쏴 봐야 된다는 말씀을 하셨기 땜에, 지는 잠자는 꿩이라도 엄슬까 하고 휘 둘러보았던 긴데, 이놈이 걸렸어예!"

논개는 심장이 계속 쿵쿵 뛰고 흥분이 되어서 무슨 말이든 떠들고 싶어졌다. 뭔가 큰일을 저질러 놓은 것 같은 기분이 불안감과 더불어 심장을 곤두박질치게 했다. 살아 있는 생명을 죽였다는 사실이 겁도 나고 자기 때문에 죽어 가는 토끼가 그지없이 불쌍하고 죄스러웠지만, 그러면서도 기분이 나쁘지 않은 복잡한 심경으로 논개는 가슴이 벌렁벌렁했다.

그런데, 바로 그때 강동찬이 그곳으로 숨차게 달려왔다. 활터에서 멀지 않은 곳이라 논개가 내지르는 비명 같은 소리를 들었던 모양이었다.

"논개야, 무슨 일이냐?"

"아재예! 지가 토끼를 맞찼어예!"

"뭐라구? 토끼를 잡았다구? 오, 정말."

강동찬은 그녀들 가까이로 다가와 화살이 박힌 채 풀밭에서 헉헉거리는 토끼를 내려다보면서 입술을 벌렸다. 그러더니 느닷없이 두 팔로 논개를 들어올려 공중에서 한 바퀴 휭 돌렸다.

"하이고, 어지러버예! 토끼가 배가 너무 고팠던지 풀 뜯는 데만 정신이 팔렸던 기라예. 그래서 첫 방에 잡힌 기라예."

강동찬은 논개를 두어 바퀴 더 공중돌림을 하고 땅바닥에 내려놓았다. 그리고 그녀의 머리를 쓰다듬어 주었다. 영민함이나 활솜씨 등이 범상한 열한 살짜리 아이가 아니라는 생각은 진작부터 했었지만, 여식아이가 활을 쏘아서 살아 있는 산짐승을 명중시키는 경우는 흔치 않았기에 그의 놀라움은 적지 않았다.

"논개야, 자알했다! 그래, 이제부터는 활터에 와도 좋다. 어머니 말씀대로 한 달에 두 번씩 이곳에 와서 활도 쏘고 사냥도 해 보아라."

"고맙십니더! 열심히 연습할 끼라예! 지가 활을 쏘는 거는 순전히 아재 덕분인 기라예! 아재 아니셨으모 지가 우찌 활을 만져 보았겠습니꺼!"

"그래, 네가 활을 만지게 된 것은 내 덕이라 치자. 그러나 네가 남모르게 피땀 흘리며 노력했기 때문에 살아 있는 짐승도 잡게 된 거다! 하지만, 자만하면 안 된다. 인제 시작이라고 생각해라. 더 연습해서 도망치는 짐승이나 날아가는 새도 쏘아 맞혀야 하니까!"

"아재처럼예?"

그때 설매가 나섰다.

"사제지간의 모습이 아름답습니다! 하온데, 이 토끼는, 어찌합니까?"

"논개의 첫 사냥물이니 박제를 만드는 것이 좋을 것 같소. 여기에 두고 가시오. 내일 의병들에게 논개의 활솜씨 자랑도 하고, 내가 박제를 만들어 줄 작정이니까."

"고마 아재들 괴기로 삶아 잡수이소예."

논개는 강동찬 아재가 자기를 생각해 주는 마음이 너무나 고맙고 흥감해서 무엇이든 보답을 하고 싶은 간절함으로 말했지만, 그는 알아서 할 테니 토끼는 그냥 두고 이제는 한눈팔지 말고 어서 길을 떠나라고 했다.

설매와 논개는 강동찬이 자기들을 배웅하고 서 있는 모습을 몇 번이고 돌아보면서 산을 내려와 쪽방골을 지나고 말티고개를 넘어서 성 앞까지 거의 다다랐다. 논개의 걸음걸이는 기운이 솟구쳐 펄펄 나는 것처럼 빨랐으나, 설매는 오랜만의 긴 나들이에다 강동찬과의 거듭된 정교情交에 광란하듯 힘을 소모한 탓인지 얼굴이 창백하고 나른해 보였다.

"어머니 다음번에 산에 가실 때는 쪽방골까지 가마를 타시소예. 남정네한테도 버거운 길인데, 집에만 계시는 어머니께는 좀 무리라예."

논개는 땀을 흘리며 짚신 신은 발을 끌듯 하는 설매의 팔을 부축하면서 말했다. 설매가 힘없이 웃었다.

"그 어른께서, 내가 활터에 오는 것을 별로 반가워하시는 것 같지가 않던데, 또 가도 될까?"

"아니라예. 오늘 좋아하시는 것 같던데예!"

논개도 웃으면서 말했다.

"그렇게 보였니?"

"첨에 어머니 오셨다 카니까 얼굴이 빨개지셨어예!"

"얼굴이, 왜 붉어지셨을꼬?"

"어머니를 은애하시니까 그런 거 같았어예."

"네가, 무엇을 알겠느냐? 후우. 얘, 좀 쉬었다 가자."

"성문이 바로 저기 있어예. 저기 통과하고 나서 맘 놓고 쉬시믄 안 되겠습니꺼?"

"오냐, 그러자."

성문을 지키는 병졸들은 아침녘에 통과할 때의 그 사람들이었다. 논개는 행여 그들이 무슨 트집을 잡지는 않을까 긴장했지만, 남장을 한 설매의 지친 모습을 한 번 흘깃 훑어볼 뿐 성을 빠져나올 때처럼 아무런 말도 걸지 않았고 제지도 하지 않았다.

"어머니, 여기에 앉으시소. 지가 발목을 만져 디릴께예."

성문을 통과하여 경사진 길을 내려온 후 논개는 길가의 풀밭에 설매를 앉게 했다. 산에서도 그랬지만 비탈길을 걸어 내려오면서 설매는 발목이 많이 시큰거린다며 자주 멈추곤 했기 때문이다. 설매가 풀밭에 두 다리를 뻗고 털썩 주저앉았다.

"너는, 그렇게 걸었는데도 발이 아무렇지 않느냐?"

"그라문예, 지는 끄떡엄서예!"

논개는 설매의 짚신과 버선을 벗겨 내고 두 발목을 힘주어 주무르기 시작했다.

"하이구, 시원해라! 조그만 네 손아귀의 힘이, 어찌 이리도 세단 말이냐?"

"지가 본래 힘이 쎄예. 도동 살 때 못되게 구는 동네 머스마를 잡아서 밀쳐 빼리믄 벌러덩 나가자빠졌어예!"

"그래, 매분이하고 싸움할 때 네가 힘이 센 줄은 알았다. 참, 네가 오늘 활터에 간다고 하니까 매분이 아무 말 안 하더냐?"

"암말 엄서써예. 그란데, 매분이 성님은 요새 몸이 많이 뜨거분가 봐예. 몸할 때는 더하고예."

설매가 무슨 말이냐며 바짝 관심을 표시했다. 논개는 매분이 사랑채의 큰방에서 긴 베개를 샅에 끼우고 씨름하던 일이며, 음부를 차가운 우물물로 식히던 것을 말해 주었다. 아이들의 모든 것을 관장하여 처리해 주는 어머니가 매분의 신체상의 변화를 알아야 할 것 같아서 논개는 가능한 한 상세하게 그날 밤의 일들을 전했다.

"그래. 머리를 얹어 줄 때가 된 것 같구나. 그렇지! 정월생이니 벌써 꽉 찬 열다섯 살이지. 하지만, 매분이는 좀 조숙한 편인가 보다. 그만 주물러라. 인제 좀 풀린 것 같구나! 어서 가자."

설매는 갑자기 마음이 급해지는지 길을 서둘렀다. 실제 그녀는 마음이 조급해지고 있었다. 설매는 망진산 아래의 천석지기 둘째 자제인 김언기를 떠올렸다. 재산도 많고 바람기도 대단하니 매분의 첫 머리를 얹어 주도록 주선해야 되겠다는 생각을 했다. 이번에는 첫 꽃봉오리에 엉뚱한 나비나 벌이 먼저 앉기 전에 자기가 선택한 남정네가 제대로 꽃을 꺾게 해 줌으로써 기생 어미의 실력을 과시하고 싶었다.

설매가 지금까지 양성하여 독립시킨 기생들은 십여 명이었다. 그중에서 설매가 정해 준 남자에게 머리를 얹힌 기생은 일곱 명 정도였고, 나머지는 동정을 이미 깨트렸거나 아니면 머리를 얹어 줄 서방이 마음에 들지 않아 도망가 버린 기생도 있었다. 그러나 머리를 얹어 준 남정네가, 첫날밤에 앵혈이 없었다며 동정이 아닌 년을 안겨 주었다고 화를 내며 물러서 버린 경우도 있었다. 기와집을 거쳐 나간 십여 명 중 두 명은 관아의 관기로, 세 명은 진주 한량들의 기첩으로 들어앉았고, 두 명은 독립하여 장사를 하거나 보부상을 상대로 주막을 차리고 있었으며, 나머지 서너 명은 다른 지방으로 떠나 버리고 없었다. 그중 네댓 명은 해마다 설매의 생일을 잊지 않고 찾아와 큰절을 올리면서 가르쳐 주고 길러 준 은덕을 고마워했다.

실제 가정이 불행하여 떠도는 부랑아를 얼마간의 돈으로 사거나 아니면 자원하여 들어오는 아이들을 거두어 제대로 교육시켜 한 사람의 기생 노릇을 할 수 있게 길러 내는 일은 저절로 공짜로 되는 것이 아니었다. 가르치고 키워서 독립시키지 않고 주연석에 들게 하여 그동안 들인 밑천을 뽑아내기도 하지만, 대개는 처음 머리를 얹어 주는 상대 남자로부터 한몫을 받아 내는 것으로 보상을 받곤 했다. 그때 기생 어미인 설매가 지켜야 하는 기본적인 조건은 그 동기가 완벽한 동정의 처녀여야 한다는 보증이었다.

설매가 갑자기 매분에게 조급한 마음이 생기는 것은, 논개로부터 그녀의 발정적인 행동을 전해 듣기도 했거니와 또한 강동찬을 홀로 연모하여 질투에 떨던 그녀의 행동을 직접 경험했던 터라, 매분이 자칫 엉뚱한 곳에서 몸을 깨어 버릴까 염려가 되어서였다.

*

설매와 논개가 기와집에 도착한 것은 해가 서녘 산봉우리를 설핏 넘어가려 할 때였다.

아이들이 대청마루를 뛰어 안채의 뜨락까지 버선발로 쫓아 나와 설매와 논개를 반겼다.

"어머니, 안녕히 다녀오셨어요?"

"어머니, 즐거우셨어요?"

"논개야, 좋았니?"

"활 연습 많이 했니?"

아이들이 다투어 숨넘어가듯 한마디씩 했다. 활터에서 있었던 이야기를 듣고 싶어 하는 기색이 역력했다. 눈들을 반짝이며 설매와 논개를 향해 모여들었다.

"그래, 잘 다녀왔다. 매분아, 집에 별일 없었지?"

"예, 어머니. 제가 아우들을 열심히 공부도 시켰습니다. 그리고 오늘 밤에는 봉곡골 정 선비님이 오신다고 반월이 이모께서 말씀하셨습니다."

"봉곡골 정 선비라고 했더냐?"

"예."

매분이 고개를 숙였다. 그도 그럴 것이 정 선비라면 매분이 첫 주연석에 들었을 때 술을 마시고 울었다며 설매를 불러 꾸중을 했던 바로 그 선비였기 때문이다.

"몇 분이나 오신다더냐?"

"박순구 어른님과 두 분이 되실 거라 했습니다."

"너를, 자리에 끼우라고 하셨다더냐?"

"예."

매분이 또다시 고개를 숙였다.

"알 만하구나. 네가 그동안 얼마나 교육이 잘 되어 있는지 그것을 시험해 보기 위해 오시겠다는 모양이다. 긴장을 풀지 말고 잘하거라. 술을 권하면 사양하고 정 어려우면 마시는 척 상 아래 그릇에다 부어 버리도록 해라."

"예."

설매는 정 선비가 이날 기와집에 들르는 목적이 매분을 만나는 데 있음을 직감한다. 그녀를 굳이 주연석에 불러들이도록 반월에게 부탁한 것으로 알 수 있었다. 따지고 보면, 그날 밤에 유독 설매를 불러 매분을 잘 교육시키라고 유별나게 굴었던 것도 역시 그녀에 대한 관심의 표현이었음을 그날도 어렴풋이 짐작했었지만, 그러나 그가 꼭 집어서 매분을 가슴에 심고 만나러 오는 것이 설매로선 썩 내키지 않았다. 그녀는 이미 매분의 첫 머리 얹어 줄 상대를 망진산 아래의 천석지기 김언기로 마음을 정하고 있었기 때문이다. 정 선비는 후덕한 인품이라기보다는 말이 많고 비판을 잘하고 인색하기로도 손꼽히는 사람임을 이미 알고 있었던 터라, 설매는 그가 자기에게 조금도 유익한 인물은 아니라는 생각이었던 것이다.

설매는 부엌일을 하는 덕산댁에게 반월을 불러오라 심부름을 보내고는, 남장을 평상복으로 바꾸어 입었다.

"논개야! 어머니도 너도, 여자라는 걸 들키지 않았어? 사람들이 그냥 남자인 줄 알더냐?"

설매가 안방으로 들어가자 옥매가 논개의 팔을 잡고 물었다.

"아무도 물어보지 않습디다. 우리를 진짜 남자로 본 기라요!"

그러자 매분이 소리를 낮추면서 끼어들었다.

"강동찬 어른은? 뭐라고 하시지 않았어? 어머니하고 너하고 어른하고, 지금까지 활터에서 함께 있었던 거야?"

논개는, 어른들은 산굴에 있었다는 말을 뱉으려다 말고 그냥 삼켜버렸다. 뭔가 그 말은 하지 않는 것이 강동찬 아재나 설매 어머니에게 좋을 것 같아서였다. 논개는 분명한 대답을 흐려 버리곤, 자기가 토끼를 잡았다는 말로 화제를 바꿨다.

"매분이 성님, 내가 토끼를 잡은 기라요!"

아이들의 눈이 일시에 동그래졌다. 논개는 대충의 설명을 해 주면서 자기도 옷을 바꾸어 입었다. 그러나 매분을 비롯하여 향녀와 금지가 까르르 웃어 댔다. 네가 어떻게 산토끼를 잡을 수 있었냐며 믿으려 들지 않았던 것이다.

"내가 첫 화살에 토끼를 맞혔다 말입니더."

"논개야, 고만 웃기거라. 그럼 잡은 토끼가 어디에 있노? 잡았으면 토끼가 있어야 할 거 아이가."

"아, 그거예. 아재가 첫 사냥인께 박제를 해 준다꼬 놔두고 가라 했어예!"

그래도 아이들은 믿을 수 없다는 표정이었다. 그때 안방에서 설매가 나오면서 논개 말이 틀리지 않다고 덧붙여 주었고, 논개는 한결 우쭐해졌다. 그러나 혀를 내두르고 있는 아이들에게, 논개는 "산토끼가 너무 배가 고파서 풀을 뜯느라고, 내가 활을 쏘는 줄을 몰랐던 기라예. 우짜다 맞힌 기지 활솜씨가 좋아서 그런 건 아니라예." 했다.

그날 밤, 설매는 미리 불러들인 반월에게 매분의 머리를 얹어 줄 사람으로 망진동 김언기를 내정하고 있음을 말했다. 반월은 정 선비가 매분을 마음에 두고 있는 것 같았다며, 낮에 천렵 추렴을 위해 만났을 때 그가 매분에 대해 시시콜콜 물어보면서 오늘 밤에 들를 것이라 말했다고 했다.

"그러니 내가 반월이에게 먼저 말해 두는 거야. 저녁 주연 자리에서 정 선비 어른이 매분이에 대해서 뭐라고 하거든 나한테로 미루어 버리라는 거야. 멋모르고 자네가 반약조 같은 거 하지 말라는 게야."

"알았어요, 성님."

설매의 예상은 조금도 틀리지 않았다. 그날 밤 이경쯤에 박순구를 앞세워 들른 정 선비는, 매분을 불러들여 자기 옆에 앉히곤 그동안 얼마나 교육을 잘 받았는지 보자며 매분의 일거수일투족 표정까지 샅샅이 살폈다.

매분은 얌전하게 굴었다. 고개를 다소곳이 숙이고 술을 따랐으며, 술잔을 건네 오면 사양을 했다. 반월의 북소리에 맞추어 춤을 출 때도 시조를 읊을 때도 긴장하며 흐트러지지 않으려고 애를 썼고, 박순구도 지난번처럼 매분에게 술을 강권하지는 않았다. 그러나 그들의 취흥이 점점 오를수록 정 선비의 손짓은 거칠어지고, 자기가 이제는 허락을 할 테니까 마시라며 매분에게 억지로 술을 권하기도 했다. 매분은 정 선비의 강권에 못 이겨 두세 잔의 술을 또 마시게 되었지만 지난번처럼 눈물을 질금거리거나 추태를 부리지는 않았다.

그러나 정 선비의 손짓이 난무하면서 매분은 묘한 기분을 느끼고 있었다. 바른편의 반월은 이미 만취하여 박순구의 품에 안겨 콧소리를 홍알거리고 있었고, 정 선비는 얼마나 컸는지 보자며 매분의 상의 속으로 손을 디밀어 작은 수밀도 같은 젖가슴을 만지기도 했다. 매분은 얼굴을 홍시처럼 붉히고 움칠 놀라면서 상체를 뒤로 뺐으나 전신이 저릿해 오는 것이 숨을 쉬지 못할 정도였다. 정 선비는 또다시 매분의 치마 속으로 손을 넣어 가랑이 터진 바지 속의 음부를 만지려 들었고, 매분은 경악하면서 반사적으로 자리에서 일어나 버렸다.

"이리 앉거라. 요망스럽게 발딱 일어서는 것이 아니니라. 어서 오지 않으면, 또 네 어미를 부를 테다. 어서 이리 와."

매분은 전신이 바들바들 떨려서 서 있을 수조차 없었다. 심장이 쿵쿵 뛰고 온몸이 불이 날 것처럼 뜨거워져 숨을 내쉬기가 어려웠다.

그때였다. 설매가 화채를 담은 소반을 들고 방 안으로 들어섰다.

"어르신, 저를 부르셨사옵니까? 기생 어미 여기 대령했습니다. 저 아이가 또 잘못을 한 모양이군요?"

설매는 소반 위의 화채를 정 선비와 박순구 앞에 각각 내려놓고, 구석에 서 있는 매분의 머리채를 느닷없이 휘어잡고 문밖으로 끌어낸다.

"네 이년, 왜 저 어른께 번번이 잘못을 저지르느냐. 이리 나오너라. 오늘 혼 좀 나 보아라."

"어, 어머니, 저 잘못하지 않았어요. 저 어른께서…."

"시끄럽다. 이리 오너라."

설매는 문밖으로 끌어낸 매분을 어서 안채로 들어가게 등을 떼밀어 버리곤, 그녀는 다시 방 안으로 들어갔다. 정 선비는 닭 쫓던 개 지붕 쳐다보는 격으로 입술을 반쯤 벌린 채 문 쪽을 향해 고개를 쳐들고 앉았다가, 설매가 다시 들어서자 얼른 고개를 돌렸다.

"어르신께 번번이 미안합니다. 무엇을 잘못했는지는 모르오나 이번에는 아주 제대로 교육을 시키겠습니다. 화채를 드시고 마음을 너그럽게 잡수시고 용서하소서!"

정 선비는 괜스레 목청을 돋워 헛기침을 두어 번 하곤 설매가 두 손으로 받쳐 올리는 화채를 쭉 들이켰다. 반월은 설매의 얼굴을 마주하자 정신을 가다듬으려는 듯 상체를 곧추세우고 앉았으나, 박순구의 손은 반월의 치마 아래로 들어가 있었다.

"금침을 펴라구. 반월아, 반월아아."

"아휴, 어르신! 여기는 쇤네 집이 아니옵고, 시간도 삼경이 이슥했어요. 가셔야지요."

박순구가 반월의 다리를 붙잡듯 따라 일어서며 허리에서 엽전 꾸러미를 꺼내어 술상 위에 놓고는 비틀거렸다. 정 선비도 연신 킁킁 헛기침을 돋워 대면서 더는 눌러앉지 못하고 일어나서는 설매에게 더듬거리며 말했다.

"여, 여보게 설매. 매분이 너무 호되게 나무라지 말게. 으음, 큰 잘못이 아니니까…."

"아니옵지요. 진주의 인품 있는 풍류객이신 선비님을 몰라뵙고, 그년이 번번이 천박스럽게 군 모양인데, 단단히 혼을 내야지요."

설매의 야무진 말에 그는 더 할 말이 남아 있는 듯 머뭇거렸으나 반월에게 떼밀리듯 기와집을 벗어났다.

"설매. 너, 너무 나무라지 말고. 내 수일 내로 또 올 테니께, 그때 매분이 또 보자고…."

정 선비는 짐짓 가슴을 펴고 거드름을 피우며 갈지자걸음으로, 서로 부둥켜안고 휘청대며 걷는 박순구와 반월을 뒤따라 어둠 속으로 사라졌다.

설매에게 붙들려 나와 안채로 들어선 매분은 정 선비 어른의 손끝에 악령 같은 불꽃이 묻어 있는지도 모른다고 생각했다. 그렇지 않고서야 그 어른의 손끝이 가슴과 거기를 스쳤는데, 그렇게 온몸이 뜨겁고 떨리고 심장이 곤두박질치듯 뛸 수는 없다고 생각했다. 매분은 뒤란의 목간으로 달려가 놋대야에 찬물을 가득 넘치게 떠선 대야를 가로타고 앉아 음부를 식히기 시작했다. 몸이 있기 전날 밤 앞마당 우물가에서 그랬듯이 손바닥으로 물을 쳐올렸다. 한 번, 두 번, 열 번, 스무 번까지.

*

추석秋夕을 닷새 앞둔 장바닥은 활기로 넘쳤다. 제수祭需감을 파는 건

어물전과 포목점이 유난히 성황이었다.

논개는 설매의 뒤를 따라 장터를 서너 바퀴나 돌면서 추석 차례에 필요한 물건들을 보자기에 담았다. 괜스레 기분이 좋았다. 살랑살랑 부는 스산한 가을바람이 좋았다. 햇살은 맑고 투명했다. 하늘이 구름 한 점 없이 높고 파래서, 한참 동안 올려다보고 서 있으면 몸뚱이가 그 푸르름 속으로 빨려 들어가는 것 같았다. 논개는 입을 닫지 못하고 끊임없이 벙긋거렸다.

"무어가 그리도 좋으냐? 얼굴에 웃음꽃이 떠나지를 않는구나."

설매가 논개를 돌아보며 말했다.

"봄에는 해가 노오란 거 같앴는데 가을에는 해가 물빛같이 맑아예! 춥지도 덥지도 않은 이때가 지는 참 좋아예!"

"그래, 춥도 덥도 않은 상시절이지. 그래서 '더도 덜도 말고 한가위만 같아라'라는 말이 있지. 우리 논개, 추석빔은 뭘로 해 줄까?"

논개가 눈을 반짝이며 설매를 쳐다보았다.

"추석치레예! 지가 머 했다고 어머니가 추석옷을 다 해 줍니꺼? 지는 갠찮아예."

"논개야, 너 말씨 좀 고치지 못하겠니? 매분이, 향녀, 금지, 옥매 모두 내가 가르친 대로 한양 말을 쓰는데, 너는 어째서 변함이 없느냐? 투박한 토속 말씨로 좋은 기녀 노릇 하기는 어렵단다. 말씨를 바꾸어라."

"알겠습니더. 그래도 지 말이 좀 변했어예."

"내가 듣기에는 하나도 바뀌지 않았어."

설매가 포목점 앞으로 다가가 붉은 댕기 다섯 장과 무명 몇 필을 샀다.

"에나, 추석치레를 해 주실 낍니꺼?"

"안 고쳐지는구나. 얘, 이렇게 말해 보아라. '정말 추석빔을 해 주실 거예요?' 하고."

"조심하겠습니더."
"더가 아니고 다다."
"예."
설매와 논개는 추석 장보기를 한 여러 개의 보퉁이를 장터 어귀에 모아 놓고 머슴 천바우가 오기를 기다리고 있었다. 천바우는 기와집에 상주하는 머슴이 아니고, 곡물 짐을 옮겨 주는 일이나 여자들만 사는 집에 힘쓸 일이 있을 때만 와서 도와주는 늙은 머슴이었다.
"지가 살던 동네에서는 추석에 그네도 타고, 줄싸움도 하고, 씨름도 했어예. 밤에는 동네 마당에서 아이들, 어른들, 남자, 여자 다 모여서 술도 마시고 '작으나 크나 내 동무야 치나친치나네' 노래하며 춤도 추고 놀아예. 추석은 참말로 너무 좋아예!"
논개는 설매를 돌아보면서 또다시 종알거렸다. 기분이 연신 들뜬 채로 가라앉지 않고 무슨 말이든 자꾸만 떠벌리고 싶어져서 설매의 눈치를 살핀다.
"진주도 남강 백사장에서 소싸움도 하고 씨름도 한단다. 그네를 타려면 비봉산 자락이 제격이지만 그러나 동네마다 정자나무에 그넷줄을 매니까 얼마든지 탈 수 있지. 그네를 탈 줄 아니?"
"탈 줄 알아예! 그네를 타고 힘차게 굴리모, 그만 지 몸뚱이가 하늘로 날아가 버릴 거 같애예."
"네가 그네를 잘 타는 모양이구나? 그네는 힘이 좋아야 한다던데…."
"힘 좋은 사람이 그네 잘 탄다는 말은 맞지 않아예. 힘보다 그넷줄 바람을 잡아서 온몸으로 잘 굴리 조야 돼예."
"올 추석에는 너 때문에 그네타기를 해야 되겠구나!"
"그네뿐이 아니라예. 설날에는 널도 잘 뛰어예. 어른들이 힘차게 널판을 눌러 주모 지는 하늘에 뽕 솟구쳤다가 널판으로 다시 내리와예. 하늘 똥꾸멍을 찌를 거맨키로 위로 솟구치면 너무 신명이 나서 눈물이 빠질라 캐예."

"무섭지는 않더냐?"

"쪼끔은 아찔할 때도 있지만 그래도 높이 올라가면서 가랭이를 옆으로 쫙 벌리기도 하고, 앞뒤로 힘차게 뻗치는 코차기도 해예."

"재주까지 부리는구나! 너는 잘하는 것도 많고 아는 것도 많고…."

"그렇지 않아예. 모르는 거 투성이라예."

천바우가 빈 지게를 지고 그녀들 앞에 나타난 것은 바로 그때였다.

"민 의병장 어르신께서 장끼를 한 마리 잡아서 갖고 오셨던데요."

천바우가 누런 이를 드러낸 채 설매를 바라보며 말했다.

"선학산 활터의 민 의병장님이 오셨다는 말인가?"

"예. 장끼 한 마리를 주시고 그냥 가시겠다는 거를, 지가 앉아 기시게 하고 이리로 쫓아왔습니다요."

"잘했어요. 그럼 물건 빠트리지 말고 지고 오시요. 나는 먼저 가 볼 테니까."

설매가 급하게 돌아서 잰걸음을 걷기 시작했다.

"지는 짐 다 싣고 아재하고 같이 갈께예."

"오냐."

설매는 강동찬도 아니고 단지 민구식 의병장이 집에 들렀다는 소식에 심장이 북 치듯 쿵쿵 뛰는 자신이 조금은 어처구니가 없었지만, 그러나 어쩔 수가 없는 사실이었다.

"오셨어요?"

설매는 대문 안에 들어서자마자 사랑채의 마루에 앉아 화채를 들고 있는 민구식을 보며 자지러지게 인사를 한다.

"추석장을 보러 가셨댔소?"

"예. 합동 차례도 지내야 하고 아이들 추석빔도 해 주려고요. 하온데, 어찌 혼자 오셨지요? 강 의병장님은, 안녕하시고요?"

"설매, 숨부터 삼키시오. 나 혼자 와서 많이 섭섭한 모양이오만, 강 의병장은 엿새 전에 한양으로 떠나셨소. 선영先塋에 벌초를 하고 강원도 쪽의 의병 훈련소도 몇 군데 돌아본 후, 한 달쯤 후에나 돌아오실 거요."

"그러셨군요…."

설매는 어깨의 힘살을 자르르 빠트리면서 한숨을 삼킨다.

"하, 내가 공연히 들러서 설매의 가슴을 아프게 한 모양이군. 노총각 강 의병장의 딱지를 떼 준 그 밤 이후로 아직 두 사람이 상봉을 못한 모양이구만. 나는 마침 장끼를 잡았기에, 한가위에 별미 탕국 끓여서 나누어 먹으라고 가져왔지."

"고마워요. 덕분에 귀한 꿩고기를 먹게 되었네요! 그러시지 않아도 사실은 제가 한번 뵈려던 참이었어요. 많지는 않지만 저희가 매년 하던 지원금을 올릴까 해서요. 잠시만 기다려 주십시오."

설매가 일어나 안채로 들어갔다가 얼마 후 엽전이 든 주머니를 안고 나와서 민구식에게 건넸다.

"고맙소! 의병 훈련소가 한두 곳도 아닌데, 유독 선학산 활터에만 도와주기를 거듭하니…."

"구국 위해 혼신으로 몸 닦는 어르신들인데, 작은 정성이지만 천민인 저희가 도울 수 있도록 받아 주시는 것만도 감지덕지지요. 어르신 같은 분들이 많을수록 이 나라는 반석에 앉는 것이고, 저희는 잘 지낼 수 있는 것이니까요."

"우리 진주의 기방들은, 근본이 의기 양성이 될 수밖에 없는 것 같소! 어미들이 이렇듯 구국충절이 강하니 말이오!"

"그러시지 마소서. 부끄럽습니다. 반월이를 오라고 연락할까요?"

설매가 미소를 머금으며 민구식을 쳐다보았다. 민구식이 손을 내저으며 자리에서 일어났다.

"아니오. 가 봐야 하오. 강 의병장 돌아오시면 함께 들르리다. 그 양반, 참말로 무심하시구마…."

"그럼 한가위 잘 쇠십시오!"

민구식을 배웅하고 설매는 안채를 향해 돌아서서 터덜터덜 걸었다. 이날 추석맞이 장보기를 여느 해보다 더 신경을 썼던 것은, 살붙이가 없는 강동찬을 위해 음식을 따로 준비하여 한가윗날 논개를 앞세워 다시 선학산을 찾아가기 위해서였는데 그는 한 달 후에나 돌아온다고 했다. 민구식은 논개가 선학산을 찾았을 때 설매가 같이 갔던 사실을 알지 못하고 첫 밤 지낸 후로 서로가 한 번도 만나지 못한 것으로 안타까워했지만, 설매는 강동찬이 한 달 간의 출행을 하면서 귀띔 한번 없이 훌쩍 떠나 버린 것이 마냥 허전하고 섭섭했다.

의욕이 꺾인 대로, 그러나 설매는 추석 차례상을 정성 들여 차려 냈다. 대청마루의 중앙에 제상을 차려 놓고 아이들 다섯 명을 양옆으로 세우고 큰절로써 각자의 조상을 생각하게 했다. 자기를 비롯해서 아이들까지 모두 가정이 불우하여 모인 외롭고 서러운 사람들이었다. 우주 만상을 떠도는 조상들의 혼백이 있다면, 이리로 들러서 많이들 드시고 가시라며 설매가 큰 소리로 읊었다. 실제 송편도 많이 빚었고 호박 시루떡도, 육전도, 토란국도, 솥 가득씩 끓였다. 아이들을 위시해서 기와집 안에 사는 모든 식솔들이 실컷 먹게끔 음식을 준비했다. 이웃의 가난한 집들과 남강 다리 밑의 거지들에게도 옷과 음식을 나누어 주기도 했다.

추석빔을 곱게 차려입은 아이들은 살판이 난 듯 추석 사흘을 즐겼다. 논개는 팔이 아프도록 그네를 타고, 백사장의 씨름 구경도 가고, 소싸움 구경도 갔다. 설매가 아이들에게 추석 사흘 동안은 온종일 뛰고 놀아도 좋다고 허락했기 때문이다. 유독 논개는 동분서주 천방지축으로 첨벙거리면서 원도 한도 없이 놀았다. 풍족한 음식에 선학산의 오매 뫼가 생각나고, 섭냄이와 점백이 할매, 백정이와 백치 처녀, 그리고 백치가 낳은 애비 모르는 아기가 너무나 보고 싶어 당장이라도 뛰어가고 싶었지만, 설매는 논개 혼자의 행동은 절대로 허락하지 않았다. 어디를 다녀도 다섯 아이들이 함께 어울려 다니도록 했다. 매분이 네 아이들을 챙기고 인솔을 했다.

추석 사흘째가 되는 날이었다.

다섯 아이들이 남강 백사장에서 벌어지는 장정들의 씨름 구경을 하려다가 소란의 대상이 되고 말았다. 머리를 땋은 떠꺼머리총각, 상투를 튼 어른들까지 매분을 비롯한 다섯 아이들을 힐끔거리며 훔쳐보다가 누군가가 "새끼 기생들이다!" 하고 소리를 쳤고, 그때부터 그녀들은 사내들의 표적이 되어 행동거지가 자유롭지 못했던 것이다. 마치 사내들은 신기하고 흥미로운 구경거리라도 보는 듯 킥킥 장난스럽게 웃어대면서 그녀들의 뒤를 따라다니는가 하면, 어느 상투 튼 사내는 허리를 구부려 손가락으로 금지의 볼을 찌르면서 어느 기방 새끼들이냐고 대놓고 물어보기도 했다.

당황한 매분은 아이들에게 눈짓을 하며 어서 집으로 돌아가자는 시늉을 했지만, 기분을 잡쳐 버린 논개가 볼을 붉히고 사내들을 향해 돌아섰다.

"와요? 어느 기방집이라고 일러 주면 아재가 전답 팔아서 놀러 올라요? 좋은 말 놔두고 새끼들이 머시오? 우리가 돼지 새끼요, 소 새끼요? 하기사 아재도 새끼가 커서 놈팽이가 된 거는 틀림없겠고만. 머리에 피도 안 마른 어린 여식아들이 아재들 눈에는 암캐들처럼 보이요? 침을 질질 흘리는 수캐들맨키로 실렁실렁 뒤를 쫓아다니믄서 와 자꾸 놀리느냐 말이요?"

눈을 치뜨고 똑똑 떨어지는 쨍한 음성으로 되받는 논개를 네댓 명의 사내들이 내려다보면서 어이없어했다. 입들을 벌리고 서로의 얼굴을 쳐다보았다.

"니, 머라 캤노? 야, 요것 좀 보래. 니가, 우리를 보고 침 흘리는 수캐라 캤나, 놈팽이라 캤나? 니, 한번 죽어 볼래? 쪼꼬만 기 주디 한번 포악시럽네."

"나를 때리만 보소. 죽기로 하고 아재를 물어뜯어 버릴 텐께. 그라고 관아에다 고해바쳐서 곤장을 떡이 되게 맞도록 해 줄 텐께."

그때 매분이 논개의 팔을 거칠게 끌어당겼다.

"어서 집에 가자. 몬 들은 척하모 될 텐데, 너 왜 이러니?"

"대장부로 불릴 만한 어른 장정들이 어린 여식아이들을 업신여기고 따라다니면서 놀리고 욕하는 거, 우찌 참는다 말입니꺼? 나잇값에다 덩칫값 좀 하라고 일러 주는 기라요."

씨름장 주변의 구경꾼들이 아이들을 가운데 두고 빙 둘러서 있었다. 모두가 재미있다는 낯빛들이었다. 논개가 맞상대하고 있는 키 큰 사내가 어떻게 나오는지를 보려는 듯 모두가 그 장정을 쳐다보았다. 사내가 얼굴을 새빨갛게 붉히곤 주먹을 쳐들고 논개 앞으로 다가섰다.

"니, 참말로 맞고 싶은가 보네. 새끼 기생년이 오데 감히 어른한테 태가리 놀리고 달라든다 말이고?"

"때리 보소. 새끼 기생년이라 캤소? 새끼 기생년이 어른놈 새끼 상투를 잡아땡깄소, 잠지를 잡아땡깄소? 와 욕질을 하요? 때리 보소, 쥑이 보소. 콱 물어뜯어 뿌릴 텐께."

논개가 사내 앞으로 갑자기 머리를 디밀면서 악을 썼다. 사내가 반사적으로 뒷걸음질을 쳤다. 논개가 마치 사내의 그곳을 이빨로 물어뜯기 위해 달려드는 것으로 생각했던 모양이다.

매분과 옥매와 금지가 논개의 팔을 붙들고 뒤로 잡아당겼다.

"논개야, 왜 이러니? 그냥 가자, 그냥 가잔 말이다."

"성님들 이거 놓으소. 우리가 무슨 죄졌소? 놀리는 소리 귀찮다고 자꾸 피해 다니모, 속 덜 찬 종자들이 우리를 대놓고 놀린단 말이요."

사내는 들었던 주먹을 슬그머니 내리고 있었다. "더러바서 손을 몬 대겠네." 하고 투덜거리면서.

"나도 그 더러븐 주먹이 내 몸에 닿을까 봐 시껍했소. 자알 생각했소. 어린 여자아이 주먹으로 치고, 곤장 맞은 어른 사나로 소문나는 거보다 백번 잘했지요. 그러나 입조심하소. 새끼 기생년 우짜고 한 번만 더 떠벌리모 죽기로 작정하고 가만있지 않을 텐께."

논개가 어깨를 으쓱하면서 사내의 아래위를 쫙 훑어보고는 돌아섰다.

"하이구, 저걸 고마…."

사내가, 아이들에게 둘러싸여 돌아가는 논개의 뒷모습을 쏘아보며 두 주먹을 불끈 쥐고 이빨을 갈았다. 구경꾼들이 고개를 저으면서 혀를 내둘렀다. 그리고 사내를 보며 웃었다.

그때였다. 머리에 흰 수건을 동여맨 중년 사내 하나가 손뼉을 탁 쳤다.

"맞다! 저 여식아가 활 쏘던 그 아다!"

사람들이 무슨 말이냐는 듯 그 남자를 바라보았다.

"지난 늦봄엔가 초여름엔가, 성문을 지키던 병졸들이 저 아가 가진 활과 화살을 뺏을라고 했는데, 쟈가 곱게 내놓지 않자 내기를 걸은 거지요. 성문 옆 언덕에 세워진 방 판때기를 활로 쏘아 맞히면 자기들이 아한테 큰절을 하고, 못 맞히면 아보고 활과 화살을 내놓아야 한다고 으름장을 놓았는데, 저 아가 그 판때기를 활을 쏴서 맞혔다 말입니다! 그러자 병졸들이 약조를 안 지키고 우격다짐으로 그냥 넘어가려 했지요. 그런데 어림도 없더라구요. 둘러선 구경꾼들을 믿어선지, 약조를 안 지키모 대장한테 병졸들 횡포를 자초지종 고해바치겠다고 쟈가 큰소리를 치더라구요. 그러자 병졸들도 증인이 되는 구경꾼들이 겁이 나선지, 어른답게 약조를 지키라는 쟈 말이 너무나 지당해선지, 기어이 저 아이한테 큰절을 했었지요!"

"하하하. 그러니까, 병졸들이 저 여식아가 갖고 있는 활을 뺏으려다가 도리어 아한테 큰절을 했다, 이 말이요? 하하하. 그럼, 혼찌검을 당한 저 양반도 그때의 병졸들하고 별로 다를 게 없겠구만! 하하하."

풍채가 훤칠한 어느 양반 차림의 남자가 거침없이 파안대소를 하며 논개의 상대였던 사내를 바라보자 옆에 섰던 사람들 모두가 고개를 끄덕이며 웃어 댔다. 그러자 사내는 슬그머니 자리를 피해 버렸다.

"세상에, 영악스럽기가 호랑이 같은 여식이구만."

"어느 기방집 동기인지 반듯한 이마와 오뚝한 코, 사람을 찌르는 눈빛이 여러 남자들 기를 죽이겠네. 어린것이, 말솜씨가 어른 뺨치네."

사람들이 빨간 댕기를 나풀거리며 바쁜 걸음으로 백사장을 빠져나가는 다섯 아이들의 뒷모습을 바라보면서 중얼거렸다.

*

놀고먹는 추석 사흘이 지나가자 설매는 아이들의 들뜬 기운을 가라앉히려는 듯 한문, 언문 공부와 가무, 시문 짓기 등 다시 공부에 열중토록 다루면서, 한편으로는 매분의 머리 얹힐 작업을 은밀히 추진하고 있었다. 반월과 추향에게 다리를 놓아 김언기의 의향을 물어보도록 했고, 그로부터 대엿새 후에 매분의 모습도 볼 겸 시우詩友들과 함께 기와집에 들르겠다는 언질도 받아 냈다. 이러한 일들은 말이 밖으로 누설되지 않게끔 설매는 신경을 썼고, 혹여 정 선비가 매분을 머리 얹어주겠다고 먼저 나타날까 봐 마음을 졸였다. 다행히 김언기가 들르겠다고 한 날까지 정 선비에게서는 연락이 없었다. 김언기가 기와집을 찾겠다고 한 날, 설매는 매분의 몸단장을 유별스럽게 시켰다.

기녀에게 머리를 얹어 주는 의식은 여느 여염집의 혼례를 치르는 일에다 비유할 수 있었다. 머리를 얹어 주는 일은 곧 길게 땋은 처녀의 머리를 어른의 상징인 타래나 쪽진 머리가 되도록 위로 올려 준다는 것으로, 바로 어른이 되는 과정이기도 했다. 따라서 기녀에게는 머리를 얹어 주는 첫 남자가 처녀의 동정을 깨트려 어른으로 만들어 주는 서방이 되는 것이었다. 그리고 머리를 얹어 준 남자는, 사정에 따라 그 기생을 기첩으로 들어앉힐 수도 있고, 아니면 그 기녀가 의지할 수 있는 든든한 후원인으로 '기둥서방' 노릇도 했다. 그러나 동정의 소녀를 처음으로 취하는 데만 의미를 두고 기생 어미나 기녀에게 곡물과 사철의 비단옷과 패물을 안겨 주고 육체만 탐하는 남정네들도 많았다.

설매는, 김언기가 따로 첩실을 두지 않고 있었기에 매분을 기첩으로 들어앉혀 주었으면 싶었지만, 그것은 그녀의 희망 사항일 뿐 결정은 당사자인 김언기의 몫이었다. 무엇보다 우선 김언기가 매분을 마음에 들어 할 것인지도 불확실했다. 그러나 그 문제는 크게 걱정을 하지 않았다. 매분이 맵시가 출중한 미녀는 아니어도 남의 눈에 띄는 용모를 가지고 있었고 살갗이 희고 귀염성스러울 뿐만 아니라, 무엇보다도 남정네들이 소녀의 동정을 얻는 데는 외형에 연연하지 않는다는 것을 그녀는 이미 잘 알고 있었기 때문이다.

설매는 매분에게 목욕을 시켜 비단옷으로 갈아입힌 뒤 분꽃 씨앗을 갈아 만든 분으로 얼굴 치장도 시켰다.

"김언기 어른이 오시거든, 한껏 잘 모셔라. 장차 네 머리를 얹어 줄 어른일 수도 있으니까."

"예, 어머니!"

매분이 뺨을 발그레하게 붉히곤 서슴없이 대답했다.

설매는 매분이 자신의 꽃봉오리를 만개시켜 줄 남자를 간절하게 그리워하고 있음을 알 수 있었다. 알찬 열다섯 살의 나이가 활짝 핀 사춘기이기도 했지만, 매분이 유독 몸이 조숙하고 뜨겁고 열정적인 성향임을 알기 때문이었다.

"얌전하게 다소곳하면서도 친절하게 어른에게 신경을 쓰도록 해라."

"예."

김언기 일행이 기와집에 도착한 것은 초저녁을 지난 이경쯤이었다. 사랑채의 큰방에는 이미 정성 들인 주안상이 준비되어 있었고 김언기가 앉을 비단 보료며 방석들이 정갈하게 놓여 있었다. 문갑 위의 백자 항아리에는 주황색 산나리꽃이 한 아름 꽂혀 있고 그 향기가 방 안에 은은하게 흘렀다.

"설매! 이게 얼마 만이요?"

김언기가 대문 안에 들어서면서, 자지러지게 반기는 설매를 향해 만면에 웃음을 터트리며 응답했다.

김언기는 두 사람의 벗을 동반하고 왔다. 그가 자기 주변의 벗을 시우詩友라고 부르기를 좋아하여 그가 들르는 기방의 기녀들은 그들이 글을 짓는 풍류객이려니 생각을 했지만, 실제 그들은 지방에 땅을 가진 지주들이거나 그 자제들로 시문 짓기와는 거리가 먼 사람들이 대부분이었다. 이날 동행한 사람들도 풍모나 분위기로 보아 그러한 것 같았다. 그들이 좌정하자 먼저 설매와 반월이 큰절로 인사를 올리고 이어 술을 따랐다. 설매는 주연석에 나서지 않은 지가 꽤 되었지만, 이날은 화사하게 성장을 하고 참여했다. 매분을 바라보는 김언기의 마음이 어떻게 돌아갈 것인지도 살펴볼 겸 오랜만에 가무나 즐기면서 외로움을 풀고 싶은 기분도 없지 않았던 것이다. 더 내밀한 이유는, 강동찬에 대한 원망스런 마음과 그리움이 끝없는 아픔과 외로움을 동반하여 스스로를 위로하는 수단으로 주연석에 나온 것이기도 했다.

"설매는, 여전히 곱구려! 그런데, 어째 자네들뿐인가?"

술이 한 순배 돌아가자 김언기가 설매와 반월을 번갈아 바라보며 말했다. 매분을 찾는 것임을 알 수 있었지만 설매는 즉각 그녀를 불러들이지는 않았다.
"어서 한 잔 더 드시어요. 어르신께 곱게 보이려고 치장 중이옵니다!"
술이 몇 순배 더 돌아가고 반월이 가야금을 무릎 위에 얹자, 방문이 사르르 열리면서 비단옷으로 성장한 매분이 분 냄새를 풍기며 방 안으로 들어섰다. 그리고 김언기에게 날아갈 듯 요염한 자태로 큰절을 올렸다.
"오!"
김언기가 짧은 신음을 뱉어 내면서 입술을 벌렸다.
반월의 가야금이 간장을 녹이는 듯한 음률로 달궈지기 시작하고, 절을 끝낸 매분이 사뿐히 일어나서 음조에 맞추어 춤을 추기 시작했다.
"허허, 선녀가 하강한 것 같구나!"
적당히 취기가 오른 김언기가 입을 함박만큼 벌리고 만족스러워했다. 빼어난 미인이라고는 볼 수 없었지만, 피어오르는 듯한 청순함과 폭발 직전의 열정이 함께 어우러져 있는 매분의 아름다운 모습이 김언기의 시선 안에 고스란히 그대로 들어왔다. 김언기는 앉은 채 양손으로 자신의 무릎장단을 치면서 어깨를 들썩거렸다.
"어떠신지요? 살색은 박속처럼 희고 탄력 있으며, 마음씨 또한 곱습니다."
설매가 김언기의 표정을 살피면서 가만히 말했다.
"허허, 좋구만! 자, 춤은 그만 추고 이리 와서 앉거라."
가야금 소리가 그치고 매분은 김언기 옆자리에 살포시 앉았다.
김언기가 매분을 돌아보며 물었다.
"몇 살이더냐?"
"열다섯 살이옵니다."
"참으로 좋은 나이로구나. 한 잔 따라 보아라."

"예."

김언기가 내민 술잔에 매분이 두 손으로 공손히 술을 따랐다. 단숨에 그것을 마신 김언기는 빈 잔을 매분에게 건넸다.

"너도, 내 술 한 잔 받아라."

매분이 설매를 바라보았다. 설매가 고개를 끄덕였다. 매분이 고개를 돌려 술을 마셨다.

김언기가 그런 매분을 유심히 살펴보면서 "술은 좀 마시겠구먼." 했다. 이어 그는 맞은편에 앉아 자기의 표정을 조심스럽게 살피고 있는 설매를 바라보면서 "내가 다시 연락을 취할 테니, 임자는 이제 나가 보아도 되겠소." 했다.

설매는 김언기를 비롯하여 주연석의 남자들이 자신을 기생 어미 이상으로는 보지 않는 것 같아 섭섭함도 없지 않았지만, 미소를 머금으면서 그러겠다고 했다.

그런데 바로 그때였다. 밖이 소란스러운가 싶더니, 향녀가 문밖에서 설매를 찾았다. 정 선비가 박순구를 앞세워 기와집으로 들어섰던 것이다. 설매는 김언기에게 목례를 보내곤 방문 밖으로 나갔다.

"아, 설매. 나, 정 선비 왔소이다. 매분이 보러 왔소. 교육 잘 시켜 놓았겠지?"

설매가 미처 마루를 내려서기도 전에 정 선비가 박순구에 앞서 소리를 높였다. 그들은 어디에선가 전작이 있었던 모양으로 두 사람 모두 취해 있었다.

"늦은 시각에 오셨군요. 이 방으로 드시지요."

설매는 그들을 옆방으로 들게 했다. 그리고 작은 주안상을 차리도록 주방의 덕산댁에게 일렀다.

"왜 이러나? 큰 상을 차리게. 그리고 어서 매분이를 내보내 주게나."

"전작이 있으신 듯하온데 여기서는 조금만 드소서."

박순구가 손짓으로 그러라고 했다.

“명월관에서 지방 유림들의 모임이 있었는데, 술이 취하자 이 친구 한사코 기와집으로 가자고 나를 떠미는 거였소.”

“그러하오면, 모임이 끝도 나지 않았는데 오셨군요.”

“설매, 어서 매분이부터 내보내게. 설매, 매분이를 말이야, 내가 오늘 머리를 얹어 줄 생각이니까, 조건이 무엇인지 이 친구에게 말해 보게나.”

정 선비가 보료 위에 비스듬히 몸을 누이면서 손가락으로 박순구를 가리켰다.

“얼씨구? 이 친구 좀 보게나. 자네가 머리를 얹어 주겠다면서, 조건은 왜 나한테 말하라는 겐가?”

“친구 좋다는 거이 무언가? 설매와 잘 이야기해 보라구.”

박순구가 어이없다는 표정으로 설매를 바라보았고 설매도 동감의 낯빛으로 그를 마주 보았다. 정 선비도 궁하게 사는 집안은 아닌데 매번 박순구에게 주연 자리의 상값을 지불케 하더니, 이제는 자기 개인의 화대까지 씌우려는 심산인 것 같았다.

“정 선비 어르신께서 한발 늦었사옵니다.”

설매가 낮은 소리로 말했다. 그러자 보료 위에 비스듬히 몸을 누이고 있던 정 선비가 벌떡 일어나 앉으며 “그게, 무슨 말인가?” 했다.

“어느 어르신께서 이미 약조를 하시고 조건의 절반을 이미 전해 왔기 때문입니다.”

“이게, 무슨 말이냐구? 그렇게 될 것이 아니지 않은가?”

“매분이에게 마음이 계셨으면 정식으로 먼저 말씀을 하시고, 일을 만드셨어야지요.”

“아니, 자네는 내가 매분이에게 마음을 두고 있는 사실을 몰랐단 말인가?”

"매분이를 보시는 어르신마다 아이를 마음에 들어 하시는 것을 제가 어찌 막습니까요? 진정으로 마음이 계셨으면 진작에 절차를 밟으셔야 하셨어요."

"허허, 안됐네! 닭 쫓던 뭐가 지붕 쳐다보는 격이 되었구려."

박순구가 고소하다는 듯 소리 내어 웃었다. 그러나 정 선비는 웃지 않았다. 설매를 향해 퉁명스런 어조로 물었다.

"상대가, 누군가?"

"지금은, 말씀을 드릴 수가 없습니다."

"왜, 그러한가?"

"허, 이 사람. 왜 이리 따지듯 하는가? 설매 입장에서 밝힐 수 없음은 당연하지 않은가. 알 만한 사람이 왜 자꾸 이러는가."

"어쨌거나, 매분이를 지금 당장 내보내 주게나."

박순구가 말했다.

"계속 죄송해서 어찌하지요. 지금은 그럴 수도 없습니다. 매분이가 이제 마악 주연석에 들어갔기 때문입니다."

"허어, 설매. 자네 왜 이러는가? 뒷간에라도 가는 척 빠져나오게 하면 될 거 아닌가?"

설매가 억지를 부리듯 하는 정 선비를 가만히 바라본다.

"어르신. 아이가 나오면, 무엇을 어찌하시려구요?"

"한번 품어라도 보아야 되지 않겠는가? 어서 불러내 주게."

"어르신. 곧 머리를 얹힐 아이입니다. 지금 매분이는, 머리를 얹어 줄 바로 그 어른의 자리에 나가 있습니다."

"허허, 도대체 그 인간이 누구란 말인가? 옳아, 바로 옆방에 있는 인사들이겠군? 누군지, 내가 먼저 통성명을 하면 그쪽도 밝히지 않을 수 없겠지. 내가 한번 가 보겠어."

정 선비가 자리에서 일어났다.

"점잖으신 어르신께서 왜 이러시옵니까? 아니 되십니다."

설매가 정 선비를 막아서면서 그를 똑바로 마주 보았다. 설매의 눈길이 차가웠던지 정 선비가 잠시 놀라는 듯 멈칫했다.

"감히, 누구에게 눈을 홉떠 쳐다보는가? 어서 물러나지 못할까!"

정 선비의 음성이 찢어지듯 갈라졌다.

설매가 박순구를 돌아보며 간절한 시선으로 부탁을 한다.

"어르신, 이 어른을 모시고 오늘은 그냥 돌아가 주십시오. 천한 어린 기녀 하나 때문에 이 어른의 체신이 깎여서는 아니 되지 않겠습니까. 다음에 제가 두 분을 정성 들여 다시 모시겠습니다."

박순구가 고개를 끄덕였다.

"알았네. 나도 그럴 참이었네. 이보게, 오늘은 나도 자네도 취했어. 다음에 다시 옴세."

박순구가 정 선비의 몸을 껴안듯이 밖으로 밀어내려 했다. 그러나 그는 끄떡도 하지 않고 오히려 박순구의 팔을 거칠게 뿌리쳐 버렸다.

"나를 붙들지 말게나. 어떤 작자인지 한번 보아야겠어."

"허어, 보면? 보면 어찌하겠다는 건가?"

"나에게 양보하라고 말해야지."

"이게 도대체, 무슨 점잖지 못한 언행이란 말인가? 기녀 하나를 두고 대장부끼리 칼부림이라도 하겠다는 말인가?"

"매분이는, 나를 마음에 두고 있다구. 내가 그걸 알아. 어떤 작자인지 매분이에게서 손을 떼라고 하겠어."

이번에는 설매가 다시 나섰다.

"어르신. 매분이는 아직 사람을 분별하여 선택할 수 있는 능력을 갖고 있지 못합니다. 매분이의 보호자는 저올시다. 무슨 뜻인지 아시겠지요? 그럼, 어르신하고 말씀을 한번 나누어 보도록 할까요? 매분이의 머리를 얹어 주시기 위한 앞선 조건을, 어디 말씀해 보시지요. 먼저 약조한 조건보다 어르신의 조건이 훨씬 더 높다면 다시 생각해 볼 수도 있겠지요. 이 방으로 들어가셔서 두 분이 서로 타협을 하시든 아니하시든 제가 간섭을 아니할 테니까 결정된 조건만 말씀해 주십시요."

설매의 말에 정 선비가 잠시 멈칫거리는 것 같았다. 그러다 그는 느닷없이 박순구를 돌아보며, "자네가 말을 좀 해 보게." 했다.

박순구가 허탈스런 낯빛이 되어 정 선비를 마주 응시했다.

"이 사람 보게나. 내가, 자네가 생각하고 있는 조건을 어떻게 알며, 그것을 내가 왜 말해야 되는가? 머리 얹어 줄 자네가 직접 말해야지."

"이런 건 우인友人들이 알아서 해 주는 거 아닌가? 벗이 좋다는 게 무언가."

"아니 그럼, 매분이의 머리는 자네가 얹어 주고 그 보상은 내가 해라, 이 말인가?"

"그럼, 그럼. 친구가 간절히 바라는 외도 한번 시켜 주면 안 되는감? 엉?"

"허허, 세상에 이런 염치가 있나. 안 되네. 그렇게는 못하네. 나는 그만 돌아갈라네. 자네는 남아서 옆방의 어른들과 부딪쳐서 자네 재산 내놓고 양보를 받든 어쩌든, 자네 일 자네가 알아서 하시게나."

박순구가 홱 몸을 돌려서 사랑채의 뜰로 내려섰다.

"아니, 박 공."

그러나 박순구는 뒤도 돌아보지 않고 행랑채의 대문을 벗어나 나가버렸다. 정 선비가 당황한 몸짓으로 박순구를 붙잡으려는 듯 두 팔을 휘휘 내저으며 뒤따라 대문 밖으로 나갔다.

"어라이, 쯔쯔. 차라리 자지를 짤라 버려라."

설매가 정 선비의 허우적거리는 뒷모습을 빈정거림이 가득 담긴 얼굴로 쏘아보면서 이를 갈듯 꺽센 목소리로 욕질을 한다. 사내대장부라고 턱이나 어깨살에 힘주고 사는 남정네들이 아녀자들보다 더 편협 소심하고 이기심으로 똘똘 뭉친 못난이들이 많다는 것을 익히 알고는 있었지만, 어이없고 허망하다는 생각이 들었던 것이다. 그들이 기와집에 들를 적마다 주연비는 언제나 박순구가 도맡아 부담했고, 정 선비는 그러는 것이 당연한 듯 얻어먹고 즐기기만 했었다. 이제는 한술 더 떠서 기녀 머리 얹어 줄 밑천까지 대 주기를 요구하니 박순구도 어지간히 뱀이 뒤틀렸을 것이란 생각을 하면서, 설매는 냉소를 멈추지 못한다.

"먹고살 만한 인간이, 친구의 등짝에 빈대처럼 들붙어서 얻어먹는데 이골이 나서 숫제 분별을 못하는구만, 쯔쯔. 제 엽전 한 냥은 억만금보다 더 아까워 내놓을 수 없고, 남의 돈 천 냥은 별것 아닌 거로 보이는, 혐오스런 뺀돌이 같으니…."

설매가 정 선비에게 조건을 의도적으로 따져 물었던 것은 평소에 하는 행동으로 보아 자기 재산 내놓고 머리를 얹어 줄 위인이 결코 못 된다는 것을 알고 있었기 때문이었다. 그녀의 짐작대로 정 선비는 박순구가 싸늘하게 거절하자 두말 더 버텨 보지도 못하고 줄행랑을 치고 말았던 것이다.

"못난 놈."

설매는 정 선비가 뛰쳐나간 대문께를 노려보면서 치맛자락을 홱 낚아채 걷어 올리곤 마당에다 침을 뱉는다. 그녀는 김언기 일행과 매분과 반월이 있는 방으로 다시 들어가 볼까 하다가 그냥 안채로 돌아갔다. 매분에게 흠뻑 빠져 있을 김언기에게 혹여 방해가 될지도 모른다는 조심성도 없지 않았지만, 그 방에 들어가 보았자 마음 붙일 사람도 없었고 당장의 기분도 너무 가라앉아 있었던 때문이다.

안채로 돌아오자 아이들 네 명이 마루 끝에 나란히 앉아 있다가 화다닥 놀라면서 마루 아래로 내려섰다.

"왜들 이렇게 놀라느냐? 내 욕을 하고 있었더냐?"

"아, 아닙니다. 자식들이 어떻게 어머니 험구를 한단 말입니까."

아이들이 한꺼번에 고개를 내젓는 가운데 향녀가 말했다.

설매는 이날따라 향녀의 "자식들이…" 하는 소리가 가슴에 와 닿아 따뜻하게 느껴졌다. 피 한 방울 섞이지 아니한 아이들이지만 그녀들의 입에 발린 말이 이날따라 살뜰히 와 닿는 것은 가슴을 저미는 외로움 때문일 것이었다.

"덕산댁 아지매의 친정 조카 이야기를 하고 있었습니다. 아지매의 조카애가 산청의 어느 중농 집에 열 살에 민며느리로 들어갔었대요. 사 년간 그 집에서 일하고 열네 살이 되면서 열 살짜리 신랑과 혼례를 올렸는데, 어린 신랑이 산에서 놀다가 그만 독사한테 물려서 죽어 버렸대요. 그래서 열네 살 먹은 아지매 조카는 그냥 처녀 생과부로 평생을 그 집에서 일만 하며 살 수밖에 없게 되었다 하니, 너무나 불쌍해서 동정을 하고 있었습니더."

향녀가 울상을 지은 표정으로 설매에게 고해바치듯 말했다.

"덕산댁의 친조카가, 그랬다는 것이냐?"

"아지매의 여동생 딸이라고 했습니다. 어머니, 어찌 그럴 수가 있지요? 열 살에 들어가서 사 년 동안이나 어린 몸뚱이로 일만 하고, 또 열 살짜리 신랑과 혼례를 치렀어도 실제는 동정녀인데, 그대로 평생을 혼자서 산다는 것은 너무나 억울한 거 같애예."

금지도 뾰로통한 표정으로 말을 거들었다.

옥매와 논개가 금지의 말에 전적으로 동의한다는 듯 고개들을 끄덕이면서 설매를 쳐다보았다.

"신랑을 따라 죽어 열녀가 되어서 가문을 빛내라는 어른들의 등 떠밂만 없었다면, 그나마 다행인 줄 알아야지."

설매가 중얼거리듯 낮게 말했다. 그러자 향녀를 비롯한 아이들이 체머리를 흔들며 세상 법이 무섭다고 했다.

"어머니 참말로 무서워요! 시부모도 사람들인데, 차마 열녀 강요까지는 못할 거예요. 하기사 평생을 혼자서 종년처럼 일만 하면서 사느니, 차라리 죽어 버리고 싶은 심정도 없지는 않을 끼라예."

향녀가 연신 체머리를 흔들면서 말하자 금지도 말을 이었다.

"어머니, 왜 여자는 그리 살아야 하지요? 글도 가르치지 않고 열 살만 되면 밖을 나다니지도 못하게 하면서 양잠이나 의복 만들기, 아이 낳아 기르기, 조상 제사 모시기, 남편과 시어른 시집살이, 거기다 삼종지의에 칠거지악까지 만들어서 감옥살이 시키듯 하지요? 여자도 남자처럼 사람인데 너무도 공평하지 못한 것 같애요."

설매는 아이들의 관심이 새삼스런 것도 아니고 지금의 자기 감정에는 와 닿지도 않아 적당히 건성으로 대답을 둘러대고 만다.

"여자에게는 집안에서 살림을 사는 일과 어른 모시고 아이 키우는 일이 바깥일보다 어울리기 때문일 게다. 그저 여자의 도리려니 생각하면 된다."

그때 논개가 나섰다.

"여자가 남자보다 지혜로우니까 기를 꺾어 놓을라고 그라는 건지도 몰라예. 암탉이 울믄 집안이 망한다꼬 겁을 주면서 말입니더. 그치만 향녀 성님. 우리는 글도 배우고 시문도 가무도 배우면서 자유로우니, 잘난 남정네들하고 특별히 다르지 않다 아입니꺼."

"맞다! 그거는 그래야!"

아이들이 서로 손뼉을 치며 맞장구를 쳐 대는 것을 보면서 설매는 씁쓸한 웃음을 머금는다. 젊어 한때는 최상의 자유를 누리는 것 같지만, 평생을 천시당하면서, 술꾼들의 갖은 주정과 횡포를 받으면서, 기첩으로 들어앉지 못하면 늙어 보호받을 자식도 없이 쓸쓸해진다는 것을 이 아이들이 어떻게 알랴 싶었던 것이다.

"어서들 자도록 하거라."

설매는 한숨과 함께 아이들을 방으로 들어가게 한다.

"어머니! 매분이 성님은, 오늘 밤에 머리를 얹는 것인지요?"
옥매가 조심스런 음성으로 설매를 쳐다보며 물었다. 아이들 모두가 숨을 죽인 채 그녀를 향해 고개를 쳐들고 눈빛을 반짝였다. 많이들 궁금한 모양이었다.
"아니니라. 먼저들 자도록 해라."
"예."
아이들은 설매의 말을 거역치 않고 일단 방으로 들어갔다. 그러나 주연석을 물러나온 매분의 이야기를 듣고 싶어 잠자리에 들어서도 눈을 감지 않았다. 그녀가 주연석에서 방으로 돌아오면 그 자리에서 있었던 자초지종을 숨김없이 솔직하게 다 들려주었기 때문이다.
그러나 이날 밤 사랑채의 주연석은 삼경이 이슥해서야 끝이 났고, 김언기 일행은 한껏 취해서 비틀거렸다.
김언기가 일행을 먼저 대문 밖으로 내보내고 설매의 팔을 끌어 행랑채 마루에 걸터앉게 했다. 매분의 머리를 자기가 얹어 주겠다는 말과 함께 그것에 따르는 조건을 자기 입으로 술술 피력했다. 길러 준 기생어미 몫으로 피륙과 곡물과 패물을 보내 주고, 매분의 패물은 따로 마련하겠다고 했다. 김언기는 설매가 예상했던 것보다 훨씬 많은 보상물들을 열거했다. 사나흘 안으로 그것들을 먼저 실어 보내고 닷새 후에 매분의 머리를 얹어 주겠다고 했다.
설매는 그가 취중에 아무렇게나 하는 약속이라고는 생각하지 않았다. 과음한 중에서도 그의 말은 정중했으며, 이경쯤에 소란을 피우던 사내가 매분 때문에 그런 것 아니냐고 정색을 한 채 물어보기도 했던 것이다. 설매는 그렇다고 대답을 했고, 김언기는 이 시각 이후 매분을 어떤 연회석에도 일절 내보내지 말라는 부탁을 겸한 요청도 하고 돌아갔다.

*

김언기와의 일이 첫 단추가 잘 끼워졌다는 느낌에 설매는 비로소 마음이 놓인다. 겉으로 내색은 안 했지만 김언기가 약조한 보상이 생각했던 것보다 후해 약간 흥분이 되기도 했다. 이제 매분의 머리를 얹어 줄 날까지 별 탈이 없도록 조심만 하면 될 터였다. 양반 체면에 조바심을 내지는 않았지만 김언기의 말과 태도로 미루어 보아 몸이 단 쪽은 오히려 그였다. 화사하게 가꾼 매분의 모습은 설매가 보기에도 남정네들이 혹할 만큼 아름다웠고, 맘 졸였던 정 선비의 등장이 외려 일의 진행에 도움이 된 것 같아 설매는 웃음을 머금는다.

그런데, 바로 다음 날 정오쯤에 쌀과 잡곡을 채운 곡물 가마니들과 피륙과 엽전, 패물 보퉁이가 우마차에 실려 기와집 언덕으로 올라왔다. 아이들이 환성을 터트리며 "매분이 성님은 좋겠다!"고 선망 반 놀림 반으로 떠들어 댔고, 설매는 김언기의 다급한 마음이 헤아려졌다.

매분은 뺨을 붉히고 뭔가 푸짐해 보이는 선물들에 흐뭇한 기분이 되면서, 드디어 안방 어머니의 길러 준 은혜에 보답을 하게 되고 자기도 이제는 드디어 어른이 되는구나 싶어 뿌듯했다. 그러나 어른이 된다는 사실이 즐거운 것만은 아니었다. 뭔가 형체를 알 수 없는 두려움과 공포심도 동반되어 사뭇 혼란스런 감정 상태였다. 향녀, 옥매가 정 선비 어른과 김언기 어른 중 누가 더 마음에 드느냐고 물어 대기도 했지만, 특별히 가름을 할 수 없을 만큼 두 사람 모두 그저 그렇다는 것이 매분의 솔직한 심정이기도 했다. 생각해서는 안 될 사람이었지만 떠오르는 이는 강동찬 의병장이었다. 이런 때에 느닷없이 그가 떠오르는 것은 매분의 마음 깊숙한 곳에 그를 자신의 첫 머리 얹어 줄 남자로 담고 있었기 때문인지도 몰랐다. 그러나 그는 안방 어머니와의 은애로 손닿을 수 없는 어른이 되어 버렸고, 도리 없이 자신의 첫정은 키가 앙바틈하지만 웃는 모습이 넉넉하고 선해 보이는 김언기 어른과 맺어지는 것으로, 매분은 마음을 다지지 않으면 안 되었다.

그런데, 놀라운 일이 연달아 일어났다. 짐이 도착한 바로 다음 날 저물녘에 김언기가 혼자 언덕 위 기와집의 대문을 흔들었던 것이다. 설매에게 약조한 날짜보다 사흘이나 빨리 그가 찾아온 것이다. 설매가 만면에 웃음을 터트리며 그를 맞이했고, 김언기는 쑥스러운 듯 목덜미께를 붉혔다.

"어서 오시어요!"

"으험, 으험. 어저께의 물건들이 마음에 들던가?"

"그러믄요, 과분했습니다요! 어서, 방으로 드시어요."

"약조일보다 이리 조급히 들른 것은, 매분이 주변에 경쟁자가 많은 것 같아서, 허허. 술도 마시지 않고 이런 말을 하려니, 민망스럽구만."

"아니올시다, 솔직하십니다요! 들어오셔서 잠시만 기다리십시오. 곧 준비를 시키겠습니다."

설매는 덕산댁에게 서둘러 주안상을 차리도록 하고, 매분을 안방으로 불러 앉혔다. 매분은 향녀로부터 김언기 어른이 사랑채에 들었다는 소식을 듣곤 걷잡을 수 없이 뛰는 심장을 싸안듯 하면서 설매 앞에 무릎을 꿇고 앉았다.

"어른이 오셨다는 말을 벌써 들은 모양이구나."

"예. 향녀가 그랬습니다."

"빠르기가 매보다 더하구나. 가슴이 많이 뛰느냐?"

"어머니, 터질 것 같습니다. 두렵기도 하구요."

"어른이 되는 과정은 긴장이 되기 마련이란다. 그러나 두려워할 것은 조금도 없다. 행복하다는 마음을 갖도록 해라. 여염집 규수라면, 혼례를 치르는 날이다. 네가, 몸도 마음도 남달리 조숙하여 어른을 잘 뫼시리라 믿는다만 그저 어른이 이끄는 대로 순종하거라. 뒤란의 목간통에 가서 몸을 정갈히 씻도록 해라. 여기 어른이 너에게 따로이 보내온 비단옷과 패물로 몸단장을 하자꾸나. 여기에는 비녀가 빠졌더라만 아마 귀한 것으로 손수 가져오시려는 모양이다."

설매는 머리맡의 자개 반닫이에서 흰 보퉁이 하나를 매분 앞으로 밀어 놓으며 말한다.

"오늘 밤 머리를 얹고 나면 너는 몸과 마음 모두 어른이 되는 것이다. 온전한 기생으로 대접도 받는 것이다. 그 어른이 너를 정식으로 측실로 맞아들일 것인지 그 일은 장차 그분이 결정할 일이다마는, 측실로 들어가든 이 집에 그대로 있게 되든 아니면 네가 따로이 독립을 하든, 이 집이 네 친정이고 향녀, 금지, 옥매, 논개가 네 친동생이라는 것을 잊어서는 아니 된다. 내일부터는 어른이 된 큰형답게 모든 일에 생각을 많이 하고 의젓하게 행동을 하도록 해라. 동생들에게 어른이 되어서 달라진 네 행동을 보여야 한다는 말이다."

"예, 어머니."

"어서 준비하거라."

매분이 꿇어앉았던 무릎을 풀고 조심스럽게 일어나 밖으로 나갔다. 기르고 가르치던 아이에게 머리를 얹어 주는 일은 곧 그 아이가 다 자라 품 안을 벗어나는 것과 다름없는 일이었으므로 설매는 매분에게 해줄 말이 적지 않았다. 그러나 닷새 후에나 들를 것으로 약조했던 김언기가 정확히 사흘을 앞당겨 들이닥쳤으니 그녀는 매분에게 대충의 겉 이야기만 들려주고 말았다.

설매는 금지에게 반월을 불러오도록 하고 주방에 들러 주안상을 특별히 신경 쓰게 했다. 그녀는 손수 기르고 가르쳐서 머리를 얹힌 아이들이 십여 명이나 되었어도, 매분에게만은 진짜 딸을 시집보내는 어미 마음이 이러려니 싶을 정도로, 대견스럽기도 하고 섭섭키도 하면서 정성이 더해지는 것이었다. 그녀는 자신의 이러한 변화와 여유가 나이 든 탓이려니 나름대로 짚어 보면서 주방으로 안방으로 치맛귀에 바람을 일으켰다.

해가 저물자 사랑채의 큰방에는 아홉 폭 병풍이 둘러쳐지고 새 금침이 깔리고 정성 들인 주안상이 들여놓아졌다. 이어 설매의 손끝에 의해 화사하게 단장된 매분이 반월의 안내로 사랑채의 큰방에 들어섰다.

주안상 앞에 앉은 채, 살며시 방 안으로 들어서는 매분을 쳐다보는 김언기의 얼굴이 보름달처럼 밝아지면서 만면에 웃음이 깔리었다. 매분이 두 손을 이마에 얹고 김언기를 향해 큰절을 했고 그는 어깨를 펴고 앉은 채 고개를 주억거렸다. 그는 품 안에서 두툼한 비단 묶음 하나를 꺼내 설매 앞으로 내놓았다.

"풀어 보게나."

설매는 그 묶음이 매분의 머리 얹음에 필요한 비녀와 얹은머리를 위한 트레머리일 것으로 생각하면서 풀어 보았다. 틀리지 않았다. 정성 들여 싼 비단 묶음 속에는 금비녀 은비녀가 각각 한 개, 금장 용머리의 용잠이 하나, 그리고 금가락지와 옥가락지 각각 한 쌍, 금노리개와 호박 노리개가 각각 하나씩 들어 있었다.

"옴마나 세상에, 많기도 해라! 우리 매분이는 좋겄네!"

반월이 쏟아져 나온 금비녀 금노리개 금가락지 등을 보면서 두 눈을 휘둥그레 뜨고 탄성을 발했다.

"많이 애쓰셨군요! 구하기 어려운 트레머리까지 손수 구해 오실 줄은 모르고 제가 미리 준비를 해 두었는데…. 하지만 당연히 어르신이 구해 오신 것으로 올려야 되겠지요. 우선, 서로 가약의 기쁨으로 권주勸酒를 하시지요!"

설매는 흐뭇한 표정으로 김언기의 자상하고 넉넉한 마음씨를 고마워하면서 매분에게 먼저 술을 따라 올리라 말한다. 매분이 김언기가 들고 있는 백자 잔에 이날따라 떨리는 손길로 노릿한 국화주를 가득 채우자 그도 그녀의 잔에 술을 따랐다. 그리고 서로 잔을 가볍게 부딪치곤 합환주를 마셨다.

"이제는 어르신께서 지환을 끼워 주십시오!"

김언기가 금가락지를 매분의 왼손 장지에 끼워 주었다. 손가락 둘레를 잰 적도 없는데 지환은 맞춘 것처럼 매분의 장지에 꼭 맞았다.

"진실로 좋은 인연이 되기를 바랍니다. 이제는, 머리를 얹어 주실 차렙니다."

설매는 그 말과 함께 매분의 머리를 얹기 위한 준비를 시작했다. 우선, 마치 그가 매분의 등 뒤쪽에서 머리를 얹어 주는 듯한 자세가 되도록, 매분을 김언기 앞에 등이 보이도록 앉히고는, 설매와 반월이 매분의 양옆으로 앉았다. 그리고 설매와 반월은 매분의 본머리와 트레머리를 합쳐 땋아서 머리 위로 둥글게 둘러 '얹은머리' 모양새로 만들었다. 이어 마지막 과정으로 얹은머리를 매분의 본머리에다 고정시키는 순서만을 남겨 놓았다.

"어르신께서 이 비녀들을 사용하시어 트레머리를 본머리에 고정시켜 주소서. 모양새는 저희가 잡아 드리는 것이니 비녀를 찔러 고정시키는 과정만 손수 하시면, 어르신께서 이 아이의 머리를 얹어 주시는 것이 됩니다."

김언기가 상체를 일으켜 설매가 시키는 대로 용머리 장식 금비녀로 얹은머리를 고정시켰다.

"이렇게 말인가?"

"잘하시는군요! 됐습니다! 보십시오, 우리 매분이 둘레머리를 얹으니 얼마나 더 아름답습니까요! 어르신께서 매분이의 머리를 기어이 얹어 주셨습니다. 이제는 속머리 얹으실 일만 남았습니다!"

김언기가 그윽한 눈빛으로 둘레머리를 한 매분을 바라본다. 화용월태의 여인이라더니 저 아이를 두고 이름이 아닌가 혼자 속으로 읊조려 보면서 감미로운 기분이 된다.

"이제 두 분의 시간입니다. 매분아, 어른이 너무 취하시지 않도록 적당히 대접해 올리거라."

"예, 어머님."

매분이 떨리는 음성으로 잦아들듯 대답했다.

설매는 반월에게 눈짓하여 함께 방을 벗어났다. 축담에서 신을 신고 뜰로 내려서자 반월이 설매의 소매를 잡아당기며 속삭였다.

"성님! 구경 좀 하십시다요!"

그냥 안채로 들어가지 말고 방 안을 좀 엿보자는 말이었다. 설매가 그러는 반월을 노려보면서 그녀의 팔을 도리어 낚아채서 안채로 향해 끌었다.

"여기가 여염집 신방인 줄 아느냐? 무엇을 엿보자는 것이냐?"

"신방을 지켜 주자는 것이지요."

"자네가 지키지 않아도 아무 일 일어나지 않아."

"성님! 매분이, 장난질한 일 없지요? 앵혈이 선명해야 김언기 어른이 보내온 저 곡물들을 다시 실어 가지 않을 터인데…."

"참으로 걱정도 많다. 설령 그것이 내비치지 않는다 해도 물건을 실어 갈 어른도 아니지만, 동정녀들 전부가 그것이 다 비친다고는 볼 수 없지 않나? 그 정도의 상식은 그 어른도 꿰고 있을 것이야."

"하지만, 혹시나 매분이 손장난질이나 아니 했나 싶어서요."

"장난질이라니? 도대체, 무어가 걱정인 게야?"

설매가 반월의 말뜻을 몰라서 반문하는 것은 아니었다. 매분이 유독 몸이 뜨거워 우물가에서 찬물로 살을 식혔다는 말을 들은 적이 있는 터라, 혹여 손으로라도 그곳을 건드려 처녀막이 이미 터져 버렸을 수도 있겠다는 걱정으로, 일부러 음성을 높이며 반문해 본 것이었다.

"걱정 말어. 매분이, 그리 철없지 않으니까. 어서 들어가서 저녁이나 들지."

설매와 반월이 서두르며 안채로 돌아가자 아이들이 대청마루에 모여 앉았다가 화다닥 일어났다. 아이들의 얼굴은 누구 할 것 없이 하나같이 상기되어 입가로 웃음을 머금고 있고 눈동자가 초롱초롱 빛났다. 나란히 서서 궁금증이 가득한 얼굴들을 한 채, 안채 마당으로 들어오는 설매와 반월을 쳐다보았다. 매분의 머리 얹기 의식이 아이들을 많이 흥분시킨 것 같았다.

"모두들 방으로 들어가거라. 잠자기 전에 공부들을 좀 하고."

설매의 큰 음성에 향녀, 금지, 옥매가 실망스런 낯빛으로 어깨를 내려뜨리면서 돌아섰다. 논개도 방으로 향했다. 그러나 곧 다시 몸을 돌려 설매를 쳐다보았다.

"어머니, 매분이 성님 머리 얹었습니꺼예? 이뿌던가예?"

설매가 그만 푹 하고 웃는다.

"그래예. 머리 얹었어예. 이뻤어예. 됐어예?"

설매가 논개 말투를 흉내 내자 아이들이 돌아보며 키득거렸고, 논개는 그만 뺨이 붉어졌다.

"잘몬했습니더. 곤칠께예."

논개가 우물거리면서 아이들을 따라 방 안으로 들어갔다.

(2권에 이어서)

• 참고문헌

1. 『경남문화연구』 (1995), 경상대학교
2. 『임진왜란』 (1994), 서필량
3. 『진주목 읍지』 (1991), 진주문화원
4. 『조선의 성풍속』 (1998), 정성희
5. 『晉州牧正史(진주목 정사)』 (1994), 진양문화원
6. 『晉州義岩別祭誌(진주의암별제지)』 (1987), 성계옥
7. 『논개사적연구』 (1996), 경성대 한국학연구소(김무조, 조갑상 외)